REINOS OLVIDADOS®

REINOS OLVIDADOS

LA MORADA

EL ELFO OSCURO I

R. A. SALVATORE

minotauro

Título: *La morada*

Título original: *Homeland*
Ilustración de la cubierta: Todd Lockwood
Publicación de Editorial Planeta, S.A. Diagonal, 662-664, 08034 Barcelona.

ISBN: 978-84-450-1459-2
Depósito legal: B. 6128-2023
Impreso en UE

US. Canada,
Asia, Pacific & Latin America:
Wizards of the Coast, Inc. Way
P.O. Box 707
Renton, WA 98057-0707
+1-800-324-6496

European Headquarters:
Hasbro UK Ltd Newport,
Gwent NP9 0YH GREAT
BRITAIN

Visit our web site at www.wizards.com

A mi mejor amigo, mi hermano Gary

Introducción

Érase una vez, en medio de la polvorienta tundra, un elfo oscuro que después de haber caminado toda la noche proseguía su viaje con gran esfuerzo a pesar de la luz solar que lo envolvía, adentrándose en nuestras vidas.

Y los Reinos Olvidados se animaron un poco.

Concebí los Reinos hace treinta y cinco años (¡glups!), y durante los veinticinco primeros fue más o menos el mundo en el que me moví. Digo «más o menos» porque un grupo de talentosos, brillantes y exigentes jugadores no cesaron de plantearme preguntas ni de incitarme de manera casi constante a que les diera más detalles, más explicaciones y a que les facilitara el encuentro con más personas, tesoros por descubrir e intrigas y misterios con los que jugar.

No resultó fácil abrir las puertas de los Reinos a todo el mundo, y en algunas ocasiones a partir de ese momento me sentí en gran medida como el director de pista de un circo lleno de artistas que se mostraban tan inspirados una vez que estaban bajo los focos que a menudo improvisaban tal cosa, se salían por la tangente con tal otra y, por lo general, hacían que el director se tirase de los pelos (en mi caso de la barba). Comprendo que muchos editores de los Reinos se hayan sentido del mismo modo de vez en cuando.

Una de las razones por las que compartí los Reinos fue porque había algo que mi mundo no podía hacer por mí por tratarse de mi propio mundo: sorprenderme. Quería que me sorprendieran y que me gratificaran. Quería descubrir los recovecos de los Reinos en lugar de tener que marchar siempre delante de la historia o del juego de rol y tener que describirlos detalladamente yo mismo. Deseaba que los Reinos cobrasen vida para mí.

Mi oportunidad para hacerlo fue permitir que otras personas creativas accediesen a los Reinos y contasen sus historias. Tres de estas historias de la primera época me gustaron de manera especial. *La venganza elfa* de Elaine Cunningham, porque bordó Aguas Profundas, de Elaith en adelante. *El tatuaje azul* de Jeff Grubb y Kate Novak, porque sus personajes eran lo suficientemente estrafalarios como para encajar adecuadamente en *mis* Reinos. Y el Drizzt, Do'Urden de Bob Salvatore.

El lector se estaría preguntando cuándo iba a referirme a Drizzt ¿no es así?

En realidad, no fue sólo Drizzt quien me cautivó. Fue el elenco completo de personajes de Bob, desde Bruenor, Wulfgar, Regis y Cattie-brie hasta Artemis Entreri acabando por Zaknafein, el padre de Drizzt (en la que sigo considerando la mejor novela de los Reinos Olvidados escrita hasta la fecha, *La morada*). Bob dotó de vida al drow del juego original Dragones y Mazmorras Avanzado (adaptado a su vez de una leyenda del mundo real), y nos retrató la cruel, bizantina y seductora sociedad de la Antípoda Oscura de ciudades drows en guerra y familias nobles. También nos proporcionó satisfacciones que van mucho más allá de las escenas de batallas para matar dragones, que exploran el amor y la venganza, la madurez y la lealtad y los lazos familiares.

Y los libros se vendieron cada vez más, y Drizzt se popularizó en el mundo de los lectores de fantasía desbordando los límites del mundo de los jugadores. ¿Y eso por qué? Porque este chico sabe cómo contar historias.

Historias que se pueden leer una y otra vez, lo cual es la prueba de fuego de la escritura de calidad. No hagáis caso si los profesores, los críticos y los esnobs os dicen lo contrario: en definitiva, si una historia capta nuestra atención cuando la voz del narrador nos llega por encima del fuego del campamento, entonces es una buena historia. Si deseamos que no se acabe o queremos oírla muchas veces, ése es uno de nuestros tesoros... y no es probable que tengamos demasiados tesoros en la vida.

Este libro podría ser uno de los tuyos.

Bueno, a decir verdad, hay otra razón por la que proporcioné las llaves de los Reinos a otros escritores y jugadores: porque una de las cosas que más me satisfacen de jugar y de escribir es hacer amigos.

Me honra que Bob Salvatore sea uno de ellos. Un tipo excelente.

ED GREENWOOD
REINOS
Agosto de 2003

Personajes

Alton DeVir Joven mago drow, estudiante en Sorcere.

Belwar Dissengulp Capataz svirfnebli que conduce a una expedición minera hasta las proximidades de Menzoberranzan.

Berg'inyon Baenre Hijo de la matrona Baenre, se adiestra en Melee-Magthere con Drizzt Do'Urden.

Briza Do'Urden Hija mayor de la matrona Malicia y suma sacerdotisa de Lloth.

Dinin Do'Urden Segundo hijo de la casa Do'Urden, hijo de la matrona Malicia y señor de Melee-Magthere.

Drizzt Do'Urden Hijo de la matrona Malicia, Drizzt es un joven guerrero de ojos color violeta, poco habitual entre los drows. Se convierte en el segundo hijo de la casa Do'Urden después de haber servido como escudero, y estudia en Melee-Magthere.

El Sin Rostro Mago y jefe de la academia cuyas facciones resultaron borradas durante un experimento. Su nombre real es Gelroos Hun'ett.

Gomph Baenre Hijo de la matrona Baenre y archimago de Menzoberranzan.

Guenhwyvar Pantera negra mágica, invocada desde el plano astral a través de una figurilla de ónice.

Hatch'net Señor del saber de Melee-Magthere.

Kelnozz Drow común que se adiestra en Melee-Magthere.

Masoj Hun'ett Aprendiz de mago. Prepara a Drizzt (en Sorcere) en su último año en la Academia.

Matrona Baenre Madre matrona de la primera casa, gobernadora nominal de Menzoberranzan.

Matrona Ginafae Madre matrona de la Casa DeVir y suma sacerdotisa que ha perdido el favor de Lloth.

Matrona Malicia Madre matrona de la casa Do'Urden. Experta en la elaboración de bálsamos y pociones.

Matrona SiNafay Madre matrona de la casa Hun'ett y suma sacerdotisa de Lloth.

Maya Do'Urden Hija de la matrona Malicia.

Methil Illita que vive en la fortaleza de la casa Baenre.

Nalfein Primogénito de la casa Do'Urden, hijo de la matrona Malicia y mago.

Rizzen Guerrero y actual jefe de la casa Do'Urden.

Shar Nadal Drow de la casa Maevret.

Vierna Do'Urden Hija de la matrona Malicia, encargada de criar a Drizzt y de enseñarle las costumbres de los drows.

Zaknafein El mejor maestro de armas de Menzoberranzan y antiguo jefe de la casa Do'Urden.

Preludio

Jamás una estrella acaricia esta tierra con su poética luz cargada de misterios, ni tampoco el sol envía aquí sus cálidos rayos de vida. Ésta es la Antípoda Oscura, el mundo secreto debajo de la resplandeciente superficie de los Reinos Olvidados, cuyo cielo es un techo de fría piedra, y cuyas paredes muestran la tumefacción de la muerte a la luz de las antorchas de los insensatos habitantes de la superficie que bajan hasta aquí. Éste no es su mundo, el mundo de la luz. La mayoría de los que vienen sin ser invitados nunca regresan.

Aquéllos que consiguen escapar y retornan a la seguridad de sus hogares en la superficie, vuelven transformados. Sus ojos han visto las sombras y las tinieblas, la condena inevitable de la Antípoda Oscura.

Sombríos pasillos recorren el reino oscuro en trazados sinuosos, conectando las cavernas grandes con las pequeñas, los techos altos con los bajos. Montículos de piedra afilados como los dientes de un dragón dormido se ciernen amenazadores o se alzan para cerrar el paso a los intrusos.

Aquí reina el silencio, profundo y agorero, el silencio de un depredador agazapado. Demasiado a menudo, el único sonido que perciben los viajeros en la Antípoda Oscura, el único indicio de que no han perdido el sentido del oído, es el distante goteo del agua, que resuena en las cavernas como el latido del corazón de una bestia, mientras el líquido se escurre entre las silentes piedras hasta los estanques de agua helada en las profundidades de la Antípoda Oscura. Lo que hay debajo de la inmóvil superficie de éstos, negro como el ónice, es algo que sólo se puede adivinar. Qué secretos esperan a los valientes, qué secretos esperan a los insensatos, es algo que sólo la imaginación puede revelar... hasta que la quietud se perturba.

Ésta es la Antípoda Oscura.

Aquí también hay islas de vida, ciudades tan grandes como muchas de las existentes en la superficie. Al final de cualquiera de las innumerables vueltas y revueltas en la piedra gris, el viajero puede encontrarse de pronto en el linde de una de estas ciudades, que ofrecen un sorprendente contraste con la soledad de los pasillos. Pero estos lugares no son un refugio; únicamente un viajero estúpido podría pensar semejante cosa. Son el hogar de las razas más malvadas de todos los Reinos, entre las cuales figuran los duergars, los kuo-toas, y los drows.

En una de estas cavernas, de tres kilómetros de ancho y trescientos metros de altura, se alza Menzoberranzan, un monumento a la gracia letal que caracteriza a la raza de los elfos drows. Según los cánones de éstos, no es una gran ciudad, pues sólo veinte mil elfos oscuros viven en ella. Allí, donde en épocas pasadas no había más que una caverna poblada de estalactitas y estalagmitas toscamente esculpidas, ahora hay hilera tras hilera de castillos tallados que vibran con el silencioso resplandor de la magia. La ciudad es perfecta en sus formas, y ni una sola piedra conserva su contorno natural. Sin embargo, esta sensación de orden y control no es más que una cruel fachada, un engaño que oculta el caos y la vileza que gobierna el corazón de los elfos oscuros. Al igual que sus ciudades, son gente hermosa, grácil y delicada, de rasgos angulosos y sobrecogedores.

Temibles entre los más temibles, son los que gobiernan en este mundo sin ley, y las demás razas observan cautelosamente su paso, pues incluso la belleza palidece ante la espada de un elfo oscuro. Ésta es la Antípoda Oscura, el valle de la muerte, la tierra de las pesadillas sin nombre, y los drows son los supervivientes.

Primera parte

Posición social

Posición social: en todo el mundo de los drows, no hay una palabra más importante. Es el ansia de su religión —la nuestra—, lo que mueve cada fibra de su anhelante corazón. La ambición domina al sentido común y la compasión es objeto de desprecio, todo en nombre de Lloth, la reina araña.

El ascenso al poder en la sociedad drow es un sencillo proceso de eliminación. La reina araña es una deidad del caos, y tanto ella como sus sacerdotisas, las auténticas gobernantes del mundo drow, no miran con desagrado a los individuos ambiciosos armados con dagas envenenadas.

Desde luego, hay reglas de comportamiento, pues toda sociedad debe jactarse de poseerlas. Cometer abiertamente un asesinato o provocar una guerra da lugar a un simulacro de justicia, y las sentencias dictadas en nombre de la justicia drow son implacables. En cambio, clavar una daga en la espalda de un rival en medio del caos de la batalla más importante, o en las discretas sombras de un callejón, es algo aceptable, incluso aplaudido. La investigación no es el fuerte de la justicia drow. Nadie se preocupa de averiguar nada.

La posición social es el medio del que se vale Lloth para incrementar el caos, para lograr que sus «hijos» drows sean sus propios carceleros. ¿Hijos? Mejor sería decir peones, peleles de la reina araña, títeres movidos por los imperceptibles, pero irrompibles hilos de su tela.

Todos trepan por la escalera de la reina araña; todos ambicionan proporcionarle placer, y todos caen ante los que ambicionan proporcionarle placer.

La posición social es la paradoja del mundo de mi gente, el límite de nuestro poder dentro del ansia de poder. Se llega a ella mediante la traición, y aquéllos que lo consiguen quedan expuestos a la traición. Los más poderosos de Menzoberranzan pasan sus días vigilando sus espaldas, para defenderse de las dagas que acechan detrás de ellos.

Por lo general, la muerte les llega de cara.

DRIZZT DO'URDEN

I

Menzoberranzan

Un habitante de la superficie no habría notado su presencia a un paso de distancia. Las pisadas del lagarto que montaba eran demasiado leves para ser oídas, y las armaduras que protegían al jinete y a su montura, flexibles y perfectamente engarzadas, se ondulaban y torcían al compás de sus movimientos con tanta precisión, que parecían una segunda piel.

El lagarto de Dinin avanzaba al trote con un paso elástico y vivo, y casi parecía flotar sobre el suelo quebrado, las paredes, e incluso los techos de los túneles interminables. Los lagartos subterráneos, con sus patas de tres dedos adhesivos, eran las monturas preferidas precisamente por su capacidad de escalar la piedra con la misma facilidad de una araña. En el luminoso mundo exterior, el paso por superficies duras no deja huellas, pero casi todas las criaturas de la Antípoda Oscura poseen infravisión, es decir, la capacidad de ver el espectro de los rayos infrarrojos. Las pisadas dejan un calor residual que puede ser rastreado sin muchas dificultades si aquéllas mantienen un curso más o menos previsible por el suelo de un corredor.

Dinin se sujetó con firmeza a la silla mientras el lagarto recorría un tramo del techo, y después descendía zigzagueando por la pared. De ese modo, no lograrían rastrear su paso.

No tenía luz para ver su camino, pero no la necesitaba. Él era un elfo oscuro, un drow, un primo de piel negra de aquellos seres del bosque que bailaban a la luz de las estrellas en la superficie del mundo. Gracias a las dotes de su visión, que podía interpretar las sutiles variaciones del calor en imágenes de brillante colorido, la Antípoda Oscura no era para Dinin un lugar carente de luz. Los colores de toda la gama del espectro aparecían ante él en la piedra de las paredes y del suelo calentados por alguna fisura distante o por una corriente cálida. El calor de los seres vivos era el más reconocible, y permitía al elfo oscuro ver a sus enemigos con una nitidez de detalles equiparable a la que podía tener un habitante del mundo exterior a plena luz del día.

En una situación normal, Dinin no hubiese salido de la ciudad sin un acompañante; el mundo de la Antípoda Oscura resultaba demasiado peligroso para un viaje a solas, incluso para un elfo oscuro. Pero, en esta ocasión, necesitaba la seguridad de que ningún drow rival viese su paso.

Un suave resplandor azul más allá de un arco esculpido en la roca lo advirtió que se aproximaba a la entrada de la ciudad, por lo que acortó el paso del lagarto. Muy pocos utilizaban este túnel angosto que desembocaba en Tier Breche, la parte norte de Menzoberranzan destinada a la Academia, y sólo los instructores de la Academia podían pasar por allí sin despertar sospechas.

Dinin siempre se sentía nervioso cuando llegaba a este punto. De los cien túneles que se abrían en la caverna principal de Menzoberranzan, éste era el más vigilado. Más allá de la arcada, dos estatuas gemelas que representaban a dos arañas gigantescas mantenían una defensa silenciosa. Si un enemigo cruzaba la entrada, las arañas cobraban vida y atacaban, al tiempo que sonaban las alarmas en toda la Academia.

Dinin desmontó, y el lagarto trepó por la pared sin esfuerzo, hasta quedar colgado a la altura del pecho del drow. Éste metió una mano por debajo del cuello de su piwafwi, la capa mágica que lo protegía, y sacó una bolsa, de donde extrajo la insignia de la casa de Do'Urden: una araña que blandía diversas armas en cada una de sus ocho patas, y en la que podían leerse las letras «DN» correspondientes a Daermon N'a'shezbaernon, el antiguo nombre oficial de la casa de Do'Urden.

—Esperarás mi regreso —le susurró al lagarto, mientras pasaba la insignia delante de los ojos del reptil.

Como todas las demás insignias de las casas drows, la de Do'Urden tenía varios dones mágicos, entre ellos el de otorgar a los miembros de la familia un control absoluto sobre los animales domésticos. El lagarto obedecería la orden sin flaquear, y mantendría su posición como si estuviese pegado a la piedra, aun cuando una rata —su bocado favorito— se pusiese a un palmo de sus fauces.

Dinin hizo una inspiración profunda y avanzó con precaución hacia la arcada. Podía ver a las arañas que lo observaban burlonas desde una altura de cinco metros. Él no era un enemigo, sino un drow de la ciudad, y podía pasar sin preocupaciones por cualquier otro túnel, pero la Academia era un lugar especial; Dinin había oído que a menudo las arañas impedían el paso —de una manera cruel— a los drows que carecían de permiso.

Se recordó a sí mismo que no podía demorarse por culpa de temores o posibles consecuencias. Su misión tenía una importancia fundamental para los planes de su familia. Con la mirada al frente, cruzó la arcada entre las arañas, y entró en Tier Breche.

Se apartó a un costado de la calzada y se detuvo, primero para estar seguro de que nadie acechaba, y después para admirar la vista panorámica de Menzoberranzan. Nadie, ya fuera drow o de cualquier otra raza, podría contemplar la ciudad desde ese lugar sin sentir una profunda admiración. Tier Breche era el punto más alto en el suelo de la caverna, y desde allí se podía ver toda la ciudad. El recinto de la Academia era estrecho, y contenía sólo las tres estructuras que formaban la escuela drow: Arach-Tinilith, la escuela de Lloth, con forma de araña; Sorcere, la torre de altos y esbeltos minaretes donde se enseñaba la hechicería, y Melee-Magthere, una sencilla pirámide donde los guerreros varones aprendían su oficio.

Más allá de las estalagmitas talladas que marcaban la entrada de la Academia, el suelo de la caverna se hundía bruscamente y se extendía a lo largo y a lo ancho, hasta donde no alcanzaba la aguda visión de Dinin. Los sensibles ojos del drow podían ver los colores de Menzoberranzan divididos en el espectro primario. Las ondas de calor liberadas por varias fisuras y surtidores calientes se expandían por toda la caverna. El púrpura y el rojo, el amarillo brillante y el azul claro se cruzaban y mezclaban, cubrían las paredes y las estalagmitas, o trazaban singulares líneas horizontales sobre el telón grisáceo de la piedra. Las regiones de magia intensa —como las arañas entre las que había pasado Dinin, que resplandecían cargadas de energía— aparecían en el espectro infrarrojo mejor delimitadas que las gradaciones naturales de color. Por último, estaban las luces de la ciudad, el fuego mágico y las esculturas iluminadas de las casas. Los drows se sentían orgullosos por la belleza de su diseño, y sobre todo por las columnas talladas o las gárgolas exquisitamente labradas que relucían bañadas por una luminosidad mágica.

Incluso desde esta distancia Dinin podía ver la casa Baenre, la casa primera de Menzoberranzan. Abarcaba veinte pilares de estalagmitas y diez estalactitas gigantes. La casa Baenre tenía cinco mil años de existencia, desde la fundación de Menzoberranzan, y durante todos estos siglos había perfeccionado incansablemente su arte. Prácticamente toda la superficie de la inmensa estructura estaba iluminada, de azul en las torres y púrpura brillante en la enorme cúpula central.

La intensa luz de las velas, un objeto ajeno a la Antípoda Oscura, aparecía en las ventanas de algunas casas lejanas. Dinin sabía que sólo las sacerdotisas o los hechiceros encendían aquellos fuegos, una molestia necesaria en su mundo de papeles y pergaminos.

Esto era Menzoberranzan, la ciudad de los drows. Aquí vivían veinte mil elfos oscuros, veinte mil soldados del ejército del mal.

Una sonrisa perversa apareció en la boca de Dinin cuando pensó que algunos de aquellos soldados morirían esa misma noche.

Dinin estudió Narbondel, el enorme pilar central que servía de reloj a Menzoberranzan y único medio a disposición de los drows para marcar el paso del tiempo en un mundo que no tenía días ni estaciones. Al final de cada día, el archimago de la ciudad echaba sus fuegos mágicos en la base del pilar de piedra. El hechizo duraba todo un ciclo —un día completo en la superficie— y de forma gradual extendía su calor por toda la estructura hasta que resplandecía en el espectro infrarrojo. El pilar aparecía ahora totalmente oscuro y frío, señal de que se habían apagado los fuegos. El hechicero se encontraría en estos momentos en la base, pensó Dinin, ocupado en renovar el ciclo.

Era medianoche, la hora señalada.

Dinin se alejó de las arañas y la salida del túnel, y se deslizó por un costado de Tier Breche, buscando las «sombras» de los esquemas de calor en la pared, que servían para ocultar la silueta dibujada por su propia temperatura corporal. Por fin llegó a Sorcere, la escuela de hechicería, y se metió por un estrecho callejón entre la base curva de la torre y la pared exterior de Tier Breche.

—¿Estudiante o maestro? —susurró una voz.

—Sólo un maestro puede caminar por Tier Breche durante la muerte negra de Narbondel —respondió Dinin.

Una figura encapuchada apareció junto al arco de la estructura para situarse delante de Dinin. El extraño mantuvo la postura habitual de los maestros de la Academia drow, con los brazos extendidos, doblados por los codos, y las manos delante del pecho, una sobre la otra. Este gesto era lo único que Dinin encontraba normal en el personaje.

—Te saludo, Sin Rostro —dijo, por medio del código manual de los drows, un lenguaje tan detallado como el oral. El temblor de las manos de Dinin desmentía su serenidad aparente, pues la presencia del hechicero lo inquietaba casi hasta los límites del terror.

—Segundo hijo de Do'Urden —replicó el hechicero de la misma manera—, ¿has traído mi paga?

—Tendrás tu recompensa —señaló Dinin, que recuperó su compostura con el primer asomo de enfado—. ¿Cómo te atreves a dudar de la promesa de Malicia Do'Urden, madre matrona de Daermon N'a'shezbaernon, casa décima de Menzoberranzan?

El Sin Rostro retrocedió, consciente de su equivocación.

—Mis disculpas, segundo hijo de la casa de Do'Urden —respondió, con una rodilla en tierra en señal de sumisión. Desde que había entrado a formar parte de la conspiración, el hechicero tenía miedo de que su impaciencia pudiera costarle la vida. Había sufrido las consecuencias de una de sus propias experiencias mágicas, y el accidente le había borrado las facciones. Ahora en lugar de rostro tenía una masa lisa de color blanco y verde. La matrona Malicia Do'Urden, que dominaba como nadie la preparación de elixires y pociones, le había ofrecido una esperanza de recuperación que no podía dejar pasar.

Dinin no se apiadó del drow, pero la casa de Do'Urden necesitaba los servicios del hechicero.

—Tendrás tu poción —le prometió Dinin, sereno—, cuando Alton DeVir esté muerto.

—Desde luego —dijo el hechicero—. ¿Esta noche?

Dinin cruzó los brazos mientras consideraba la pregunta. La matrona Malicia le había dicho que Alton DeVir debía morir aun a riesgo de una guerra entre sus familias, pero, ahora que reflexionaba en ello, Dinin lo encontró demasiado sencillo. El Sin Rostro no pasó por alto la chispa que apareció de pronto en el resplandor rojizo de los ojos del joven Do'Urden.

—Espera a que la luz de Narbondel se acerque a su cenit —contestó Dinin, en el lenguaje mudo; ejecutaba los signos excitado, con todo el rostro retorcido en una expresión malvada.

—¿El muchacho condenado ha de saber el destino de su casa antes de morir? —preguntó el hechicero, que había adivinado las perversas intenciones detrás de las órdenes de Dinin.

—Mientras cae el golpe asesino —respondió Dinin—, que Alton DeVir muera sin esperanza.

Dinin fue en busca de su montura y se alejó a toda prisa por los pasillos vacíos, para después tomar una ruta transversal que lo llevaría a la ciudad por otra entrada. El camino lo dejó en la zona este de la gran caverna, la sección productiva de Menzoberranzan, donde ninguna familia drow descubriría que había estado fuera de los límites de la ciudad. Dinin guió a su lagarto por las orillas de Donigarten, el pequeño lago de la ciudad con su isleta cubierta de musgo que albergaba a un rebaño no muy numeroso de unas reses llamadas rotes. Un centenar de goblins y orcos dedicados a cuidar del ganado y a pescar observaron el rápido paso del drow. Conocedores de las restricciones impuestas por su condición de esclavos, evitaron mirar a Dinin a los ojos.

De todos modos, el elfo no les habría hecho caso, pues llevaba demasiada prisa. En cuanto llegó a las lisas y sinuosas avenidas entre los resplandecientes castillos drows, espoleó a su lagarto y cabalgó hacia la parte sur de la región central de la ciudad, hacia el bosque de setas gigantes que marcaban el sector de las mejores casas de Menzoberranzan.

En una curva cerrada, casi se llevó por delante a un grupo de cuatro peludos errantes. Los goblins gigantes se detuvieron por un momento a estudiar al drow, y después se apartaron de su camino con deliberada lentitud.

Dinin sabía que los peludos lo habían reconocido como un noble, miembro de la casa de Do'Urden e hijo de una gran sacerdotisa. De los veinte mil drows que vivían en Menzoberranzan, sólo un millar o poco más eran nobles —los hijos de las sesenta y siete familias reconocidas de la ciudad—; el resto eran soldados comunes.

Los peludos no eran criaturas estúpidas. Distinguían a un noble de un soldado común, y, si bien los elfos drows no llevaban sus insignias familiares a la vista, el característico peinado de los blancos cabellos de Dinin y el dibujo de rayas violetas y rojas en su piwafwi negro denotaban su rango.

La urgencia de su misión lo presionaba, pero Dinin no podía perdonar la provocación de los peludos. ¿Se habrían dispersado a la carrera si él hubiese sido un miembro de la casa Baenre o de alguna otra de las siete casas gobernantes?

—¡Ya aprenderéis a respetar la casa Do'Urden! —murmuró el elfo oscuro, mientras giraba y cargaba contra el grupo. Los peludos echaron a correr por un callejón sembrado de piedras y escombros.

Apelando a los poderes innatos de su raza, Dinin lanzó un globo de oscuridad —impenetrable a la infravisión y a la visión normal— por delante de las criaturas que escapaban. Pensó que no era prudente llamar la atención sobre sí mismo, pero un momento más tarde, cuando oyó los golpes y las maldiciones de los peludos que corrían a ciegas entre las piedras, consideró que había valido la pena.

Calmada su cólera, se alejó; escogió con cuidado su ruta a través de las sombras de calor. Como miembro de la décima casa de la ciudad, Dinin podía ir a donde quisiera dentro de los límites de la gran caverna sin dar explicaciones, pero la matrona Malicia había dejado bien claro que nadie vinculado a la casa Do'Urden debía dejarse sorprender cerca del huerto de setas.

No se debía contrariar a la matrona Malicia; aunque, después de todo, esto sólo era una regla, y en Menzoberranzan existía una regla que precedía a todas las demás: que no te pillen.

En el extremo sur del huerto de setas, el impetuoso drow encontró lo que buscaba: un grupo de cinco enormes pilares que iban del suelo al techo. Las columnas habían sido vaciadas para convertirlas en un enjambre de habitaciones, y estaban unidas entre sí con puentes y parapetos metálicos y de piedra. Un centenar de gárgolas, el estandarte de la casa, bañadas en un resplandor rojizo, descansaban en sus pedestales como centinelas silenciosos. Ésta era la casa DeVir, la cuarta casa de Menzoberranzan.

Una empalizada de setas muy altas rodeaba el lugar, y una de cada cinco setas era una aulladora, un hongo muy apreciado como guardián que recibía este nombre por los estridentes aullidos de alarma que emitía cada vez que un ser vivo pasaba a su lado. Dinin mantuvo una distancia prudencial para no provocar la respuesta de alguna de las setas, consciente además de que otros hechizos más poderosos protegían la fortaleza. La matrona Malicia se encargaría de eliminarlos.

Un silencio expectante reinaba en este sector de la ciudad. En todo Menzoberranzan se sabía que la matrona Ginafae, de la casa DeVir, había perdido el favor de Lloth, la reina araña de todos los drows y la auténtica fuente de poder de las casas. Estas circunstancias nunca se discutían abiertamente entre los drows, pero todos sabían que alguna familia situada en un escalón más bajo de la jerarquía de la ciudad no tardaría en atacar a la debilitada casa DeVir.

La matrona Ginafae y su familia habían sido los últimos en enterarse del disgusto de la reina araña —Lloth siempre actuaba de esta forma artera— y, con sólo observar el exterior de la casa DeVir, Dinin pudo constatar que la familia condenada no había tenido tiempo de preparar sus defensas. Los DeVir contaban con casi cuatrocientos soldados, la mayoría mujeres, pero aquéllos que Dinin podía ver en sus puestos a lo largo de los parapetos parecían nerviosos e inseguros.

La sonrisa de Dinin se hizo más grande cuando pensó en su propia casa, que ganaba en poder a diario bajo la astuta guía de la matrona Malicia. Con sus tres hermanas a punto de convertirse en grandes sacerdotisas, su hermano, un hechicero de renombre, y su tío Zaknafein, el mejor maestro de armas de todo Menzoberranzan, dedicado a entrenar a trescientos soldados, la casa Do'Urden era una fuerza muy poderosa. Y la matrona Malicia, a diferencia de Ginafae, gozaba de todos los favores de la reina araña.

—Daermon N'a'shezbaernon —murmuró Dinin, empleando el nombre oficial de la casa Do'Urden—. ¡Casa novena de Menzoberranzan! Le complació cómo sonaba.

En el centro de la ciudad, más allá del resplandeciente balcón plateado y el arco de entrada de seis metros de altura en la pared oeste de la caverna, los miembros más importantes de la casa Do'Urden se habían reunido para ultimar los planes para esa noche. En un estrado, al fondo de la pequeña sala de audiencias, se encontraba la venerable matrona Malicia, con el vientre muy hinchado en las horas finales de su embarazo. La acompañaban sus tres hijas, Maya, Vierna y la mayor, Briza, que acababa de convertirse en gran sacerdotisa de Lloth. Maya y Vierna eran idénticas a su madre, delgadas y menudas, aunque poseían una fuerza tremenda. Briza, en cambio, casi no tenía ninguno de los rasgos familiares. Era grande —enorme para el tamaño normal de los drows— y de hombros y caderas redondeadas. Quienes la conocían opinaban que su tamaño era sencillamente consecuencia de su temperamento; un cuerpo más pequeño no habría podido contener toda la cólera y la brutalidad de la flamante gran sacerdotisa de la casa Do'Urden.

—Dinin no tardará en regresar —comentó Rizzen, el actual señor de la familia—, y nos informará si es el momento apropiado para el asalto.

—¡Atacaremos antes de que Narbondel alcance el resplandor de la mañana! —le replicó Briza, con su voz gruesa pero cortante. Se volvió hacia su madre con una sonrisa retorcida, buscando su aprobación por poner al macho en su lugar.

—El bebé nacerá esta noche —explicó la matrona Malicia a su ansioso marido—. No importan las noticias que traiga Dinin, atacaremos igual.

—Será un varón —gruñó Briza, sin ocultar su desilusión—. El tercer hijo vivo de la casa Do'Urden.

—Que será sacrificado a Lloth —intervino Zaknafein, un antiguo señor de la casa que ahora ostentaba la importante posición de maestro de armas. El famoso guerrero drow parecía muy satisfecho con la idea del sacrificio, y lo mismo ocurría con Nalfein, el hijo mayor de la familia, que permanecía junto a Zak. Nalfein era el primogénito, y ya tenía bastante competencia con Dinin dentro de la casa Do'Urden como para desear más complicaciones.

—De acuerdo con la costumbre —exclamó Briza, orgullosa, y el rojo de sus pupilas brilló con más fuerza—. ¡Para ayudar a nuestra victoria!

—Matrona Malicia —dijo Rizzen, tras unos momentos de vacilación—, conoces muy bien las dificultades del parto. El dolor podría distraerte...

—¿Te atreves a cuestionar a la madre matrona? —Briza se irguió furiosa, y echó mano al látigo con cabezas de serpiente que pendía de su cinturón. La matrona Malicia la detuvo con un gesto.

—Ocúpate de la pelea —le indicó a Rizzen—. Deja que las mujeres de la casa atiendan a las cosas importantes de esta batalla.

Rizzen se movió incómodo y bajó la mirada.

Dinin llegó a la verja que unía el alcázar de la pared oeste de la ciudad con las dos pequeñas torres de estalagmitas de la casa Do'Urden. La verja era de adamantita, el metal más duro del mundo, y la adornaban un centenar de tallas de arañas que blandían armas, protegidas mágicamente con runas y jeroglíficos mortales. El poderoso portón de la casa Do'Urden era la envidia de muchas casas drows, pero, después de haber contemplado sólo unos minutos antes las espectaculares mansiones en el huerto de setas, Dinin no pudo menos que sentirse desilusionado al ver su propia casa. El recinto era sencillo y un tanto pelado, como lo era el trozo de pared, con la excepción del magnífico balcón de mitril y adamantita que se extendía a lo largo del segundo nivel, junto al portal en arco reservado a los nobles de la familia. Cada balaustrada mostraba un millar de tallas que se unían en una única pieza artística.

La casa Do'Urden, a diferencia de la gran mayoría de las casas de Menzoberranzan, no se alzaba independiente entre las estalactitas y las estalagmitas. La mayor parte de la estructura se encontraba dentro de una cueva, y, si bien esta ubicación tenía sus ventajas defensivas, Dinin deseaba muy a menudo que su familia pudiese mostrar un poco más de esplendor.

Un soldado casi eufórico corrió a abrir el portón para dejar paso al segundo hijo. Dinin pasó a su lado sin siquiera saludarlo y atravesó el patio, consciente del centenar largo de miradas que lo observaban llenas de curiosidad. Los soldados y esclavos sabían que Dinin había salido a cumplir una misión relacionada con la inminente batalla.

No había escaleras hasta el balcón plateado de la casa Do'Urden, lo cual constituía otra medida de precaución destinada a separar a los líderes de la casa de la soldadesca y los esclavos. Los nobles drows no necesitaban escaleras, pues sus habilidades mágicas innatas les permitían disfrutar del poder de levitar. Casi sin darse cuenta del acto, Dinin se elevó en el aire con toda facilidad y se posó en el balcón.

Cruzó a toda prisa la arcada y bajó por el corredor central de la casa, que aparecía iluminada con los suaves tonos de los fuegos fatuos, que permitían la visión en el espectro de luz normal aunque sin la intensidad suficiente para entorpecer la infravisión. La puerta de bronce decorada, al final del pasillo, marcaba el destino del segundo hijo, que se detuvo el tiempo necesario para acomodar sus ojos a la gama infrarroja. A diferencia del corredor, la estancia al otro lado de la puerta no estaba iluminada. Se trataba de la sala de audiencias de la suma sacerdotisa, la antecámara a la gran capilla de la casa Do'Urden. Las habitaciones de las sacerdotisas drows, en consonancia con los ritos oscuros de la reina araña, no eran lugares de luz.

Cuando se consideró preparado, Dinin abrió bruscamente la puerta, se abrió paso sin vacilar entre las dos guardias atónitas, y avanzó con atrevimiento hasta detenerse delante de su madre. Las tres hijas de la familia entrecerraron los párpados ante su descarado y pretencioso hermano. Él adivinó sus pensamientos. ¡Entrar sin permiso! ¡Era a él al que tendrían que sacrificar esta noche!

Por mucho que disfrutara poniendo a prueba los límites de su condición inferior como varón, Dinin no podía hacer caso omiso de las amenazantes miradas de Vierna, Maya y Briza. Al ser mujeres, eran más grandes y fuertes que Dinin y habían aprendido durante toda su vida el uso de los malvados poderes de las sacerdotisas drows y sus armas. Dinin observó cómo las extensiones encantadas de las sacerdotisas —los temibles látigos con cabezas de serpiente colgados de los cinturones de sus hermanas— se agitaban ansiosas por el castigo que iban a infligir. Las empuñaduras de adamantita no tenían nada fuera de lo común, pero las colas de los látigos y las múltiples cabezas eran serpientes vivas. El látigo de Briza, un artefacto especialmente siniestro, saltaba y se enroscaba en el cinturón que lo retenía. Briza siempre era la primera en castigar.

La matrona Malicia, en cambio, parecía complacida con la insolencia de Dinin. A su juicio, el segundo hijo sabía muy bien cuál era su sitio y obedecía sus órdenes sin miedo y sin hacer preguntas.

Dinin se reanimó con la expresión de calma en el rostro de su madre, que contrastaba con las caras de sus hermanas, blancas de furia.

—Todo está preparado —le informó a Malicia—. La casa DeVir se refugia detrás de su verja; todos excepto Alton, desde luego, que continúa con sus estudios en Sorcere.

—¿Te has reunido con el Sin Rostro? —preguntó la matrona Malicia.

—Esta noche había mucha tranquilidad en la Academia —contestó Dinin—. Nuestro encuentro se realizó sin tropiezos.

—¿Aceptó nuestro contrato?

—Se encargará de Alton DeVir tal como queríamos. —Dinin soltó una risita. Entonces recordó el pequeño cambio que había hecho en los planes de la matrona Malicia, que demoraba la ejecución de Alton sólo para satisfacer su propia crueldad. Y también recordó otra cosa: la suma sacerdotisa de Lloth tenía un talento incomparable para leer el pensamiento de los demás.

»Alton morirá esta noche —añadió Dinin a toda prisa, para evitar que los demás le hicieran preguntas acerca de los detalles.

—Excelente —gruñó Briza. Dinin respiró más tranquilo.

—Unámonos —ordenó la matrona Malicia.

Los cuatro drows varones se arrodillaron delante de la matrona y sus hijas. Rizzen frente a Malicia; Zaknafein, a Briza;

Nalfein, a Maya, y Dinin, a Vierna. Las sacerdotisas cantaron al unísono, al tiempo que apoyaban delicadamente la mano sobre la frente de sus respectivos soldados, para entrar en sintonía con sus pasiones.

—Conocéis vuestros puestos —dijo la matrona Malicia cuando acabó la ceremonia. Hizo una mueca al sentir el dolor de una nueva contracción—. Que comience nuestro trabajo.

Una hora más tarde, Zaknafein y Briza permanecían juntos en el balcón de la entrada superior de la casa Do'Urden. Más abajo, en el suelo de la caverna, la segunda y tercera brigadas del ejército familiar, al mando de Rizzen y Nalfein, se afanaban en los preparativos finales, consistentes en la colocación de las correas de cueros calientes y placas metálicas destinadas a servir de camuflaje ante la visión infrarroja de los drows. El grupo de Dinin, reforzado con un centenar de esclavos goblins y que constituía la primera fuerza de asalto, se había puesto en marcha mucho antes.

—Después de esta noche nos conocerán —afirmó Briza—. Nadie podría haber imaginado nunca que una décima casa se atrevería a atacar a otra tan poderosa como los DeVir. ¡Cuando corran los rumores tras esta noche sangrienta, hasta Baenre tomará en cuenta a Daermon N'a'shezbaernon! —Se asomó por encima de la balaustrada para observar cómo formaban las dos brigadas e iniciaban su marcha silenciosa, por senderos separados, que las llevarían a través de los vericuetos de la ciudad hasta el huerto de setas y el edificio de cinco pilares de la casa DeVir.

Zaknafein contempló la espalda de la hija mayor de la matrona Malicia sin desear otra cosa que hundirle su daga entre los omóplatos. Como siempre, prevaleció el sentido común de Zak, y su mano no empuñó el puñal.

—¿Tienes los objetos? —preguntó Briza, con un tono mucho más respetuoso que el que empleaba cuando tenía a su madre a su lado. Zak sólo era un varón, un plebeyo al que se le permitía utilizar el nombre de la familia únicamente porque en algunas ocasiones había cumplido para la matrona Malicia las funciones de marido y también porque una vez había sido el amo de la casa. De todos modos, Briza tenía miedo de provocar su ira. Zak era el maestro de armas de la casa Do'Urden, un varón alto y musculoso, más fuerte que muchas mujeres, y aquéllos que habían tenido ocasión de ver su furia en el combate lo consideraban entre los mejores guerreros de todo Menzoberranzan. Aparte de Briza y su madre, las dos sumas sacerdotisas de la reina araña, Zaknafein, con su insuperable capacidad como espadachín, era la mejor baza de la familia Do'Urden.

Zak levantó la capucha negra y abrió la pequeña bolsa colgada de su cinturón, para mostrar un puñado de pequeñas bolas de cerámica.

Briza sonrió con maldad y se frotó las delgadas manos.

—La matrona Ginafae se llevará un disgusto —susurró la mujer.

Zak le devolvió la sonrisa y se volvió para contemplar la marcha de los soldados. Nada le producía mayor placer al maestro de armas que matar a elfos drows, sobre todo a las sacerdotisas de Lloth.

—Prepárate —dijo Briza al cabo de unos pocos minutos.

Zak se apartó la espesa cabellera del rostro y permaneció en posición de firmes, con los ojos bien cerrados. Briza empuñó su varita lentamente al tiempo que comenzaba la salmodia destinada a poner en marcha el hechizo. La mujer tocó con la vara un hombro de Zak, después el otro y a continuación mantuvo el bastón inmóvil por encima de la cabeza del hombre.

Zaknafein sintió el rocío helado que caía sobre él y penetraba sus prendas y su coraza, incluso su carne, hasta que todo su cuerpo y atavíos se enfriaron a una temperatura uniforme. Zak odiaba el helor mágico —le parecía que era como la sensación de estar muerto—, pero sabía que gracias a este hechizo ahora resultaba invisible para la visión infrarroja de las criaturas de la Antípoda Oscura, tan gris como la piedra de la caverna.

El maestro de armas abrió los ojos y se estremeció; flexionó los dedos para asegurarse de que todavía podía moverlos. Miró a Briza, que había comenzado con el segundo hechizo, la invocación. Como tardaría unos minutos en completarlo, Zak se recostó contra la pared y pensó una vez más en la agradable aunque peligrosa tarea que tenía por delante. La matrona Malicia había sido muy considerada al dejarle todas las sacerdotisas de la casa DeVir para él.

—Ya está —anunció Brisa después de un rato, e indicó a Zak que mirara hacia lo alto, hacia la oscuridad que cubría el invisible techo de la inmensa caverna.

Zak vio de inmediato el resultado del hechizo: una corriente de aire, amarillenta y más cálida que el aire normal de la caverna; una corriente de aire viva.

La criatura, proveniente de un plano elemental, llegó casi hasta el mismo borde del balcón, y esperó obediente las órdenes del invocante.

El guerrero no vaciló. Se arrojó de un salto en el seno de la corriente, que lo mantuvo suspendido por encima del suelo.

Briza lo saludó por última vez y con un ademán indicó a la cosa que se pusiera en marcha.

—Suerte en el combate —le deseó, aunque Zak ya había desaparecido en el espacio.

Zak se rió ante la ironía de sus palabras, mientras los edificios de Menzoberranzan desfilaban por debajo de su cuerpo. La mujer deseaba la muerte de las sacerdotisas de la casa DeVir tanto como él, pero por razones muy diferentes. El maestro de armas habría obtenido el mismo placer si sus próximas víctimas hubiesen sido sacerdotisas de la casa Do'Urden.

El guerrero tocó una de sus espadas de adamantita, un arma drow forjada mágicamente y dotada con un filo agudísimo. «Suerte en el combate», repitió para sí mismo, como una burla a Briza.

2

La caída de la casa DeVir

Dinin observó complacido que todos los peludos errantes, así como todo otro miembro de la multitud de razas que componían Menzoberranzan, incluidos los drows, se apartaban de su paso a toda prisa. Esta vez el segundo hijo de la casa Do'Urden no estaba solo. Casi sesenta soldados de la casa marchaban detrás de él en perfecta formación. Más atrás, también en orden, pero con mucho menos entusiasmo por la aventura, lo escoltaba un centenar de esclavos armados pertenecientes a razas inferiores: goblins, orcos y peludos.

Los espectadores no tenían dudas acerca de lo que se preparaba; una casa drow marchaba a la guerra. Éste no era un hecho habitual en Menzoberranzan, aunque tampoco resultaba inesperado. Al menos una vez en cada década, una casa decidía que su posición dentro de la jerarquía de la ciudad podía ser mejorada a través de la eliminación de otra casa. Resultaba un tanto arriesgado, porque había que liquidar rápida y discretamente a todos los nobles de la casa «víctima». Con uno sólo que sobreviviera para presentar una acusación contra los autores, la casa atacante sería erradicada por medio del implacable sistema de «justicia» de Menzoberranzan.

En cambio, si la incursión se realizaba sin fallos, no habría lugar a acusaciones. Toda la ciudad, incluido el consejo regente integrado por las ocho madres matronas principales, aplaudirían en secreto a los atacantes por su coraje e inteligencia y nunca se diría nada más acerca del incidente.

Dinin efectuó un rodeo para no dejar un rastro directo entre la casa Do'Urden y la casa DeVir. Media hora más tarde, por segunda vez aquella noche, se acercó al extremo sur del huerto de setas y al grupo de estalagmitas que cercaban la casa DeVir. Sus soldados se desplegaron ansiosos, al tiempo que preparaban sus armas y estudiaban el objetivo de su ataque.

Los esclavos se movían con más lentitud. Anhelaban escapar, porque en el fondo de sus corazones sabían que morirían en esta batalla, pero no intentarían huir, pues temían más la ira de los elfos oscuros que la propia muerte. Con todas las salidas de Menzoberranzan protegidas con la malvada magia drow, ¿adónde podían ir? Todos ellos habían presenciado los brutales castigos que los drows propinaban a los esclavos recapturados. A una orden de Dinin, tomaron sus posiciones alrededor del cerco de setas.

Dinin metió una mano en una bolsa grande y sacó una plancha de metal caliente, movió el objeto, perfectamente visible en el espectro infrarrojo, para lanzar tres destellos de aviso a las brigadas de Nalfein y Rizzen. Después, con su arrogancia habitual, Dinin lo lanzó al aire antes de volver a cogerlo y guardarlo en las profundidades de su bolsa, que mantenía el calor. En obediencia a esta señal, la brigada drow colocó los dardos encantados en sus pequeñas ballestas de mano y apuntó éstas a los blancos que tenían asignados.

Una de cada cinco setas era aulladora, pero los dardos contenían una sustancia mágica capaz de silenciar el rugido de un dragón.

«... dos..., tres», contó Dinin, marcando el tiempo con la mano, dado que no se podían oír sonidos dentro de la esfera de silencio mágico que cubría a sus tropas. Imaginó el chasquido de la cuerda de su ballesta cuando lanzó el dardo contra la aulladora más próxima. Esta escena se repitió en todo el perímetro de la casa DeVir, a medida que los dardos encantados silenciaban sistemáticamente la primera línea de alarma.

Al otro lado de Menzoberranzan, la matrona Malicia, sus hijas y cuatro de las sacerdotisas comunes de la casa estaban reunidas en un impío círculo de ocho miembros. Rodeaban un ídolo de su malvada diosa, una gema tallada que reproducía a un drow con rostro de araña, e imploraban la ayuda de Lloth en su lucha. Malicia ocupaba la cabecera, reclinada en una silla de parto. Briza y Vierna se encontraban a su lado, y la primera le sujetaba una mano.

El grupo cantaba al unísono, al tiempo que fundía sus energías en un único hechizo ofensivo. Al cabo de unos momentos, cuando Vierna, ligada telepáticamente con Dinin, advirtió que el primer grupo de ataque se encontraba en posición, el círculo de los ocho de la casa Do'Urden envió la primeras ondas de energía mental contra la casa rival.

La matrona Ginafae, sus dos hijas y las cinco sacerdotisas principales de las tropas de la casa DeVir se acurrucaban en la oscuridad de la antesala de la capilla principal del edificio de cinco estalagmitas. Se habían reunido allí cada noche en solemne plegaria desde que la matrona Ginafae tuvo noticia de que había caído en desgracia con Lloth. Ginafae comprendía muy bien lo vulnerable que sería su casa hasta tanto no encontrara la manera de apaciguar a la reina araña. Había sesenta y ocho casas más en Menzoberranzan, y entre éstas unas veinte que podían atreverse a atacar la casa DeVir aprovechándose de esta terrible desventaja. Las ocho sacerdotisas se mostraban muy nerviosas, como si sospecharan lo que podía ocurrir a lo largo de la noche.

Ginafae fue la primera en percibirlo: un estallido helado de percepciones confusas que la hicieron tartamudear en medio de su súplica de perdón. Las otras sacerdotisas de la casa DeVir la miraron inquietas al advertir las dificultades en el habla de la matrona, y esperaron su confirmación.

—Nos atacan —gimió Ginafae, sintiendo que la cabeza le estallaba de dolor ante el formidable ataque mental de los clérigos de la casa Do'Urden.

La segunda señal de Dinin puso en marcha a las tropas esclavas, que corrieron sigilosamente hacia la cerca y se abrieron paso entre las setas gigantes a golpes de espada. El segundo hijo de la casa Do'Urden observó complacido la fácil invasión del patio de la casa DeVir.

—Una guardia muy poco preparada —susurró sarcástico a las gárgolas, bañadas en un resplandor rojizo, que había en lo alto de las murallas. Al principio de la noche las estatuas le habían parecido una guardia formidable; ahora, en cambio, no eran más que un montón de piedras inofensivas.

Dinin advirtió el creciente pero contenido entusiasmo de los soldados a su alrededor, que anhelaban entrar en combate. De vez en cuando se producía un relámpago mortal cuando alguno de los esclavos tropezaba con una runa protectora; el segundo hijo y los demás drows se reían del espectáculo. Las razas inferiores no tenían valor para el ejército de la casa Do'Urden. El único propósito de traer a los goblins a la casa DeVir era que activaran las trampas letales y las defensas instaladas en el perímetro, para así permitir el paso seguro de los elfos oscuros, los verdaderos soldados.

La cerca estaba abierta, y ya no hacía falta actuar en secreto, pues los soldados de la casa DeVir habían salido al encuentro de los esclavos. No bien Dinin levantó una mano para transmitir la señal de ataque, sus sesenta guerreros se lanzaron a la lucha con los rostros retorcidos en una expresión salvaje, mientras blandían sus espadas dispuestos a matar a sus rivales en el acto.

Aun así, se detuvieron un momento para ejecutar el último acto de preparación antes de la matanza. Todos los drows, nobles y plebeyos poseían ciertas dotes mágicas. Crear una esfera de oscuridad, similar a la que había utilizado Dinin contra los peludos unas horas antes, era algo muy sencillo hasta para el más vulgar de los elfos drows. En consecuencia, los sesenta soldados de Do'Urden se dedicaron a lanzar esferas de oscuridad por encima de la cerca de setas por todo el perímetro de la casa DeVir.

A pesar de todas sus precauciones y el sigilo de sus movimientos, la casa Do'Urden sabía que muchas miradas seguían el desarrollo del ataque. Los testigos no representaban una amenaza, pues por lo general no se molestaban en identificar a la casa atacante, pero las costumbres y las normas exigían un cierto secreto: eran las reglas de etiqueta de la guerra drow. En un instante, la casa DeVir se convirtió, para el resto de la ciudad, en una mancha negra en el paisaje de Menzoberranzan.

Rizzen se acercó por detrás de su hijo menor y se comunicó con él por medio del complicado lenguaje por señas de los drows.

—Bien hecho —transmitió—. Nalfein ha entrado por la parte de atrás.

—Obtendremos una fácil victoria —opinó el presuntuoso Dinin—, siempre que mantengamos a raya a la matrona Ginafae y a sus clérigos.

—Confía en la matrona Malicia —respondió Rizzen, que palmeó el hombro de su hijo antes de seguir a sus tropas a través de la brecha abierta en la cerca de setas.

Por encima de las construcciones de la casa DeVir, Zaknafein descansaba muy cómodo en la corriente del sirviente aéreo de Briza, mientras contemplaba el desarrollo del drama. Desde esta ventajosa posición, Zak podía ver el interior del anillo de tinieblas y podía oír los sonidos contenidos en la esfera de silencio mágico. Las tropas de Dinin, los primeros en penetrar en la residencia, habían encontrado una fuerte resistencia en cada una de las puertas y ahora soportaban un duro castigo.

Nalfein y su brigada, las tropas de la casa Do'Urden más avezadas en las artes de la hechicería, cruzaron la cerca por la parte posterior del complejo. Rayos y bolas mágicas de ácido estallaban en el patio contra la base de la casa, sin hacer distinciones entre defensores y atacantes, que caían como moscas.

En el patio principal, Rizzen y Dinin comandaban a los mejores guerreros de la casa Do'Urden. Cuando todas las tropas se enzarzaron en combate, Zak advirtió que las bendiciones de Lloth eran para los agresores. Los soldados de la casa Do'Urden atacaban más rápido que sus enemigos y sus estocadas siempre eran certeras. En cuestión de minutos, se combatía entre los cinco pilares.

Zak estiró los brazos para librarlos del entumecimiento producido por el frío y puso en marcha su sirviente aéreo con una orden mental. Descendió en su lecho de aire, y lo abandonó de un salto cuando se encontró a un par de metros de la terraza de las habitaciones superiores del pilar central.

De inmediato, dos guardias, un hombre y una mujer, salieron a su encuentro; pero, al no poder distinguir la forma real de lo que parecía ser una mancha gris, vacilaron. Su confusión duró demasiado. Nunca habían oído mencionar a Zaknafein Do'Urden e ignoraban que se enfrentaban a la muerte.

El látigo de Zak restalló en el aire como un relámpago y de un sólo golpe cortó la garganta de la mujer, mientras que con la otra mano manejaba la espada para realizar con gran maestría una serie de paradas y ataques que hicieron perder el equilibrio al guardia. Zak acabó con los dos con un único y velocísimo movimiento. Tiró del látigo enrollado en la garganta de la mujer, que salió disparada de la terraza, al tiempo que con un puntapié en el rostro le hacía seguir al hombre el mismo camino, hasta el suelo de la cueva.

Zak ya se encontraba en el interior, donde otro guardia cometió la temeridad de hacerle frente y acabó muerto en el acto.

El maestro de armas avanzó pegado a la curva pared de la torre, para aprovechar al máximo el camuflaje de su cuerpo enfriado que se confundía con el color de la piedra. Los soldados de la casa DeVir corrían de un lado a otro en un vano intento de organizar la defensa contra la horda de intrusos que dominaban el nivel inferior de todas las estructuras y se habían hecho con el control de dos pilares.

Zak no les hizo caso. Se aisló mentalmente del estrépito de las armas de adamantita, los gritos de los comandantes y los alaridos de los que morían, para concentrarse en un sonido singular que lo guiaría hasta su destino: un cántico frenético.

Encontró un pasillo desierto adornado con tallas de arañas, que se adentraba hacia el centro de la estalactita. Como en la casa Do'Urden, este corredor acababa en unas grandes puertas dobles, con decoraciones donde predominaban las formas arácnidas.

—Éste tiene que ser el lugar —murmuró Zak, cubriéndose la cabeza con la capucha.

Una araña gigante salió de pronto de su escondrijo al lado mismo del hombre.

Zak se zambulló por debajo del monstruo al tiempo que giraba sobre sí mismo para clavar su espada casi hasta la empuñadura en el vientre de la criatura. Un líquido pegajoso empapó al maestro de armas mientras la araña se debatía en los estertores de una muerte rápida.

—Sí, éste debe de ser el lugar —susurró Zak, limpiándose el rostro, sucio con los fluidos pestilentes. A continuación, arrastró al monstruo muerto hasta el cubículo que le había servido de escondrijo, y se acurrucó a su lado, en la esperanza de que nadie hubiese advertido la breve pelea.

Por el estrépito de las armas al chocar, Zak calculó que la lucha se desarrollaba muy cerca del piso en que se hallaba. Al parecer, las defensas de la casa DeVir resistían, y los invasores no conseguían avanzar.

—Ahora, Malicia —musitó Zak, en la confianza de que Briza, con la que estaba unido telepáticamente, captaría su agitación—. ¡Que no sea demasiado tarde!

En la antesala de los clérigos de la casa Do'Urden, Malicia y sus subordinadas mantenían su brutal ataque telepático contra los sacerdotes de la casa DeVir. Lloth escuchaba sus plegarias con más claridad que las de sus oponentes, y otorgaba a los clérigos de la casa Do'Urden hechizos más poderosos en su combate mental. Ya habían conseguido sin muchas dificultades poner a sus enemigos a la defensiva. Una de las sacerdotisas menores en el círculo de los ocho de DeVir había resultado aplastada por las ondas mentales de Briza, y su cadáver yacía en el suelo a un palmo de los pies de la matrona Ginafae.

No obstante, el ataque había perdido impulso y la batalla parecía equilibrada. La matrona Malicia, atenazada por los dolores del parto, no podía mantener la concentración, y, sin su voz, los hechizos del círculo sacrílego se debilitaban.

Al costado de su madre, la poderosa Briza sujetaba la mano de Malicia con tanta fuerza que le había cortado la circulación, y ahora aquélla aparecía a los ojos de los demás como el único punto frío en el cuerpo de la parturienta. Briza vigilaba las contracciones y el penacho de cabellos blancos del bebé, para calcular el tiempo que faltaba para el nacimiento. La técnica de trasladar el dolor del parto a un hechizo ofensivo era algo que sólo mencionaban las leyendas y nadie lo había puesto en práctica, aunque Briza sabía que el tiempo era el factor crítico.

Susurró al oído de su madre para ayudarla a pronunciar las palabras de la salmodia mortal.

La matrona Malicia reprimió sus gemidos para transformar la agonía de su dolor en potencia ofensiva.

—*Dinnen douward ma brechen tol* —rezó Briza.

—*¡Dinnen douward... maaa... brechen tol!* —repitió Malicia, esforzándose tanto por concentrarse en medio de su dolor que sus dientes hicieron un corte en su delgado labio inferior.

La cabeza del bebé se hizo un poco más visible, y esta vez no retrocedió.

Briza se estremeció casi sin poder recordar las palabras de la salmodia. Murmuró la última estrofa al oído de la matrona, con un poco de miedo por las consecuencias.

Malicia hizo acopio de todo su valor. Percibía el cosquilleo del hechizo con tanta claridad como el dolor del parto. Para sus hijas, que la contemplaban incrédulas de pie alrededor del ídolo, semejaba una mancha roja de furia hirviente, surcada por líneas de sudor tan brillantes como el vapor del agua.

—*Abec* —pronunció la matrona, consciente del aumento de la presión—. *Abec.* —Notó el desgarro ardiente de su piel, la súbita y resbaladiza descarga a medida que pasaba la cabeza del bebé, el repentino éxtasis del nacimiento—. *¡Abec di'n'a'BREG DOUWARD!* —gritó Malicia, convirtiendo toda su agonía en una última explosión de poder mágico que derribó incluso a los clérigos de su propia casa.

Transportado en el empuje de la exultación de la matrona Malicia, el duomer cayó como un rayo en la capilla, destrozó el ídolo de Lloth, convirtió las puertas dobles en un montón de hierros retorcidos y lanzó por tierra a la matrona Ginafae y a sus subordinados.

Zak sacudió la cabeza incrédulo cuando las puertas de la capilla volaron por delante de su escondite.

—¡Vaya coz, Malicia! —exclamó, con una carcajada. Sin perder un segundo se adelantó hasta la entrada de la capilla. Utilizando la infravisión, inspeccionó el recinto a oscuras y distinguió a los siete ocupantes vivos, con sus prendas convertidas en harapos, que intentaban levantarse. Movió una vez más la cabeza, admirado por el tremendo poder de la matrona Malicia, y se cubrió el rostro con la capucha.

Un chasquido de su látigo fue su única presentación mientras estrellaba una pequeña esfera de cerámica delante de sus pies. La esfera se hizo pedazos y dejó caer un perdigón que Briza había hechizado para este tipo de situaciones, un perdigón que resplandecía con la fuerza del sol.

Para los ojos habituados a la oscuridad y capacitados para ver el espectro infrarrojo, la súbita aparición de una luz tan intensa fue como una terrible quemadura. Los gritos de dolor de las sacerdotisas ayudaron a Zak en su sistemático recorrido por la habitación. El maestro de armas sonreía complacido detrás del velo de la capucha cada vez que su espada se hundía en la carne de los drows.

Oyó las primeras palabras de un hechizo, al otro lado de la sala, y comprendió que uno de los DeVir se había recuperado lo suficiente para llegar a ser peligroso. Zak no necesitaba de sus ojos para orientarse, y de un latigazo le arrancó la lengua a la matrona Ginafae.

Briza colocó al recién nacido sobre el lomo del ídolo araña y empuñó la daga ceremonial. Hizo una pausa para admirar el trabajo del artista que había fabricado el puñal de los sacrificios. La empuñadura reproducía el cuerpo de una araña de ocho patas cubiertas de púas diminutas a modo de pelos y dispuestas en diagonal hacia abajo para servir de cuchillas. Briza levantó el arma por encima del pecho del bebé.

—Nombra al bebé —le rogó a su madre—. ¡La reina araña no aceptará el sacrificio hasta que el bebé tenga un nombre!

La matrona Malicia bamboleó la cabeza, intentando entender las palabras de su hija. La madre matrona había consumido toda su energía mental en el momento del hechizo y el nacimiento, y ahora apenas si conservaba algo de lucidez.

—¡Nombra al bebé! —gritó Briza, ansiosa por alimentar a su deidad hambrienta.

—Se aproxima el final —le comentó Dinin a su hermano cuando se encontraron en el vestíbulo inferior de uno de los pilares más pequeños de la casa DeVir—. Rizzen está a punto de conquistar esta torre, y al parecer Zaknafein ha completado su trabajo.

—Dos pelotones de la casa DeVir se han pasado a nuestro bando —respondió Nalfein.

—Han olido la derrota —afirmó Dinin, con una carcajada—. Les da lo mismo una casa que otra; para los plebeyos no hay causa por la que valga la pena morir. Nuestra tarea está a punto de acabar.

—Demasiado rápido para que alguien se diera cuenta de algo —dijo Nalfein—. ¡Ahora Do'Urden, Daermon N'a'shezbaernon, es la casa novena de Menzoberranzan, y malditos sean los DeVir!

—¡Cuidado! —gritó de pronto Dinin, con los ojos muy abiertos en una fingida expresión de espanto mientras miraba por encima del hombro de su hermano.

Nalfein reaccionó en el acto y se volvió para hacer frente al peligro que lo acechaba por detrás, con lo cual dio la espalda al atacante real. En la misma fracción de segundo en que Nalfein advertía la traición, la espada de Dinin le cortó la espina dorsal. Dinin apoyó la cabeza en el hombro de su hermano y apretó su mejilla contra la de Nalfein, para observar cómo la chispa roja se apagaba en sus ojos.

—Demasiado rápido para que alguien se diera cuenta de algo —se burló Dinin, repitiendo las palabras de su hermano. Se apartó del cuerpo inerte, que cayó al suelo—. ¡Ahora Dinin es el hijo mayor de la casa Do'Urden, y maldito sea Nalfein!

—Drizzt —susurró la matrona Malicia—. ¡El nombre del niño es Drizzt!

Briza apretó la empuñadura de la daga y comenzó el ritual del sacrificio.

—Reina de las arañas, toma a este niño —recitó, y levantó el puñal, lista para descargar el golpe—. Te entregamos a Drizzt Do'Urden como una ofrenda por nuestra gloriosa vic...

—¡Espera! —gritó Maya desde un costado de la habitación. Su vínculo telepático se había interrumpido bruscamente y esto sólo podía significar una cosa—. Nalfein ha muerto —anunció—. El bebé ya no es el tercer hijo vivo.

Vierna dirigió una mirada de interrogación a su hermana. En el preciso momento en que Maya percibía la muerte de Nalfein, Vierna, conectada a Dinin, notaba una fuerte conmoción emocional. ¿Alegría? Vierna frunció los labios, y se preguntó si Dinin habría conseguido cometer el fratricidio.

Briza aún sostenía la daga con forma de araña sobre el pecho del bebé, dispuesta a sacrificarlo a Lloth.

—Prometimos a la reina araña el tercer hijo vivo —le advirtió Maya—. Y hemos cumplido.

—Pero no en sacrificio —protestó Briza.

—Si Lloth aceptó a Nalfein, entonces la promesa está satisfecha —manifestó Vierna, confundida—. Entregarle otro podría provocar la ira de la reina araña.

—¡Si no le damos lo que habíamos prometido podría resultar todavía peor! —insistió Briza.

—Entonces cumple con el cometido —dijo Maya.

Briza levantó otra vez la daga y volvió a iniciar el ritual.

—Aparta tu mano —le ordenó la matrona Malicia, que se irguió en su silla—. Lloth está satisfecha; la victoria es nuestra. Dad la bienvenida a vuestro hermano, el flamante miembro de la casa Do'Urden.

—Sólo es un varón —comentó Briza, disgustada, al tiempo que se apartaba del ídolo y del bebé.

—La próxima vez lo haremos mejor —repuso Malicia, con una risita. En su fuero interno se preguntó si habría una próxima vez. Se acercaba al final de su quinto siglo de vida, y las elfas drows no eran muy prolíficas, ni aun las jóvenes. Malicia había concebido a Briza cuando tenía cien años, pero en las cuatro centurias transcurridas desde entonces sólo había tenido otros cinco hijos. Incluso este bebé, Drizzt, había llegado como una sorpresa, y Malicia no esperaba volver a tener más hijos.

»Basta ya de discusiones —musitó Malicia para sí misma, exhausta—. Ya habrá tiempo de sobra... —Se hundió en su silla y se sumió en un profundo y placentero sueño para soñar con nuevas cotas de poder.

Zaknafein caminó a través del pilar central de la casa DeVir, con la capucha en una mano y su látigo y la espada sujetos otra vez al cinturón. De vez en cuando se oía el ruido de una refriega, que concluía casi de inmediato. La casa Do'Urden había alcanzado la victoria, la casa décima había derrotado a la cuarta, y ahora sólo faltaba eliminar las pruebas y a los testigos. Un grupo de sacerdotisas menores se ocupaba de atender a los Do'Urden heridos y de reanimar a los cadáveres que no podían curar, para que los cuerpos pudiesen alejarse por sus propios medios del escenario del crimen. Cuando estuviesen de regreso en la casa Do'Urden, los muertos que no presentaran lesiones irreversibles serían resucitados y devueltos a sus ocupaciones.

Zak se alejó, estremecido por el espectáculo, mientras las sacerdotisas iban de habitación en habitación, seguidas por una fila de zombis Do'Urden cada vez más larga.

Si la presencia de esta tropa le resultaba desagradable, mucho peor era la que la seguía. Dos sacerdotisas Do'Urden guiaban a un pelotón por el edificio, con el objetivo de descubrir por medio de sus hechizos detectores los escondites de los DeVir supervivientes. Una de las sacerdotisas se detuvo en el vestíbulo a unos pocos pasos de Zak, y, con los ojos en blanco, se concentró en las vibraciones de su hechizo. Extendió un brazo ante ella y trazó una línea en el aire, como si sus dedos fuesen una macabra vara mágica a la búsqueda de carne drow.

—¡Allí! —exclamó la mujer, señalando una sección en la base de la pared. Los soldados se lanzaron como una manada de lobos contra la puerta secreta y la derribaron en el acto. En el pequeño escondite se acurrucaban los niños de la casa DeVir. Debido a su condición de nobles no podían dejarlos vivos.

Zak caminó deprisa para no presenciar la escena, aunque pudo oír con toda claridad los gritos desesperados de los niños mientras los sanguinarios soldados de Do'Urden cumplían su macabro trabajo. El maestro de armas marchaba casi a la carrera cuando al dar la vuelta en un recodo se encontró de pronto con Dinin y Rizzen.

—Nalfein está muerto —declaró Rizzen, impasible.

Zak dirigió una mirada de sospecha al segundo hijo de la casa Do'Urden.

—Maté al soldado DeVir que cometió el crimen —le aseguró Dinin, sin disimular una sonrisa presuntuosa.

Zak tenía cuatrocientos años, y conocía muy bien las costumbres de su ambiciosa raza. Los hermanos habían estado en la retaguardia, siempre separados del enemigo por una hueste de soldados Do'Urden. Cuando al fin habían entrado en los edificios, casi todas las tropas supervivientes de los DeVir se habían pasado a la casa Do'Urden. El maestro de armas habría jurado que ninguno de los hermanos había llegado a presenciar combate alguno contra los DeVir.

—Todas nuestras tropas se han enterado de la masacre en la capilla —le comentó Rizzen a Zak—. Te has comportado con la misma perfección de siempre, tal como esperábamos de ti.

Zak dirigió una mirada de desprecio a su patrón y siguió su camino, que lo llevó a través de la puerta principal hasta más allá de la oscuridad mágica y al silencio de la tenebrosa alba de Menzoberranzan. Rizzen no era más que el último de una larga lista de compañeros de la matrona Malicia. Cuando ésta decidiese dar por acabada la relación, lo relegaría otra vez a las filas de los soldados plebeyos, despojado del nombre Do'Urden y de todos los derechos que lo acompañaban, o mandaría matarlo. Zak no le debía respeto.

El maestro de armas atravesó el cerco de setas y, tras buscar el punto de observación más alto a su alcance, se dejó caer al suelo. Al cabo de unos momentos contempló, asombrado, el desfile del ejército Do'Urden: el patrón y el hijo, los soldados y las sacerdotisas, y las dos docenas de zombis, que regresaban a su casa. Habían perdido a casi todos los esclavos, y no se habían preocupado por recuperarlos, pero la columna que abandonaba la arrasada casa DeVir era más numerosa que antes. Los esclavos perdidos habían sido reemplazados por partida doble con los esclavos de la familia DeVir, y cincuenta o más soldados plebeyos de la familia vencida se habían unido voluntariamente a los agresores, algo muy habitual entre los drows. Estos traidores serían sometidos a un interrogatorio mágico por las sacerdotisas Do'Urden para comprobar su sinceridad.

Zak sabía que todos superarían la prueba. Los elfos drows eran supervivientes, y no gente de principios. Los soldados recibirían una nueva identidad y serían mantenidos en el aislamiento de la casa Do'Urden durante unos meses, hasta que nadie recordara la caída de la casa DeVir.

El maestro de armas no los acompañó. En cambio, buscó un atajo entre las setas gigantes hasta llegar a un pequeño claro, donde se acostó sobre la roca cubierta de musgo para contemplar la eterna oscuridad del techo de la caverna... y la eterna oscuridad de su existencia.

Como intruso en la zona más poderosa de la gran ciudad, lo más sensato por su parte habría sido permanecer en silencio en aquel momento. Pensó en los posibles testigos, los elfos oscuros que habían presenciado la caída de la casa DeVir, y que habían disfrutado con el espectáculo. Enfrentado a semejante comportamiento y a la carnicería de esa noche, Zak no podía contener sus emociones. Su lamento se manifestó como un ruego a un dios desconocido.

—¿Qué clase de lugar es mi mundo? ¿En qué oscuro torbellino se ha encarnado mi espíritu? —susurró furioso, manifestando la repulsa que siempre había sentido en su interior—. A la luz, veo que mi piel es negra; en la oscuridad, resplandece blanca al calor de esta furia que no puedo rechazar.

»Ojalá tuviese el coraje de dejar este lugar o esta vida, o de enfrentarme abiertamente contra la maldad que es este mundo, el de mi gente; el coraje de buscar una existencia que no esté en contra de mis creencias, sino regida por aquello que tengo por verdadero.

»Zaknafein Do'Urden es mi nombre, y sin embargo no soy un drow, ni por nacimiento ni por adopción. Dejemos que descubran el ser que soy. Dejemos que descarguen sus vituperios sobre estos viejos hombros que ya no soportan la carga del desconsuelo de Menzoberranzan.

Sin hacer caso de las consecuencias, el maestro de armas se irguió en toda su estatura para lanzar su pregunta a los cuatro vientos.

—Menzoberranzan, ¿qué demonios eres? —gritó.

Después, cuando no llegó respuesta de la ciudad en silencio, Zak flexionó sus cansados músculos para eliminar los restos del frío mágico de Briza. Palmeó el látigo sujeto a su cinturón, y lo consoló recordar que el arma le había permitido cortarle la lengua a una madre matrona.

3

LOS OJOS DE UN NIÑO

Masoj, el joven aprendiz —lo cual, en esta etapa de su carrera de mago, sólo significaba que tenía igual categoría que un sirviente—, se apoyó en el mango de su escoba y observó a Alton DeVir, quien cruzaba la puerta de la cámara más alta de la torre. Masoj casi sentía compasión por el estudiante, que tenía que entrar y enfrentarse al Sin Rostro.

El aprendiz también se sentía excitado al saber que la discusión entre Alton y el maestro Sin Rostro sería algo digno de presenciar. Se dedicó otra vez a barrer y utilizó la escoba para avanzar a lo largo de la curva de la pared, en dirección a la puerta.

—Habéis requerido mi presencia, maestro Sin Rostro —repitió Alton DeVir, alzando una mano y entornando los párpados para protegerse del intenso resplandor de los tres candelabros que iluminaban la habitación. Alton se movió incómodo, descargando su peso de un pie a otro sin apartarse de la puerta.

Al otro extremo del recinto, el Sin Rostro se mantenía de espaldas al joven DeVir. «Lo mejor es acabar con esto cuanto antes», pensó el maestro. Era consciente de que el hechizo que preparaba en ese momento mataría al estudiante antes de darle tiempo a conocer el destino de su familia, por lo que no cumpliría con las instrucciones finales de Dinin Do'Urden, pero el riesgo era muy alto y lo mejor era hacerlo cuanto antes.

—Habéis... —repitió Alton, pero la prudencia lo contuvo y en cambio intentó comprender la situación en que se encontraba. Era algo poco habitual ser llamado a los aposentos privados de un maestro de la Academia antes de comenzar las lecciones del día. Cuando había recibido el aviso, Alton pensó que había fracasado en una de sus lecciones, lo cual podía ser un error fatal en Sorcere. Alton estaba a punto de graduarse, pero el voto en contra de uno solo de los maestros podía acabar con sus estudios.

Había sido uno de los alumnos más aplicados del Sin Rostro, e incluso había creído que el misterioso maestro lo favorecía. ¿Podría ser esta llamada un gesto de cortesía y una felicitación por su éxito como estudiante? Alton comprendió que esto era poco probable, pues los maestros de la Academia no solían felicitar a los alumnos.

Entonces oyó el rumor de la salmodia y advirtió que el maestro se ocupaba de preparar un hechizo. De pronto, le pareció que había algo muy extraño, que en su conjunto la situación no encajaba en los estrictos procedimientos de la Academia. Alton separó las piernas y plantó los pies bien firmes al tiempo que tensaba los músculos, en una respuesta automática al lema que la Academia inculcaba a sus alumnos desde el primer día, el precepto que mantenía vivos a los elfos oscuros en una sociedad tan devota del caos: estad preparados.

La puerta estalló delante de sus narices, y una lluvia de fragmentos de piedra azotó la habitación mientras Masoj salía despedido contra una pared. El aprendiz consideró que el espectáculo merecía los inconvenientes y el golpe en el hombro cuando vio a Alton DeVir salir por piernas de la habitación. De la espalda y el brazo izquierdo del estudiante salían hilillos de humo, y la más exquisita expresión de pánico y dolor que Masoj había visto en toda su vida se reflejaba en el rostro del joven DeVir.

Alton cayó al suelo y rodó sobre sí mismo, en un intento desesperado por alejarse del maestro asesino. Consiguió bajar y dar la vuelta por el arco descendente del suelo de la habitación y atravesar la puerta que daba a la siguiente cámara inferior en el preciso momento en que el Sin Rostro aparecía en la abertura de la puerta destrozada.

El maestro se detuvo para soltar una maldición ante su fracaso y a pensar en la mejor manera de reemplazar la puerta.

—¡Limpia toda esta basura! —le ordenó a Masoj, que una vez más estaba tan fresco con las manos sujetas al extremo del palo de la escoba y la barbilla apoyada en las manos.

Masoj agachó la cabeza obediente y comenzó a barrer las esquirlas de piedra; pero, en cuanto el Sin Rostro lo dejó atrás, abandonó su tarea y siguió con cautela a su amo.

Alton no tenía escapatoria posible, y él no se quería perder el final de este episodio.

La tercera habitación, la biblioteca privada del Sin Rostro, era la más iluminada de las cuatro que había en la torre, con docenas de velas encendidas en cada una de las paredes.

—¡Maldita luz! —exclamó Alton, que, cegado por el resplandor, se abrió paso a tientas hacia la puerta que conducía al vestíbulo de entrada a la residencia del maestro. Si podía llegar hasta allí y salir de la torre para ganar acceso al patio de la Academia, quizás consiguiera salir bien librado del aprieto.

Alton pertenecía al oscuro mundo de Menzoberranzan, pero el Sin Rostro, que había pasado tantas décadas a la luz de los candelabros de Sorcere, se había acostumbrado a ver los matices de la luz además de las ondas infrarrojas del calor.

El vestíbulo aparecía abarrotado de sillas y cofres e iluminado con una única vela, y por lo tanto Alton podía ver con la claridad suficiente para esquivar o saltar los obstáculos. Corrió hasta la puerta y, sujetando el pesado picaporte, lo hizo girar con facilidad; sin embargo, cuando tiró para abrir la puerta, la hoja no se movió y una chispa de energía azul lo lanzó contra el suelo.

—¡Maldito sea este lugar! —gritó Alton. La puerta tenía un cierre mágico. El estudiante conocía un hechizo para abrir puertas encantadas, aunque dudaba que su magia tuviese el poder suficiente para deshacer el encantamiento de un maestro. Dominado por la prisa y el miedo, las palabras del duomer pasaron por la mente de Alton en una confusión indescifrable.

—¡No huyas, DeVir! —vociferó el Sin Rostro desde la otra habitación—. ¡Sólo conseguirás prolongar tu tormento!

—Maldito seas tú también —replicó Alton en un murmullo. Se despreocupó del encantamiento, porque no tendría tiempo de ponerlo en práctica. En cambio, examinó el cuarto en busca de alguna otra salida.

Descubrió algo fuera de lo corriente a media altura de una de las paredes laterales, en el espacio entre dos grandes armarios, y retrocedió unos pasos para poder ver mejor; pero se encontró dentro de la zona iluminada por la vela, en el campo donde sus ojos percibían al mismo tiempo las ondas de luz y de calor.

Sólo podía ver que esta sección de la pared presentaba un resplandor uniforme en el espectro infrarrojo y que su tono tenía un matiz distinto del de las piedras de las paredes. ¿Otra puerta? Alton únicamente podía confiar en que su suposición fuese la correcta. Corrió hasta el centro de la habitación para situarse delante mismo del objeto, y forzó el cambio de la visión infrarroja al del mundo de la luz.

A medida que sus ojos se acomodaban al cambio, lo que pudo ver sorprendió y desconcertó al joven DeVir. No vio otra puerta, ni una abertura a otro cuarto al otro lado. Lo que tenía delante era un reflejo de sí mismo, y una parte de la habitación donde se encontraba. En sus cincuenta y cinco años de vida, Alton nunca había visto nada igual, aunque había oído hablar de estos artefactos a los maestros de Sorcere. Los llamaban espejos.

Un movimiento en la puerta superior de la habitación recordó a Alton que el Sin Rostro estaba a unos pasos de distancia. No podía perder más tiempo en estudiar sus opciones. Agachó la cabeza y cargó contra el espejo.

Quizás se trataba de un portal de teletransporte a otro sector de la ciudad, o de una puerta a otra habitación. Tal vez, se atrevió a pensar Alton en aquellos segundos de desesperación, era una abertura de comunicación entre planos que lo llevaría a un plano nuevo y desconocido.

Sintió el cosquilleo excitante de la aventura mientras se acercaba al objeto maravilloso. Después, notó sólo el impacto, el ruido del cristal que se rompía, y la dureza de la pared de piedra detrás de aquella cosa.

En fin de cuentas, quizás sólo era un espejo.

—Mira sus ojos —le susurró Vierna a Maya mientras las dos mujeres observaban al nuevo miembro de la casa Do'Urden.

Efectivamente, los ojos del bebé eran dignos de comentar. A pesar de que había transcurrido menos de una hora desde el nacimiento, las pupilas se movían de un lugar a otro atentas a todo. Si bien mostraban el resplandor típico de los ojos capaces de ver en el espectro infrarrojo, el rojo habitual aparecía teñido con una pizca de azul, con lo cual tenían un tono lila.

—¿Será ciego? —preguntó Maya—. Después de todo, quizás acabe sacrificando a la reina araña.

Inquieta, Briza volvió a observar los ojos de su hermano. Los elfos oscuros sacrificaban a los niños con defectos físicos.

—No es ciego —contestó Vierna, que pasó una mano por delante del rostro del pequeño y dirigió una mirada de furia a sus hermanas—. Sigue el movimiento de mis dedos.

Maya vio que Vierna decía la verdad. Se acercó un poco más al bebé y observó su rostro y sus extraños ojos.

—¿Qué es lo que ves, Drizzt Do'Urden? —preguntó en voz baja, no por delicadeza hacia el recién nacido, sino para no molestar a su madre, que descansaba en una silla colocada junto al ídolo araña.

—¿Qué puedes ver que nosotras no veamos?

Los cristales se aplastaron con el peso de Alton, y le produjeron profundos cortes cuando movió el cuerpo en un esfuerzo por ponerse de pie. «¿Para qué?», pensó.

Oyó el gemido del Sin Rostro al ver su espejo destrozado y miró en dirección a la voz. El hechicero estaba casi encima de él.

Al joven DeVir le pareció estar a los pies de un gigante: un ser enorme y poderoso que tapaba la luz de la vela en el pequeño espacio entre los dos armarios, con su cuerpo aumentado diez veces a los ojos de la víctima inerme por lo que representaba su presencia.

Alton notó que una sustancia pegajosa caía sobre él, una especie de telaraña que se enganchaba en los armarios, en la pared y en su cuerpo. El muchacho intentó levantarse, escapar como fuera, pero el hechizo del Sin Rostro ya lo tenía bien sujeto, atrapado como una mosca en la red de una araña.

—Primero mi puerta —exclamó el Sin Rostro—, y ahora esto: ¡mi espejo! ¿Tienes idea de lo que me costó conseguir un objeto tan precioso?

Alton movió la cabeza de un lado a otro, no como respuesta, sino con la intención de conseguir al menos librar su cara de la sustancia pegajosa.

—¿Por qué no te quedas quieto de una vez y dejas que acabe con todo esto sin más inconvenientes? —vociferó el Sin Rostro, profundamente disgustado.

—¿Por qué? —preguntó Alton, que antes de hablar escupió la sustancia pegada a sus labios—. ¿Por qué queréis matarme?

—¡Porque has roto mi espejo! —contestó el Sin Rostro.

Desde luego, su respuesta no tenía sentido —el espejo había sido roto después del primer ataque— pero para el maestro, pensó Alton, no era necesario que lo tuviese. Alton sabía que su causa estaba perdida, pero aun así continuó con sus esfuerzos para disuadir a su oponente.

—¡Conocéis muy bien la posición de mi casa, la casa DeVir! —afirmó indignado—. Es la cuarta de la ciudad. Provocaréis la ira de la matrona Ginafae. ¡Una gran sacerdotisa dispone de medios para averiguar la verdad en casos como éste!

—¿La casa DeVir? —El Sin Rostro soltó una carcajada. Quizás se imponía aplicar los tormentos solicitados por Dinin Do'Urden. Después de todo, Alton había destrozado su espejo.

—¡Sí, la cuarta casa! —repitió Alton.

—Jovenzuelo estúpido —se burló el Sin Rostro—. La casa DeVir ya no existe. No es la cuarta, ni la quinta; no es nada.

Alton aflojó los músculos, aunque la telaraña hizo todo lo posible por mantener su cuerpo erguido. ¿De qué hablaba el maestro?

—Están todos muertos —añadió el Sin Rostro—. La matrona Ginafae tiene la oportunidad de ver a Lloth más de cerca. —La expresión de horror de Alton complació al mago—. Todos muertos —repitió, ufano—. Excepto el pobre Alton, que vive para enterarse de la desgracia de su familia. ¡Un error que remediaremos ahora mismo! —El Sin Rostro levantó las manos para lanzar un hechizo mortal.

—¿Quién? —gritó Alton.

El Sin Rostro hizo una pausa, desconcertado por la pregunta.

—¿Qué casa es la responsable? —inquirió el estudiante, con más claridad—. O mejor dicho, ¿cuáles son las casas que conspiraron para destruir a los DeVir?

—Ah, tendrías que saberlo —respondió el Sin Rostro, que disfrutaba con el sufrimiento del joven—. Supongo que tienes derecho a saber la verdad antes de que te reúnas con los tuyos en el reino de los muertos. —Una sonrisa apareció en el agujero donde habían estado sus labios.

»¡Pero has roto mi espejo! —bramó el maestro—. ¡Muere, estúpido estudiante! ¡Busca tus propias respuestas!

El pecho del Sin Rostro se abombó de pronto, y unas terribles convulsiones le sacudieron el cuerpo, mientras balbuceaba maldiciones en una lengua desconocida para el aterrorizado estudiante. ¿Qué vil hechizo había preparado el maestro desfigurado, tan maligno que su salmodia sonaba como una jerga incomprensible para los educados oídos de Alton, de una crueldad tan grande que su sola enunciación era capaz de estremecer incluso al hechicero? Entonces el Sin Rostro cayó de bruces al suelo y expiró.

Asombrado, Alton siguió la línea trazada por la capucha del maestro a lo largo de la espalda y descubrió el extremo emplumado de un dardo. El joven DeVir contempló el objeto envenenado, que vibraba por el impacto, y después volvió su mirada hacia el centro de la habitación, donde el asistente permanecía muy tranquilo.

—¡Un arma muy bonita, Sin Rostro! —comentó Masoj, mientras tensaba la cuerda de una pequeña ballesta de mano. Obsequió a DeVir con una sonrisa pérfida y colocó otro dardo.

La matrona Malicia apoyó las manos en los brazos de su silla y con un tremendo esfuerzo de voluntad se puso de pie.

—¡Salid del paso! —les ordenó a sus hijas.

Maya y Vierna se apartaron de inmediato del ídolo araña y del bebé.

—Mira sus ojos, madre matrona —se atrevió a decir Vierna—. Son muy extraños.

La matrona Malicia observó al niño. Todo parecía normal, y se sintió complacida; ahora que Nalfein, el hijo mayor de la casa Do'Urden, había muerto, este niño, Drizzt, tendría que esforzarse mucho para reemplazar al hijo perdido.

—Sus ojos —repitió Vierna.

La matrona le dirigió una mirada maligna, pero se inclinó sobre el niño para ver a qué venía tanto escándalo.

—¿Lilas? —exclamó Malicia, sorprendida. Nunca había oído mencionar nada parecido.

—No es ciego —se apresuró a señalar Maya, al ver la expresión de desdén en el rostro de su madre.

—Traed la vela —ordenó la matrona Malicia—. Veamos qué aspecto tienen estos ojos en el mundo de la luz.

Maya y Vierna se dirigieron al armario sagrado, pero Briza se interpuso en su camino.

—Sólo una gran sacerdotisa puede tocar los objetos consagrados —les recordó en un tono cargado de amenaza. Con gesto altanero, dio media vuelta, abrió el armario, y sacó el cabo de una vela roja. Las sacerdotisas cerraron los ojos, y la matrona Malicia protegió el rostro del infante con una mano mientras Briza encendía la vela sagrada. La llama era muy pequeña, pero para los ojos de los drows tenía una potencia extraordinaria.

—Tráela —dijo Malicia en cuanto sus ojos se acomodaron a la intensidad de la luz. Briza acercó la vela al rostro de Drizzt, y Malicia apartó la mano poco a poco.

—No llora —comentó Briza, asombrada al ver que el bebé podía tolerar el aguijón de la luz sin problemas.

—Lilas también —susurró la matrona, sin prestar atención a los comentarios de su hija—. Los ojos son lilas en los dos mundos.

Vierna soltó una exclamación cuando miró a su hermano pequeño y sus extraños ojos lilas.

—Es tu hermano —le recordó la matrona Malicia, que interpretó la exclamación de Vierna como una insinuación de lo que podría ocurrir—. Cuando sea mayor y la mirada de sus ojos te atraviese, recuerda, por tu vida, que es tu hermano.

Vierna le volvió la espalda, casi a punto de dar una respuesta que después se arrepentiría de haber pronunciado. Las aventuras amorosas de la matrona Malicia con casi todos los soldados varones de la casa Do'Urden —y con muchos otros que la seductora matrona había conseguido arrebatar de otras casas— eran casi una leyenda en Menzoberranzan. ¿Qué se creía que era para recomendar prudencia y una conducta ejemplar? Vierna se mordió la lengua y deseó que ni Briza ni su madre hubiesen leído sus pensamientos en aquel momento.

En Menzoberranzan, pensar estas cosas acerca de una gran sacerdotisa, fuesen o no ciertas, significaba una muerte muy dolorosa. Malicia entornó los párpados, y Vierna creyó que la había descubierto.

—Tú te encargarás de educarlo —dijo la matrona Malicia.

—Maya es más joven —protestó Vierna—. Podría convertirme en gran sacerdotisa dentro de unos pocos años si dispongo del tiempo suficiente para mis estudios.

—O quizás nunca —le recordó Malicia, severa—. Lleva al niño a la capilla. Enséñale las palabras y ocúpate de que aprenda todo lo que necesita para servir correctamente como príncipe de la casa Do'Urden.

—Yo podría ocuparme de su educación —ofreció Briza, que, en un gesto inconsciente, acercó la mano a su látigo de serpientes—. Me encanta enseñar a los varones su lugar en nuestro mundo.

—Eres una gran sacerdotisa —replicó Malicia, con una mirada furiosa—. Tienes otras tareas más importantes que la de enseñar a hablar a un niño. —Después volvió su atención otra vez a Vierna—. ¡El bebé es tuyo; no me decepciones! Las lecciones que impartirás a Drizzt reforzarán tus conocimientos sobre nuestros preceptos. El ejercicio de la «maternidad» te ayudará en tus esfuerzos por convertirte en gran sacerdotisa. —Malicia hizo una pausa para que Vierna considerara el encargo desde un punto de vista más positivo, y a continuación volvió a utilizar un tono de amenaza—. ¡Quizás te pueda ayudar, pero ten presente que también puede destruirte!

Vierna suspiró sin dejar traslucir sus pensamientos. La tarea que la matrona Malicia había descargado sobre sus hombros consumiría todo su tiempo al menos durante diez años, y la perspectiva de tener que pasar toda una década junto al niño de ojos lilas no le resultaba nada grata. Sin embargo, la alternativa de enfrentarse a la cólera de la matrona Malicia Do'Urden era mucho peor.

—No eres más que un chico, un aprendiz —tartamudeó Alton, tras escupir otro trozo de baba pegajosa—. ¿Qué interés tenías...?

—¿En matarlo? —Masoj acabó la pregunta por él—. Desde luego, no para salvarte la vida, si es lo que crees. —Lanzó un escupitajo contra el cadáver del Sin Rostro—. Mírame, un príncipe de la sexta casa, convertido en sirviente de este asqueroso...

—Hun'ett —lo interrumpió Alton—. La Hun'ett es la casa sexta.

El drow más joven se llevó un dedo a los labios fruncidos, y de pronto una sonrisa le iluminó el rostro, una cruel sonrisa sarcástica.

—Supongo que ahora somos la casa quinta —comentó—, a la vista de que los DeVir han sido eliminados.

—¡Todavía no! —gruñó Alton.

—Sólo de momento —le aseguró Masoj, con el dedo en el gatillo de la ballesta.

Alton se hundió más en la red. Morir a manos de un maestro ya era bastante malo, pero la indignidad de ser asaeteado por un chico...

—Quizás tendría que darte las gracias —añadió Masoj—. Había planeado su muerte desde hace semanas.

—¿Por qué? —le preguntó Alton a su nuevo enemigo—. ¿Te has atrevido a asesinar a un maestro de Sorcere sólo porque tu familia te entregó a él como sirviente?

—¡Lo he matado porque me humillaba! —gritó Masoj—. Durante cuatro años he trabajado como un esclavo para él, para este montón de inmundicia. He limpiado sus botas. ¡He preparado ungüentos para la masa repugnante que tenía por cara! ¿Alguna vez fue suficiente? No para él. —Volvió a escupir al cadáver y prosiguió con su monólogo dedicado más a sí mismo que al estudiante prisionero—. Los nobles que aspiran a convertirse en magos tienen la ventaja de poder pasar una temporada como aprendices antes de alcanzar la edad necesaria para el ingreso en Sorcere.

—Desde luego —intervino Alton—. Yo mismo fui aprendiz con...

—¡Tenía la intención de no dejarme ingresar en Sorcere! —exclamó Masoj, sin hacer caso de Alton—. ¡Pretendía forzarme a entrar en Melee-Magthere, la escuela de los guerreros! Dentro de dos semanas cumpliré veinticinco años. —Masoj hizo una pausa, como si de pronto hubiese recordado que había alguien más en la habitación.

»No tenía más opción que matarlo —añadió, esta vez dirigiéndose a Alton—. Entonces apareciste tú y no pude dejar pasar la oportunidad. Un estudiante y un maestro que se matan el uno al otro en una pelea... No es la primera vez que sucede. ¿Quién podría preguntar nada? Por lo tanto, pienso que debo darte las gracias, Alton DeVir de Ninguna Casa Digna de Mención... —Masoj le dedicó un remedo de reverencia—, antes de que te mate, quiero decir.

—¡Espera! —gritó Alton—. ¿Qué esperas conseguir con mi muerte?

—Una coartada.

—Pero ¡si ya tienes una coartada! Y entre los dos podemos mejorarla —propuso DeVir.

—Explícate —dijo Masoj, que, en realidad, no tenía prisa. El Sin Rostro había sido un gran hechicero, por lo que la red mágica tardaría mucho en desaparecer.

—Suéltame —rogó Alton, ansioso.

—¿Es que de verdad eres tan estúpido como decía el Sin Rostro?

Alton aceptó el insulto sin protestar; después de todo, el muchacho tenía la ballesta.

—Suéltame para que pueda asumir la identidad del Sin Rostro —explicó—. La muerte de un maestro despertaría sospechas, pero si no hay maestro muerto...

—¿Y qué hacemos con éste? —preguntó Masoj, que acompañó sus palabras con un puntapié al cadáver.

—Quémalo —respondió Alton, entusiasmado con su plan—. Deja que Alton DeVir se convierta en el maestro. La casa DeVir ya no existe. No habrá preguntas, ni represalias.

Masoj mostró una expresión escéptica.

—El Sin Rostro era prácticamente un ermitaño —agregó Alton—. Y yo estoy muy cerca de la graduación; no hay duda de que puedo asumir perfectamente las sencillas tareas de la enseñanza básica después de treinta años de estudios.

—¿Y yo qué gano?

Alton lo miró perplejo, como si la respuesta fuese la cosa más obvia del mundo.

—Un maestro de Sorcere que será tu mentor —respondió—. Alguien que te ayudará en los años de estudio.

—Y alguien que podrá deshacerse de un testigo cuando le convenga —opinó Masoj con astucia.

—Si lo hago, ¿cuál sería mi beneficio? —replicó Alton—. ¿Provocar la ira de la casa Hun'ett, quinta de la ciudad, y sin una familia que me respalde? No, joven Masoj; no soy tan estúpido como creía el Sin Rostro.

Masoj se golpeteó los dientes con una de sus largas y afiladas uñas mientras consideraba las posibilidades. ¿Un aliado entre los maestros de Sorcere? Parecía algo muy prometedor.

De pronto, Masoj tuvo otra idea. Abrió el armario que había junto a Alton y comenzó a rebuscar en su interior. DeVir torció el gesto cuando oyó el estrépito de los recipientes de vidrio y cerámica al romperse, y pensó en los componentes, quizás pócimas acabadas, que se podían perder por culpa del descuido del aprendiz. Tal vez el Sin Rostro no iba desencaminado al juzgar que Melee-Magthere era el destino más adecuado para su sirviente.

Al cabo de unos minutos, el joven drow completó su búsqueda, y Alton recordó que no estaba en situación de criticar a nadie.

—Esto es mío —afirmó Masoj, que mostró a DeVir un pequeño objeto negro; una figurilla de ónice que reproducía con mucho detalle el cuerpo de una pantera—. Es un regalo de un ser de los planos inferiores en agradecimiento por un favor que le hice.

—¿Ayudaste a una de aquellas criaturas? —Alton no pudo evitar la pregunta, porque le resultaba difícil aceptar que un vulgar aprendiz tuviese los recursos necesarios siquiera para sobrevivir a un encuentro con un enemigo tan poderoso e imprevisible.

—¡El Sin Rostro —Masoj descargó otro puntapié contra el cadáver— se quedó con el mérito y la estatuilla, pero son míos! Todo lo demás que hay aquí será tuyo, desde luego. Sé para qué sirven la mayoría de los duomers y te enseñaré qué es cada cosa.

Entusiasmado por la perspectiva de que acabaría por salir bien librado del terrible aprieto, Alton no hizo mucho caso de la estatuilla. Sólo le interesaba verse libre cuanto antes de la telaraña para poder averiguar la verdad acerca del destino de su casa. Entonces Masoj, siempre tan desconcertante, le dio la espalda dispuesto a salir del cuarto.

—¿Adónde vas? —inquirió Alton.

—A buscar el ácido.

—¿Ácido? —Alton disimuló su pánico, aunque tenía la terrible sensación de saber cuáles eran las intenciones de Masoj.

—Sin duda pretendes que la suplantación parezca real —respondió Masoj, muy tranquilo—. De no ser así, no serviría de nada. Tenemos que aprovechar la red mientras aguante. Te mantendrá sujeto.

—¡No! —exclamó Alton, que se contuvo al ver que Masoj se volvía y lo miraba con una sonrisa malvada.

—Reconozco que puede resultar un poco doloroso y que tal vez sea buscar más problemas de los necesarios —comentó Masoj—. No tienes familia y no encontrarás aliados en Sorcere, porque el Sin Rostro era despreciado por todos los demás maestros. —El aprendiz levantó la ballesta y apuntó a la cabeza de Alton, entre las cejas—. Quizás prefieras morir.

—¡Trae el ácido! —gritó Alton.

—¿Para qué? —bromeó Masoj, moviendo el arma—. ¿Por qué te interesa tanto vivir, Alton DeVir de Ninguna Casa Digna de Mención?

—Para vengarme —contestó Alton, con tanto odio que Masoj se asustó—. Todavía no lo sabes... aunque lo aprenderás con el tiempo, mi joven estudiante..., pero no hay nada que dé más sentido a la vida que el deseo de venganza.

Masoj bajó la ballesta y contempló al drow prisionero con respeto. Sin embargo, el aprendiz Hun'ett no pudo valorar la sinceridad de las palabras de Alton, hasta que el elfo repitió su pedido, esta vez con una sonrisa.

—Trae el ácido —dijo Alton DeVir.

4

La casa primera

Cuatro ciclos de Narbondel —cuatro días— más tarde, un resplandeciente disco azul flotó por encima del sendero de piedra flanqueado por setas gigantes hasta llegar al portal cubierto con arañas cinceladas de la casa Do'Urden. Desde las ventanas de las dos torres exteriores y el patio, los centinelas observaron el objeto que flotaba a un metro del suelo. La familia de la casa fue informada inmediatamente de la presencia del disco.

—¿Qué puede ser? —le preguntó Briza a Zaknafein cuando ella, el maestro de armas, Dinin y Maya se reunieron en el balcón del nivel superior.

—Tal vez un mensajero —propuso Zak—. Tenemos que averiguar qué es. —Zak saltó la balaustrada y levitó hasta el patio. Briza le hizo una señal a Maya, y la hija menor de los Do'Urden siguió a Zak.

»Lleva el sello de la casa Baenre —gritó Zak en cuanto estuvo un poco más cerca del objeto. Con la ayuda de la muchacha abrió el portón, y el disco se deslizó al interior, sin hacer ningún movimiento hostil.

—Baenre —repitió Briza por encima del hombro, en dirección al pasillo de la casa donde esperaban la matrona Malicia y Rizzen.

—Al parecer os llaman a una audiencia, madre matrona —dijo Dinin, inquieto.

—¿Estarán enterados de nuestro ataque? —preguntó Briza en el código mudo, y todos los miembros de la casa Do'Urden, nobles y plebeyos, compartieron aquella desagradable posibilidad. Habían pasado unos pocos días desde la destrucción de la casa DeVir, y recibir ahora una llamada de la primera madre matrona de Menzoberranzan no podía considerarse una vulgar coincidencia.

—Todas las casas lo saben —replicó Malicia en voz alta, que juzgó innecesaria la precaución del silencio dentro de su propia residencia—. ¿Es que las pruebas en contra nuestra son tan abundantes que el consejo regente se ha visto obligado a intervenir? —Dirigió una mirada a Briza, con sus oscuros ojos que alternaban entre el resplandor rojizo de la infravisión y el verde profundo que mostraban a la luz normal—. Ésta es la pregunta que debemos formular. —Malicia salió al balcón, pero Briza la sujetó por la espalda de su pesada capa negra para retenerla.

—No pensarás ir con esa cosa, ¿verdad? —preguntó Briza. La respuesta de su madre la desconcertó todavía más.

—Desde luego —contestó Malicia—. La matrona Baenre no me invitaría públicamente si tuviese la intención de hacerme daño. Ni siquiera ella tiene tanto poder como para no hacer caso a las normas de la ciudad.

—¿De verdad crees que no corres peligro? —inquirió Rizzen, muy preocupado. Si mataban a Malicia, Briza asumiría el mando de la casa, y Rizzen dudaba que la hija mayor quisiera tener algún varón a su lado. Aun en el caso de que la malvada hembra deseara tener un patrón, Rizzen sabía que no sería él. Tampoco era el padre de Briza (incluso era menor que ella) y resultaba evidente que su futuro dependía de la buena salud de la matrona Malicia.

—Tu preocupación me halaga —respondió Malicia, consciente de los auténticos temores de su marido. Apartó la mano de Briza y saltó al vacío; mientras descendía lentamente aprovechó para arreglar sus prendas. Briza sacudió la cabeza en un gesto desdeñoso y le indicó a Rizzen que la siguiera al interior de la casa; le pareció poco prudente que el resto de la familia permaneciera a la vista de cualquier posible enemigo.

—¿Quieres una escolta? —preguntó Zak cuando Malicia se sentó en el disco.

—Estoy segura de que encontraré una tan pronto como cruce las verjas de nuestra casa —contestó Malicia—. La matrona Baenre no correría el riesgo de exponerme a un peligro mientras sea su invitada.

—De acuerdo —dijo Zak—, pero ¿quieres una escolta de la casa Do'Urden?

—Si fuera necesaria, habrían enviado dos discos —afirmó Malicia, con un tono que no admitía réplicas. Estaba un poco harta de tantas muestras de preocupación por su seguridad. Después de todo, era la madre matrona, la más fuerte, la mayor y la más sabia, y no le gustaba que los demás discutieran sus decisiones. Al disco, le ordenó—: ¡Ejecuta tu tarea, y acabemos de una vez con esto!

Zak casi soltó una carcajada al oír las palabras de Malicia.

—Matrona Malicia Do'Urden —dijo una voz mágica procedente del disco—. La matrona Baenre te presenta sus respetos. Ha pasado mucho tiempo desde vuestra última audiencia.

—Nunca —le transmitió Malicia a Zak, y en voz más alta dijo—: Llévame a la casa Baenre. ¡No quiero desperdiciar mi tiempo en conversaciones con una boca mágica! —Al parecer, la matrona Baenre había previsto la impaciencia de Malicia, porque, sin más palabras, el disco se puso en marcha y abandonó la residencia Do'Urden.

Zak cerró el portón y a toda prisa ordenó a sus soldados que entraran en acción. Malicia no quería una escolta pública, pero la red de espías de los Do'Urden mantendría vigilado el disco de los Baenre hasta la entrada en la enorme residencia de la casa regente.

La suposición de Malicia acerca de la escolta resultó correcta. En cuanto el disco dejó el camino de entrada a la casa Do'Urden, veinte soldados de la casa Baenre, todos mujeres, salieron de sus escondites a los costados de la avenida y formaron un rombo defensivo alrededor de la invitada. Las guardias situadas en las puntas del rombo vestían capas negras con el blasón de la araña bordada en rojo y violeta a la espalda: la túnica de las sumas sacerdotisas.

—Las hijas de Baenre —murmuró Malicia, porque sólo las hijas de un noble podían ostentar este rango. ¡Cuántas molestias se había tomado la primera madre matrona para asegurar la protección de Malicia!

Los esclavos y drows plebeyos corrían para alejarse de la comitiva a medida que el grupo avanzaba por las calles sinuosas en dirección al huerto de setas gigantes. Sólo los soldados de la casa Baenre podían llevar la insignia de la casa a la vista, y nadie tenía la intención de provocar la ira de la matrona Baenre.

Malicia no salía de su asombro y únicamente deseaba poder llegar algún día a disfrutar de semejante poder.

Al cabo de unos minutos tuvo ocasión de quedarse boquiabierta cuando se encontró delante de su lugar de destino. La casa Baenre abarcaba veinte enormes y majestuosas estalagmitas, todas ellas conectadas entre sí por grandes puentes y parapetos. Las luces mágicas y los fuegos fatuos resplandecían en un millar de esculturas, y un centenar de guardias en uniformes de gala desfilaban por el patio en perfecta formación.

Incluso todavía más sorprendentes eran las estructuras invertidas, las treinta estalactitas más pequeñas de la casa Baenre. Colgaban desde el techo de la caverna, con sus raíces ocultas en la oscuridad de las alturas. Algunas casi tocaban las puntas de las estalagmitas, y otras colgaban solas como lanzas. Como si fuesen las estrías de un tornillo, los balcones recargados de adornos y emblemas mágicos se enroscaban en la superficie de las estalactitas hasta donde alcanzaba la vista.

También era mágica la verja que conectaba las bases de las estalagmitas exteriores, para formar un círculo protector en todo el perímetro del conjunto. Se trataba de una telaraña gigante, que destacaba por su brillo plateado sobre el tono azul de las construcciones. Algunos decían que había sido un regalo de Lloth en persona, con hebras fuertes como el acero y gruesas como el brazo de un elfo oscuro. Cualquier objeto que tocaba la verja de los Baenre, aun la más afilada de las armas drows, se quedaba pegado a ella hasta que la madre matrona ordenaba a la verja que lo soltara.

Malicia y su escolta avanzaron en línea recta hacia una sección simétrica y circular de la verja, entre las más altas de las torres exteriores. Cuando se acercaron, apareció un agujero en la telaraña metálica lo suficientemente grande para permitir el paso de la comitiva.

Mientras tanto, Malicia hacía todo lo posible para disimular su asombro.

Centenares de soldados observaron con curiosidad el paso de la procesión en su avance hacia la estructura central de la casa Baenre, el inmenso domo de la capilla bañado en un resplandor rojizo. Los soldados plebeyos abandonaron la formación, y sólo las cuatro sumas sacerdotisas escoltaron a la matrona Malicia hasta el interior.

El espectáculo al otro lado de las grandes puertas de la capilla no la decepcionó. Un altar central dominaba el recinto y servía de punto de partida a una hilera de bancos que se extendía en espiral a lo largo de varias docenas de vueltas hasta llegar a las paredes de la enorme sala. Había lugar suficiente para que dos mil elfos oscuros pudieran sentarse con toda comodidad. Por todas partes se veían estatuas e ídolos, que brillaban con una suave luz negra. En las alturas, por encima del altar, resplandecía una imagen gigantesca, una ilusión óptica en rojo y negro que se alternaba en la representación de una araña y de una hermosa drow.

—Es obra de Gomph, mi hechicero principal —comentó la matrona Baenre desde su asiento en el altar, segura de que Malicia, como todos los demás que visitaban la capilla Baenre, estaba impresionada por el espectáculo—. Hasta los hechiceros tienen su lugar.

—Siempre que no olviden cuál es —replicó Malicia, mientras se apeaba del disco.

—Así es —dijo la matrona Baenre—. ¡Hay ocasiones en que los varones se muestran tan presuntuosos, especialmente los hechiceros! De todos modos, desearía poder tener a Gomph a mi lado con más frecuencia en estos días. Lo han nombrado archimago de Menzoberranzan y cuando no está ocupado con Narbondel siempre tiene que atender algún otro asunto.

Malicia asintió en silencio. Desde luego, sabía que el hijo de la matrona Baenre tenía el cargo de archimago.

No era un secreto. Y también todos sabían que Triel, la hija de Baenre, era la matrona dama de la Academia, una posición de honor en Menzoberranzan, que seguía en rango al título de madre matrona de una familia. Malicia estaba segura de que la matrona Baenre mencionaría el hecho a la primera oportunidad.

Antes de que Malicia pudiese dar un paso hacia la escalera del altar, una nueva escolta surgió de las sombras. Malicia frunció el entrecejo al ver aquella cosa, una criatura conocida como un *illita,* un desollador mental. Medía casi un metro ochenta de estatura y superaba en unos treinta centímetros a Malicia; la diferencia era el resultado de la enorme cabeza de la criatura. Cubierta de babas y con los ojos lechosos carentes de pupilas, la cabeza se parecía a la de un pulpo.

Malicia recuperó la compostura. Los desolladores mentales no eran desconocidos en Menzoberranzan, y los rumores decían que uno de ellos había trabado amistad con la matrona Baenre. En cualquier caso, estas criaturas —más inteligentes y crueles que los mismos drows— casi siempre inspiraban repulsión.

—Podéis llamarlo Methil —dijo la matrona Baenre—. Soy incapaz de pronunciar su verdadero nombre. Es un amigo. —Antes de que Malicia pudiese responder, Baenre añadió—: Desde luego, es cierto que Methil me da ventajas en nuestras discusiones, y que no estáis acostumbrada a los *illitas.* —Entonces, al ver que Malicia la miraba boquiabicrta, la matrona Baenre despidió al *illita.*

—Habéis leído mis pensamientos —protestó Malicia. Había muy pocos capaces de penetrar las barreras mentales de una gran sacerdotisa lo suficiente como para leer sus pensamientos, y esta práctica era considerada por la sociedad drow como uno de los crímenes más graves.

—¡No! —exclamó la matrona Baenre, a la defensiva—. Os pido perdón, matrona Malicia. Methil lee los pensamientos, incluso los pensamientos de una gran sacerdotisa, con la misma facilidad que nosotros oímos las palabras. Se comunica telepáticamente. Os doy mi palabra de que ni siquiera me di cuenta de que no habíais dicho nada.

Malicia esperó a que la criatura saliera de la capilla, y después subió la escalera del altar. A pesar de sus esfuerzos, no pudo evitar que su mirada se dirigiera de vez en cuando a la imagen que cambiaba de araña a drow y viceversa.

—¿Cómo están las cosas en la casa Do'Urden? —preguntó la matrona Baenre, con una cortesía fingida.

—Muy bien —contestó Malicia, mucho más interesada en estudiar a su oponente que en la conversación. Se encontraban solas en lo alto del altar, aunque sin duda una docena o más de sacerdotisas rondaban entre las sombras de la enorme sala, atentas a cualquier movimiento de la invitada.

Malicia ya tenía bastante con ocultar su desprecio hacia la matrona Baenre. Malicia era vieja —tenía casi quinientos años—, pero la matrona Baenre era una anciana. Según algunos, sus ojos habían visto el paso de un milenio, aunque los drows pocas veces superaban el séptimo siglo de vida, y jamás el octavo. A diferencia de los demás drows, que por lo general no demostraban su edad —Malicia era ahora tan ágil y hermosa como cuando tenía cien años—, la matrona Baenre tenía un aspecto frágil y cansado. Las arrugas alrededor de su boca parecían una telaraña, y apenas si podía mantener abiertos los párpados. «La matrona Baenre tendría que estar muerta —pensó Malicia—, pero todavía vive.»

La matrona Baenre, a pesar de su dilatada edad, estaba embarazada, y sólo faltaban unas pocas semanas para que diera a luz.

También en este aspecto, la matrona Baenre desafiaba las normas de los elfos oscuros. Había tenido veinte hijos, el doble de lo habitual en Menzoberranzan, y quince habían sido mujeres, ¡todas ellas grandes sacerdotisas! ¡Diez de los hijos de Baenre eran más viejos que Malicia!

—¿Cuántos soldados tenéis ahora a vuestras órdenes? —preguntó la matrona Baenre, que se inclinó para demostrar su interés.

—Trescientos —contestó Malicia.

—Ah —murmuró la anciana drow, llevándose un dedo a los labios—. Me habían dicho que sumaban trescientos cincuenta.

Malicia no pudo evitar torcer el gesto. Baenre se burlaba de ella al hacer referencia a los soldados que la casa Do'Urden había tomado a su servicio en el asalto a la casa DeVir.

—Trescientos —repitió Malicia.

—Desde luego —dijo Baenre, con la espalda apoyada otra vez en el respaldo de su asiento.

—¿La casa Baenre conserva sus mil? —inquirió Malicia, sólo para mantener la discusión en el mismo nivel.

—Ha sido nuestro número desde hace muchos años.

Malicia se preguntó una vez más por qué esta vieja decrépita seguía viva. Sin duda, más de una de las hijas de Baenre aspiraba a la posición de madre matrona. ¿Por qué no habían conspirado para quitarla de en medio? ¿Por qué ninguna de ellas, en particular aquéllas en las últimas etapas de su vida, había creado su propia casa, como marcaba la costumbre para las hijas nobles cuando tenían más de quinientos años? Mientras vivieran sometidas a la matrona Baenre, sus hijos ni siquiera serían considerados nobles y estarían relegados a las filas de los plebeyos.

—¿Habéis oído hablar del destino de la casa DeVir? —preguntó la matrona Baenre, que decidió ir al grano, aburrida de los titubeos de su invitada.

—¿Qué casa? —replicó Malicia, con toda intención. En ese momento no había ya en Menzoberranzan una casa con dicho nombre. Para los drows era como si la casa DeVir nunca hubiese existido.

—Disculpadme —dijo la matrona Baenre, con una risita—. Ahora sois la madre matrona de la casa novena. Es un gran honor.

—Pero no tan grande como ser madre matrona de la casa octava —contestó Malicia.

—Así es —reconoció Baenre—, aunque debéis tener presente que el hecho de ser la novena os sitúa a un paso de un asiento en el consejo regente.

—Eso sí sería un gran honor —afirmó Malicia. Por fin comenzaba a comprender que Baenre no se burlaba, sino que la felicitaba y la incitaba a nuevas conquistas. Malicia se animó.

Baenre gozaba del más amplio favor de la reina araña. Si a ella le complacía la ascensión de la casa Do'Urden, también Lloth estaba satisfecha.

—No es un honor tan grande como pensáis —comentó Baenre—. Somos un grupo de viejas, que nos reunimos de vez en cuando para buscar la manera de meter las manos en donde no nos corresponde.

—La ciudad acepta vuestra regencia.

—¿Acaso tienen otra opción? —Baenre soltó una carcajada—. De todos modos, es mejor dejar el manejo de los asuntos drows en manos de las madres matronas de las casas individuales. Lloth no aceptaría un consejo regente que ejerciera un poder de tipo absoluto. ¿Creéis que la casa Baenre no habría conquistado todo Menzoberranzan hace muchos años si ésa hubiese sido la voluntad de la reina araña?

Malicia se acomodó orgullosa en su silla, asombrada por la arrogancia de aquellas palabras.

—No ahora, desde luego —añadió la matrona Baenre—. La ciudad es demasiado grande para desarrollar una acción semejante. Pero hace muchos años, antes de vuestro nacimiento, la casa Baenre no hubiese tenido dificultades para conseguir la conquista. Pero ésta no es nuestra forma de actuar. Lloth estimula la diversidad. Le complace que las casas se equilibren entre sí, dispuestas a luchar unidas ante un peligro común. —La anciana hizo una pausa y dejó que una sonrisa apareciera en su rostro—. Y siempre atentas a golpear a cualquiera que ha perdido su favor.

«Otra referencia directa a la casa DeVir —pensó Malicia—, y esta vez relacionada con el favor de la reina araña.» Malicia abandonó su hostilidad, y disfrutó al máximo de la conversación con la matrona Baenre, que duró dos horas.

Aun así, cuando viajaba otra vez en el disco, a través de la casa más grande y poderosa de todo Menzoberranzan, Malicia no sonreía. Enfrentada a esta manifiesta demostración de fuerza, no podía olvidar que la invitación de la madre Baenre había servido para dos cosas: para felicitarla de una forma indirecta por la perfección de su golpe, y para recordarle con toda claridad que no debía ser demasiado ambiciosa.

5

Aprendizaje

Durante cinco largos años Vierna dedicó casi todo su tiempo al cuidado del pequeño Drizzt. En la sociedad drow, éste no era tanto un tiempo destinado a la crianza, sino al adoctrinamiento. El niño tenía que aprender las habilidades motrices y lingüísticas básicas, como todos los demás niños de las razas inteligentes, pero también los preceptos que mantenían unida la caótica civilización drow.

En el caso de un infante varón como Drizzt, Vierna pasaba horas recordándole que era inferior a las mujeres drows. Dado que toda esta parte de la vida de Drizzt transcurría en la capilla familiar, no mantenía contacto con otro varón excepto en el transcurso de los ritos, pero en estas ocasiones Drizzt permanecía en silencio junto a Vierna, con la mirada fija en el suelo.

Cuando Drizzt tuvo edad suficiente para entender las órdenes, la tarea de Vierna resultó más llevadera. De todos modos, dedicaba muchísimas horas a la enseñanza de su hermano menor; en la actualidad, Drizzt aprendía los complicados movimientos faciales, manuales y corporales del código mudo. Pero, muy a menudo, Vierna sólo le ordenaba que se ocupara del interminable trabajo de limpiar la capilla. El recinto apenas tenía la quinta parte del tamaño del gran templo de la casa Baenre, aunque sus dimensiones eran suficientes para dar cabida a todos los elfos oscuros de la casa Do'Urden, y aún le sobraban un centenar de asientos.

A pesar de que ahora el oficio de nodriza no le pesaba tanto, Vierna todavía lamentaba no tener más tiempo para sus estudios. Si la matrona Malicia hubiese encomendado a Maya la tarea de criar y adiestrar al niño, ella quizás habría podido conseguir ser ordenada como gran sacerdotisa. En cambio, todavía le quedaban otros cinco años con Drizzt. ¡Maya podría convertirse en suma sacerdotisa antes que ella!

Vierna descartó esta posibilidad. No podía permitirse pensar en tales problemas. Acabaría con su trabajo de nodriza dentro de pocos años. Cuando Drizzt cumpliera su décimo año, sería designado príncipe paje de la familia y serviría a todos sus miembros por igual. Si su trabajo con Drizzt no decepcionaba a la matrona Malicia, Vierna sabía que recibiría una recompensa adecuada a sus esfuerzos.

—Sube la pared —ordenó Vierna—. Limpia aquella estatua.

La mujer le señaló la escultura de una drow desnuda ubicada a unos seis metros del suelo. El joven Drizzt miró la estatua, desconcertado. Era imposible trepar hasta la escultura y limpiarla sin un asidero seguro. Sin embargo, Drizzt sabía el duro castigo que significaba la desobediencia —incluso la vacilación— y se acercó a la pared dispuesto a escalarla.

—¡Así no! —le reprochó Vierna.

—Entonces, ¿cómo? —se atrevió a preguntar Drizzt, que no entendía la intenciones de su hermana.

—Piensa en subir hasta la gárgola —respondió Vierna.

En el rostro del pequeño apareció una expresión de extrañeza.

—¡Eres un noble de la casa Do'Urden! —le gritó Vierna—. O al menos lo serás algún día. En la bolsa que llevas al cuello tienes el emblema de la casa, un talismán de gran poder. —En realidad, Vierna no tenía muy claro si Drizzt estaba preparado para esta prueba; la levitación era una de las expresiones más importantes de la magia innata de los drows, algo mucho más difícil que producir fuegos fatuos o lanzar globos de oscuridad. El emblema Do'Urden acrecentaba los poderes innatos de los elfos oscuros, que por lo general se manifestaban con la edad adulta. Si bien la mayoría de los nobles drows podían levitar una o dos veces al día, los nobles de la casa Do'Urden, gracias a su emblema, podían hacerlo en muchas más ocasiones.

En cualquier otra circunstancia, Vierna jamás habría intentado realizar esta prueba con un varón de menos de diez años, pero Drizzt había revelado un potencial mágico tan enorme en el transcurso de los dos últimos años que no veía riesgo en el intento.

—Sitúate en línea con la estatua —dijo—, y piensa en subir.

Drizzt miró la figura femenina, y puso los pies en línea con el delicado y anguloso rostro de la estatua. A continuación colocó una mano sobre su collar para armonizar sus pensamientos con la fuerza del emblema. En otras ocasiones había percibido que la moneda mágica tenía algún tipo de poder, pero sólo había una sensación poco definida, la intuición de un niño. Ahora que tenía una confirmación a sus sospechas y un objetivo, podía notar con toda claridad las vibraciones de la energía mágica.

Una serie de ejercicios respiratorios despejaron cualquier distracción de la mente del joven drow. Descartó cualquier otro objeto en la capilla; sólo veía la estatua, el punto de destino. Notó que se aliviaba, que sus talones no tocaban el suelo; se sostenía sobre la punta de los dedos de un pie, aunque sin peso. Drizzt miró a Vierna con una sonrisa de asombro... y cayó de bruces.

—¡Estúpido varón! —gritó Vierna—. ¡Inténtalo otra vez! ¡Inténtalo mil veces si es necesario! —La mujer echó mano a su látigo con cabezas de serpiente—. Si fracasas...

Drizzt desvió la mirada, mientras se reprochaba a sí mismo por haber provocado el fracaso del hechizo con su entusiasmo. Podía hacerlo y no tenía miedo al castigo. Se concentró una vez más en la escultura y dejó que la energía mágica impulsara su cuerpo.

También Vierna sabía que Drizzt acabaría por conseguirlo. Tenía una mente tanto o más aguda que cualquiera de las personas que Vierna conocía, incluidas las otras mujeres de la casa Do'Urden. Además, el niño era tozudo; no se dejaría vencer por la magia. Sabía que era muy capaz de seguir en sus intentos hasta desfallecer de hambre si era necesario.

Vierna lo observó pasar por una serie de pequeños éxitos y fracasos; en el último, Drizzt cayó al suelo desde una altura de tres metros. Por un momento, Vierna creyó que había resultado herido de gravedad. Sin embargo, Drizzt ni siquiera gritó y volvió a su posición para concentrarse una vez más en su objetivo.

—Es demasiado pequeño para conseguirlo —comentó alguien a espaldas de Vierna. La mujer se volvió en su silla y descubrió a Briza, que la miraba con su habitual gesto agrio.

—Quizás —replicó Vierna—, pero no lo sabré si no lo dejo que lo intente.

—Azótalo cuando fracase —sugirió Briza, al tiempo que empuñaba su terrible látigo de seis cabezas. Contempló el arma con cariño, como si fuese un animal doméstico, y dejó que una de las cabezas de serpiente se deslizara sobre su cuello y el rostro—. Lo inspirará.

—Guárdalo —exclamó Vierna—. ¡Drizzt está a mi cargo y no necesito tu ayuda!

—Tendrías que tener un poco más de cuidado cuando hablas con una gran sacerdotisa —le advirtió Briza, y todas las cabezas de serpiente, prolongaciones de sus pensamientos, se volvieron hacia Vierna en un gesto de amenaza.

—Y tú tendrías que preocuparte de la matrona Malicia si pretendes interferir en mi trabajo.

—Tu trabajo —dijo Briza con desprecio, aunque se apresuró a guardar el látigo al oír el nombre de Malicia—. Eres demasiado blanda para educar a un niño. Los varones deben ser disciplinados; han de aprender cuál es su lugar. —Dicho esto, y consciente de que la amenaza de Vierna podía tener consecuencias graves para ella, la hermana mayor dio media vuelta y salió de la capilla.

Vierna dejó que Briza dijera la última palabra. La nodriza volvió su mirada a Drizzt, que insistía en su empeño de levitar hasta la estatua.

—¡Basta! —ordenó, al ver que el niño estaba muy fatigado; a duras penas le era posible despegar los pies del suelo.

—¡Lo conseguiré! —replicó Drizzt, casi con insolencia.

A Vierna le gustó su firmeza, pero no el tono de la réplica. Quizás había algo de verdad en las palabras de Briza. La mujer cogió su látigo. Algunas veces un poco de inspiración podía obrar milagros.

Al día siguiente, Vierna ocupó su asiento en la capilla y contempló a Drizzt, que lustraba la estatua de la mujer desnuda. Había levitado los seis metros al primer intento.

Vierna no pudo evitar sentirse desilusionada cuando Drizzt no le dedicó una sonrisa por su triunfo. El chico flotaba en el aire, moviendo los cepillos a una velocidad de vértigo, con toda su atención puesta en la tarea encomendada. Vierna observó los verdugones en la espalda desnuda de su hermano, el rastro de la «inspiración» del día anterior. En el espectro infrarrojo, las marcas del látigo se destacaban con toda claridad como unas líneas de calor donde la piel había sido arrancada.

La mujer comprendía las ventajas de castigar a un niño, especialmente si se trataba de un varón. Muy pocos drows varones se atrevían a empuñar un arma contra una mujer, a menos que recibieran una orden de otra hembra. No pudo evitar pensar cuánto se perdía por ello, y se preguntó hasta dónde podría llegar alguien como Drizzt.

Pero al cabo de un momento, se arrepintió de sus pensamientos blasfemos. Aspiraba a convertirse en una gran sacerdotisa de la reina araña, Lloth la despiadada, y sus reflexiones iban en contra de las reglas de su posición. Dirigió una mirada furiosa a su hermano menor, como si él fuera el culpable de sus ideas, y una vez más empuñó su látigo.

Tendría que volver a azotar a Drizzt por inspirarle pensamientos sacrílegos.

El trabajo de Vierna se prolongó durante cinco años más; Drizzt aprendía las lecciones básicas de la vida en la sociedad drow mientras atendía a la limpieza de la capilla de la casa Do'Urden. Aparte de inculcarle la supremacía de las mujeres drows (una lección siempre acentuada por el látigo de cabezas de serpiente), las enseñanzas más importantes versaban sobre los elfos de la superficie. Por lo general, los imperios del mal se mantienen unidos gracias al odio hacia enemigos inventados, y en la historia del mundo no había existido nadie con tanta capacidad para esta superchería como los drows. En cuanto podían entender el significado de las palabras, se les enseñaba que todo lo malo que podía haber en su vida era culpa de los elfos de la superficie.

Cada vez que los colmillos de las serpientes del látigo de Vierna se clavaban en la espalda de Drizzt, el niño imploraba la muerte de uno de esos elfos. El odio condicionado casi nunca es un sentimiento racional.

Segunda parte

El maestro de armas

Horas y días vacíos.

Descubro que tengo muy pocos recuerdos de aquel primer período de mi vida, de aquellos primeros dieciséis años en que trabajé como sirviente. Los minutos se convertían en horas, las horas en días, y así sucesivamente, hasta que todo parecía un interminable momento vacío. En diversas ocasiones conseguí escabullirme hasta el balcón de la casa Do'Urden y contemplar las luces mágicas de Menzoberranzan. En todos aquellos viajes secretos, me sentí hechizado por la aparición y desaparición de la luz de Narbondel, el pilar que marca el tiempo. Cuando rememoro aquellas largas horas dedicadas a ver cómo el fuego del hechicero subía y bajaba por el pilar, me sorprendo del vacío de mis primeros años.

Recuerdo con toda claridad mi excitación, el entusiasmo, cada vez que salía de la casa para poder contemplar el pilar. Era algo tan simple, y sin embargo tan gratificante comparado con el resto de mi existencia...

Cada vez que oigo el chasquear de un látigo, otro recuerdo —en realidad más una sensación que un recuerdo—, me estremezco. La descarga eléctrica y el entumecimiento producido por aquellas armas con cabezas de serpiente es algo que nadie puede olvidar fácilmente. Te muerden debajo de la piel y envían ondas de energía mágica a través de tu cuerpo, ondas que te tensan los músculos mucho más allá de su resistencia.

De todos modos, tuve más suerte que la mayoría. Mi hermana Vierna estaba a punto de convertirse en gran sacerdotisa cuando recibió el encargo de mi crianza y se encontraba en un período de su vida en el que tenía energías de sobra para realizar su trabajo. Quizás por eso en aquellos diez primeros años a su cuidado hubo más cosas de las que recuerdo. Vierna nunca mostró la perversidad de nuestra madre, ni tampoco la de nuestra hermana mayor, Briza. Tal vez hubo momentos felices en la soledad de la capilla familiar; es posible que Vierna dejara aflorar su naturaleza más amable con su hermano menor.

Quizás me equivoco. Si bien recuerdo a Vierna como la más bondadosa de mis hermanas, sus palabras llevaban el veneno de Lloth como todas las demás sacerdotisas de Menzoberranzan. Es poco probable que arriesgara sus aspiraciones al sacerdocio sólo por beneficiar a un niño, a un vulgar niño varón.

Si existieron alegrías en aquellos años, oscurecidas por la maldad imperante en Menzoberranzan, o si aquel primer período de mi vida resultó incluso más doloroso que los años posteriores —tan terribles que mi mente ha sepultado su recuerdo— no lo sé. Por mucho que lo intento, no consigo recordarlos.

Recuerdo mucho mejor los seis años siguientes, pero la memoria más importante de los días que pasé al servicio de la corte de la matrona Malicia —aparte de las escapadas secretas al exterior de la casa— es la imagen de mis pies.

Al príncipe paje no le está permitido levantar la mirada.

DRIZZT DO'URDEN

6

«Dos manos»

Drizzt respondió sin tardanza a la llamada de su madre matrona, y no necesitó el estímulo del látigo de Briza para apresurarse. ¡Con cuánta frecuencia había sufrido el aguijón de aquel terrible instrumento! Drizzt no deseaba vengarse de su cruel hermana mayor. Los años de condicionamiento le habían enseñado a temer las consecuencias de atacar a esta mujer —o a cualquier otra— hasta tal punto que ni siquiera se le ocurría pensar en la revancha.

—¿Sabes qué significa este día? —le preguntó la matrona Malicia cuando él llegó al costado de su enorme trono en la antecámara oscura de la capilla.

—No, madre matrona —respondió Drizzt, que sin darse cuenta mantenía la mirada clavada en el suelo. Un suspiro de resignación surgió en su garganta al no ver otra cosa que sus propios pies. La vida tenía que ser algo más que la piedra gris y los dedos de sus pies, pensó.

Deslizó un pie fuera de la sandalia y comenzó a dibujar en el suelo con la punta del dedo gordo. El calor del cuerpo dejaba marcas visibles en el espectro infrarrojo, y el muchacho tenía la rapidez y la habilidad necesarias para acabar un dibujo sencillo antes de que los primeros trazos se enfriaran.

—Dieciséis años —añadió la matrona Malicia—. Has respirado el aire de Menzoberranzan durante dieciséis años. Ha concluido un período muy importante de tu vida.

Drizzt no reaccionó, pues no veía importancia o significado especial en la declaración. Su vida era una eterna e invariable rutina. Un día, dieciséis años, ¿cuál era la diferencia? Si su madre consideraba importante las cosas que había soportado desde su nacimiento, pensó el muchacho estremecido, ¿qué le podían deparar las décadas siguientes?

Ya tenía casi acabado el dibujo de una drow de hombros redondeados —Briza— atacada por la espalda por una serpiente enorme, cuando oyó la voz de su madre.

—Mírame —le ordenó la matrona Malicia.

Drizzt no sabía qué hacer. Su tendencia natural había sido en otros tiempos mirar a su interlocutor, pero Briza se había encargado a fuerza de golpes de que reprimiera su impulso. El lugar de un príncipe paje era la servidumbre, y los ojos de un príncipe paje sólo podían mirar a las criaturas que se movían por el suelo, excepto las arañas. Cada vez que uno de los insectos de ocho patas aparecía en el campo visual de Drizzt, el muchacho debía mirar en otra dirección. Las arañas eran demasiado importantes para gente como el príncipe paje.

—Mírame —repitió la matrona Malicia, con un tono impaciente. Drizzt había tenido ocasión de presenciar las explosiones de cólera de su madre, una cólera tan vil que barría todo lo que encontraba a su paso. Incluso Briza, tan cruel y ufana de sí misma, corría a esconderse cuando la madre matrona se enfadaba.

Drizzt se forzó a mirar y fue recorriendo con la vista la túnica negra de su madre, sirviéndose de las arañas bordadas en la tela para medir el ángulo de su mirada. A medida que ascendía esperaba recibir un golpe en la cabeza, o un latigazo en la espalda (Briza se encontraba detrás de él, siempre con la mano cerca del látigo con cabezas de serpiente enganchado a su cinturón).

Entonces la vio: la poderosa matrona Malicia Do'Urden, con un resplandor rojo en los ojos y el rostro fresco, sin ninguna señal del calor de la ira. Drizzt se mantuvo alerta, en previsión al golpe.

—Tu tiempo como príncipe paje ha concluido —anunció la matrona Malicia—. Ahora eres el segundo hijo de la casa Do'Urden y recibirás todos los...

En un acto reflejo Drizzt miró al suelo.

—¡Mírame! —gritó su madre, furiosa.

Aterrorizado, Drizzt fijó la mirada en el rostro de la mujer, que ahora brillaba con un carmín encendido. Por el rabillo del ojo advirtió el calor de la mano de Malicia en movimiento, aunque no era tan estúpido como para esquivar el golpe. Un segundo más tarde, se encontraba en el suelo con la mejilla magullada.

Incluso desde el suelo, Drizzt conservó la serenidad suficiente para responder a la mirada de la matrona Malicia.

—¡Ya no eres un sirviente! —rugió la madre matrona—. ¡Si continúas actuando como tal sólo atraerás la desgracia sobre nuestra familia! —Sujetó a Drizzt de la garganta y lo obligó a ponerse de pie sin contemplaciones.

»Si deshonras la casa Do'Urden —prometió, con el rostro casi pegado al de su hijo—, clavaré agujas en tus ojos lilas.

Drizzt no pestañeó. En los seis años transcurridos desde que Vierna había dejado de adiestrarlo y lo había puesto al servicio de la familia, había aprendido lo suficiente acerca de la matrona Malicia como para interpretar todas las inflexiones de sus amenazas. Ella era su madre —si es que esto contaba para algo—, pero Drizzt no dudaba que Malicia disfrutaría si tenía que cumplir su promesa.

—Éste es distinto —afirmó Vierna— en algo más que el color de sus ojos.

—Entonces, ¿en qué sentido? —preguntó Zaknafein, intentando mantener su curiosidad a un nivel estrictamente profesional. Zak siempre había preferido a Vierna entre las tres hermanas, pero desde que se había convertido en gran sacerdotisa era demasiado entrometida por su propio bien.

Vierna demoró un poco el paso al ver a la distancia la entrada a la antecámara de la capilla.

—Resulta difícil precisarlo —admitió—. Drizzt es tanto o más inteligente que cualquier otro niño varón; podía levitar a los cinco años. Sin embargo, cuando se convirtió en príncipe paje, costó semanas de castigo enseñarle a mantener baja la mirada, como si un acto tan sencillo fuese en contra de su naturaleza.

Zaknafein hizo un alto y dejó que Vierna se adelantara. «¿Contra su naturaleza?», murmuró para sí mismo, mientras consideraba las implicaciones de los comentarios de Vierna. Quizás era antinatural para un drow, pero exactamente lo que Zaknafein esperaría de un hijo suyo.

Entró detrás de Vierna en la antecámara oscura. Malicia, como siempre, ocupaba su trono delante del ídolo araña; en cambio, todas las demás sillas habían sido colocadas contra las paredes, a pesar de que estaba presente toda la familia. Zak comprendió que se trataba de una reunión ceremoniosa, a la vista de que sólo la madre matrona tenía un asiento.

—Matrona Malicia —anunció Vierna, con su tono más reverente—, he traído a Zaknafein, tal como habéis ordenado.

Zak se apartó de Vierna, saludó a Malicia con una inclinación de cabeza, y concentró toda su atención en el menor de los Do'Urden, que permanecía con el torso desnudo junto a la matrona.

Malicia levantó una mano para silenciar a los presentes y le hizo una seña a Briza, que sostenía una piwafwi de la casa.

Una expresión de alegría iluminó las juveniles facciones de Drizzt mientras Briza, al son de las letanías estipuladas para esta ceremonia, le colocaba sobre los hombros la capa mágica, negra con bordados lilas y rojos.

—Salud, Zaknafein Do'Urden —dijo Drizzt con entusiasmo, cosa que provocó miradas de asombro por parte de todos los presentes. La matrona Malicia no le había otorgado el privilegio de hablar, ¡y él ni siquiera le había solicitado permiso!

»Soy Drizzt, segundo hijo de la casa Do'Urden. Ya no soy el príncipe paje. Ahora os puedo mirar, me refiero a los ojos y no a las botas. Me lo ha dicho mi madre. —La sonrisa de Drizzt desapareció al ver la furia reflejada en el rostro de la matrona Malicia.

Vierna se quedó de una pieza, con la boca abierta y los ojos muy abiertos en una mirada incrédula.

También Zak estaba asombrado, pero por otro motivo. Se llevó una mano a los labios para impedir una sonrisa que necesariamente habría dado paso a una sonora carcajada. Zak no podía recordar cuándo había visto por última vez un rojo tan intenso en el rostro de la matrona.

Briza, en su lugar habitual detrás de Malicia, manoseó su látigo, desconcertada hasta tal punto por las acciones de su hermano menor que no sabía qué hacer. Zak era consciente de que esto era algo fuera de lo común, porque la hija mayor de Malicia nunca vacilaba cuando se trataba de imponer un castigo.

Al lado de su madre, pero ahora a una distancia prudente, Drizzt guardó silencio y permaneció inmóvil, con los dientes clavados en el labio inferior. De todos modos, Zak podía ver que la sonrisa aún brillaba en los ojos del joven drow. La espontaneidad de Drizzt y la falta de respeto al rango habían sido algo más que un involuntario desliz de la lengua o la falta de experiencia.

El maestro de armas se adelantó para desviar la atención de la madre matrona.

—¿Segundo hijo? —preguntó, haciendo ver que estaba impresionado, tanto en beneficio del orgullo de Drizzt como para apaciguar y distraer a Malicia—. Entonces ha llegado la hora de tu entrenamiento.

Contra lo que se esperaba, Malicia se dejó apaciguar por las palabras del maestro de armas.

—Únicamente lo necesario, Zaknafein. Si Drizzt está llamado a reemplazar a Nalfein, su lugar en la Academia será Sorcere. Por lo tanto, la mayor parte de su preparación recaerá en Rizzen y en sus conocimientos de las artes mágicas, aunque sean limitados.

—¿Estáis segura de que la hechicería es su ramo, matrona? —se apresuró a preguntar Zak.

—Parece inteligente —contestó Malicia. Dirigió una mirada de reproche a Drizzt—. Al menos, en algunas ocasiones. Vierna me ha informado de sus progresos en el dominio de los poderes innatos. Nuestra casa necesita un nuevo hechicero.

Esta última afirmación de Malicia estaba en consonancia con su recuerdo del orgullo demostrado por la matrona Baenre por tener un hijo que era el archimago de la ciudad. Habían transcurrido dieciséis años desde su entrevista con la primera madre matrona de Menzoberranzan, y no había olvidado ni el más mínimo detalle de aquel encuentro.

—Sorcere parece ser su destino natural —añadió.

Zak sacó una moneda de la bolsa colgada de su cuello, la lanzó al aire, y la cogió al vuelo.

—¿Podemos hacer una prueba? —solicitó.

—Si os apetece —aceptó Malicia, sin sorprenderse de que Zak intentara convencerla de que cometía un error. El maestro de armas otorgaba pocos méritos a la magia; prefería la espada y no los hechizos para resolver sus asuntos.

Zak se situó delante de Drizzt y le alcanzó la moneda.

—Lánzala —le ordenó.

Drizzt encogió los hombros, preocupado por descubrir el significado de la conversación entre su madre y el maestro de armas. Hasta entonces no había oído ninguna mención acerca de su futuro, ni de un lugar llamado Sorcere. Con cierta displicencia, deslizó la moneda sobre su dedo índice curvado, la lanzó al aire con un golpe del pulgar y la atrapó sin ninguna dificultad cuando caía. Después tendió la mano para devolverle la moneda a Zak al mismo tiempo que lo miraba desconcertado, como si quisiera saber qué tenía de importante algo tan fácil.

En lugar de coger la moneda, el maestro de armas sacó otra de la bolsa colgada de su cuello y se la alcanzó.

—Inténtalo con las dos manos —dijo.

Drizzt alzó otra vez los hombros, y con un único movimiento lanzó y atrapó las monedas.

Zak volvió la mirada hacia la matrona Malicia. Cualquier drow podía atrapar dos monedas al vuelo, pero era la gracia de Drizzt lo que convertía en un placer ver cómo lo hacía. Sin dejar de mirar a la matrona con una expresión astuta, Zak sacó otras dos monedas.

—Apila dos en cada mano y lanza las cuatro a la vez —le indicó al joven drow.

Las cuatro monedas volaron por el aire y las cuatro fueron recogidas. Drizzt no movió más que los brazos para recuperarlas.

—Dos manos —le comentó Zak a Malicia—. Éste es un guerrero. Pertenece a Melee-Magthere.

—He visto a muchos hechiceros hacer lo mismo —replicó Malicia, disgustada por la expresión satisfecha en el rostro del maestro de armas. Zak había sido uno de los maridos de Malicia, y en muchas ocasiones desde aquel entonces lo había tomado como amante. Sus habilidades y su agilidad no se limitaban exclusivamente al uso de las armas. Pero junto con los placeres que Zaknafein había hecho disfrutar a Malicia, placeres que habían impulsado a ésta a perdonarle la vida más de una docena de veces, también le había traído un sinfín de problemas. Zak era el mejor maestro de armas de Menzoberranzan, un hecho que Malicia no podía dejar de lado, pero su desdén (incluso desprecio) por la reina araña había planteado graves dificultades a la casa Do'Urden.

Zak le alcanzó otras dos monedas a Drizzt, y el joven, que ahora disfrutaba con el juego, las puso en movimiento. Lanzó seis y recogió seis, separadas en dos grupos según la mano que las había arrojado.

—Dos manos —repitió Zak, entusiasmado. La matrona Malicia le indicó que prosiguiera, incapaz de negar la gracia exhibida por su hijo menor.

—¿Te atreves a probar de nuevo? —le preguntó Zak a Drizzt.

Drizzt utilizó las manos de forma independiente, y en cuestión de segundos colocó las monedas sobre sus dedos índices, listas para lanzarlas. Zak lo detuvo y, sacando otras cuatro monedas, aumentó a cinco el número de monedas en cada pila. El maestro de armas hizo una pausa para estudiar la concentración del joven drow (y también para mantener sus manos sobre las monedas y asegurarse que el calor de su cuerpo les daría el brillo suficiente para que Drizzt pudiera seguir sus trayectorias con toda claridad).

—Cógelas todas, segundo hijo —le recomendó, muy serio—. Cógelas todas, o acabarás en Sorcere, la escuela de magia. ¡No es allí donde está tu destino!

Drizzt no entendió muy bien a qué se refería Zak, pero por el tono de voz del maestro de armas comprendió su importancia. Hizo un par de ejercicios respiratorios para facilitar su concentración, y después lanzó las monedas al aire. Siguió su vuelo y las clasificó de acuerdo con la mano que iba a recogerlas. Las dos primeras las cogió sin problemas, pero Drizzt vio que, por la trayectoria dispersa, no caerían en orden.

Al instante se puso en movimiento y dio una vuelta completa al tiempo que movía las manos a una velocidad de vértigo. Después se enderezó de pronto delante de Zak, con los puños apretados contra las caderas y una expresión severa en el rostro.

Zak y la matrona Malicia intercambiaron una mirada, sin entender muy bien qué había pasado.

Drizzt extendió los puños hacia Zak y los abrió poco a poco, con una sonrisa de confianza.

Cinco monedas en cada mano.

Zak soltó un silbido silencioso. A él, que era el maestro de armas de la casa, le había costado una docena de intentos dominar la maniobra para recoger diez monedas en el aire. Se acercó a la matrona Malicia.

—Dos manos —dijo por tercera vez—. Él es un guerrero, y yo me he quedado sin monedas.

—¿Cuántas más podría coger? —susurró Malicia, que no podía disimular su asombro.

—¿Cuántas podemos apilar? —replicó Zaknafein, con una sonrisa de triunfo.

La matrona Malicia soltó una carcajada y sacudió la cabeza. Había deseado que Drizzt reemplazara al desaparecido Nalfein como hechicero de la casa, pero su empecinado maestro de armas había conseguido, como siempre, hacerla cambiar de opinión.

—Muy bien, Zaknafein —dijo, en admisión de su derrota—. El segundo hijo es un guerrero.

Zak asintió y se volvió hacia Drizzt.

—Quizás no esté muy lejos el día en que se convierta en el maestro de armas de la casa Do'Urden —comentó la matrona

Malicia. Su sarcasmo detuvo a Zak, que le dirigió una mirada por encima del hombro.

»¿Es que podíamos esperar menos de él? —añadió Malicia, con su habitual falta de pudor.

Rizzen, el actual señor de la casa, rebulló avergonzado. Sabía, como todos los demás —incluidos los esclavos de la casa Do'Urden—, que Drizzt no era hijo suyo.

—¿Tres habitaciones? —preguntó Drizzt cuando entró acompañado por Zak a la gran sala de armas en el lado sur de la residencia de los Do'Urden. Bolas multicolores de luz mágica aparecían instaladas a todo lo largo del techo de piedra, y el resplandor era suficiente para iluminar todo el espacio sin molestar a la vista. La sala sólo tenía tres puertas: una al este, que daba paso al cuarto comunicado con el balcón de la casa; otra en el lado sur, correspondiente a la última habitación del edificio, y la tercera era la que acababan de atravesar. Al ver cómo Zak se ocupaba de cerrar las diversas cerraduras colocadas en esta puerta, Drizzt comprendió que no tendría ocasión de utilizarla con mucha frecuencia.

—Una habitación —lo corrigió Zak.

—Pero hay otras dos puertas —insistió Drizzt, mientras inspeccionaba la sala—. Sin cerraduras.

—Ah —exclamó Zak—, sus cerraduras están hechas de sentido común. —Drizzt comenzó a entender la situación—. Aquella puerta —añadió el maestro de armas, señalando hacia el sur— comunica con mis aposentos privados. Que nunca te sorprenda allí dentro. La otra da paso a la sala de tácticas, reservada para los tiempos de guerra. Cuando me convenzas de tu valía, si es que alguna vez lo consigues, quizás te invite a visitarla. Pero aún quedan por delante muchos años para que llegue ese día; hasta entonces, tendrás que considerar esta magnífica sala —Zak movió su brazo en un amplio gesto— como tu casa.

Drizzt contempló la sala sin mucho entusiasmo. Había tenido la esperanza de que esta clase de tratamiento hubiera quedado atrás con sus días de príncipe paje. En cambio, se veía otra vez llevado al pasado, incluso más allá de los seis años de servidumbre en la casa, a su primera década de vida encerrado en la capilla al cuidado de Vierna. Esta habitación era más pequeña que la capilla, y demasiado reducida para el gusto del joven drow. Su siguiente pregunta sonó como un gruñido.

—¿Dónde dormiré?

—Aquí —contestó Zak sin ambages.

—¿Dónde comeré?

—Aquí.

Drizzt entornó los párpados, y su rostro se encendió de furia.

—¿Dónde...? —comenzó a preguntar, decidido a rebatir la lógica del maestro de armas.

—Aquí —respondió Zak con el mismo tono mesurado y sonoro, antes de que Drizzt pudiera acabar su pregunta.

El joven separó las piernas y cruzó los brazos.

—Puede resultar un poco engorroso.

—Más te vale que no sea así —replicó Zak.

—¿Qué sentido tiene todo esto? —protestó Drizzt—. Me habéis apartado de mi madre...

—Le darás el tratamiento de matrona Malicia —le advirtió Zak—. Siempre la nombrarás como matrona Malicia.

—De mi madre...

La siguiente interrupción de Zak no fue oral; el maestro de armas lo tumbó de un puñetazo.

Drizzt volvió en sí al cabo de unos veinte minutos.

—Primera lección —señaló Zak, apoyado en una pared a unos pasos de distancia—. Por tu propio bien, siempre la nombrarás como matrona Malicia.

Drizzt se puso de costado e intentó levantarse sobre un codo, pero lo invadió el mareo en cuanto separó la cabeza de la alfombra negra. Zak lo cogió del brazo y lo levantó.

—No es tan fácil como coger monedas —comentó el maestro de armas.

—¿Qué?

—Parar un golpe.

—¿Qué golpe?

—Solo di que sí, niño testarudo.

—¡Segundo hijo! —lo corrigió Drizzt, enfadado, mientras volvía a cruzarse de brazos en un gesto de desafío.

Zak cerró la mano en un puño, como una advertencia poco sutil que Drizzt no pasó por alto.

—¿Quieres echar otra siesta? —preguntó el maestro de armas.

—Los segundos hijos pueden ser niños —reconoció Drizzt, prudentemente.

Zak sacudió la cabeza en un gesto de incredulidad. Esto prometía ser interesante.

—Quizás encuentres alguna cosa que te haga más llevadera tu estancia —dijo, mientras guiaba a Drizzt hacia una larga y espesa cortina con adornos de muchos colores, aunque la mayoría eran de tonos oscuros—. Pero sólo si puedes aprender a controlar esa lengua tan larga.

Zak apartó la cortina de un tirón, y dejó a la vista la más extraordinaria colección de armas que el joven drow (y probablemente muchos otros mayores) había visto en toda su vida. Alabardas, picas, lanzas, espadas, hachas, mazas, y una amplísima variedad de armas de las que ni siquiera conocía su existencia, aparecían ordenadas con mucho cuidado en los estantes del armero.

—Examínalas —le dijo Zak—. Sin prisa y a tu placer. Descubre cuáles se adaptan mejor a tus manos, sigue ciegamente los dictados de tu voluntad. Cuando acabes tu aprendizaje, todas serán para ti como un amigo de confianza.

Boquiabierto, Drizzt caminó a lo largo del armero, mientras veía su entorno y el futuro bajo otro prisma. Durante sus dieciséis años de vida, el aburrimiento había sido su peor enemigo. Ahora, por fin, había encontrado armas para luchar contra él.

Zak se dirigió hacia su habitación privada, consciente de que era mejor dejar a Drizzt a solas en aquel primer contacto con las armas.

Al llegar a la puerta, el maestro se detuvo y se volvió para mirar al joven Do'Urden. Drizzt había cogido una larga y pesada alabarda, que casi lo doblaba en altura, y la movía lentamente en un arco. Pero, a pesar de todos sus intentos por mantenerla controlada, el impulso de la alabarda acabó por tumbarlo al suelo.

Zak oyó el sonido de su propia risa, pero la carcajada sólo sirvió para recordarle la dura realidad de su tarea. Entrenaría a Drizzt, como había hecho con otro millar de jóvenes elfos oscuros antes que a él, para convertirlo en un guerrero y prepararlo para los rigores de la Academia y los peligros de la vida en Menzoberranzan. Enseñaría a Drizzt a ser un asesino.

«¡Qué poco adecuado parece ese manto para su naturaleza!», pensó Zak. Drizzt sonreía con demasiada facilidad; la idea de que pudiese hundir su espada en el corazón de otro ser vivo, le repugnó. Ésa era la manera de proceder de los drows, una manera a la que Zak había sido incapaz de oponerse en sus cuatrocientos años de vida. Apartó la mirada de Drizzt, entretenido con las armas, entró en su habitación y cerró la puerta.

—¿Son todos así? —preguntó en voz alta en la soledad espartana de su cuarto—. ¿Tienen todos los niños drows la misma inocencia, la misma sonrisa pura y tan delicada que no puede sobrevivir a la fealdad de nuestro mundo?

Zak se dirigió hacia la pequeña mesa ubicada a un costado de la habitación, con la intención de levantar la cubierta del globo de cerámica que proporcionaba luz al cuarto. Al ver que no podía apartar de su mente la expresión de alegría de Drizzt ante el descubrimiento de las armas, cambió de idea y decidió acostarse.

—¿O acaso eres único, Drizzt Do'Urden? —susurró, dejándose caer sobre los almohadones del lecho—. Y, si eres tan diferente, entonces ¿cuál es la causa? ¿La sangre, mi sangre, que corre por tus venas como una maldición? ¿O los años que has pasado junto a tu nodriza?

Zak se cubrió los ojos con un brazo y buscó las respuestas a sus muchos interrogantes. Llegó a la conclusión de que Drizzt se apartaba de la norma, aunque no sabía si debía atribuirlo a Vierna o a sí mismo.

Al cabo de un rato se durmió, pero el sueño no le sirvió de consuelo. La misma pesadilla de siempre perturbó su descanso: un recuerdo que se negaba a desaparecer.

Zaknafein oyó otra vez los gritos de los niños de la casa DeVir mientras los soldados de Do'Urden —soldados que él mismo había entrenado— los asesinaban.

—¡Éste es diferente! —gritó Zak, al tiempo que saltaba de la cama. Con una mano temblorosa se enjugó el sudor frío que le empapaba el rostro.

«¡Éste es diferente!», se dijo. Necesitaba creer que era verdad.

7

Secretos oscuros

—¿De verdad piensas intentarlo? —preguntó Masoj, con un tono tan altivo como incrédulo.

Alton dirigió una mirada siniestra al estudiante.

—Descarga tu rabia en algún otro, Sin Rostro —dijo Masoj, apartando la mirada del rostro destrozado de su tutor—. No soy la causa de tu frustración. La pregunta era válida.

—Durante más de una década has estudiado las artes mágicas —replicó Alton—, y pese a ello todavía tienes miedo de explorar el mundo oscuro al costado de un maestro de Sorcere.

—No tendría miedo junto a un auténtico maestro —se atrevió a susurrar Masoj.

Alton no prestó atención a este comentario, tal como había hecho con tantas otras observaciones del aprendiz Hun'ett a lo largo de los últimos dieciséis años. Masoj era el único vínculo de Alton con el mundo exterior, y, mientras que el muchacho contaba con el respaldo de una familia poderosa, Alton sólo lo tenía a él.

Cruzaron la puerta que daba a la habitación superior de la vivienda de Alton. Una vela solitaria alumbraba el cuarto, y su luz resultaba escasa debido a la abundancia de tapices de tonos oscuros y al color negro de la piedra y las alfombras. Alton ocupó su taburete, ubicado detrás de una pequeña mesa redonda, y colocó sobre ésta un libro muy grueso.

—Es un hechizo reservado a las sacerdotisas —objetó Masoj, que se instaló al otro lado de la mesa—. Los magos se ocupan de los planos inferiores; los muertos son materia exclusiva de las sacerdotisas.

Alton frunció el entrecejo y clavó la mirada en Masoj; la vacilante luz de la vela resaltaba las grotescas facciones del maestro.

—Por lo que se ve, no tengo una sacerdotisa a mi disposición —comentó el Sin Rostro en tono sarcástico—. ¿Preferirías que intentara entrar en comunicación con algún engendro de los Nueve Infiernos?

Masoj se estremeció y sacudió la cabeza vigorosamente. No quería volver a pasar por semejante experiencia. Un año atrás, y en su deseo de encontrar respuestas a sus preguntas, el Sin Rostro había solicitado la ayuda de un demonio helado. Aquel ser veleidoso había congelado la habitación hasta hacerla resplandecer con un color negro en el espectro infrarrojo, con lo que había destrozado una fortuna en equipos de alquimia. Si Masoj no hubiese llamado a su pantera mágica para distraer al demonio helado, ninguno de los dos habría salido vivo de la habitación.

—De acuerdo —respondió Masoj sin mucha convicción, y se apoyó en la mesa con los brazos cruzados—. Invoca a tu espíritu y encuentra tus respuestas.

Alton advirtió la ondulación en la túnica de Masoj producida por un estremecimiento involuntario. Le dirigió una mirada iracunda, y después volvió a sus preparativos.

Mientras Alton se acercaba al momento de lanzar el hechizo, la mano de Masoj buscó en su bolsillo la figurilla de ónice de la pantera que había conseguido el día en que DeVir asumió la identidad del Sin Rostro. La estatuilla estaba encantada con un potente duomer que le permitía a su poseedor invocar la ayuda de una poderosa pantera. Masoj había invocado al gran felino de vez en cuando, sin comprender del todo las limitaciones del duomer y sus posibles peligros. «Solo en casos de extrema urgencia», pensó el muchacho cuando cerró la mano sobre la figurilla. «¿Por qué siempre los problemas surgen cuando estoy con Alton?»

A pesar de sus alardes, en esta ocasión Alton compartía la inquietud de Masoj. Los espíritus de los muertos no eran destructivos como los engendros de los planos inferiores, pero de todos modos podían ser muy crueles y sutiles en sus tormentos.

Pero Alton necesitaba saber la respuesta. Desde hacía más de quince años había buscado la información a través de los canales convencionales; es decir, había interrogado a maestros y estudiantes —siempre de una manera indirecta— acerca de los detalles referentes a la caída de la casa DeVir. Muchos conocían los rumores de lo ocurrido, y algunos incluso le habían explicado la táctica y los métodos utilizados por la casa victoriosa.

Sin embargo, ninguno se atrevió a dar el nombre de la casa atacante. En Menzoberranzan, nadie osaba decir nada que se pudiera interpretar como una acusación, aun cuando fuera del dominio general, sin tener pruebas definitivas que justificaran una acción del consejo regente contra el acusado. Si una casa organizaba un ataque y era descubierta, Menzoberranzan en pleno se lanzaba contra ella hasta borrarla del mapa. Pero si la incursión tenía éxito, como era el caso de la casa DeVir, el acusador podía verse en graves dificultades.

La vergüenza pública, más que las leyes del honor, era la que movía los engranajes de la justicia en la ciudad de los drows.

Ahora el único superviviente de la casa DeVir intentaba encontrar por otros medios la respuesta a su búsqueda. Primero lo había intentado en los planos inferiores, a través del demonio helado, con un resultado desastroso. Pero ahora tenía en su poder un objeto que podía poner punto final a sus frustraciones: un libro escrito por un hechicero de la superficie. En la jerarquía drow, únicamente las sacerdotisas de Lloth trataban con el reino de los muertos, pero en otras sociedades también los hechiceros podían actuar en el mundo de los espíritus. Alton había encontrado el libro en la biblioteca de Sorcere y había conseguido traducir lo suficiente —al menos, eso creía— para poder establecer un contacto espiritual.

Se retorció las manos, abrió el libro con mucho cuidado en la página marcada, y echó una última ojeada al texto del hechizo.

—¿Estás preparado? —le preguntó a Masoj.

—No.

Alton pasó por alto el sarcasmo del estudiante y apoyó las palmas de las manos sobre la mesa. Poco a poco se sumergió en el trance.

—*Fey innad...* —Alton hizo una pausa y carraspeó para disimular el error. Pese a no haber estudiado a fondo el hechizo, Masoj advirtió la equivocación—. *Fey innunad de-min...* —El hechicero hizo otra pausa.

—Que Lloth se apiade de nosotros —musitó Masoj.

Alton abrió los ojos, y miró al estudiante con ganas de estrangularlo.

—Es una traducción —dijo— ¡de la extraña lengua de un mago humano!

—Monserga —replicó Masoj.

—Esto que ves es el libro de hechizos de un hechicero del mundo exterior —explicó Alton con voz contenida—. Un archimago, según decía la nota del ladrón orco que lo robó y lo vendió a nuestros agentes. —DeVir recuperó la compostura, sacudió su calva cabeza, e intentó una vez más entrar en trance.

—Fantástico. Un orco estúpido e ignorante fue capaz de robar el libro de hechizos de un archimago —susurró Masoj; dado lo absurdo de la afirmación, no era necesario agregar nada más.

—¡El mago estaba muerto! —vociferó Alton—. ¡El libro es auténtico!

—¿Quién se encargó de la traducción? —preguntó Masoj con un tono exasperante.

Alton se negó a aceptar más interrupciones. Sin hacer caso de la expresión de burla de Masoj, volvió a su recitado.

—Fey innunad de-min de-sul de-ket.

Por su parte, Masoj intentó repasar la lección de una de sus clases, como una manera de controlar sus risas y no molestar a DeVir. En realidad no creía en el éxito de la prueba, pero no quería distraerlo y correr el riesgo de tener que soportar la ridícula cantinela otra vez desde el principio.

Al cabo de un par de minutos, la excitada voz de Alton lo sacó de sus cavilaciones.

—¿Matrona Ginafae?

Masoj se sorprendió al ver que una extraña bola de humo verde aparecía por encima de la llama de la vela y poco a poco tomaba una forma más definida.

—¡Matrona Ginafae! —repitió Alton al completar el hechizo. Ante sus ojos tenía la inconfundible imagen del rostro de su madre muerta.

—¿Quién eres? —preguntó el espíritu, desconcertado, después de observar la habitación durante un buen rato.

—Soy Alton. Alton DeVir, tu hijo.

—¿Hijo? —repitió la aparición.

—Sí, tu hijo.

—No recuerdo haber tenido un hijo tan feo.

—Es un disfraz —se apresuró a contestar Alton, al tiempo que espiaba a Masoj, convencido de que se burlaba de él. Pero, si el estudiante se había mostrado antes despreciativo, ahora su expresión era de absoluto respeto.

»No es más que un disfraz —aseguró Alton con una sonrisa—, para poder moverme por la ciudad y preparar la venganza contra nuestros enemigos.

—¿Qué ciudad?

—Menzoberranzan.

El espíritu pareció no saber a qué se refería.

—Eres Ginafae, ¿no es verdad? —insistió Alton—. La matrona Ginafae DeVir.

El rostro del espíritu adquirió una expresión ceñuda, mientras éste parecía considerar la pregunta.

—Yo era... creo que...

—La madre matrona de la casa DeVir, cuarta casa de Menzoberranzan —insistió Alton, cada vez más excitado—. Suma sacerdotisa de Lloth.

La mención de la reina araña sacudió al espíritu.

—¡Ay, no! —gritó Ginafae al recordar su existencia terrenal—. ¡No tendrías que haberlo hecho, mi horrible hijo!

—Es sólo un disfraz —la interrumpió Alton.

—Debo irme —añadió el espíritu de Ginafae, que miró a su alrededor presa de una evidente inquietud—. ¡Debes permitir que me vaya!

—Pero necesito que me des una información, matrona Ginafae.

—¡No me llames así! —chilló el espíritu—. ¡No lo entiendes! Ya no gozo del favor de Lloth.

—Problemas —susurró Masoj de pronto, sin sorprenderse.

—¡Solo una respuesta! —exigió Alton, poco dispuesto a dejar pasar la oportunidad de averiguar por fin la identidad de sus enemigos.

—¡Deprisa! —gritó el espíritu.

—Dime el nombre de la casa que destruyó a los DeVir.

—¿La casa? —dijo Ginafae—. Sí, recuerdo aquella noche terrible. Fue la casa...

La bola de humo se deformó, y la imagen de Ginafae se deshizo mientras sus últimas palabras se convertían en un murmullo incomprensible.

—¡No! —chilló Alton, que abandonó su taburete de un salto—. ¡Debes decírmelo! ¿Quiénes son mis enemigos?

—¿Me incluirías a mí como uno de ellos? —preguntó la imagen del espíritu con una voz muy distinta de la que había empleado antes, un tono tan poderoso que dejó el rostro de Alton sin sangre. La imagen sufrió una nueva transformación y se convirtió en algo espantoso. Mucho más horrible que Alton o que cualquier otra cosa existente en el plano material.

Alton no era una sacerdotisa, y nunca había estudiado la religión drow más allá de los conocimientos elementales que se impartían a los varones de la raza. Aun así, conocía a la criatura que flotaba ante sus ojos, porque se parecía a una barra de cera en el proceso de fundirse: era un yochlol, una doncella de Lloth.

—¿Cómo te atreves a perturbar el tormento de Ginafae? —preguntó la criatura.

—¡Maldita sea! —murmuró Masoj y, con mucho disimulo, buscó refugio debajo del mantel negro de la mesa. A pesar de sus dudas acerca de los conocimientos mágicos de Alton, no había esperado que su desfigurado maestro los metiera en semejante atolladero.

—Pero... —tartamudeó Alton.

—¡Nunca más intentes penetrar en este plano, estúpido hechicero! —rugió la yochlol.

—No tenía intención de llegar al abismo —protestó Alton, contrito—. Sólo pretendía hablar...

—¡Con Ginafae! —La yochlol completó la frase de Alton con un tono burlón—. ¿Dónde esperabas encontrar su espíritu, idiota? ¿Quizás retozando en el Olimpo, con los falsos dioses de los elfos de la superficie?

—No pensaba...

—¿Es que alguna vez piensas? —gruñó la yochlol.

«No», respondió Masoj para sus adentros, sin dejarse ver.

—No vuelvas a entrometerte en este plano —repitió la yochlol por última vez—. ¡La reina araña es inflexible y no tolera a los varones entrometidos! —El derretido rostro de la criatura aumentó de tamaño y superó los límites de la nube de humo. Alton oyó unos sonidos que parecían arcadas, y se apretó contra la pared al tiempo que levantaba los brazos para protegerse el rostro.

La boca de la yochlol se abrió desmesuradamente, al punto de impedir ver el resto de su cara, y escupió una lluvia de pequeños objetos, que rebotaron en el cuerpo de Alton y en la pared. «¿Piedras?», pensó el mago sin rostro, desconcertado. Una de aquellas cosas respondió a su muda pregunta; se sujetó a la túnica negra y comenzó a trepar hacia su cuello: arañas.

Otra oleada de monstruos de ocho patas se deslizó por debajo de la mesa, y Masoj rodó sobre sí mismo para salir de su improvisado escondite. En cuanto pudo, se puso de pie y echó una mirada en dirección a Alton, que daba palmadas y pisotones a diestro y siniestro para rechazar la horda de insectos.

—¡No las mates! —chilló Masoj—. Matar arañas está prohibido por...

—¡A los Nueve Infiernos con las sacerdotisas y sus leyes! —replicó Alton.

Masoj alzó los hombros en un gesto de resignación, buscó entre los pliegues de su túnica, y sacó la misma ballesta de mano que había utilizado para matar al verdadero Sin Rostro tantos años atrás. Examinó el arma y miró las pequeñas arañas que corrían por la habitación.

—¿Será excesivo? —preguntó en voz alta. Al no oír respuesta, volvió a alzar los hombros y disparó.

El dardo abrió un corte bastante profundo en el hombro de Alton, que miró incrédulo la herida y después se volvió hacia Masoj hecho una furia.

—Tenías una en el hombro —se disculpó Masoj.

El gesto agrio de Alton no desapareció.

—Desagradecido —añadió Masoj—. Alton, eres un estúpido. ¿No has visto que todas las arañas están en tu lado de la habitación? —El estudiante le volvió la espalda—. ¡Que tengas buena caza! —le deseó, y tendió una mano hacia el picaporte de la puerta, pero, antes de que pudiese sujetarlo, la hoja de la puerta se transformó en la imagen de la matrona Ginafae. La figura le dedicó una gran sonrisa, demasiado grande, y una lengua enorme y húmeda lamió el rostro de Masoj.

»¡Alton! —gritó, al tiempo que se alejaba de un salto de la repugnante lengua. Vio que el mago se disponía a realizar un encantamiento. Alton se esforzaba por mantener su concentración mientras las arañas subían por la túnica—. Eres hombre muerto —comentó Masoj como si tal cosa.

Alton luchó para no cometer un error, sin hacer caso del asco que le producían las arañas, y por fin consiguió acabar el ritual. En todos sus años de estudio, nunca había imaginado que sería capaz de hacer algo así; se habría reído con sólo mencionarlo. Ahora, en cambio, le parecía algo preferible a la condena de la yochlol.

Lanzó una bola de fuego contra sus propios pies.

Desnudo y sin cabellera, Masoj atravesó la puerta para escapar del infierno. A continuación apareció su maestro, envuelto en llamas; se arrojó al suelo y comenzó a rodar sobre la piedra al tiempo que se despojaba de las prendas incendiadas.

Mientras contemplaba cómo Alton apagaba las últimas llamas, un agradable recuerdo apareció en la mente de Masoj, y pronunció la única queja que dominaba sus pensamientos en medio de tanto desastre:

—Tendría que haberlo matado cuando estaba en la red.

Al cabo de unos minutos, en cuanto Masoj se marchó a su habitación para ocuparse de sus estudios, Alton se colocó los brazaletes metálicos que lo identificaban como maestro de la Academia y abandonó Sorcere. Bajó las grandes escalinatas que conducían hasta Tier Breche y se sentó a contemplar el panorama de Menzoberranzan.

Pero el maravilloso espectáculo que le ofrecía la ciudad no consoló a DeVir de su último fracaso. Durante dieciséis años había postergado todos sus demás sueños y ambiciones en favor de su búsqueda desesperada por encontrar la casa culpable, y habían sido dieciséis años de fracasos.

Se preguntó cuánto tiempo más podría mantener el engaño, y sus ánimos. Masoj, su único amigo —si es que podía llamarlo así—, había completado más de la mitad de sus estudios en Sorcere. ¿Qué haría cuando Masoj acabara la carrera y regresara a la casa Hun'ett?

—Quizás tendré que persistir en mis esfuerzos en los siglos venideros —dijo en voz alta—, sólo para ser asesinado por un estudiante desesperado, como yo... como Masoj asesinó al Sin Rostro. ¿Sería capaz mi asesino de desfigurarse para ocupar mi lugar? —Alton no pudo evitar la risa irónica que escapó de su boca sin labios al imaginar un «maestro sin rostro» eterno en Sorcere. ¿En qué momento surgirían las sospechas de la matrona dama de la Academia? ¿Dentro de mil años? ¿Diez mil? ¿O el

Sin Rostro sería capaz de sobrevivir a la propia Menzoberranzan? Vivir como un maestro no estaba nada mal. Muchos drows habrían sacrificado mucho más para disfrutar de este honor.

Alton apoyó el rostro sobre el antebrazo e intentó apartar de su mente estos estúpidos razonamientos. No era un auténtico maestro, ni su posición le reportaba grandes satisfacciones. Quizás Masoj le habría hecho un favor, dieciséis años atrás, disparándole cuando se encontraba atrapado en la red del Sin Rostro.

La desesperación de Alton se acentuó cuando consideró los años que tenía por delante. Acababa de cumplir setenta y era joven para los de su raza. La idea de que sólo había vivido una décima parte de su existencia no fue esa noche un motivo de alegría para Alton DeVir.

«¿Cuánto tiempo más sobreviviré? —pensó—. ¿Cuánto tiempo más hasta que el infierno que es mi vida me consuma?»

—Habría sido mejor morir a manos del Sin Rostro —murmuró—. Porque ahora soy Alton de Ninguna Casa Digna de Mención.

Masoj lo había bautizado así durante la primera mañana después de la caída de la casa DeVir, pero en aquel entonces, cuando su vida dependía del disparo de una ballesta, Alton no había comprendido las implicaciones del título. Menzoberranzan no era más que un conjunto de casas individuales. Un bribón plebeyo podía unirse a cualquiera y proclamar que era la suya, pero un bribón noble no sería aceptado en ninguna casa de la ciudad. Sólo tenía Sorcere y nada más, y esto hasta el momento en que descubriesen su verdadera identidad. ¿Cuál sería el castigo por matar a un maestro?

Masoj había cometido el crimen, pero Masoj tenía una casa para defenderlo. Alton no era más que un bribón.

Se acomodó en su asiento con los codos apoyados en las rodillas y contempló el ascenso del calor en Narbondel. A medida que los minutos se convertían en horas, Alton superó el desconsuelo y la autocompasión; contempló la ciudad con nuevos ojos, interesado esta vez por las casas individuales, y pensó en los oscuros secretos que se albergaban en cada una de ellas. «Y hay una —se dijo— que oculta el secreto más valioso para mí.» Una de ellas había destruido la casa DeVir.

Se olvidó del fracaso de esa noche con la matrona Ginafae y la yochlol, y de sus deseos de morir. Después de todo, dieciséis años no significaban nada. Todavía le quedaban otros seiscientos años de vida. Si era necesario, estaba dispuesto a dedicar hasta el último minuto de esos seis siglos a la búsqueda de los culpables.

—Venganza —gruñó en voz alta, porque necesitaba recordar que ésta era la única razón de su existencia.

8

Parentesco

Zak lo acosó con una serie de golpes bajos. Drizzt intentó retroceder lo más rápido posible y recuperar la postura, pero el incesante ataque siguió cada uno de sus pasos, y se vio forzado a realizar únicamente movimientos defensivos. Con demasiada frecuencia, Drizzt descubría que estaban más cerca del maestro las empuñaduras de sus armas que las hojas.

Entonces Zak se agachó para después levantarse por debajo de la defensa del joven.

Drizzt cruzó sus cimitarras como un experto, aunque tuvo que mantenerse rígido para esquivar el asalto de Zak. El alumno era consciente de que su rival lo había colocado en una posición desfavorable, y no se sorprendió cuando Zak trasladó su peso a la pierna retrasada y se lanzó a fondo, con las puntas de sus espadas dirigidas a los muslos de su oponente.

Drizzt maldijo para sí mismo y bajó las cimitarras en una cruz invertida, con la intención de emplear la «V» de las hojas para atrapar las espadas del maestro. Llevado por un impulso repentino, Drizzt vaciló mientras interceptaba las armas de Zak, y se apartó de un salto, con lo cual recibió un doloroso golpe en la cara interior del muslo. Disgustado por el error, arrojó las armas al suelo.

También Zak dio un salto atrás, y observó a Drizzt con una expresión de desconcierto.

—No deberías haber fallado ese movimiento —afirmó, tajante.

—La parada es errónea —replicó Drizzt.

Zak puso la punta de una de sus espadas en el suelo y se apoyó en el arma, a la espera de una explicación más amplia por parte de su alumno. En el pasado, Zak había herido —e incluso matado— a estudiantes por insolencias como ésta.

—La cruz invertida detiene el ataque, pero ¿qué se gana? —añadió el joven—. Cuando el movimiento se completa, la punta de mi espada queda demasiado baja para iniciar una rutina de ataque eficaz, y tú tienes tiempo de retirarte.

—Pero has detenido el ataque.

—Solo para tener que enfrentarme al siguiente —protestó Drizzt—. Lo único que consigo de la cruz invertida es una posición equilibrada.

—¿Y...? —preguntó Zak, que no acababa de entender cuál era el problema del alumno con esa táctica.

—¡Recuerda tus propias lecciones! —gritó Drizzt—. «Cada movimiento debe conseguir una ventaja.» Es lo que predicas a toda hora, pero no veo ventaja en utilizar la cruz invertida.

—Citas sólo una parte de aquella lección porque te conviene —le reprochó Zak, enojado—. ¡Completa la frase o no la repitas! Cada movimiento debe conseguir una ventaja o eliminar una desventaja. La cruz invertida derrota el doble golpe bajo, y es obvio que tu oponente tiene la ventaja si se atreve a ejecutar una maniobra ofensiva tan arriesgada. En aquel momento es preferible recuperar una posición de equilibrio.

—¡La parada es errónea! —repitió Drizzt, empecinado.

—Recoge tus armas —gruñó Zak, con un gesto amenazador. Drizzt vaciló, y el maestro de armas se lanzó al ataque, con las espadas por delante.

Drizzt se agachó, recogió sus cimitarras, y se levantó para responder al asalto, sin saber muy bien si se trataba de otra lección o de un ataque real.

El maestro lo atacó con saña; lanzaba un golpe tras otro, y Drizzt tuvo que retroceder en círculos. El joven se defendió con bastante habilidad y poco a poco observó una pauta conocida a medida que los ataques de Zak eran cada vez más bajos, cosa que forzaba a Drizzt a levantar las empuñaduras hacia arriba y hacia afuera por encima de las hojas de las cimitarras.

Drizzt comprendió que Zak pretendía demostrar que tenía razón con hechos y no palabras. Sin embargo, al ver la expresión de furia en el rostro del maestro, no tuvo muy claro hasta dónde quería llegar éste en su demostración. Si Zak estaba en lo cierto, ¿concluiría el ataque con un golpe en el muslo? ¿O en su corazón? Zak se agachó y se levantó por debajo de la defensa, y Drizzt se irguió rígido.

—¡Doble golpe bajo! —exclamó el maestro, y ejecutó la maniobra.

Drizzt estaba preparado. Realizó la cruz invertida y sonrió satisfecho al oír el sonido metálico del choque de las espadas atacantes contra sus cimitarras. Entonces mantuvo ocupada una sola de sus armas, convencido de que sería suficiente para desviar las espadas de Zak. Ahora, con una hoja libre de la parada, Drizzt la hizo girar para lanzar su réplica.

En cuanto el joven invirtió el movimiento, Zak descubrió el plan porque ya sospechaba cuál sería su trampa. El maestro bajó hasta el suelo la punta de una de sus espadas —la más cercana a la empuñadura de la cimitarra que Drizzt utilizaba en la parada—, y el muchacho, en su intento de mantener un esfuerzo constante a todo lo largo de la cimitarra que paraba, perdió el equilibrio. Aun así, tuvo los reflejos suficientes para controlar el traspié, aunque rozó el suelo con los nudillos. Convencido todavía de que Zak había caído en la trampa, y de que podría acabar su brillante contraataque, dio un paso corto adelante para recuperar la postura.

El maestro de armas se zambulló de cabeza al suelo, por debajo del arco trazado por la cimitarra de Drizzt, y, después de rodar una vez para situarse detrás del joven, le hundió el tacón de su bota en una de las corvas. Antes de que el alumno pudiera darse cuenta del ataque, ya se encontraba tendido de espaldas.

Zak interrumpió bruscamente su movimiento y apartó las piernas. Drizzt no había tenido siquiera tiempo de captar la réplica a su contraataque, cuando vio a su maestro de pie a su costado y notó el leve pinchazo de la espada de Zak en su garganta, que arrancó una pequeña gota de sangre.

—¿Tienes alguna cosa más que decir al respecto? —gruñó Zak.

—¡La parada es errónea! —respondió Drizzt con vehemencia.

Zak estalló en una carcajada. Dejó caer su espada al suelo, tendió una mano, y ayudó a su empecinado alumno a levantarse.

Más tranquilo, su mirada buscó los lilas ojos de Drizzt mientras apartaba al muchacho a un brazo de distancia. El maestro estaba maravillado de la elegancia de la postura de Drizzt, de la manera en que empuñaba las cimitarras gemelas como si fueran prolongaciones naturales de sus brazos. Drizzt sólo llevaba unos pocos meses de entrenamiento, pero casi dominaba el uso de las armas del amplio arsenal de la casa Do'Urden.

¡Esas cimitarras! Las armas escogidas por Drizzt, con las hojas curvas que aumentaban la sorprendente fluidez del estilo del joven guerrero... Con ellas en sus manos, este joven drow, un adolescente, podría derrotar a la mitad de los miembros de la Academia. Un estremecimiento corrió por la espalda de Zak cuando pensó en la maestría de Drizzt cuando completara su preparación.

Sin embargo, no eran sólo las capacidades físicas y el potencial de Drizzt Do'Urden lo que hacían reflexionar a Zaknafein. El maestro había llegado a la conclusión de que el temperamento del muchacho era muy diferente del de cualquier otro drow. Drizzt poseía un espíritu inocente, libre de toda malicia, y Zak no podía evitar sentirse orgulloso cuando lo miraba. En todos los aspectos, el joven drow obedecía a los mismos principios que Zak, pese a ser una moral desconocida en Menzoberranzan.

También Drizzt había percibido la relación, si bien no tenía idea de cuán excepcionales eran en el malvado mundo drow esas percepciones que Zak y él compartían. Había advertido que el «tío Zak» era distinto de cualquier otro de los elfos oscuros que conocía, aunque este número se reducía a los miembros de su familia y unas decenas de soldados. Desde luego, Zak era muy diferente de Briza, la hermana mayor de Drizzt, con su desesperada, casi ciega, ambición por destacar en el misterioso culto a Lloth. Y por cierto que Zak era muy diferente de la matrona Malicia, la madre de Drizzt, que nunca le dirigía la palabra excepto para ordenarle alguna cosa.

Zak era capaz de sonreír ante situaciones que no necesariamente significaban un sufrimiento para otras personas. Él era el primer drow que, al parecer, estaba satisfecho con su posición en la vida, y el primero al que Drizzt había oído reír.

—Un buen intento —comentó el maestro de armas acerca de la maniobra de Drizzt.

—En un combate real, me habrían matado —contestó el joven.

—Desde luego —asintió Zak—. Pero es por eso por lo que nos entrenamos. Tu plan era excelente, el tiempo perfecto. Sólo la situación estaba equivocada. De todos modos, insisto en que fue un buen intento.

—Te lo esperabas —dijo el alumno.

—Quizás —manifestó Zak, sonriente—, pero porque había visto a otro alumno intentar la misma maniobra.

—¿Contra ti? —exclamó Drizzt, que ya no se sintió tan orgulloso de sus supuestos descubrimientos en las tácticas de esgrima.

—Te equivocas —respondió Zak, con un guiño—. Observé el fracaso de la maniobra desde el mismo ángulo que tú, y con el mismo resultado.

—Pensamos de la misma manera —comentó Drizzt, mucho más animado.

—Así es —afirmó Zak—, aunque mis conocimientos están afianzados por cuatrocientos años de experiencias, mientras que tú ni siquiera has llegado a los veinte. Confía en mí, muchacho impaciente. La cruz invertida es la parada correcta.

—Quizás —dijo Drizzt.

—Cuando encuentres una parada mejor, la probaremos —le aseguró Zak, ocultando una sonrisa—. Pero hasta entonces confía en mi palabra. He entrenado a más soldados de lo que recuerdo; a todo el ejército de la casa Do'Urden y a diez veces aquel número cuando serví de maestro en Melee-Magthere. Enseñé a Rizzen, a todas tus hermanas, y a tus dos hermanos.

—¿Mis dos hermanos?

—Yo... —Zak hizo una pausa y dirigió una mirada de curiosidad a Drizzt—. Ya veo —añadió—. Nunca se preocuparon de decírtelo.

Zak se preguntó si debía inmiscuirse y decirle la verdad a Drizzt. Sin duda, a la matrona Malicia le daría igual; probablemente no se lo había dicho a Drizzt porque no consideraba la muerte de Nalfein como algo digno de mencionar.

—Sí, dos —explicó Zak—. Tenías dos hermanos cuando tú naciste: Dinin, al que conoces, y otro mayor, Nalfein, un mago de gran poder. Nalfein resultó muerto en una batalla la misma noche de tu nacimiento.

—¿Contra los enanos o los malvados gnomos? —chilló Drizzt, con el entusiasmo de un niño ansioso por escuchar un cuento de miedo antes de dormirse—. ¿Defendía la ciudad contra los bárbaros conquistadores o contra monstruos infames?

Zak pasó un momento difícil al descubrir la tergiversación en las inocentes creencias de Drizzt. «Lo han envuelto en una red de mentiras», pensó, y después respondió en voz alta:

—No.

—¿Entonces fue contra algún oponente aún más terrible? —insistió el muchacho—. ¿Los pérfidos elfos de la superficie?

—¡Murió a manos de otro drow! —exclamó Zak, frustrado. La afirmación del maestro borró el brillo de entusiasmo de los ojos de Drizzt.

El joven se reclinó en su asiento y pensó en las palabras de Zak, mientras su maestro sufría al ver la expresión de desconcierto en el rostro de su pupilo.

—¿Una guerra contra otra ciudad? —preguntó Drizzt, sombrío—. No sabía que...

Zak no le prestó más atención. Dio media vuelta y se retiró en silencio a su habitación. Que Malicia o cualquiera de sus lacayos se ocupara de acabar con la inocencia del muchacho. A sus espaldas, Drizzt no hizo ningún comentario, consciente de que la conversación, y la clase, se habían acabado. Pero también consciente de que se había enterado de algo muy importante.

El maestro de armas y Drizzt practicaban durante horas mientras los días se convertían en semanas, y las semanas en meses. El tiempo no tenía importancia; combatían hasta quedar agotados, y reanudaban las prácticas tan pronto como podían.

Al tercer año, cuando cumplió los diecinueve, Drizzt era capaz de enfrentarse durante horas contra el maestro de armas, e incluso tomaba la ofensiva en muchos de sus duelos.

Zak disfrutaba al máximo. Por primera vez en muchos años, había encontrado a alguien con la capacidad para convertirse en su igual. El maestro no recordaba que la risa hubiese acompañado nunca el choque de las armas de adamantita en la sala de entrenamiento.

Observó cómo Drizzt se transformaba en un mozo alto y atlético, atento, activo e inteligente. Los maestros de la Academia tendrían que esforzarse mucho para conseguir un simple empate frente a Drizzt, incluso en su primer año.

Este pensamiento emocionaba al maestro de armas, pero entonces recordaba los principios de la Academia, los preceptos de la vida drow, y las consecuencias que tendrían en su maravilloso estudiante: arrebatarían para siempre la sonrisa de los lilas ojos de Drizzt.

Un recordatorio del mundo drow que existía al otro lado de la puerta de la sala de ejercicios los visitó un día en la persona de la matrona Malicia.

—Trátala con el debido respeto —le advirtió Zak a Drizzt cuando Maya anunció la llegada de la madre matrona. El maestro de armas se adelantó prudentemente para saludar en privado a la máxima autoridad de la casa Do'Urden.

—Mis respetos, matrona —dijo con una reverencia—. ¿A qué debo el honor de vuestra presencia?

La matrona se rió en sus narices, al descubrir su juego.

—Mi hijo y tú os pasáis la vida encerrados en esta sala —respondió Malicia—. Quiero conocer los progresos del muchacho.

—Es un guerrero de primera —afirmó Zak.

—No tiene otra opción —murmuró Malicia—. Dentro de un año ingresará en la Academia.

—La Academia jamás ha visto un espadachín como él —gruñó Zak, molesto por el tono de duda empleado por Malicia.

La matrona se apartó del maestro de armas y caminó hasta donde estaba Drizzt.

—No dudo de tus progresos con la espada —le comentó a su hijo, aunque acompañó sus palabras con una mirada de astucia a Zak—. Lo llevas en la sangre. Pero hay otras cualidades que forman a un guerrero drow; cualidades del corazón. ¡La actitud de un guerrero!

Drizzt no sabía cómo responder. Sólo la había visto algunas veces en los últimos tres años, y nunca habían conversado.

Zak vio el desconcierto en el rostro de Drizzt y tuvo miedo de que el muchacho cometiese un error: precisamente lo que deseaba la matrona Malicia. De esta manera, Malicia tendría una excusa para quitar a Drizzt de la tutela de Zak —al tiempo que deshonraba al maestro— y confiar su preparación a Dinin o a algún otro asesino desalmado. Zak podía ser el mejor instructor de esgrima, pero, ahora que Drizzt ya conocía el manejo de las armas, Malicia quería endurecerlo emocionalmente.

Zak no quería correr el riesgo; apreciaba muchísimo el tiempo que pasaba junto al joven Drizzt. Sacó sus espadas de las vainas incrustadas de pedrería y cargó por delante mismo de la matrona Malicia.

—¡Demuestra lo que sabes, joven guerrero! —gritó.

Los ojos de Drizzt brillaron como ascuas al ver la carga del maestro, y sus cimitarras aparecieron en sus manos como por arte de magia.

¡Y suerte tuvo de que fuera así! Zak se lanzó sobre Drizzt con una furia desconocida para el joven drow, mucho más intensa que aquella vez en que habían discutido los méritos de la parada en cruz invertida. El choque de las espadas contra las cimitarras arrancó chispas del acero, y Drizzt se vio obligado a retroceder, con los brazos doloridos por el impacto de los poderosos golpes.

—¿Qué pretendes...? —intentó preguntar.

—¡Demuéstrale! —rugió Zak, sin dejar de lanzar mandobles.

Drizzt consiguió eludir a duras penas una estocada mortal. Sin embargo, su confusión lo llevaba a mantenerse a la defensiva.

Zak desvió una de las cimitarras de Drizzt, después la otra y entonces utilizó un arma inesperada: levantó una pierna y descargó el tacón contra la nariz de su alumno.

Drizzt oyó el crujido del tabique nasal al romperse y sintió el calor de la sangre sobre su rostro. Se arrojó de cabeza al suelo y rodó sobre sí mismo, en un intento de mantenerse a una distancia segura de su enloquecido oponente hasta que pudiera recuperarse del golpe.

De rodillas, vio a Zak que se aproximaba dispuesto a no darle cuartel.

—¡Demuéstrale! —gruñó el maestro.

Las llamas púrpuras del fuego fatuo iluminaron la piel de Drizzt, y lo transformaron en un blanco fácil. Respondió de la única manera a su alcance: lanzando un globo de oscuridad sobre Zak y él mismo. Intuyendo cuál sería el próximo movimiento del maestro de armas, se tumbó en el suelo y se arrastró sobre el estómago para salir del globo, siempre con la cabeza baja. Fue una sabia decisión.

Ante la aparición del globo de oscuridad, Zak se había apresurado a levitar a unos tres metros de altura y pasado sobre él, sin dejar de lanzar golpes hacia donde calculaba que estaría la cabeza de su rival.

Cuando Drizzt salió por el otro lado del globo, miró hacia atrás y sólo vio las pantorrillas de Zak. No tuvo necesidad de ver nada más para comprender las siniestras intenciones de su maestro. Zak lo habría cortado en pedazos de no haber estado tendido en el suelo.

La ira reemplazó el desconcierto. Cuando Zak volvió a poner los pies en tierra y rodeó el globo a la carrera, Drizzt dejó que su enojo lo guiara en el combate. Ejecutó una pirueta antes de alcanzar a Zak, al tiempo que trazaba un arco con la cimitarra principal y con la otra simulaba una estocada a fondo por encima de la línea de aquélla.

Zak esquivó la estocada y con una parada de revés detuvo la otra.

Drizzt no había acabado. Con una de sus armas lanzó una serie de rápidos puntazos que pusieron a Zak en retirada durante una docena de pasos o más, y juntos penetraron en la oscuridad mágica. Ahora tenían que confiar en su muy agudo sentido del oído y en sus reflejos. Zak consiguió por fin recuperar el equilibrio, pero de inmediato Drizzt empleó sus propios pies, lanzando puntapiés cada vez que se lo permitía el impulso de sus armas. De pronto, consiguió colar una patada entre las defensas de Zak, y el golpe en el plexo dejó sin resuello al maestro de armas.

Reaparecieron por el otro lado del globo, y esta vez también la silueta de Zak se veía recortada por el fuego fatuo. El maestro se sintió dolido por la expresión de odio en el rostro de su alumno, pero comprendió que ni él ni Drizzt habían podido escoger. Esta pelea tenía que ser brutal, era necesario darle visos de autenticidad. Poco a poco, Zak pasó a un ritmo más tranquilo, exclusivamente a la defensiva, y dejó que el cansancio del combate consumiera la furia del joven.

Drizzt continuó con las acometidas, implacable. Zak lo engatusó dejándole ver aberturas donde no las había, y el muchacho siempre mordió el anzuelo, con una estocada, un corte o un puntapié.

La matrona Malicia contemplaba el espectáculo en silencio. No podía negar la calidad de la enseñanza que Zak había impartido a su hijo; físicamente, Drizzt estaba más que preparado para el combate.

Por su parte, Zak sabía que, para la matrona Malicia, la maestría con las armas podía no ser suficiente. Debía evitar que tuviese ocasión de conversar con el muchacho. Ella no aprobaría las opiniones del joven.

El maestro de armas observó el cansancio de su alumno, aunque no se dejó engañar por Drizzt, que exageraba la fatiga para sorprenderlo.

«Acabemos con esto», murmuró para sí mismo, y de pronto se «torció» un tobillo, al tiempo que movía hacia el costado y hacia abajo el brazo derecho y se esforzaba por recuperar el equilibrio, con lo cual abrió un agujero en sus defensas que Drizzt no podría dejar de aprovechar.

El ataque llegó como un rayo, y el brazo izquierdo de Zak se movió en un corto golpe sesgado que arrancó la cimitarra de la mano derecha de Drizzt.

—¡Ah! —gritó Drizzt, que había esperado esta maniobra, y sin perder un segundo lanzó su segundo ataque. Con la otra cimitarra descargó un golpe contra el hombro izquierdo de Zak, aunque en el último momento desvió la trayectoria como hacía en los ejercicios.

Pero Zak ya estaba de rodillas cuando Drizzt descargó el segundo golpe. Mientras la hoja de Drizzt cortaba el aire por encima de la cabeza del maestro, Zak se levantó de un salto y lanzó un golpe con la empuñadura de su espada que se estrelló en la mandíbula de Drizzt. Atontado, el muchacho dio un paso atrás y permaneció inmóvil unos segundos. La segunda cimitarra se le escapó de los dedos, y sus ojos velados no parpadearon.

—¡Una finta dentro de una finta dentro de una finta! —explicó Zak, tranquilamente.

Drizzt se desplomó, inconsciente.

Malicia asintió satisfecha mientras Zak se reunía con ella.

—Está preparado para ir a la Academia —afirmó la matrona.

En el rostro de Zak apareció una expresión agria, y no contestó.

—Vierna ya está allí —añadió Malicia—, para enseñar como una de las damas de Arach-Tinilith, la escuela de Lloth. Es un gran honor.

«Un gran logro para la casa Do'Urden», pensó Zak, que se cuidó de no manifestar su opinión.

—Dinin no tardará en seguirla —dijo la matrona.

—¿Dos hijos maestros de la Academia al mismo tiempo? —exclamó Zak, que, impulsado por el asombro, añadió—: Sin duda habrás tenido que esforzarte mucho para conseguir semejante privilegio.

—Un favor se paga con otro —respondió la matrona Malicia, con su sonrisa astuta.

—¿Con qué fin? —preguntó Zak—. ¿Protección para Drizzt?

—Por lo que acabo de ver —contestó Malicia, con una carcajada—, Drizzt podía encargarse de proteger a los otros dos.

Zak se mordió la lengua al escuchar el comentario. Dinin era el doble de hábil con las armas y un asesino despiadado. Resultaba evidente que Malicia tenía otras intenciones.

—Tres de las primeras ocho casas estarán representadas en la Academia al menos con cuatro hijos en las próximas dos décadas —reconoció la matrona Malicia—. El hijo de la matrona Baenre comenzará en el mismo curso de Drizzt.

—Veo que tienes aspiraciones —dijo Zak—. ¿Hasta dónde pretenderá llegar la casa Do'Urden de la mano de la matrona Malicia?

—Algún día el sarcasmo te costará la lengua —le advirtió la madre matrona—. Seríamos unos tontos si desaprovechásemos la oportunidad de saber algo más de nuestros rivales.

—Las primeras ocho casas —murmuró Zak—. Ve con cuidado, matrona Malicia. No olvides vigilar a los rivales entre las casas inferiores. Existió una vez una casa llamada DeVir que cometió el mismo error.

—No habrá ningún ataque por la espalda —replicó Malicia con desprecio—. Somos la casa novena, pero disponemos de mucho más poder que otras. Nadie osará atacarnos a traición; hay blancos más fáciles entre los que están por arriba de nosotros.

—Y todo para nuestro beneficio —señaló Zak.

—¿Acaso no se trata de eso? —preguntó Malicia, con una sonrisa cruel.

Zak no tuvo necesidad de responder, pues la matrona conocía sus verdaderos sentimientos. Precisamente no era eso lo importante.

—No hables, y la mandíbula se curará antes —le recomendó Zak al joven cuando volvieron a estar a solas.

Drizzt le dirigió una mirada furiosa.

—Nos hemos hecho grandes amigos —añadió el maestro de armas.

—Es lo que creía —murmuró Drizzt.

—Entonces piensa con claridad —le reprochó Zak—. ¿Crees que la matrona Malicia aprobaría la existencia de este vínculo entre su maestro de armas y su más joven... y preciado hijo? Eres un drow, Drizzt Do'Urden, y de noble cuna. No puedes tener amigos.

Drizzt se irguió como si lo hubiesen abofeteado.

—Al menos, no abiertamente —señaló Zak, poniendo una mano sobre el hombro del muchacho en un gesto afectuoso—. Los amigos significan vulnerabilidad, una debilidad inexcusable. La matrona Malicia jamás lo aceptaría... —Hizo una pausa, al darse cuenta de que amedrentaba a su estudiante—. Bueno —admitió como conclusión final—, al menos nosotros dos sabemos quiénes somos.

Para Drizzt, en realidad, esto no parecía estar tan claro.

9

Familias

—Ven, deprisa —le ordenó Zak a Drizzt una noche después de acabar los entrenamientos del día. Por la premura en el tono del maestro de armas, y por el hecho de que Zak ni siquiera lo esperó, el muchacho comprendió que ocurría algo importante.

Por fin alcanzó a Zak en el balcón de la casa Do'Urden, donde ya se encontraban Maya y Briza.

—¿Qué ocurre? —preguntó Drizzt.

Zak lo arrimó a su lado y señaló a través de la gran caverna, hacia el lado noreste de la ciudad. Se veían luces que se encendían y apagaban bruscamente, y por un momento se elevó una columna de fuego.

—Una incursión —respondió Briza, sin pensarlo—. Casas menores, que no tienen nada que ver con nosotros.

Zak vio que Drizzt no había comprendido la respuesta.

—Se trata del ataque de una casa contra otra —le explicó—. Quizás por venganza, pero lo más probable es que sea un intento de alcanzar una posición superior en la ciudad.

—La batalla dura demasiado —comentó Briza—. Todavía hay estallidos.

Zak continuó con sus explicaciones para disipar las dudas del desconcertado segundo hijo de la casa.

—Los atacantes tendrían que haber ocultado el combate con anillos de oscuridad —dijo—. Si no lo han conseguido, es que la casa defensora estaba preparada para rechazar la incursión.

—Por lo que se ve, no creo que las cosas les vayan muy bien a los atacantes —opinó Briza.

Drizzt no podía dar crédito a lo que escuchaba. Todavía más que la noticia le preocupaba la manera en que su familia comentaba el suceso. Se mostraban sumamente tranquilos en sus apreciaciones, como si esto fuese algo habitual.

—Los atacantes no deben dejar testigos —informó Zak a Drizzt—. Si no es así, tendrán que enfrentarse con la condena del consejo regente.

—Pero nosotros somos testigos —objetó Drizzt.

—No —dijo Zak—. Somos observadores; la batalla no es cosa nuestra. Únicamente los nobles de la casa defensora tienen derecho a presentar acusaciones contra sus atacantes.

—Si es que los nobles salvan la vida —apuntó Briza, que disfrutaba con el drama.

En aquel momento, Drizzt no estuvo muy seguro de si le agradaba esta nueva revelación. En cualquier caso, descubrió que no podía apartar la mirada del espectáculo de la batalla drow. Nadie dormía en la residencia Do'Urden; los soldados y esclavos corrían de aquí para allá en busca de un buen lugar de observación, y gritaban comentarios sobre las alternativas de la acción y la posible identidad de los atacantes.

Ésta era la sociedad drow con todo su juego macabro, y, si bien en el fondo de su corazón el miembro más joven de la casa Do'Urden consideraba que estaba mal, no podía negar la excitación de la noche, como tampoco podía hacer caso omiso de las expresiones de placer en los rostros de las tres personas que compartían el balcón con él.

Alton hizo un último recorrido por sus aposentos privados para asegurarse de que cualquier artefacto o libro que pudiese parecer sacrílego estuviera bien oculto. Esperaba la visita de una madre matrona, un hecho excepcional para un maestro de la Academia sin relación con Arach-Tinilith, la escuela de Lloth. Alton estaba bastante preocupado por los motivos que pudieran haber impulsado a su visitante, la matrona SiNafay Hun'ett, cabeza de la quinta casa y madre de Masoj, su compañero en la conspiración.

Un golpe en la puerta de piedra de la habitación más baja de la torre avisó a DeVir la llegada de su visitante. Se arregló la túnica y echó otra mirada a la habitación. La puerta se abrió antes de que Alton pudiese atender la llamada, y la matrona SiNafay entró en el cuarto. Con toda facilidad se adaptó al cambio —abandonar la oscuridad total del pasillo y entrar en la habitación iluminada por las velas— sin siquiera pestañear.

SiNafay era más pequeña de lo que había imaginado Alton, casi diminuta para lo que era la estatura habitual de los drows. Apenas medía poco más de un metro veinte y pesaba, según estimó Alton, unos veinticinco kilos. De todos modos, era una madre matrona, y Alton no olvidó que ella podía matarlo con un hechizo.

Alton desvió la mirada en un gesto de obediencia y trató de convencerse a sí mismo de que esta visita no tenía nada de extraño. Sin embargo, no las tuvo todas consigo cuando Masoj entró a la carrera y se colocó junto a su madre, con una sonrisa de satisfacción.

—Saludos de la casa Hun'ett, Gelroos —dijo la matrona SiNafay—. Han pasado veinticinco años o más desde que hablamos por última vez.

«¿Gelroos?», repitió para sí Alton, y carraspeó para disimular su sorpresa.

—Mis respetos, matrona SiNafay —consiguió tartamudear—. ¿En realidad ha pasado tanto tiempo?

—Tendrías que venir a la casa —añadió la matrona—. Tus habitaciones permanecen vacías.

«¿Mis habitaciones?» Alton comenzó a sentirse mal.

SiNafay advirtió la desazón del hombre. Frunció el entrecejo y entornó los párpados en un gesto cruel.

Alton sospechó que acababa de descubrir su secreto. Si el Sin Rostro había sido miembro de la familia Hun'ett, ¿cómo podía pretender engañar a la madre matrona de la casa? Con disimulo buscó una ruta de escape, o la manera de poder matar al traidor de Masoj antes de que SiNafay acabase con él.

Cuando volvió a mirar a la matrona SiNafay, la mujer ya preparaba un hechizo. Cuando lo completó, abrió los ojos bruscamente; había confirmado sus sospechas.

—¿Quién eres? —preguntó, con un tono que no era amenazador sino de curiosidad.

No había manera de escapar, ni posibilidad de alcanzar a Masoj, situado prudentemente muy cerca de su poderosa madre.

—¿Quién eres? —repitió SiNafay, mientras cogía un instrumento de tres cabezas sujeto a su cinturón, el temible látigo de cabezas de serpiente, que inyectaban el más doloroso y potente veneno conocido por los drows.

—Alton —tartamudeó, consciente de que no podía permanecer en silencio. Sabía que, habiendo sido descubierto, SiNafay podía utilizar la magia para comprobar la veracidad de sus respuestas—. Soy Alton DeVir.

—¿DeVir? —La respuesta de Alton pareció intrigar a SiNafay—. ¿De la casa DeVir que desapareció hace algunos años atrás?

—Soy el único sobreviviente —afirmó Alton.

—Y mataste a Gelroos..., Gelroos Hun'ett, para ocupar su lugar como maestro en Sorcere —razonó la matrona con un tono feroz, y Alton se vio a un paso de la muerte.

—Yo..., yo no podía saber su nombre... ¡Me habría matado! —exclamó Alton, en su defensa.

—Yo maté a Gelroos —dijo una voz desde el otro extremo de la habitación.

SiNafay y Alton se volvieron hacia Masoj, que una vez más empuñaba su arma favorita: la pequeña ballesta.

—Con esto —explicó el joven Hun'ett—. La noche en que desapareció la casa DeVir, encontré la excusa en la pelea que sostuvieron Gelroos y éste. —Señaló a Alton.

—Gelroos era tu hermano —le recordó la matrona SiNafay.

—¡Maldita sea su alma! —exclamó Masoj—. Durante cuatro años miserables no hice otra cosa que ser su sirviente. ¡Lo serví como si fuera una madre matrona! Me habría mantenido apartado de Sorcere, me habría forzado a entrar en Melee-Magthere.

La matrona miró a su hijo, después a Alton, y otra vez a su hijo.

—En cambio dejaste que éste viviera —comentó SiNafay con una sonrisa—. Mataste a tu enemigo y forjaste una alianza con un nuevo maestro en una sola jugada.

—Tal como me enseñaron —masculló Masoj, sin saber si su acción daría lugar a una represalia o a una alabanza.

—No eras más que un niño —señaló SiNafay, al recordar de pronto los años transcurridos.

Masoj aceptó el cumplido en silencio.

—¿Y qué pasará conmigo? —preguntó Alton, que no se había perdido ni una palabra—. ¿Se me perdona la vida?

—Tu vida como Alton DeVir acabó, por lo que se ve, la noche de la caída de la casa DeVir —le respondió SiNafay, con una mirada furiosa—. Por lo tanto, ahora eres el Sin Rostro, Gelroos Hun'ett. Puedo utilizar tus ojos en la Academia, para que vigiles a mi hijo y a mis enemigos.

Alton apenas si se atrevía a respirar. ¡Encontrarse de pronto aliado con una de las casas más poderosas de Menzoberranzan! Un cúmulo de posibilidades y preguntas inundó su mente, y en especial una: la misma que lo atormentaba desde hacía casi dos décadas.

—Di lo que piensas —le ordenó su madre matrona adoptiva al ver su excitación.

—Sois una gran sacerdotisa de Lloth —dijo Alton, sin preocuparse de las consecuencias—. Está dentro de vuestro poder conceder lo que más deseo.

—¿Te atreves a pedir un favor? —lo reprendió la matrona SiNafay, a pesar de que le intrigaba descubrir cuál era el misterio que tanto atormentaba a Alton—. De acuerdo, concedido.

—¿Qué casa destruyó a mi familia? —gruñó Alton—. Preguntadle al mundo de los muertos, os lo suplico, matrona SiNafay.

SiNafay consideró su respuesta con mucho cuidado, y las posibilidades que ofrecía el evidente deseo de venganza de DeVir. «¿Otro beneficio por aceptarlo en la familia?», pensó la matrona.

—Eso ya lo sé —contestó—. Quizás cuando hayas demostrado tu valor, te reve...

—¡No! —gritó Alton, y se contuvo al instante. Había interrumpido a una madre matrona, un crimen que podía ser castigado con la muerte.

—La respuesta debe de ser muy importante para ti, desde el momento en que actúas con tal imprudencia —señaló SiNafay, que controló su ira.

—Por favor —suplicó Alton—, debo saberlo. Matadme si os complace, pero primero decidme quién fue.

A SiNafay le gustó el valor, y decidió que su obsesión podía resultarle muy provechosa.

—La casa Do'Urden —contestó.

—¿Do'Urden? —repitió Alton, al que le parecía imposible que una casa apartada de los primeros puestos de la jerarquía de la ciudad hubiese sido capaz de derrotar a la casa DeVir.

—No emprenderás ninguna acción contra ellos —le advirtió la matrona SiNafay—. Por esta vez, perdonaré tu insolencia. Ahora eres un hijo de la casa Hun'ett; ¡nunca olvides cuál es tu lugar!

No añadió nada más, consciente de que alguien con la astucia suficiente para mantener una superchería tan grande durante casi dos décadas no podía ser tan tonto como para desobedecer a la madre matrona de su casa.

—Ven, Masoj —le dijo SiNafay a su hijo—. Salgamos de aquí para que pueda pensar en paz acerca de su nueva identidad.

—Tienes que saberlo, matrona SiNafay —osó decir Masoj mientras caminaba con su madre hacia la salida de Sorcere—. Alton DeVir es un bufón. Es muy capaz de traer la desgracia a la casa Hun'ett.

—Sobrevivió a la caída de su propia casa —contestó SiNafay—, y ha conseguido hacerse pasar por el Sin Rostro durante diecinueve años. ¿Un bufón? Quizás, pero al menos un bufón con muchos recursos.

En un gesto inconsciente, Masoj se frotó la parte de su ceja que no había vuelto a crecer después del episodio con la yochlol.

—He sufrido las payasadas de Alton DeVir durante todos estos años —dijo Masoj—. Reconozco que tiene bastante suerte y que suele salir bien librado de los problemas, aunque por lo general es él mismo el que los provoca.

—No tengas miedo. —SiNafay soltó una carcajada—. Alton beneficiará los intereses de nuestra casa.

—¿Qué podemos ganar?

—Es un maestro de la Academia —contestó SiNafay—. Me dará los ojos allí donde ahora los necesito. —Detuvo a su hijo y le hizo dar media vuelta para mirarlo a la cara; deseaba que comprendiera la importancia de cada una de sus palabras—. La reclamación de Alton DeVir contra la casa Do'Urden puede trabajar a nuestro favor. Era un noble de la casa, con derechos de acusación.

—¿Pretendes utilizar la acusación de Alton DeVir para conseguir que las grandes casas castiguen a la casa Do'Urden? —preguntó Masoj.

—Las grandes casas no se molestarán en tomar represalias por un incidente que ocurrió hace casi veinte años atrás —dijo SiNafay—. La casa Do'Urden ejecutó la destrucción de la casa DeVir de una forma casi perfecta; fue una matanza impecable. Lanzar una acusación pública contra los Do'Urden en estos momentos sería una invitación a que la furia de las grandes casas caiga sobre nosotros.

—Entonces ¿qué ventaja nos puede reportar Alton DeVir? —inquirió Masoj.

—No eres más que un varón y no puedes comprender las complejidades de la jerarquía gobernante —replicó la matrona—. Con la acusación de Alton DeVir susurrada en los oídos correctos, el consejo podría hacer la vista gorda si una única casa se venga en nombre de Alton.

—¿Con qué fin? —señaló Masoj, sin comprender la importancia de la explicación de su madre—. ¿Arriesgarías las pérdidas de semejante batalla para conseguir la destrucción de una casa menor?

—Lo mismo pensaba la casa DeVir de la casa Do'Urden —repuso SiNafay—. En nuestro mundo debemos preocuparnos tanto de las casas grandes como de las pequeñas. Todas las grandes casas tendrían que tener la prudencia de vigilar atentamente los movimientos de Daermon N'a'shezbaernon, la casa novena conocida con el nombre de Do'Urden. Ahora tiene un maestro y una dama sirviendo en la Academia y tres grandes sacerdotisas, además de una cuarta que se acerca a su meta.

—¿Cuatro grandes sacerdotisas? —exclamó Masoj—. ¿En una sola casa? —Solo tres de las ocho casas principales tenían más. Normalmente, las hermanas que aspiraban alcanzar dicho rango inspiraban rivalidades que se saldaban con la muerte.

—Y las legiones de la casa Do'Urden suman más de trescientos cincuenta soldados —añadió SiNafay—, todos ellos entrenados por quien quizás es el mejor maestro de armas de toda la ciudad.

—Te refieres a Zaknafein Do'Urden, desde luego —dijo Masoj.

—¿Has oído hablar de él?

—Su nombre se menciona con frecuencia en la Academia, incluso en Sorcere.

—Bien —ronroneó SiNafay—. Entonces comprenderás la importancia de la misión que tengo reservada para ti.

Un brillo de entusiasmo apareció en los ojos de Masoj.

—Muy pronto, otro Do'Urden ingresará en la Academia —explicó SiNafay—. No es un maestro, sino un estudiante. Por lo que han dicho los pocos que han visto entrenarse a este muchacho, Drizzt, será un guerrero tan magnífico como el propio Zaknafein. Esto es algo que no podemos permitir.

—¿Quieres que mate al muchacho? —preguntó Masoj, ansioso.

—No —respondió SiNafay—, todavía no. Quiero que lo observes, que comprendas los motivos de cada uno de sus movimientos. Y debes estar siempre preparado para el momento de atacar.

A Masoj le gustó la misión que le había encomendado su madre, pero había algo que seguía preocupándole, y mucho.

—Aún tenemos que pensar en Alton —dijo—. Es impaciente y atrevido. ¿Cuáles serían las consecuencias para la casa Hun'ett si ataca a la casa Do'Urden antes del momento preciso? ¿Podemos arriesgarnos a una acusación contra nuestra casa y a una guerra abierta contra la ciudad?

—No te preocupes, hijo mío —contestó la matrona SiNafay—. Si Alton DeVir comete semejante estupidez mientras suplanta a Gelroos Hun'ett, lo acusaremos de ser un asesino y un impostor, sin ningún vínculo con nuestra familia. Se convertirá en un bribón descastado, y allí donde vaya habrá un verdugo esperándolo.

Su explicación dicha en un tono despreocupado tranquilizó a Masoj, pero la matrona SiNafay, profunda conocedora de la forma de ser de la sociedad drow, había comprendido el riesgo que asumía al aceptar a Alton DeVir como miembro de su casa. Su plan parecía impecable, y la ganancia —la desaparición de la ambiciosa casa Do'Urden— era un cebo muy apetitoso.

De todos modos, los peligros también eran muy reales. Si bien se aceptaba que una casa destruyese a otra en secreto, las consecuencias del fracaso no podían ser dejadas de lado. Aquella misma noche, una casa menor había atacado a otra y, si los rumores decían la verdad, había fracasado. Con la llegada del nuevo día y la presentación de acusaciones, el consejo regente tendría que hacer un acto de justicia, y escarmentar a los atacantes. A lo largo de su vida, la matrona SiNafay había presenciado la aplicación de esta «justicia» en diversas ocasiones.

Ni un sólo miembro de las casas agresoras —ni siquiera se permitía recordar sus nombres— había sobrevivido.

A la mañana siguiente, Zak despertó a Drizzt muy temprano.

—Ven —dijo—. Hoy saldremos de la casa en respuesta a una llamada.

—¿Saldremos de la casa? —exclamó Drizzt, tan sorprendido por la noticia que se olvidó del sueño. En sus diecinueve años de vida, Drizzt nunca había ido más allá de la verja de adamantita de la residencia Do'Urden. Sólo había observado el mundo de Menzoberranzan desde el balcón. Mientras Zak esperaba, el joven se calzó las suaves botas y recogió su piwafwi—. ¿Hoy no habrá lección? —inquirió.

—Ya veremos —se limitó a contestar Zak, aunque para sí mismo el maestro de armas se dijo que Drizzt estaba a punto de conocer una de las revelaciones más sorprendentes de su vida. Una casa había fracasado en una incursión, y el consejo regente había solicitado la presencia de todos los nobles de la ciudad para que fuesen testigos del peso de la justicia.

Cuando abrieron la puerta de la sala de ejercicios y salieron al pasillo, se encontraron con Briza que acudía a buscarlos.

—Deprisa —los regañó—. ¡La matrona Malicia no desea que nuestra casa sea de las últimas en unirse a la reunión!

La madre matrona, instalada sobre un resplandeciente disco volador azul —las madres matronas muy pocas veces caminaban por la ciudad—, encabezó la procesión a través del gran portón de la casa Do'Urden. Briza caminaba al costado de su madre, seguidas por Maya y Rizzen, y Drizzt y Zak en la tercera fila. Vierna y Dinin, tal como correspondía a sus obligaciones como miembros de la Academia, habían atendido la llamada del consejo regente con un grupo diferente.

La ciudad entera se había lanzado a la calle, y todos comentaban el fracaso de la incursión. Drizzt caminaba entre el bullicio con los ojos muy abiertos, admirado ante la magnificencia de las casas drows. Esclavos pertenecientes a todas las razas inferiores —goblins, orcos e incluso gigantes— se apartaban a toda prisa al reconocer a Malicia, montada en su disco mágico, como una madre matrona. Los plebeyos interrumpían sus conversaciones y guardaban respetuoso silencio al paso de la familia noble.

Mientras caminaban hacia la zona noroeste, donde estaba la casa culpable, entraron en una calle obstruida por una caravana de duergars, enanos grises. Había una docena de carromatos volcados o con las varas enganchadas; al parecer, dos grupos de duergars se habían encontrado en la calle desde direcciones opuestas, y ninguno había querido ceder el derecho de paso.

Briza empuñó su látigo de cabezas de serpiente y persiguió a unas cuantas de las criaturas, despejando el camino para que Malicia pudiese flotar en su disco hasta donde se encontraban los jefes de los dos grupos.

Los enanos se volvieron hacia ella con una expresión de furia hasta que reconocieron su condición.

—Os imploro vuestro perdón —tartamudeó uno de ellos—. No es más que un desgraciado accidente.

Malicia le echó el ojo al contenido de uno de los carromatos volcados: cajas llenas de patas de cangrejo y otras delicias.

—Habéis demorado mi viaje —comentó Malicia, sin inmutarse.

—Hemos venido a vuestra ciudad a comerciar —explicó el otro enano. Miró furioso al otro mercader, y Malicia comprendió que eran rivales; quizás competían por vender sus productos a una misma casa drow.

—Perdonaré vuestra insolencia... —ofreció Malicia, gentilmente, sin dejar de mirar las cajas.

Los dos mercaderes sospecharon cuáles serían sus próximas palabras. También Zak las adivinó.

—Esta noche comeremos bien —le susurró a Drizzt con un guiño de picardía—. Malicia no dejará escapar esta oportunidad.

—... si podéis entregar esta noche la mitad de vuestra carga a la puerta de la casa Do'Urden —concluyó la matrona.

Los enanos abrieron la boca dispuestos a protestar, pero desistieron en el acto. ¡Odiaban tener tratos con los elfos oscuros!

—Seréis compensados adecuadamente —añadió Malicia—. La casa Do'Urden no es pobre. Con lo que hay en las dos caravanas tenéis más que suficiente para satisfacer a vuestro cliente.

A ninguno de los dos enanos se le ocurrió discutir este razonamiento, aunque sabían que, por el hecho de haber ofendido a una madre matrona, el pago que recibirían por sus valiosos alimentos sería muy inferior al real. Sin embargo, no podían hacer otra cosa que aceptar; era uno de los riesgos de hacer negocios en Menzoberranzan. Saludaron a Malicia con una reverencia y pusieron a sus tropas a despejar el camino para permitir el paso de la procesión drow.

Los miembros de la casa Teken'duis, los fracasados atacantes de la noche anterior, se habían atrincherado dentro de las dos estalagmitas de su residencia, conscientes del destino que les esperaba. Frente a la verja, se habían congregado todos los nobles de Menzoberranzan, más de un millar de drows, con la matrona Baenre y las otras siete madres matronas del consejo regente a la cabeza. Pero mucho más terrible para la casa culpable era la presencia de la totalidad de las tres escuelas de la Academia, estudiantes y maestros, que habían rodeado la residencia.

La matrona Malicia llevó a su grupo hasta la primera fila detrás de las matronas regentes. Como era la matrona de la casa novena, a sólo un escalón por debajo del consejo, los demás nobles drows se apartaron de su camino.

—¡La casa Teken'duis ha provocado la ira de la reina araña! —proclamó la matrona Baenre con la voz amplificada por un hechizo.

—Únicamente porque fracasaron —le susurró Zak a Drizzt.

Briza dirigió una mirada furiosa a los dos varones.

—Éstos son los únicos supervivientes de la casa Freth —anunció la matrona Baenre, al tiempo que llamaba a su lado a tres jóvenes drows, dos mujeres y un varón—. ¿Podéis decirnos, huérfanos de la casa Freth, quién atacó vuestra casa?

—¡La casa Teken'duis! —respondieron los tres al unísono.

—Ensayado —comentó Zak.

—¡Silencio! —ordenó Briza, que se volvió otra vez hacia ellos, al escuchar el murmullo del maestro de armas.

—Sí —dijo Zak, y dio un coscorrón a Drizzt—. ¡Cállate!

Drizzt inició una protesta, pero Briza ya no les hacía caso y la sonrisa de Zak lo desarmó.

—¡Por lo tanto, es voluntad del consejo regente —anunció la matrona Baenre— que la casa Teken'duis sufra las consecuencias de sus acciones!

—¿Y qué pasará con los huérfanos de la casa Freth? —preguntó una voz entre la multitud.

—Son nobles por derecho de nacimiento y como nobles vivirán —respondió la matrona Baenre, mientras acariciaba la cabeza de la mayor de las huérfanas, una sacerdotisa que había concluido sus estudios en la Academia no hacía mucho—. La casa Baenre los toma bajo su protección; a partir de ahora llevarán el nombre de Baenre.

Entre la muchedumbre se oyeron algunos murmullos. Tres jóvenes nobles, dos de ellos mujeres, representaban un tesoro. Cualquier casa de la ciudad los habría acogido con gusto.

—Baenre —le susurró Briza a Malicia—. ¿Para qué necesita la primera casa más sacerdotisas?

—Al parecer, dieciséis sumas sacerdotisas no son suficientes —respondió Malicia.

—Y, sin duda, Baenre se llevará cualquier soldado superviviente de la casa Freth —añadió Briza.

Malicia no estaba tan segura. La matrona Baenre ya arriesgaba bastante con adoptar a los nobles supervivientes. Si la casa Baenre se convertía en demasiado poderosa, Lloth no dejaría de intervenir. En situaciones como ésta, cuando una casa había sido casi aniquilada, los soldados plebeyos supervivientes eran subastados entre las demás casas. Malicia no quería perderse la subasta. Los soldados eran caros, pero en esta ocasión Malicia tenía mucho interés en aumentar su ejército, sobre todo si había entre la tropa algún mago.

—¡Casa Teken'duis! —declaró la matrona Baenre, que proseguía con su discurso—. Habéis quebrantado nuestras leyes y por lo tanto recibiréis el castigo merecido. ¡Luchad si queréis, pero debéis comprender que vosotros mismos os hicisteis merecedores de este destino! —Con un ademán, la madre matrona ordenó a la Academia, la ejecutora de justicia, que entrara en acción.

En ocho puntos alrededor de la casa Teken'duis se habían colocado otros tantos braseros de grandes dimensiones, atendidos por las damas de Arach-Tinilith y las estudiantes del último curso. Las columnas de fuego se alzaron en el aire con un rugido a medida que las sumas sacerdotisas abrían la comunicación con los planos inferiores. Drizzt observó el proceso, asombrado y al mismo tiempo atento a la presencia de Dinin o Vierna.

Los engendros de los planos inferiores, enormes monstruos provistos de tentáculos, surgieron de las llamas cubiertos de babas y escupiendo fuego. Incluso las sumas sacerdotisas más próximas a los braseros se apartaron de la grotesca horda. Las criaturas aceptaron complacidas esta muestra de servidumbre. A una señal de la matrona Baenre, se lanzaron contra la casa Teken'duis.

Runas y salvaguardas estallaron a lo largo de la débil reja de la casa, pero éstas no representaban un obstáculo para las criaturas.

En aquel momento entraron en acción los magos y estudiantes de Sorcere, que lanzaron sobre los tejados de la casa Teken'duis una lluvia de rayos, centellas y bolas de ácido.

Los estudiantes y maestros de Melee-Magthere, la escuela de guerreros, los siguieron con las descargas de ballestas, dirigiendo sus saetas a las ventanas para evitar que la familia condenada pudiese utilizarlas para la fuga.

La horda de monstruos atravesó las puertas. Estallaron los relámpagos y retumbaron los truenos.

Zak miró a Drizzt, y un gesto de preocupación reemplazó la sonrisa del maestro. Atrapado por la excitación del momento —y, sin duda, este espectáculo era sobrecogedor— Drizzt mostraba una expresión de asombro.

Del interior de la casa surgieron los primeros gritos de las víctimas, alaridos de agonía tan estremecedores que disiparon cualquier placer macabro que Drizzt pudiera haber experimentado con el drama. El muchacho sujetó a Zak por un hombro, y lo hizo girar para pedirle una explicación.

Uno de los hijos de la casa Teken'duis, que huía de un monstruo gigante de diez brazos, apareció en el balcón de una de las ventanas más altas. Una docena de dardos se clavaron simultáneamente en su cuerpo, y, antes de que pudiese lanzar su último suspiro, una sucesión de tres rayos lo levantaron por el aire y lo dejaron caer sobre el balcón.

El cuerpo calcinado y mutilado se desplomó sobre la balaustrada y estuvo a punto de caer al vacío, pero el monstruo tendió una de sus manos con zarpas como garfios y lo sujetó para después devorarlo.

—La justicia drow —dijo Zak, con un tono frío. No hizo ningún intento por consolar a Drizzt; quería que la brutalidad de este momento se grabara en la mente de su alumno para el resto de su vida.

El asedio se prolongó durante más de una hora. Cuando acabó, cuando los engendros fueron devueltos a los planos inferiores a través de los braseros y los estudiantes e instructores de la Academia iniciaron su regreso a Tier Breche, la casa

Teken'duis no era más que una masa resplandeciente de piedra fundida.

Drizzt soportó el espectáculo hasta el final, horrorizado, pero también asustado de las consecuencias si escapaba. En el camino de regreso a la casa Do'Urden, las maravillas de Menzoberranzan no le dieron consuelo.

10

La mancha de sangre

—¿Zaknafein está fuera de la casa? —preguntó Malicia.

—Lo envié junto con Rizzen a la Academia con un mensaje para Vierna —explicó Briza—. No volverá hasta dentro de muchas horas. La luz de Narbondel comenzará a descender antes de que regrese.

—Muy bien —dijo Malicia—. ¿Habéis entendido vuestros papeles en esta farsa? —Briza y Maya asintieron.

—Nunca había oído hablar de nada parecido —comentó Maya—. ¿Es necesario?

—Fue planeado para otro miembro de esta casa —respondió Briza, que miró a Malicia para que confirmara sus palabras—. Hace casi cuatrocientos años.

—Sí —afirmó Malicia—. Fue pensado para Zaknafein, pero la inesperada muerte de la matrona Vartha, mi madre, trastrocó el plan.

—Fue entonces cuando te convertiste en madre matrona —señaló Maya.

—Efectivamente —repuso Malicia—, a pesar de que no había cumplido mi primer centenario y aún era una estudiante en

Arach-Tinilith. No fueron buenos tiempos en la historia de la casa Do'Urden.

—Pero sobrevivimos —dijo Briza—. Con la muerte de la matrona Vartha, Nalfein y yo nos convertimos en nobles de la casa.

—Sin embargo, Zaknafein no fue sometido a la prueba —apuntó Maya.

—Había demasiadas cosas más urgentes que atender —contestó Malicia.

—De todos modos, ahora lo intentaremos con Drizzt —dijo Maya.

—El castigo a la casa Teken'duis me convenció de que debemos realizar esta acción —manifestó Malicia.

—Sí —coincidió Briza—. ¿Recordáis su expresión durante el ataque?

—Yo sí —respondió Maya—. Estaba asqueado.

—Algo indigno en un guerrero drow —declaró Malicia—, y en consecuencia es nuestro deber someterlo a la prueba. Drizzt ingresará en la Academia dentro de poco; debemos manchar sus manos con sangre drow y despojarlo de su inocencia.

—Parecen demasiadas molestias para un hijo varón —protestó Briza—. Si Drizzt no puede adaptarse a nuestro modo de ser, ¿por qué no se lo damos a Lloth?

—No tendré más hijos —replicó Malicia, severa—. Cada miembro de la familia es importante si pretendemos destacar en la ciudad. —Aunque sus hijas no lo sabían, Malicia esperaba ganar algo más con la conversión de su hijo menor en un asesino desalmado. Odiaba a Zaknafein tanto como lo deseaba; si conseguía destruir la inocencia de Drizzt y hacerlo abrazar las reglas de la sociedad drow, el maestro de armas sufriría una decepción tremenda.

»Vamos, acabemos con este asunto —añadió Malicia.

La madre matrona batió palmas y un cofre de grandes dimensiones, sostenido por ocho patas de araña animadas, entró en la habitación, seguido por un esclavo goblin muy nervioso.

—Pasa, Byuchyuch —lo animó Malicia cordialmente. El esclavo, dispuesto a complacer a su ama, se acercó al trono de la madre matrona y permaneció inmóvil mientras Malicia iniciaba la salmodia de un largo y muy complicado hechizo.

Briza y Maya contemplaron admiradas el arte de su madre; las facciones del pequeño goblin se hincharon y retorcieron, y su piel se oscureció. Al cabo de unos minutos, el esclavo presentaba el aspecto de un drow adulto. Byuchyuch aceptó el cambio como una bendición, sin comprender que la transformación era sólo el preludio de su muerte.

—Ahora eres un soldado drow —le anunció Maya—, y mi campeón. Sólo tienes que matar a un guerrero de rango inferior para tomar tu puesto como un plebeyo libre de la casa Do'Urden.

Después de diez años de esclavitud en una de las casas más malvadas de los elfos oscuros, el goblin estaba dispuesto a hacer cualquier cosa por obtener esta recompensa.

Malicia abandonó su trono y se dirigió hacia la salida de la sala.

—Venid —ordenó, y sus dos hijas, el goblin y el cofre animado desfilaron tras ella.

Encontraron a Drizzt en la sala de ejercicios, ocupado en pulir el filo de sus cimitarras. Se levantó de un salto ante la aparición de estos visitantes inesperados y permaneció en silencio.

—Salud, hijo mío —dijo Malicia, con un tono de afecto que Drizzt no le conocía—. Hemos preparado una prueba para ti, algo muy sencillo, pero necesario para tu ingreso en Melee-Magthere.

Drizzt la miró desconcertado. No estaba enterado de que existiera una prueba de ingreso. Maya llamó al cofre y abrió la tapa con un gesto reverente.

—Hasta ahora has tenido tus armas y tu piwafwi —le explicó a su hermano—. Ha llegado el momento de recibir tu equipo completo como corresponde a un noble de la casa Do'Urden. —Del interior del cofre sacó un par de botas negras de caña alta y se las alcanzó a Drizzt.

El joven se quitó sus botas a toda prisa y se calzó las nuevas. Eran suaves como la seda, y se ajustaron solas hasta adaptarse perfectamente a sus pies. Drizzt sabía que estaban dotadas de la magia que le permitiría moverse en el más absoluto silencio. Todavía no había acabado de admirarlas, cuando Maya le entregó el siguiente regalo, que era todavía más impresionante.

Drizzt dejó caer al suelo su piwafwi y cogió la cota de malla plateada. En todos los Reinos no existía una armadura más flexible y mejor hecha que la cota de malla drow. No pesaba más que una camisa de tela gruesa y se podía doblar con tanta facilidad como un trozo de seda; sin embargo, podía soportar la punta de una lanza con tanta eficacia como las corazas de acero fabricadas por los enanos.

—Peleas con dos armas —dijo Maya—, y por lo tanto no necesitas un escudo. Pero pon tus cimitarras en esto; es más adecuado para un noble drow. —La sacerdotisa entregó a Drizzt un cinturón de cuero negro, con una esmeralda enorme en la hebilla y dos vainas recamadas con piedras preciosas.

—Prepárate —le advirtió Malicia a Drizzt—. Tienes que ganarte los regalos.

Mientras Drizzt se colocaba el equipo, Malicia se acercó al goblin transformado, que se mostraba cada vez más inquieto al ver que este combate no sería tarea fácil.

—Cuando lo mates, los objetos serán tuyos —prometió Malicia. El rostro del goblin se iluminó con una sonrisa; la codicia le impidió comprender que no tenía posibilidad de vencer a Drizzt.

Drizzt se ocupaba de abrochar el piwafwi, Maya le presentó al falso soldado drow.

—Éste es Byuchyuch —dijo—, mi campeón. Tendrás que derrotarlo para conseguir los regalos... y el lugar que te corresponde en la familia.

Sin dudar de su capacidad, y convencido de que el duelo sólo sería otra sesión de entrenamiento, Drizzt aceptó de inmediato el desafío.

—Entonces, en guardia —anunció, al tiempo que desenfundaba sus cimitarras de las lujosas vainas.

Malicia dirigió a Byuchyuch una sonrisa de aliento, y el goblin empuñó la espada y el escudo que le había dado Maya y avanzó hacia Drizzt.

El joven se movió sin prisa, dispuesto a calibrar a su oponente antes de atreverse a cualquier golpe ofensivo. Sólo tardó unos segundos en advertir lo mal que Byuchyuch manejaba la espada y el escudo. Como desconocía la verdadera identidad de la criatura, le pareció increíble que un drow pudiese demostrar tanta ineptitud con las armas. Pensó si no sería una celada de su rival, y en consecuencia mantuvo su actitud de cautela.

De todos modos, después de unas cuantas estocadas lanzadas sin ningún tino por su rival, Drizzt se sintió obligado a tomar la iniciativa. Descargó un golpe con la cimitarra de plano contra el escudo de Byuchyuch. El falso drow respondió con una torpe estocada, y Drizzt le arrancó la espada de la mano con un sencillo molinete; un giro de muñeca fue suficiente para llevar la punta de su cimitarra hasta la boca del estómago de Byuchyuch.

—Demasiado fácil —murmuró Drizzt.

Pero la auténtica prueba sólo acababa de comenzar.

De acuerdo con el plan, Briza lanzó un hechizo paralizante sobre el goblin, que dominado por el pánico intentaba escapar de la cimitarra.

—Completa el golpe —le ordenó Malicia a Drizzt. El joven miró su cimitarra, y después a su madre, incapaz de dar crédito a sus palabras.

—El campeón de Maya debe morir —exclamó Briza.

—No puedo... —comenzó Drizzt.

—¡Mata! —rugió Malicia, y esta vez la palabra llevaba el peso de una orden mágica.

—¡Ataca! —chilló Briza.

Drizzt notó cómo sus palabras lo impulsaban a mover la mano. Profundamente disgustado por la idea de matar a un enemigo indefenso, dedicó toda su energía mental a resistir las órdenes. Pero, si bien pudo rechazar las órdenes durante unos segundos, descubrió que no podía apartar el arma.

—¡Mata! —gritó Malicia.

—¡Ataca! —repitió Briza.

El coro se mantuvo durante unos segundos de agonía. El sudor humedecía la frente de Drizzt. Entonces, la fuerza de voluntad del joven se quebró. Su cimitarra se deslizó entre las costillas de Byuchyuch y atravesó el corazón de la desgraciada criatura. Briza liberó al goblin de su hechizo paralizante, para que Drizzt pudiese ver el sufrimiento en el rostro del falso drow y escuchar los estertores de Byuchyuch.

Drizzt sintió que se ahogaba al ver su arma manchada de sangre.

Ahora había llegado el turno de Maya. Descargó un golpe de maza sobre el hombro de Drizzt que lo hizo caer al suelo.

—¡Has matado a mi campeón! —gritó—. ¡Ahora tienes que luchar conmigo!

Drizzt rodó sobre sí mismo para apartarse de la enfurecida mujer, y se puso de pie. No tenía intención de luchar, pero, antes de que pudiese dejar caer sus armas, Malicia le leyó los pensamientos y le advirtió:

—¡Si no peleas, Maya te matará!

—Esto no tiene sentido —protestó el joven, pero sus palabras se perdieron en el estrépito metálico cuando paró un golpe con una cimitarra.

Le gustase o no, ya estaba metido en el combate. Maya era una guerrera experta —todas las mujeres dedicaban muchas horas a entrenarse con las armas— y era más fuerte que Drizzt. Sin embargo, Drizzt era el hijo de Zak, su mejor alumno, y, cuando aceptó que no tenía otra manera de salir de este apuro, hizo frente a la maza y el escudo de Maya con todas las maniobras que había aprendido.

Las cimitarras subían y bajaban en una danza que impresionó a Briza y a Maya. Malicia apenas si seguía el desarrollo del combate, muy ocupada en preparar otro hechizo muy poderoso. La matrona no dudaba que Drizzt podía derrotar a su hermana, y con mucha astucia añadió este hecho a su plan.

Los movimientos de Drizzt eran exclusivamente defensivos mientras esperaba que su madre recuperara la sensatez y detuviese el combate. Tenía la intención de tumbar a Maya, hacerle perder el equilibrio y acabar el duelo colocándola en una posición donde se viera obligada a rendirse. Drizzt confiaba en que Briza y Malicia no lo forzarían a matar a Maya como habían hecho con Byuchyuch.

Por fin, Maya resbaló. Levantó el escudo para desviar la trayectoria de una de las cimitarras, pero perdió el equilibrio en la parada y abrió los brazos. La otra cimitarra de Drizzt lanzó una estocada, sólo para rozar el pecho de Maya y obligarla a caer.

El hechizo de Malicia alcanzó el arma en plena estocada.

La hoja de adamantita manchada de sangre cobró vida, y Drizzt se encontró sujetando la cola de una serpiente: ¡un ofidio que se retorció en el aire para lanzarse contra él!

La serpiente mágica escupió su veneno en los ojos de Drizzt, que ya no pudo ver nada más. Entonces sintió el dolor del látigo de Briza. Las seis cabezas de serpiente del arma mordieron la espalda de Drizzt, destrozaron su cota de malla y lo hundieron en el terror de un suplicio inaguantable. Cayó al suelo en posición fetal, incapaz de defenderse, mientras Briza lo azotaba sin piedad.

—¡Nunca ataques a una mujer drow! —le gritó al tiempo que con un último latigazo le hacía perder el conocimiento.

Drizzt abrió los ojos al cabo de una hora. Se encontraba acostado en su cama, y la matrona Malicia lo vigilaba. La suma sacerdotisa le había curado las heridas, pero el dolor seguía presente como un vívido recuerdo de la lección... aunque no tan vívido como la sangre que todavía manchaba la cimitarra de Drizzt.

—Tendrás una coraza nueva —le dijo Malicia—. Eres un guerrero drow y te la has ganado. —La matrona volvió la espalda a su hijo y abandonó el cuarto, dejando a Drizzt sumergido en su dolor por el castigo y su inocencia perdida.

—No lo envíes —pidió Zak con todo el énfasis que podía permitirse. Miró a la matrona Malicia, muy oronda en su trono de piedra y terciopelo negro. Como siempre, Briza y Maya permanecían junto a su madre.

—Es un guerrero drow —replicó Malicia, sin perder la calma—. Debe ir a la Academia. Son nuestras costumbres.

Zak miró a su alrededor, desesperado. Odiaba este lugar, la antesala de la capilla, con sus esculturas de la reina araña que se burlaban de él desde todos los rincones, y con Malicia instalada —por encima de él— en el sitial del poder.

Zak apartó estos pensamientos de su mente y recuperó su coraje; esta vez tenía que defender algo muy importante.

—No lo envíes —repitió—. ¡Lo echarán a perder!

Las manos de la matrona Malicia apretaron los brazos de piedra de su trono.

—En estos momentos, Drizzt puede superar a la mitad de los alumnos de la Academia —añadió Zak a toda prisa, antes de que Malicia pudiese dar rienda suelta a su enfado—. Dame otros dos años y lo convertiré en el mejor espadachín de todo Menzoberranzan.

Malicia se reclinó en su asiento. Por lo que había visto de la preparación de Drizzt, no podía negar la veracidad de las afirmaciones de Zak.

—Irá a la Academia —respondió—. Hace falta algo más que la habilidad con las armas para hacer a un guerrero drow. Drizzt tiene otras lecciones que aprender.

—¡Lecciones de traición! —le espetó Zak, demasiado furioso como para pensar en las consecuencias. Drizzt le había informado de lo que Malicia y sus crueles hijas habían hecho aquel día, y Zak había comprendido el propósito de sus acciones. Su «lección» casi había quebrantado al muchacho, y quizás lo había despojado para siempre de los ideales que tanto estimaba. Tal vez le resultaría más difícil atenerse a sus principios morales al verse despojado de su pedestal de pureza.

—Vigila tu lengua, Zaknafein —le advirtió la matrona Malicia.

—¡Lucho con pasión! —replicó el maestro de armas—. Ésta es la razón de mis victorias. También tu hijo lucha con pasión. ¡No permitas que el adiestramiento de la Academia se la arrebate!

—Dejadnos solos —ordenó Malicia a sus hijas. Maya hizo una reverencia y salió casi a la carrera. En cambio, Briza lo hizo poco a poco tras dirigir una mirada de sospecha al maestro.

Zak no le devolvió la mirada, pero por un momento pensó en lo agradable que sería borrar la sonrisa taimada de Briza con la punta de su espada.

—Zaknafein —dijo Malicia en cuanto estuvieron solos—. He tolerado tus creencias blasfemas durante muchos años por tu maestría con las armas. Has enseñado bien a mis soldados, y tu entusiasmo por matar drows, sobre todo a las sacerdotisas de la reina araña, ha servido al ascenso de la casa Do'Urden. Tampoco soy, ni he sido, ingrata.

»Pero ahora te advierto, y será la última vez, que Drizzt es hijo mío, no de su padre. Irá a la Academia y aprenderá lo que necesita para ocupar su lugar como príncipe de la casa Do'Urden. ¡Si interfieres con lo que se debe hacer, Zaknafein, no pasaré más por alto tus acciones! Tu corazón será entregado a Lloth.

Zak hizo sonar sus tacones y agachó bruscamente la cabeza; después dio media vuelta y salió de la sala, preocupado por descubrir alguna esperanza en este cuadro tan desolador.

Mientras caminaba por el corredor principal, volvió a escuchar en su memoria los gritos de los niños asesinados de la casa DeVir, niños que nunca habían tenido la oportunidad de conocer las crueldades de la Academia drow. Quizás estaban mejor muertos.

11

Una siniestra preferencia

Zak sacó una de sus espadas de la vaina y admiró los maravillosos detalles del arma. Esta espada, como la mayoría de las armas drows, había sido forjada por los enanos grises, y después vendida en Menzoberranzan. La artesanía de los duergars era exquisita, pero era el trabajo hecho con el arma tras su adquisición por los elfos oscuros lo que la convertía en algo tan especial. Ninguna de las razas de la superficie o de la Antípoda Oscura podía superar a los elfos oscuros en el arte de encantar las armas. Imbuidas con las extrañas emanaciones de la Antípoda Oscura, el poder mágico exclusivo del mundo oscuro, y bendecidas por las blasfemas sacerdotisas de Lloth, no había espadas más dispuestas a matar que éstas.

Las otras razas, sobre todo los enanos y los elfos de la superficie, también se enorgullecían de su capacidad para fabricar armas. Magníficas espadas y soberbios martillos descansaban sobre trozos de terciopelo como piezas de muestra, y siempre había cerca un bardo dispuesto a relatar la leyenda correspondiente, que solía comenzar: «Érase una vez...».

Las armas de los drows eran diferentes; nunca servían como piezas de exposición. Participaban en las necesidades del presente, y su utilidad no desaparecía mientras conservaran el filo suficiente para la batalla, suficiente para matar.

Zak levantó la espada a la altura de sus ojos. En sus manos, la espada se había convertido en algo más que un instrumento de guerra. Era una prolongación de su cólera, su respuesta a una existencia que no podía aceptar.

Quizás también podía ser la respuesta a otro problema que parecía no tener solución.

Entró en la sala de entrenamiento, donde Drizzt practicaba una serie de movimientos de ataque contra un muñeco. Zak contempló el rigor de Drizzt en la ejecución de sus movimientos, y se preguntó si el joven volvería a considerar alguna vez el baile de las armas como una forma de juego. ¡Con qué fluidez cortaban el aire las cimitarras de Drizzt! Se intercalaban con una precisión asombrosa; cada hoja parecía prever el movimiento de la otra y se apartaba en una complementación perfecta.

Su joven alumno no tardaría en convertirse en un guerrero insuperable, un maestro por encima del propio Zaknafein.

—¿Serás capaz de sobrevivir? —susurró Zak—. ¿Acaso tienes el corazón de un guerrero drow? —Zak deseó que la respuesta fuera un no rotundo, pero daba igual. Drizzt estaba condenado a su destino.

Zak volvió a contemplar su espada y comprendió qué debía hacer. Desenvainó la otra espada y avanzó con paso decidido hacia el joven.

Drizzt lo vio venir y se puso en guardia.

—¿Un último duelo antes de que vaya a la Academia? —preguntó, y soltó una carcajada.

Zak hizo una pausa para tomar nota de la sonrisa de Drizzt. ¿Era falsa? ¿O es que el joven drow se había perdonado a sí mismo por sus acciones contra el campeón de Maya? «No tiene importancia», pensó Zak. Incluso si Drizzt se había recuperado de los tormentos de su madre, la Academia lo destrozaría. El maestro de armas no respondió, y lanzó una serie de estocadas y golpes que pusieron a Drizzt a la defensiva. El joven se adoptó al ritmo, sin comprender que este último encuentro con su tutor era mucho más que un entrenamiento de rutina.

—Recordaré todo lo que me has enseñado —prometió Drizzt, que eludió un golpe sesgado y respondió con varias estocadas a fondo—. Conseguiré que escriban mi nombre en las salas de Melee-Magthere, y te sentirás orgulloso de mí.

La expresión agria en el rostro de Zak sorprendió a Drizzt, y el joven drow se sintió todavía más desconcertado cuando el siguiente ataque de su maestro buscó directamente su corazón. Drizzt se apartó de un salto y, llevado por la desesperación, descargó un golpe de plano contra la hoja que lo salvó de morir traspasado.

—¿Tan seguro estás de ti mismo? —gruñó Zak, sin dejar de acosar al muchacho.

—Soy un luchador —gritó Drizzt, en medio del estrépito del choque de los aceros—. ¡Un guerrero drow!

—¡Eres un bailarín! —le reprochó Zak con tono burlón, y golpeó su espada contra la cimitarra defensora con tanta furia que torció el brazo del joven drow.

»¡Un impostor! —añadió Zak—. ¡Aspiras a un título que ni siquiera sabes qué representa!

Drizzt pasó a la ofensiva. El fuego de la cólera brillaba en sus lilas ojos, y un nuevo impulso guió los movimientos de sus cimitarras.

Pero Zak era implacable. Detenía todos los ataques al tiempo que continuaba con su lección.

—¿Conoces la emoción que produce un asesinato? —le espetó—. ¿Te has reconciliado contigo mismo por el acto que cometiste?

Las únicas respuestas de Drizzt fueron un gruñido de frustración y un nuevo ataque.

—¡Ah, el placer de hundir la espada en el pecho de una gran sacerdotisa! —lo provocó Zak—. ¡Qué delicioso es ver cómo se apaga el calor de su cuerpo mientras sus labios te escupen maldiciones silenciosas a la cara! ¿Has tenido ocasión de escuchar los gritos de los niños cuando los matan?

Drizzt renunció a su ataque, pero Zak no quería detener el combate. El maestro de armas recuperó la ofensiva, y cada uno de sus golpes buscaba una zona vital.

—¡Qué gritos tan potentes! —prosiguió Zak—. Suenan en tu cabeza durante siglos; te persiguen durante todo el resto de tu vida.

Zak detuvo por un momento la acción para que Drizzt no se perdiera ni una sola de sus palabras.

—Nunca los has oído, ¿no es así, bailarín? —El maestro de armas abrió los brazos de par en par, como una invitación—. Adelante, consigue tu segunda muerte. —Zak puso una mano sobre su vientre—. Aquí, en los intestinos, donde el dolor es más terrible, para que mis gritos puedan sonar para siempre en tu memoria. Demuéstrame que eres el guerrero drow que dices ser.

Las puntas de las cimitarras de Drizzt bajaron lentamente hasta tocar el suelo de piedra. La sonrisa había desaparecido de su rostro.

—Vacilas. —Zak se le rió en la cara—. Ésta es tu oportunidad para labrarte un nombre. Un sólo golpe, y tu reputación te precederá en la Academia. Otros estudiantes, incluso maestros, susurrarán tu nombre a tu paso. «Drizzt Do'Urden», dirán. «¡El muchacho que mató al más noble maestro de todo Menzoberranzan!» ¿No es esto lo que deseas?

—¡Maldito seas! —exclamó Drizzt, aunque sin hacer movimientos de ataque.

—¿Guerrero drow? —se burló Zak—. Ni siquiera sabes qué representa.

Entonces Drizzt reanudó el duelo, con una furia que nunca antes había experimentado. Su propósito no era el de matar, sino el de derrotar a su maestro, arrancarle el gesto burlón de su boca con una demostración impresionante.

Drizzt se mostró brillante, y atacó a Zak por arriba y por abajo, por dentro y por fuera. El maestro se encontró más veces apoyado sobre sus tacones que sobre las plantas de sus pies, demasiado ocupado en mantenerse distanciado de las estocadas de su alumno como para pensar en una ofensiva. Permitió que el joven mantuviera la iniciativa durante un buen rato, preocupado por el resultado final que había escogido como el más adecuado.

De pronto, Zak descubrió que no podía soportar más la demora. Lanzó un golpe sin mucha fuerza, y la respuesta de Drizzt le arrancó el arma de la mano.

Pero, mientras su alumno se acercaba dispuesto a rematar su victoria, Zak deslizó la mano libre en su bolsa y cogió una de las bolas de cerámica mágicas, las mismas que tantas veces había empleado en los combates reales.

—¡Esta vez no, Zaknafein! —gritó Drizzt, sin perder el control de sus ataques, porque recordaba muy bien las muchas ocasiones en que Zak había sacado partido de una falsa desventaja.

Zak manoseó la bola, disgustado por lo que iba a hacer.

Drizzt avanzó con otra secuencia de ataque, y después otra, para medir la ventaja que había conseguido al quitarle una espada a su rival. Confiado en su posición, Drizzt lanzó una estocada baja y a fondo.

A pesar de estar distraído, Zak consiguió parar el ataque con su espada. La segunda cimitarra de Drizzt golpeó de plano sobre la punta de la espada enemiga, y la bajó hasta el suelo. En el mismo movimiento vertiginoso, Drizzt retiró la primera hoja de la parada de Zak y la levantó para descargar un golpe que detuvo a un centímetro de la garganta de su maestro.

—¡Te tengo! —gritó el joven drow.

La respuesta de Zak fue una explosión de luz tan intensa que Drizzt ni siquiera habría sido capaz de imaginar.

Zak había cerrado los ojos en previsión del estallido, pero Drizzt, sorprendido, no pudo soportar el cambio brusco. Fue como si hubiesen encendido una hoguera en el interior de su cabeza, y retrocedió tambaleante, desesperado por alejarse de la luz.

Con los ojos bien cerrados, Zak ya se había aislado a sí mismo de la necesidad de ver. Dejó que su agudo sentido del oído lo guiara; el joven drow, que hacía mucho ruido con sus continuos traspiés, resultaba un blanco fácil de ubicar. El maestro echó mano a su látigo y descargó un golpe que alcanzó a Drizzt en los tobillos y lo hizo caer al suelo.

Poco a poco, el maestro de armas se acercó; aunque sabía que su decisión era la correcta, se odiaba a sí mismo con cada nuevo paso.

Drizzt comprendió que lo acechaban, si bien no podía adivinar el motivo. La luz había sido una sorpresa muy desagradable, pero todavía lo era más el hecho de que Zak continuara con el combate. El joven se preparó; no podía escapar de la trampa y tenía que encontrar la manera de compensar la falta de visión. Tenía que sentir el flujo de la batalla, escuchar los ruidos del atacante y prever cada uno de sus golpes.

Levantó las cimitarras justo a tiempo para detener un mandoble que le hubiese hendido el cráneo.

Zak no había esperado la parada. Retrocedió y entró desde otro ángulo. Una vez más fue interceptado.

Llevado más por la curiosidad que por su deseo de matar a Drizzt, el maestro de armas realizó una serie de ataques capaces de superar las defensas de muchos rivales con la vista perfecta.

A pesar de la ceguera, Drizzt no falló ni un sólo quite, y la espada de Zak se estrelló inútilmente contra sus cimitarras.

—¡Traición! —gritó Drizzt, atormentado por la luz que parecía no querer borrarse de su cabeza. Detuvo otro golpe e intentó ponerse de pie, consciente de que no podía sostener una defensa adecuada desde el suelo durante mucho más tiempo.

Sin embargo, el dolor del aguijón luminoso era muy intenso, y el muchacho, que estaba a punto de desmayarse, no pudo soportar el esfuerzo y se desplomó otra vez; el golpe le hizo soltar una de las cimitarras. En cuanto tocó la piedra, rodó sobre sí mismo desesperado, atento a la embestida de Zak.

El golpe de espada le arrancó de la mano la otra cimitarra.

—Traición —repitió Drizzt con voz ahogada—. ¿Tanto te disgusta perder?

—¿Es que no lo comprendes? —le gritó Zak—. ¡Perder es morir! ¡Puedes ganar mil combates, pero sólo puedes perder uno! —Colocó su espada en línea con la garganta de Drizzt. Sería un corte limpio. Tenía que hacerlo como un acto de misericordia, antes de que los maestros de la Academia se apropiaran de su alumno.

Zak arrojó su espada a través de la sala y, tendiendo las manos vacías, sujetó a Drizzt por la pechera de su camisa, y lo levantó del suelo.

Permanecieron cara a cara, sin poder verse muy bien por el fuerte resplandor de la luz mágica, y ninguno de los dos se atrevió a ser el primero en romper el silencio. Después de unos minutos que parecieron eternos, el duomer de la bola encantada se apagó y la sala recuperó la iluminación normal. Por fin, los dos elfos oscuros se pudieron mirar bajo una luz muy diferente.

—Es un truco de las sacerdotisas de Lloth —explicó Zak—. Siempre tienen preparados estos hechizos de luz. —Una sonrisa tensa apareció en su rostro mientras intentaba apaciguar la ira de Drizzt—. Aunque debo admitir que en más de una ocasión he utilizado el truco no sólo contra ellas, sino también con sumas sacerdotisas.

—Traición —afirmó Drizzt por tercera vez.

—Es nuestra forma de ser —contestó Zak—. Ya aprenderás.

—Es tu forma de ser —lo acusó Drizzt—. Sonríes cuando hablas de asesinar a las sacerdotisas de la reina araña. ¿Tanto te gusta matar? ¿Matar drows?

Zak no pudo encontrar una respuesta a la acusación. Las palabras de Drizzt lo hirieron profundamente porque decían la verdad, y porque Zak había llegado a considerar su deseo de matar a las sacerdotisas de Lloth como una respuesta cobarde a sus propias frustraciones.

—Estabas dispuesto a matarme —afirmó Drizzt.

—Pero no lo hice —replicó Zak—. Y ahora estás vivo para ir a la Academia, para que te claven una daga en la espalda porque eres demasiado estúpido para ver la realidad de nuestro mundo, porque te niegas a aceptar cómo es tu gente.

»Quizás te conviertas en uno de ellos —añadió Zak—. En cualquier caso, el Drizzt Do'Urden que he conocido acabará por morir.

Drizzt se estremeció de dolor, y le resultó imposible encontrar las palabras para rebatir las afirmaciones de Zak. Sintió que la sangre abandonaba su rostro a pesar de la fuerza de los latidos de su corazón. Se alejó sin dejar de observar a Zak con una mirada furiosa.

—¡Adelante, Drizzt Do'Urden! —le gritó Zak—. Ve a la Academia y disfruta con la gloria de tus progresos.

Pero no olvides las consecuencias que te depararán tus logros. ¡Siempre hay consecuencias!

Zak se retiró a la seguridad de su habitación privada. La puerta se cerró detrás del maestro de armas con un golpe lapidario que le hizo dar media vuelta y enfrentarse a la piedra desnuda.

—Ve, Drizzt Do'Urden —susurró con voz dolida—. Ve a la Academia y descubre de una vez quién eres.

Dinin acudió a buscar a su hermano a primera hora de la mañana siguiente. Drizzt abandonó la sala de entrenamiento sin prisa, a la espera de que Zak saliera de su habitación para atacarlo una vez más o decirle adiós.

En el fondo de su corazón sabía que su maestro no aparecería.

Drizzt había pensado que eran amigos, había creído que el vínculo entre él y Zaknafein era mucho más profundo que la relación habitual entre un maestro y su alumno. El joven drow no tenía respuestas para las muchas preguntas que rondaban en su mente, y la persona que había sido su maestro durante los últimos cinco años tampoco podía dárselas.

—El calor sube en Narbondel —comentó Dinin cuando salieron al balcón—. No debemos llegar tarde a tu primer día en la Academia.

Drizzt contempló la multitud de colores y formas que componían Menzoberranzan, y comprendió lo poco que sabía acerca del mundo que había más allá de las paredes de su casa. Las palabras de Zak —y su cólera— calaron en su mente mientras permanecía en el balcón, para recordarle su ignorancia e insinuarle la tenebrosidad del camino que tenía por delante.

—¿Qué es este lugar? —susurró.

—Éste es el mundo —contestó Dinin, aunque Drizzt no había buscado una respuesta—. No te preocupes, segundo hijo. —Soltó una carcajada mientras subía a la balaustrada—. Aprenderás todo lo necesario sobre Menzoberranzan en la Academia. Aprenderás quién eres y quién es tu gente.

La afirmación intranquilizó a Drizzt. Quizás, se dijo a sí mismo al recordar su último y amargo encuentro con su maestro, esto era exactamente lo que le daba miedo descubrir.

Hizo un gesto de resignación y siguió a Dinin por encima de la balaustrada en un descenso mágico hasta el patio de armas: los primeros pasos por el sendero de las tinieblas.

Otros ojos vigilaron atentamente la salida de Dinin y Drizzt de la casa Do'Urden.

Se trataba de Alton DeVir, que, sentado junto a una seta gigante, como había hecho cada día de la última semana, observaba la residencia de los Do'Urden.

Daermon N'a'shezbaernon, casa novena de Menzoberranzan. La casa que había asesinado a su matrona, a sus hermanas y hermanos, y todo lo que había sido la casa DeVir, con la excepción de Alton.

Alton recordó el esplendor de la casa DeVir, y el momento en que la matrona Ginafae había reunido a los miembros de la familia para discutir sus ambiciones. Alton, tan sólo un estudiante cuando cayó la casa DeVir, podía ahora reflexionar sobre lo ocurrido con mayor claridad. Los veinte años transcurridos lo habían dotado de una gran experiencia.

Ginafae había sido la matrona más joven entre las familias regentes, y sus posibilidades parecían ilimitadas. Entonces había ayudado a una patrulla de gnomos; había utilizado los poderes otorgados por Lloth para obstaculizar a los elfos oscuros que habían tendido una emboscada a la gente pequeña en las cavernas de las afueras de Menzoberranzan, y todo por el deseo de Ginafae de matar a un único miembro del grupo atacante, el hijo mago de la tercera casa de la ciudad, la casa escogida como la próxima víctima de la casa DeVir.

La reina araña no perdonó la elección de armas hecha por Ginafae; los gnomos de las profundidades eran los peores enemigos de los elfos oscuros en toda la Antípoda Oscura. Cuando Ginafae perdió el favor de la diosa, la casa DeVir quedó condenada.

Alton había dedicado veinte años a averiguar el nombre de sus enemigos, a descubrir cuál de las familias drows se había aprovechado del error de su madre y había masacrado a los suyos. Veinte largos años, y entonces su matrona adoptiva, SiNafay Hun'ett, había acabado con su búsqueda tan bruscamente como había comenzado.

Ahora, mientras Alton contemplaba la casa culpable, sólo sabía una cosa: veinte años no habían sido suficientes para calmar sus deseos de venganza.

Tercera parte

La Academia

La Academia es la propagación de las mentiras que mantienen unida a la sociedad drow; la concreción final de todas las falsedades, repetidas tantas veces que suenan como ciertas frente a cualquier prueba de lo contrario. Las lecciones que aprenden los jóvenes drows acerca de la verdad y la justicia son refutadas con tanta claridad por la vida de cada día en la malvada Menzoberranzan que resulta difícil comprender cómo nadie puede creerlas. Sin embargo, es así.

Incluso ahora, décadas después de mi alejamiento, el recuerdo de aquel lugar todavía me atemoriza, pero no por un dolor físico ni por la amenaza constante de la muerte —después de todo, he recorrido muchos caminos igual de peligrosos—; la Academia de Menzoberranzan me asusta cuando pienso en los supervivientes, los graduados, que viven —y disfrutan— con las maldades que conforman su mundo.

Viven convencidos de que todo es válido siempre que se pueda salir impune, de que la autogratificación es el aspecto más importante de la existencia, y de que el poder se consigue sólo cuando se es lo suficientemente fuerte y astuto como para poder arrebatárselo de las manos a aquellos que ya no lo merecen. La compasión no tiene cabida en Menzoberranzan, y no obstante es la compasión, no el miedo, lo que crea armonía en la mayoría de las razas, y es la armonía —la unión para conseguir metas compartidas— lo que precede a la grandeza.

Las mentiras sumergen a los drows en el miedo y la desconfianza, refutan la amistad con la punta de una espada bendecida por Lloth. El odio y la ambición alimentados por estos principios amorales son la condena de mi gente, una debilidad que ellos perciben como fuerza. El resultado es una existencia paranoica y paralizante que los obliga a vivir siempre alerta.

No se cómo conseguí sobrevivir a la Academia, cómo descubrí, a tiempo las falsedades para poder contrastarlas con los ideales que gobiernan mi vida, y salir fortalecido del proceso.

Quiero creer que fue gracias a Zaknafein, mi maestro. Fue la vasta experiencia de Zak, que tanto lo amargó y que acabó por costarle tan caro, lo que me enseñó a escuchar los gritos: los gritos de protesta contra la traición asesina; los gritos de rabia de los líderes de la sociedad drow, las grandes sacerdotisas de la reina araña, resonando en los laberintos de mi mente, hasta conseguir un lugar en mi conciencia. Los gritos de los niños moribundos.

DRIZZT DO'URDEN

12

Este enemigo. «Ellos»

Vestido con las prendas adecuadas al hijo de una casa noble, y con una daga oculta en una de las botas —un consejo de Dinin—, Drizzt subió la amplia escalinata de piedra que conducía a Tier Breche, la Academia de los drows. Drizzt llegó a lo alto y pasó entre los enormes pilares, ante la mirada impasible de los dos centinelas, alumnos del último curso de Melee-Magthere.

Una veintena de jóvenes drows paseaban por el patio del recinto, pero Drizzt apenas si se fijó en ellos. Toda su atención se concentraba en los tres edificios que tenía ante sus ojos. A su izquierda se erguía la torre de Sorcere, la escuela de hechicería. Drizzt pasaría allí los seis primeros meses de su décimo y último año de estudios.

Delante, se alzaba la más impresionante de las tres estructuras: Arach-Tinilith, la escuela de Lloth, tallada en la piedra con la forma de una araña gigantesca. Para los drows, éste era el edificio más importante de la Academia y estaba reservado para las mujeres. Los estudiantes varones sólo se alojaban en Arach-Tinilith durante los últimos seis meses de estudios.

Si bien Sorcere y Arach-Tinilith eran las construcciones más bellas, la más importante para Drizzt en aquellos primeros momentos se levantaba a su derecha, junto a la pared: la silueta piramidal de Melee-Magthere, la escuela de los guerreros. Este edificio sería el hogar de Drizzt durante los próximos nueve años. Entonces advirtió que sus compañeros eran los otros elfos oscuros que se encontraban en el patio, guerreros como él, dispuestos a comenzar su preparación en las artes marciales. La clase, con un total de veinticinco alumnos, era más numerosa de lo que era habitual en esta escuela.

Aún le resultó más extraño ver que muchos de los novicios eran nobles. Drizzt se preguntó si sus conocimientos podrían medirse con los de ellos, si sus sesiones con Zaknafein resistirían la comparación con los duelos que, sin duda, todos habían librado con los maestros de armas de sus respectivas familias.

Éstos pensamientos acabaron por empujar a Drizzt a recordar el último encuentro con su maestro. Se apresuró a borrar de la memoria aquel episodio tan doloroso, y, sobre todo, las preguntas que las observaciones de Zak lo habían obligado a plantearse. No era éste el momento para tener dudas. Melee-Magthere se erguía ante él, la mayor de las pruebas y la más importante lección de su vida.

—Salud —dijo una voz a sus espaldas.

Drizzt dio media vuelta y se encontró frente a otro novicio, que llevaba una espada y un puñal mal sujetos a la cintura; el muchacho parecía más nervioso todavía que él, y esto lo animó.

—Kelnozz de la casa Kenafin, casa decimoquinta —manifestó el novicio, a modo de presentación.

—Drizzt Do'Urden de Daermon N'a'shezbaernon, casa de Do'Urden, casa novena de Menzoberranzan —contestó Drizzt automáticamente, tal cual le había enseñado la matrona Malicia.

—Un noble —comentó Kelnozz, al escuchar que el apellido de Drizzt correspondía al nombre de su casa, y saludó a Drizzt con una reverencia—. Me siento honrado.

A Drizzt comenzó a gustarle este lugar. Con el tratamiento que normalmente recibía en su casa, nunca se había considerado a sí mismo como un noble. Pero cualquier ilusión de grandeza que pudo haber despertado el respetuoso saludo de Kelnozz se disipó casi al instante cuando aparecieron los maestros.

Drizzt vio a su hermano, Dinin, en el grupo pero hizo ver —tal como le había advertido Dinin, además de señalarle que no esperase un tratamiento de favor— que no lo conocía. Drizzt corrió hacia el interior de Melee-Magthere con el resto de los estudiantes cuando se oyó el chasquido de los látigos y los gritos amenazadores de los maestros. Los guiaron como un rebaño por unos pasillos laterales hasta llegar a una habitación oval.

—Os podéis sentar o quedar de pie —gruñó uno de los maestros. Al ver que dos estudiantes susurraban entre ellos a un costado del grupo, empuñó su látigo y de un trallazo hizo caer a uno de los jóvenes. En el acto reinó un silencio sepulcral.

»Soy Hatch'net —anunció el maestro, con una voz de trueno—, maestro de historia. Esta sala será vuestra aula durante cincuenta ciclos de Narbondel. —El instructor echó una mirada a los cinturones de sus alumnos—. ¡No está permitido traer armas a este lugar!

Hatch'net dio una vuelta por la sala, vigilando que todas las miradas estuvieran pendientes de sus movimientos.

—Sois drows —exclamó de pronto—. ¿Sabéis lo que significa? ¿Sabéis cuál es vuestro origen, y la historia de nuestro pueblo? Menzoberranzan no ha sido siempre nuestro hogar, ni tampoco alguna otra caverna de la Antípoda Oscura. Existió un tiempo en que caminábamos por la superficie del mundo.

Se giró como una peonza y se enfrentó a Drizzt.

—¿Conoces la superficie? —le preguntó Hatch'net de sopetón.

Drizzt dio un respingo y sacudió la cabeza.

—Un lugar horrible —aseguró Hatch'net, que se volvió hacia el resto del grupo—. Cada día, a medida que el resplandor sube por la columna de Narbondel, una gran bola de fuego se eleva en el cielo abierto de la superficie, y se suceden horas de una luz mucho más intensa que los hechizos de castigo de las sacerdotisas de Lloth. —El maestro extendió los brazos y miró hacia las alturas, con una tremenda expresión de odio.

Las exclamaciones de los alumnos sonaron a su alrededor.

—Incluso de noche, cuando la bola de fuego ha desaparecido por debajo del borde del mundo —añadió Hatch'net, que imponía a sus palabras el tono de un cuento de terror—, nadie puede escapar de los innumerables horrores de la superficie. Como un aviso de lo que traerá el día siguiente, puntos de luz... y algunas veces una bola de fuego plateado más pequeña... salpican la bendita oscuridad del cielo.

»Existió un tiempo en que caminábamos por la superficie del mundo —repitió, esta vez con un tono quejumbroso—, en épocas muy remotas, incluso más lejanas que el inicio de las grandes casas. En aquel entonces caminábamos junto a los elfos de piel blanca.

—¡No puede ser cierto! —gritó uno de los estudiantes.

Hatch'net lo miró atentamente, mientras consideraba si sería mejor azotar al estudiante por su intempestiva interrupción o permitir al grupo que participara.

—¡Lo es! —replicó, tras decidirse por la última opción—. ¡Creímos que los elfos blancos eran nuestros amigos: los llamábamos hermanos! En nuestra inocencia no podíamos saber que eran la encarnación del engaño y la maldad. ¡No podíamos saber que de pronto se volverían contra nosotros para expulsarnos, para matar a nuestros hijos y a los mayores de nuestra raza!

»Carentes de toda piedad, los malvados elfos nos persiguieron por toda la faz de la tierra. Les implorábamos la paz, y siempre nos respondían con sus espadas y flechas asesinas. —El orador hizo una pausa, y su rostro se retorció en una sonrisa malévola—. ¡Entonces encontramos a nuestra diosa!

—¡Alabada sea Lloth! —exclamó una voz anónima. —Una vez más Hatch'net dejó pasar el desliz, consciente de que cada comentario ayudaba a sumergir a sus oyentes en las redes de su retórica.

—¡Así es! —replicó el maestro—. ¡Alabada sea la reina araña! Porque fue ella quien acogió bajo su manto protector a nuestra raza huérfana y nos ayudó a luchar contra nuestros enemigos. Fue ella quien guió a las matronas de nuestra raza hasta el paraíso de la Antípoda Oscura. Es ella —rugió, con un puño en alto— quien nos da la fuerza y la magia para vengarnos de nuestros enemigos.

»¡Nosotros somos los drows! —proclamó Hatch'net—. ¡Vosotros sois los drows, a los que nunca nadie volverá a pisotear, amos de vuestros deseos, conquistadores de las tierras que escojáis habitar!

—¿La superficie? —preguntó una voz.

—¿La superficie? —repitió Hatch'net con una carcajada—. ¿Quién quiere volver a aquel lugar tan vil? ¡Que se lo queden los elfos blancos! ¡Que se quemen con el fuego del cielo abierto! ¡Nosotros tenemos la Antípoda Oscura, donde podemos sentir el latido del mundo debajo de nuestros pies, y donde las piedras de las paredes muestran el calor del poder del mundo!

Drizzt permaneció en silencio, atento a cada palabra del discurso que el orador había repetido durante tantos años. Como todos los nuevos estudiantes, se vio atrapado en las hipnóticas variaciones de tono y los gritos de ánimo del maestro. Hatch'net llevaba más de dos siglos como maestro de historia en la Academia, y tenía más prestigio en Menzoberranzan que cualquier otro drow varón, y más que muchas mujeres. Las matronas de las familias gobernantes comprendían muy bien el valor de su oratoria.

Los discursos se repitieron a lo largo de los días; una retórica interminable de odio contra un enemigo que ninguno de sus estudiantes había visto jamás. Los elfos de la superficie no eran el único objetivo de las historias de Hatch'net. Enanos, gnomos, humanos, halflings y todas las demás razas de la superficie —e incluso las razas subterráneas, como los enanos duergars, con quienes los drows mantenían relaciones comerciales y acostumbraban a luchar unidos— eran fustigados por el ponzoñoso verbo del maestro.

Drizzt comprendió por fin por qué no permitían la entrada de armas en la sala oval. Cuando acababa cada nueva clase, descubría sus manos agarrotadas contra las caderas, buscando inconscientemente las empuñaduras de sus cimitarras. Resultaba obvio por las disputas que surgían entre los estudiantes que muchos otros tenían la misma ansia. La única cosa que permitía mantener un poco de control era el torrente de mentiras que pronunciaba el maestro acerca de los horrores del mundo exterior y el reconfortante vínculo de la herencia común de todos los estudiantes; una herencia que, tal como los estudiantes no tardarían en creer a pies juntillas, les daba enemigos suficientes para no tener la necesidad de combatir entre ellos.

Las largas y agotadoras horas en la sala oval dejaban poco tiempo libre para que los estudiantes se relacionaran. Compartían el alojamiento, pero sus muchas tareas aparte de asistir a las clases de Hatch'net —servir a los estudiantes mayores y maestros, preparar comidas y limpiar el edificio— apenas si les dejaba tiempo para descansar. A final de la primera semana rondaban el agotamiento, una condición, como pudo ver Drizzt, que incluso reforzaba el efecto de las disertaciones de Hatch'net.

Drizzt aceptó este nuevo ritmo de vida sin rechistar, porque lo consideraba una mejora evidente en comparación con los seis años dedicados a servir a su madre y a sus hermanas como príncipe paje. Aun así, sufrió una gran desilusión en sus primeras semanas en Melee-Magthere, pues echaba de menos sus sesiones de entrenamiento.

Una noche se sentó en el borde de su camastro, y contempló una de sus cimitarras, mientras recordaba las muchas horas de esgrima con Zaknafein.

—Tenemos que ir a clase dentro de dos horas —le advirtió Kelnozz, desde su cama—. Descansa.

—Noto que mis manos pierden el toque —contestó Drizzt en voz baja—. La hoja me parece más pesada, desequilibrada.

—Solo faltan diez ciclos de Narbondel para el gran duelo —dijo Kelnozz—. ¡Allí tendrás oportunidad de practicar todo lo que quieras! No temas, no tardarás en recuperar el toque que puedas haber perdido en las clases del maestro de historia. ¡Durante los próximos nueve años esa magnífica cimitarra tuya casi nunca abandonará tu mano!

Drizzt deslizó el arma en su vaina y se recostó en su camastro. Como con muchos otros aspectos de su vida hasta el momento —y, según comenzaba a temer, con muchos más de su futuro en Menzoberranzan— no tenía otra opción que aceptar las circunstancias de su existencia.

—Esta parte de vuestro entrenamiento ha llegado a su fin —anunció el maestro Hatch'net por la mañana del quincuagésimo día. Otro maestro, Dinin, entró en la sala, seguido por una caja de hierro sostenida en el aire por un hechizo mágico, llena de palos de madera acolchados de diversas medidas y con un diseño similar al de las armas drows.

»Escoged el palo que más se parezca a vuestra arma preferida —explicó Hatch'net mientras Dinin recorría la sala. Llegó junto a su hermano, y la mirada de Drizzt se dirigió de inmediato a los objetos escogidos: dos palos ligeramente curvos de poco más de un metro de longitud. El muchacho los empuñó y lanzó un par de golpes. Su peso y equilibrio se parecían bastante a sus preciosas cimitarras.

—Por el orgullo de Daermon N'a'shezbaernon —susurró Dinin, antes de pasar al siguiente alumno.

Drizzt ejecutó otro par de movimientos con sus armas de madera. Había llegado el momento de saber el valor de las clases de Zak.

—¡Vuestra clase necesita tener un orden! —decía Hatch'net cuando Drizzt dejó de examinar sus armas—. Éste es el motivo del gran duelo. Recordadlo: ¡solo puede haber un vencedor!

Hatch'net y Dinin sacaron a los estudiantes de la sala oval y, una vez en el exterior del edificio de Melee-Magthere, los guiaron por el túnel que se extendía más allá de las dos estatuas de arañas que marcaban el final de Tier Breche. Ésta era la primera vez que los estudiantes traspasaban los límites de Menzoberranzan.

—¿Cuáles son las reglas? —le preguntó Drizzt a Kelnozz, que marchaba a su lado.

—¡Si un maestro dice que te han vencido, te han vencido y se acabó! —contestó Kelnozz.

—Me refiero al combate —explicó Drizzt.

—Ganar —repuso Kelnozz, que lo miró incrédulo por formular una pregunta cuya respuesta era obvia.

Al cabo de poco tiempo entraron en una caverna bastante grande, el escenario del gran duelo. Las puntiagudas estalactitas colgaban como puñales sobre sus cabezas, y los montículos formados por las estalagmitas transformaban el suelo en un complicado laberinto donde abundaban los rincones ciegos y los lugares para tender emboscadas.

—Escoged vuestra estrategia y buscad el punto de partida —les avisó el maestro Hatch'net—. ¡El gran duelo comenzará cuando acabe de contar hasta cien!

Los veinticinco participantes se pusieron en marcha; algunos hicieron una pausa para estudiar el terreno, mientras que otros corrían a sumergirse en las tinieblas del laberinto.

Drizzt decidió buscar un pasillo estrecho para no correr el riesgo de tener que enfrentarse a más de un rival a la vez, y apenas había iniciado su búsqueda cuando fue cogido por detrás.

—¿Formamos un equipo? —le preguntó Kelnozz.

Drizzt no respondió porque dudaba de la capacidad guerrera del joven y de lo que las normas del encuentro aceptarían.

—Hay otros que han buscado un compañero —insistió Kelnozz—. Incluso han formado tríos. Juntos podríamos tener mayores probabilidades.

—El maestro dijo que sólo podía haber un vencedor —contestó al fin.

—¿Quién más indicado que tú, si es que no soy yo? —opinó Kelnozz, con un guiño de picardía—. Derrotemos a los demás; después podemos dirimir quién será el vencedor entre nosotros.

El razonamiento parecía prudente, y, dado que la cuenta de Hatch'net se aproximaba al setenta y cinco, Drizzt tenía muy poco tiempo para analizar posibilidades. Dio una palmada en el hombro de Kelnozz y guió a su nuevo aliado por el laberinto.

Había pasarelas que rodeaban todo el interior de la caverna, e incluso la atravesaban de un lado a otro por encima del laberinto, para proporcionar a los jueces del duelo una visión sin obstáculos de lo que ocurría abajo. Una docena de maestros esperaban ansiosos en las pasarelas el comienzo de los primeros combates para poder evaluar los talentos de este nuevo curso.

—¡Cien! —gritó Hatch'net desde una de las pasarelas.

Kelnozz se puso en marcha, pero Drizzt lo detuvo y lo hizo permanecer en el estrecho pasillo entre dos grandes estalagmitas.

—¡Que vengan ellos a buscarnos! —le indicó con el código mudo de manos y muecas. Adoptó una postura de combate—. Dejemos que se cansen con otros rivales. ¡La paciencia es nuestra mejor aliada!

Kelnozz se tranquilizó, convencido de su acierto en la elección.

En cualquier caso, no tuvieron que esperar mucho, porque un momento más tarde un alto y agresivo estudiante atacó su posición defensiva, armado con la réplica de una lanza. Se lanzó directamente contra Drizzt y descargó un golpe con la parte inferior del arma, para después girar ésta en un molinete que pretendía rematar con un sólo golpe a su rival, una maniobra muy bien ejecutada.

Sin embargo, Drizzt consideró que era un plan de ataque elemental, casi demasiado básico, y en un primer momento no creyó que un estudiante entrenado pudiera atacar a otro de una forma tan abierta. Cuando se convenció de que el ataque era real y no un amago, contestó con la parada correcta. Movió sus cimitarras de madera en dos círculos de sentidos opuestos para golpear la lanza por debajo, y la desvió por encima de la trayectoria elegida.

El atacante, sorprendido por esta imprevista parada seguida por un avance, se encontró descubierto y sin equilibrio. Una fracción de segundo después, antes de que su vehemente rival tuviese siquiera tiempo de recuperarse, Drizzt le tocó el pecho con la punta de su arma y a continuación hizo lo mismo con la otra.

Una suave luz azul iluminó el rostro del estupefacto estudiante, y tanto él como Drizzt siguieron la trayectoria del rayo hasta uno de los maestros, que los observaba desde la pasarela con una varita en la mano.

—Te han vencido —le dijo el maestro al estudiante—. ¡Déjate caer donde estás!

El estudiante alto dirigió una mirada furibunda a Drizzt y obedeció la orden.

—Ven —le dijo Drizzt a Kelnozz, con otra mirada a la luz del maestro—. Los demás que están en este sector conocen ahora nuestra posición. Tenemos que buscar otra zona defensiva.

Kelnozz se retrasó un instante para observar el paso ágil y silencioso de su camarada. Había hecho bien en escoger a Drizzt, pero ahora, después del rápido encuentro, ya sabía que si él y este experto espadachín tenían que enfrentarse entre sí —algo más que probable— no podía aspirar a la victoria.

Juntos se desviaron por otro pasillo al topar con un muro, y se encontraron de frente con dos nuevos rivales. Kelnozz persiguió a uno, que echó a correr asustado, y Drizzt plantó cara al otro, que esgrimía una espada y un puñal.

Una sonrisa de confianza apareció en el rostro de Drizzt cuando su oponente se lanzó a la ofensiva, con los mismos movimientos básicos utilizados por el anterior alumno a quien había vencido con tanta facilidad.

Unos cuantos cortes y reveses de sus cimitarras, y un par de golpes horizontales en los filos interiores de las armas de su rival, consiguieron separar la espada del puñal. El ataque de

Drizzt se coló entre los brazos abiertos del oponente, y una vez más el joven repitió el doble golpe contra el pecho. La luz azul apareció en el acto.

—Te han vencido —avisó el maestro—. ¡Déjate caer donde estás!

Enfurecido, el empecinado estudiante descargó un golpe malévolo. Drizzt paró el ataque con una cimitarra y golpeó con la otra la muñeca de su rival, obligándolo a soltar la espada.

El atacante se sujetó la muñeca herida, pero éste resultó ser su problema menos importante. Un resplandeciente rayo de luz azul brotó de la varita del observador, alcanzó al estudiante en el pecho y lo lanzó como un pelele contra una estalagmita a unos tres metros de distancia. El muchacho cayó al suelo con un grito de agonía, y una onda de calor surgió de su cuerpo abrasado.

—Te han vencido —repitió el maestro. Drizzt dio un paso adelante, dispuesto a socorrer al caído, pero el observador se lo impidió con un enfático—: ¡No!

En aquel momento, Kelnozz regresó de su persecución. Por un instante pareció extrañado de no ver al rival de Drizzt caído a sus pies.

—¿Se ha escapado? —le preguntó, pero entonces descubrió el cuerpo tumbado unos metros más allá, y con una carcajada añadió—: ¡Si un maestro dice que te han vencido, te han vencido y se acabó!

»¡Ven! —agregó—. La batalla está en su apogeo. ¡Vamos a divertirnos un poco!

Drizzt pensó que su compañero era demasiado bravucón por ser alguien que todavía no había utilizado sus armas. Se encogió de hombros y fue tras él.

Su siguiente encuentro no resultó tan fácil. Penetraron por un pasaje doble que pasaba entre diversas formaciones rocosas y se encontraron frente a frente con un trío; Drizzt y Kelnozz comprendieron que eran nobles de las casas principales.

Drizzt atendió a los dos que tenía a su izquierda, armados con una espada cada uno, mientras Kelnozz se ocupaba del tercero. El joven no tenía experiencia de combate contra varios rivales a la vez, pero Zak le había enseñado a conciencia las técnicas para esta clase de duelos. Al principio, sus movimientos se limitaron a la defensa; adoptó un ritmo fácil de mantener y dejó que sus oponentes se cansaran, a la espera de que cometieran un error.

Pero se trataba de dos espadachines astutos que conocían muy bien los movimientos que realizaba el compañero. Sus ataques se complementaban, y lanzaban sus estocadas desde ángulos casi opuestos.

«Dos manos», lo había llamado Zak en una ocasión, y ahora Drizzt demostró que se merecía el título. Sus cimitarras se movían de forma independiente, aunque en perfecta armonía, y rechazaban todos los ataques.

Desde una de las pasarelas, los maestros Hatch'net y Dinin presenciaban el desarrollo del combate: Hatch'net muy impresionado, y Dinin henchido de orgullo.

Drizzt observó la frustración en los rostros de sus enemigos, y supo que su oportunidad para el contraataque no tardaría en llegar. Entonces hicieron un cruce, y atacaron al unísono con golpes idénticos, las puntas de sus espadas de madera casi juntas.

Drizzt hizo un quite y lanzó un velocísimo golpe hacia arriba con su cimitarra izquierda, que desvió el ataque. A continuación, invirtió el impulso de su cuerpo y, dejándose caer sobre una rodilla, en línea con sus oponentes, tiró dos estocadas sucesivas con la mano derecha. La punta de su cimitarra golpeó primero a uno y después al otro, en plena ingle.

Los rivales soltaron sus armas al mismo tiempo, se llevaron las manos a las partes heridas, y cayeron de rodillas. Drizzt se incorporó de un salto, dispuesto a pedirles disculpas.

Hatch'net hizo un gesto de asentimiento a Dinin, y los dos maestros dirigieron la luz azul de sus varitas a los dos perdedores.

—¡Ayúdame! —gritó Kelnozz desde el otro lado de la barrera de piedra que unía las estalagmitas.

Drizzt se agachó para zambullirse a través de un hueco en la pared, se irguió a toda velocidad, y con un golpe de revés en el pecho derribó a un cuarto oponente que había estado oculto para atacar por la espalda. Drizzt hizo una pausa y observó a su última víctima. No se había dado cuenta de la presencia del rival emboscado, pero su puntería había sido perfecta.

Hatch'net soltó un silbido de admiración mientras dirigía su luz al último perdedor.

—¡Es bueno! —comentó.

Drizzt vio a Kelnozz un poco más allá, prácticamente acorralado por las hábiles maniobras de su oponente. Drizzt se interpuso entre los duelistas y desvió un ataque que habría derrotado a su compañero.

Este nuevo contrincante, que utilizaba dos espadas, demostró ser el más calificado. Se enfrentó a Drizzt con una serie de fintas y giros, que en más de una ocasión lo hicieron retroceder.

—Berg'inyon de la casa Baenre —le susurró Hatch'net a Dinin, que comprendió la importancia del duelo y deseó que su hermano saliese airoso de este difícil compromiso.

Berg'inyon no resultó una desilusión para el pupilo de Zak. Sus movimientos eran siempre fluidos y precisos, y el duelo se prolongó durante varios minutos sin que ninguno obtuviese ventaja. Entonces Berg'inyon arriesgó un patrón de ataque que Drizzt ya conocía: el doble golpe bajo.

Drizzt ejecutó la cruz invertida a la perfección, la parada adecuada que Zaknafein le había enseñado con sangre. De pronto, siguiendo un impulso, lanzó un puntapié entre las empuñaduras de sus cimitarras cruzadas contra el rostro de su oponente. El golpe arrojó al hijo de la casa Baenre contra la pared.

—¡Sabía que la parada era errónea! —gritó Drizzt, que ya se imaginaba a sí mismo venciendo a Zak en cuanto tuviesen la oportunidad de compartir una sesión de entrenamiento.

—¡Es bueno! —repitió Hatch'net para mayor satisfacción de su compañero.

Atontado por el golpe, Berg'inyon no estaba en condiciones de superar la desventaja. Lanzó un globo de oscuridad para defenderse, pero su rival se sumergió en las tinieblas, dispuesto a combatir a ciegas.

Drizzt acorraló al hijo de la casa de Baenre con una serie de rápidos ataques, y el duelo se acabó cuando una de las cimitarras del joven se apoyó en el cuello de Berg'inyon.

—Me rindo —exclamó el joven Baenre, en cuanto el palo tocó su carne. Al oír la llamada, el maestro Hatch'net disipó la oscuridad. Berg'inyon depositó las dos espadas sobre la piedra y después se tendió en el suelo. La luz azul le rozó la cara.

Drizzt no pudo reprimir una sonrisa triunfal. ¿Es que había algún enemigo al que no pudiese derrotar?

En aquel momento sintió un estallido en la nuca que lo hizo caer de rodillas. Alcanzó a echar una mirada sobre el hombro y vio a Kelnozz que se alejaba.

—Un tonto —se burló Hatch'net, y alumbró a Drizzt. Después se volvió hacia Dinin—. Un tonto muy diestro.

Dinin se cruzó de brazos, con el rostro enrojecido por la vergüenza y la rabia.

Drizzt sintió el frío de la piedra contra su mejilla, pero en aquel momento sólo pensaba en el pasado, en la sarcástica afirmación de Zaknafein, absolutamente cierta: «¡Es nuestra manera de ser!».

13

El precio de la victoria

Aquella noche, en el barracón, Drizzt y Kelnozz discutieron el duelo. Reinaba una oscuridad total y los demás estudiantes dormían profundamente en sus camastros, agotados tras la lucha del día y la tarea de servir a los alumnos mayores.

Kelnozz ya se esperaba esta discusión. Había adivinado la ingenuidad de Drizzt en el momento en que el joven le había preguntado por las reglas del encuentro. Un guerrero drow experimentado, y sobre todo un noble, jamás habría hecho esa pregunta, pues habría tenido muy claro que la única regla de su existencia era conseguir la victoria. A Kelnozz no le preocupaba mucho la reacción del joven Do'Urden; la venganza alimentada por el resentimiento no parecía ser uno de los rasgos de Drizzt.

—Me has engañado —afirmó Drizzt, que esperó durante un par de segundos un comentario del plebeyo de la casa Kenafin, antes de preguntar—: ¿Por qué?

El volumen de la voz de Drizzt provocó la alarma de Kelnozz, que miró inquieto a su alrededor. Se los suponía durmiendo; si un maestro oía la discusión los castigarían en el acto.

—¿A qué viene tanta queja? —le respondió Kelnozz con el código manual; el calor de sus dedos era como luces para la visión infrarroja de Drizzt—. Actué tal como debía, si bien creo que me precipité. Quizás, si tú hubieses derrotado a unos cuantos más, ahora podría estar por encima del tercero de la clase.

—Si hubiésemos luchado juntos, tal como acordamos, podrías haber ganado, o como mínimo acabado segundo —transmitió Drizzt, y los rápidos movimientos de sus dedos reflejaron su enojo.

—Digamos que segundo —replicó Kelnozz—. Desde el primer momento supe que no podría medirme contigo. Eres el mejor espadachín que he visto en toda mi vida.

—Los maestros no comparten tu opinión —protestó Drizzt en voz alta.

—Ser octavo tampoco está mal —susurró Kelnozz—. Berg'inyon ocupa el décimo puesto, y eso que es de la casa primera de Menzoberranzan. Tendrías que alegrarte por tener una posición que no provoca la envidia de tus compañeros. —Un ruido al otro lado de la puerta hizo que Kelnozz volviera otra vez al código manual—. Tener una calificación mejor sólo significa que hay más gente dispuesta a clavarme un puñal en la espalda.

Drizzt no hizo caso de las implicaciones contenidas en la réplica de Kelnozz; se resistía a creer que hubiese en la Academia alguien capaz de semejante traición.

—A mi juicio, Berg'inyon fue el mejor participante del encuentro —señaló Drizzt—. ¡Te tenía acorralado y sólo te salvó mi ayuda!

—Por mi parte, Berg'inyon ya se puede ir a trabajar de cocinero en cualquier casa —murmuró Kelnozz en tono casi inaudible, porque el camastro del hijo de la casa Baenre estaba un par de metros más allá—. Él es décimo y yo, Kelnozz de Kenafin, ¡soy el tercero!

—Y yo el octavo —dijo Drizzt, con un tono de irritación poco habitual—, pero puedo derrotarte con el arma que quieras.

Kelnozz se encogió de hombros, y en el espectro infrarrojo su movimiento fue como un súbito relámpago.

—Esta vez no —transmitió—. Yo gané el duelo.

—¿Duelo? —exclamó Drizzt, atónito—. ¡Me engañaste, y nada más!

—¿Quién quedó de pie? —le recordó Kelnozz—. ¿A quién alumbró la luz azul de la varita del maestro?

—El honor exige unas reglas para el duelo —gruñó Drizzt.

—Existe una regla —replicó Kelnozz, bruscamente—: puedes hacer lo que quieras siempre que no te pillen. ¡Gané nuestro duelo, Drizzt Do'Urden, y tengo una calificación más alta! ¡Esto es lo único importante!

En el calor de la discusión, sus voces sonaron demasiado altas. Se abrió la puerta del barracón, y un maestro apareció en el umbral. Las luces azules del vestíbulo delinearon su silueta, y los dos estudiantes se apresuraron a cerrar los ojos..., y la boca.

El tono del último comentario de Kelnozz inspiró a Drizzt algunas reflexiones prudentes. Comprendió que su amistad con Kelnozz había acabado; y que quizás él y Kelnozz nunca habían llegado a ser amigos.

—¿Lo has visto? —preguntó Alton, ansioso, sin dejar de tamborilear con los dedos sobre la mesilla de la habitación más alta de su torre. Alton había hecho que los estudiantes más jóvenes de Sorcere repararan los destrozos provocados por la bola de fuego lanzada por él mismo, pero todavía quedaban huellas en la piedra de las paredes.

—Sí —contestó Masoj—. Y también me he enterado de su habilidad con las armas.

—Octavo de su clase después del gran duelo —dijo Alton— es algo muy meritorio.

—Por lo que dicen, tiene todas las cualidades para ser el primero —comentó Masoj—. No tardará mucho en reclamar el título. Yo me andaría con mucho cuidado con él.

—¡No vivirá para conseguirlo! —prometió Alton—. La casa Do'Urden tiene depositadas grandes esperanzas en este mozo de ojos lilas, y por lo tanto he decidido que Drizzt sea el primer objetivo de mi venganza. ¡Su muerte será un merecido castigo a la perfidia de la matrona Malicia!

Masoj comprendió en el acto que la afirmación del falso maestro acababa de plantear un problema y decidió cortarlo de raíz.

—No le harás daño —le advirtió a Alton—. Ni se te ocurra acercarte a él.

—He esperado dos décadas... —comenzó a decir Alton, enfadado.

—Y puedes esperar unas cuantas más —lo interrumpió Masoj, sin contemplaciones—. Te recuerdo que aceptaste la oferta de la matrona SiNafay para entrar en la casa Hun'ett. Esto significa obediencia. La matrona SiNafay, nuestra madre matrona, ha puesto sobre mis hombros la responsabilidad de ocuparme de Drizzt Do'Urden, y pienso cumplir su voluntad.

Alton se apoyó en el respaldo de su silla y descansó sobre la palma de su mano lo que quedaba de su barbilla corroída por el ácido, mientras pensaba en las palabras de su socio secreto.

—La matrona SiNafay tiene planes que te darán la venganza que tanto anhelas —añadió Masoj—. Te lo advierto, Alton DeVir —dijo, recalcando el apellido para demostrar que no era un verdadero Hun'ett—, que si comienzas una guerra con la casa Do'Urden, o incluso si los pones a la defensiva con cualquier acto de violencia no aprobado por la matrona SiNafay, incurrirás en la ira de la casa Hun'ett. La matrona SiNafay te denunciará como un impostor asesino y conseguirá que el consejo regente te condene a todos los castigos posibles.

Alton no tenía medios para refutar la amenaza. Era un truhan, sin familia aparte de los Hun'ett que lo habían adoptado. Si SiNafay se volvía contra él, no encontraría nuevos aliados.

—¿Qué planes tiene SiNafay..., la matrona SiNafay..., para la casa Do'Urden? —preguntó, más tranquilo—. Dime cómo será mi venganza para que pueda soportar estos terribles años de espera.

Masoj sabía que su respuesta debía ser prudente. Su madre no le había prohibido discutir con Alton los planes para el futuro, pero, si hubiese querido que el imprevisible DeVir los conociera, se los habría revelado ella misma.

—Digamos que el poder de la casa Do'Urden no ha dejado de aumentar hasta un punto en que se ha convertido en una amenaza muy real para todas las otras grandes casas —explicó Masoj, que disfrutaba con los entresijos previos a la guerra—. Como ejemplo tenemos la caída de la casa DeVir, ejecutada sin ningún fallo. Muchos nobles de Menzoberranzan descansarían más tranquilos si... —Se interrumpió, convencido de que tal vez ya había dicho más de la cuenta.

Por el brillo en los ojos de Alton, Masoj comprendió que el cebo había sido suficiente para comprar la paciencia de Alton.

La Academia deparó muchas desilusiones al joven Drizzt, sobre todo durante aquel primer año, cuando tantas de las oscuras realidades de la sociedad drow, realidades que Zaknafein sólo le había insinuado, se hacían cada vez más evidentes, aunque trataba de que lo afectaran lo menos posible. Analizaba las conferencias de los maestros donde se exaltaba el odio y la desconfianza sin sacarlas de su contexto, y después aplicaba la crítica según las pautas de su viejo tutor. La verdad le parecía algo demasiado ambiguo, demasiado difícil de definir. Por medio de estos análisis, Drizzt descubrió una constante: a lo largo de toda su vida, todos los numerosos actos de traición que había presenciado siempre habían sido cometidos por los elfos oscuros.

El entrenamiento físico de la Academia, las muchas horas diarias dedicadas a la práctica y estudio de técnicas de combate, era lo único que consolaba a Drizzt. En la sala de ejercicios, con las armas en las manos, se olvidaba de las preguntas que tanto lo inquietaban.

Aquí descollaba. Si Drizzt había ingresado en la Academia con un nivel de entrenamiento y experiencia superior al de sus compañeros, la diferencia se hizo cada vez mayor a medida que transcurrían los meses. Aprendió a ver más allá de las pautas de ataque y defensa que enseñaban los maestros y creó sus propios métodos, innovaciones que igualaban —y a veces superaban— las técnicas habituales.

Al principio, Dinin escuchaba orgulloso las alabanzas que sus colegas prodigaban a los progresos de su hermano menor. Las loas llegaron a tal extremo que el hijo mayor de la matrona Malicia comenzó a inquietarse. Dinin era el hijo mayor de la casa Do'Urden, un título que había conseguido después de asesinar a Nalfein.

Drizzt, poseedor de todas las cualidades necesarias para convertirse en uno de los mejores guerreros de todo Menzoberranzan, era el segundo hijo de la casa, y quizás un aspirante a desbancar a Dinin.

También los compañeros de Drizzt vigilaban sus progresos en la materia..., y con mucha frecuencia los tenían que soportar en carne propia. Miraban a Drizzt con profunda envidia y se preguntaban si alguna vez podrían llegar a tener la misma desenvoltura con las armas. El pragmatismo era uno de los rasgos más acentuados de los elfos oscuros. Estos jóvenes estudiantes habían observado durante años cómo los mayores de sus familias manipulaban los hechos y las situaciones para su propio provecho. Todos comprendían la ventaja de tener a Drizzt Do'Urden como aliado, y así, cuando al año siguiente se celebró el gran duelo, Drizzt se vio asediado por las peticiones para ser su compañero.

La petición más sorprendente fue la de Kelnozz de la casa Kenafin, que el año anterior había derrotado a Drizzt con un ataque a traición.

—¿Quieres que volvamos a unirnos para conseguir esta vez los primeros puestos de la clase? —preguntó el presuntuoso joven mientras acompañaba a Drizzt por el túnel que conducía hasta el escenario de la lucha. En un momento dado, lo adelantó y se enfrentó a Drizzt como si fuesen grandes amigos, con los antebrazos apoyados en las empuñaduras de sus espadas y una sonrisa en exceso alegre en el rostro.

Drizzt no encontraba respuesta a tanta desfachatez. Le volvió la espalda y se alejó, aunque sin dejar de vigilarlo por encima del hombro.

—¿Por qué te sorprendes tanto? —insistió Kelnozz, que corrió para volver a situarse a su lado.

—¿Cómo puedes imaginar que puedo desear formar pareja con un traidor? —exclamó Drizzt, enfadado—. ¡No he olvidado tu sucia treta!

—¡Pero si de eso se trata! —replicó Kelnozz—. ¡Ahora estás avisado! Sería muy estúpido de mi parte intentar engañarte otra vez.

—Entonces ¿cómo piensas vencerme? —preguntó Drizzt—. No puedes derrotarme en un combate limpio. —Sus palabras no eran una baladronada, sino un hecho evidente para cualquiera.

—El segundo puesto también es muy meritorio —reconoció Kelnozz.

Drizzt lo miró furioso. Sabía que Kelnozz no se conformaría con otra cosa que no fuese la victoria.

—Si nos vemos las caras durante el duelo —dijo con voz fría—, será como oponentes. —Le dio la espalda y se alejó, y esta vez Kelnozz no lo siguió.

Aquel día, la suerte se mostró equitativa con Drizzt, porque su primer rival en el gran duelo, y su primera víctima, no fue otro que su antiguo compañero. Drizzt encontró a Kelnozz en el mismo pasillo que habían utilizado como punto defensivo en el ejercicio del año anterior y lo venció con la primera combinación de ataque. Drizzt tuvo que hacer un esfuerzo por contener sus ímpetus y no golpear las costillas de Kelnozz con todas sus fuerzas.

Después, Drizzt se perdió entre las sombras, y buscó su camino con mucho cuidado hasta que poco a poco disminuyó el número de participantes. Debido a su reputación, debía estar muy alerta, porque sus compañeros comprendían la ventaja que suponía eliminar a un adversario tan calificado al principio de la competición. Al actuar a solas, Drizzt tenía que observar muy bien el escenario de cada nueva batalla, para asegurarse de que su rival no contaba con ayudantes ocultos en las sombras.

Éste era el medio natural de Drizzt, el lugar donde se sentía más a gusto con los desafíos que le planteaba. Al cabo de dos horas, sólo quedaban en liza cinco competidores, y, tras otras dos de jugar al gato y al ratón, el número se redujo a dos: Drizzt y Berg'inyon Baenre.

Drizzt llegó a un sector despejado de la caverna y puso en práctica el plan preparado para la ocasión.

—¡Sal de tu escondrijo, Baenre! —gritó—. ¡Acabemos este desafío a la vista de todos y con honor!

Desde la pasarela, Dinin sacudió la cabeza sin dar crédito a la actitud y los gritos de Drizzt.

—Ha perdido toda la ventaja —comentó el maestro Hatch'net, que acompañaba al hijo mayor de la casa Do'Urden—. Gracias a ser el mejor espadachín tenía preocupado a Berg'inyon. Ahora tu hermano está al descubierto, y su rival conoce su posición.

—Ha sido un comportamiento estúpido —murmuró Dinin.

—El duelo se acabará dentro de muy poco —dijo Hatch'net cuando vio a Berg'inyon que avanzaba al abrigo de un montículo dispuesto a atacar por la espalda.

—¿Tienes miedo? —proclamó Drizzt—. Si es verdad que mereces el primer puesto, como siempre dices, entonces ven y enfréntate a mí. Demuestra el valor de tus palabras, Berg'inyon Baenre, o calla para siempre.

El ruido de la carga hizo que Drizzt se lanzara de cabeza al suelo para después rodar a un costado.

—¡Pelear no es un juego de niños! —gritó el hijo de la casa Baenre mientras atacaba, con los ojos resplandecientes por la ventaja que parecía tener.

Entonces Berg'inyon tropezó en un alambre que había tendido Drizzt y cayó de bruces. Una fracción de segundo más tarde, tenía la punta de una de las cimitarras de Drizzt apoyada en la garganta.

—Es lo que me han enseñado —respondió Drizzt con voz grave.

—Y con esto un Do'Urden se convierte en el campeón —afirmó Hatch'net, que alumbró el rostro del perdedor con la luz azul de su varita. Sus siguientes palabras borraron la sonrisa de los labios de Dinin con un prudente recordatorio—: Los hijos mayores tendrían que saber guardarse de segundos hijos tan diestros.

Drizzt no dio mayor trascendencia a su victoria en el segundo año; sólo le interesaba desarrollar al máximo su capacidad de lucha. Prácticamente, en todas las horas que le quedaban libres entre sus muchas otras obligaciones. Pero estas servidumbres se redujeron con el paso de los años —pues los trabajos más duros recaían sobre los estudiantes novatos—, y Drizzt dispuso cada vez de más y más tiempo para su entrenamiento privado. Gozaba con la danza de sus armas y la armonía de sus movimientos. Sus cimitarras se convirtieron en sus únicas amigas, en lo único en que podía confiar.

Volvió a ganar el gran duelo al tercer año, y también al siguiente, a pesar de las conspiraciones de muchos estudiantes en su contra. Los maestros comprendieron que no había nadie en el curso de Drizzt capaz de derrotarlo, y al año siguiente lo hicieron participar en el gran duelo de los alumnos de los últimos cursos. El triunfo fue para Drizzt.

La Academia, más que cualquier otra cosa en Menzoberranzan, tenía una estructura rígida, y, a pesar de que la capacidad de Drizzt desbordaba dicha estructura respecto a sus progresos con las armas, no podía reducir su tiempo de estudiante. Como guerrero, tendría que pasar diez años en la Academia, un plazo bastante corto comparado con los treinta exigidos en Sorcere para llegar a mago, o los cincuenta de las novicias en Arach-Tinilith. Los guerreros iniciaban su preparación a los veinte años, los magos debían esperar a cumplir los veinticinco, y las novicias hasta los cuarenta.

Los primeros cuatro años en Melee-Magthere se dedicaban al combate personal y el manejo de las armas. En este tema, los maestros no pudieron enseñarle a Drizzt nada que no hubiese aprendido ya con Zak.

En la etapa siguiente, de dos años, los jóvenes drows aprendían las tácticas de combate en grupo con otros guerreros, y a continuación dedicaban otros tres años a incorporar estas tácticas en sus enfrentamientos junto a magos y sacerdotisas... y en contra de éstos.

El último año de la Academia completaba la educación de los guerreros. Durante los primeros seis meses en Sorcere, aprendían los rudimentos de la magia, y los últimos seis, el preludio de la graduación, los pasaban bajo la tutela de las sacerdotisas de Arach-Tinilith.

Solo había una cosa invariable a lo largo de estos diez años: la repetición constante de los preceptos tan queridos por la reina araña, del cúmulo de mentiras que mantenían a los drows sometidos a un estado de caos controlado.

Para Drizzt, la Academia se convirtió en un desafío personal, un aula privada dentro del tejido impenetrable elaborado por sus cimitarras. En el interior de aquellas paredes de adamantita formadas por sus hojas, Drizzt descubrió que podía hacer caso omiso de las muchas injusticias que se cometían a su alrededor, y mantenerse aislado de las palabras ponzoñosas que le habrían envenenado el corazón. La Academia era un lugar dominado por la codicia y la traición, un campo de cultivo para el ansia de poder que marcaba la vida de todos los drows.

Drizzt se prometió a sí mismo que no se dejaría corromper.

Aun así, a medida que pasaban los años y las batallas se hacían cada vez más brutales, Drizzt se encontró más de una vez en las garras de situaciones que no podía dejar de lado con tanta facilidad.

14

El debido respeto

Avanzaban por el laberinto de túneles con la levedad de la brisa; cada paso era ejecutado con sigilo y acababa en una posición de alerta. Eran los estudiantes del décimo curso, su último año en Melee-Magthere, y realizaban sus prácticas tanto dentro como fuera de Menzoberranzan. Ya no llevaban palos a guisa de armas; de sus cinturones colgaban ahora armas de adamantita, finamente forjadas y con filos como navajas.

En ocasiones, los túneles se estrechaban, y sólo quedaba espacio para permitir el paso de un elfo oscuro a la vez. En otras, los estudiantes se encontraban en cavernas enormes con las paredes y techos más allá del alcance de su vista. Eran guerreros drows, entrenados para actuar en cualquier tipo de terreno de la Antípoda Oscura y conocedores de las técnicas de combate de sus posibles oponentes.

El maestro Hatch'net consideraba estos ejercicios como una simple práctica, si bien había advertido a los estudiantes que la patrulla a menudo se encontraba con monstruos muy reales y poco amistosos.

Drizzt, por ser el mejor de la clase, iba a la cabeza del grupo, escoltado por el maestro Hatch'net y otros diez estudiantes en formación. Sólo quedaban veintidós de los veinticinco jóvenes que habían entrado con Drizzt en la Academia. Uno había sido expulsado —y en consecuencia ejecutado— por un intento de asesinato en la persona de un estudiante de un curso superior; el segundo había resultado muerto en unas maniobras de combate, y el tercero había fallecido en su cama por causas naturales (pues, a juicio de la Academia, una daga en el corazón acababa naturalmente con la vida de cualquiera).

En otro túnel cercano al primero, Berg'inyon Baenre, segundo de la clase, guiaba al maestro Dinin y a la otra mitad de alumnos en un ejercicio similar.

Día tras día, Drizzt y los demás se habían esforzado por estar siempre preparados. A lo largo de tres meses de patrullar, el grupo sólo había encontrado a un monstruo; un pescador cavernícola, un repugnante engendro de la Antípoda Oscura con aspecto de cangrejo gigante. Pero aquel encuentro sólo había sido una distracción momentánea, sin ningún resultado práctico, porque el pescador cavernícola se había escapado por los rebordes superiores antes de que la patrulla pudiese atacarlo.

Sin embargo, hoy Drizzt percibía algo diferente. Quizás era el tono de la voz del maestro Hatch'net o un zumbido en las piedras de la caverna, una vibración sutil que alertaba al subconsciente de Drizzt de la presencia de otras criaturas en el laberinto de túneles. El joven había aprendido a confiar en sus instintos y no se sorprendió cuando por el rabillo del ojo captó el brillo delator de una fuente de energía en un pasadizo lateral. Hizo una señal al grupo para detener su marcha, y después trepó velozmente para situarse en un pequeño repecho que le permitía ver por encima de la salida del pasaje lateral.

Cuando el intruso apareció en el túnel principal, se encontró de pronto tendido de espaldas y retenido por el cuello por las hojas cruzadas de dos cimitarras. Drizzt se apartó en el acto al ver que su prisionero era otro estudiante drow.

—¿Qué haces aquí? —lo interrogó el maestro Hatch'net—. ¡Sabes que nadie excepto las patrullas puede recorrer los túneles fuera de Menzoberranzan!

—Os suplico perdón, maestro —rogó el estudiante—. Traigo noticias de una alarma.

Los integrantes del grupo se apretujaron alrededor del mensajero, pero Hatch'net los hizo retroceder con una mirada furiosa y ordenó a Drizzt que los dispusiera en las posiciones de defensa.

—¡Ha desaparecido una niña! —añadió el estudiante—. ¡Una princesa de la casa Baenre! ¡Han visto monstruos en los túneles!

—¿Qué clase de monstruos? —preguntó Hatch'net. Un sonoro castañeteo, como si golpearan dos piedras entre sí, respondió a su pregunta.

»¡Oseogarfios! —le transmitió Hatch'net a Drizzt, que estaba a su lado.

El joven nunca había visto a esas bestias, pero sabía lo suficiente para comprender por qué el maestro Hatch'net había pasado bruscamente al código manual. Los oseogarfios cazaban valiéndose de un sentido del oído mucho más agudo que cualquier otra criatura de la Antípoda Oscura. Drizzt retransmitió inmediatamente la señal al resto de los estudiantes, que mantuvieron un silencio absoluto a la espera de las instrucciones de su maestro. Ésta era la clase de situaciones para las que se habían entrenado durante nueve años, y sólo el sudor en las palmas de sus manos traicionaba la calma aparente de los jóvenes drows.

—Las bolas de oscuridad no detendrán a los oseogarfios —señaló Hatch'net a sus tropas—. Ni tampoco éstas. —Señaló la ballesta que empuñaba y el dardo envenenado listo para disparar, el arma habitual de los drows en el ataque inicial. Hatch'net guardó la ballesta y desenvainó su espada.

»Debéis buscar una brecha en la armadura ósea de la criatura —les recordó Hatch'net—, y deslizar la espada hasta la carne. —El maestro tocó el hombro de Drizzt, y reanudaron la marcha juntos, escoltados por los estudiantes formados de uno en fondo.

El castañeteo se oía con claridad, pero, al resonar en las paredes de piedra de los túneles, resultaba difícil precisar de dónde provenía. Hatch'net dejó que Drizzt los guiara y se sintió impresionado por la rapidez demostrada por el joven en descubrir el rumbo correctamente. Drizzt avanzó con toda confianza, a pesar de que otros integrantes de la patrulla no dejaban de mirar nerviosos a su alrededor, porque no sabían dónde estaba el peligro ni la distancia que los separaba.

Entonces, un sonido particular, que se destacó entre el estrépito del castañeteo y sus ecos, los inmovilizó. El sonido sonó cada vez más fuerte hasta envolver a la patrulla en un alarido de terror. Era el grito de un niño.

—¡La princesa de la casa Baenre! —le transmitió Hatch'net a Drizzt. El maestro comenzó a dar las órdenes para que los estudiantes adoptaran la formación de combate, pero Drizzt no esperó a saber cuáles eran. El alarido le había provocado un estremecimiento de repulsión, y, cuando volvió a sonar, el fuego de la cólera ardió en sus lilas ojos.

Drizzt corrió por el túnel, con el frío metal de sus cimitarras señalando el camino.

Hatch'net ordenó al resto del grupo que lo siguiera. Odiaba la posibilidad de perder a un estudiante tan capacitado como Drizzt, pero también se podía sacar provecho de la temeridad de las acciones del joven. Si los demás presenciaban cómo el mejor de la clase moría por haber cometido una estupidez, sería una lección que los demás tardarían mucho en olvidar.

Drizzt desapareció en un recodo muy cerrado y fue a salir a un pasillo largo y estrecho de paredes rotas. Ahora no se oía eco alguno, sólo el hambriento castañeteo de los monstruos agazapados y los ahogados sollozos de la niña.

Su fino oído captó el suave rumor de la patrulla a su espalda, y comprendió que, si él podía oírlo, también podían hacerlo los oseogarfios. Drizzt no quería renunciar a su cólera ni a la urgencia de su empresa. Subió hasta una cornisa, a tres metros de altura, confiado en que seguiría todo lo largo del pasillo. Cuando pasó por la última vuelta, apenas si pudo distinguir el calor de los monstruos a través de la borrosa frialdad de sus exoesqueletos, caparazones de hueso que tenían casi la misma temperatura de la piedra.

Las bestias eran cinco. Dos de ellas vigilaban el pasillo apretadas contra las rocas y las otras tres, metidas en un rincón, jugaban con una cosa que gemía.

Drizzt controló sus nervios y continuó su avance por la cornisa, con todo el sigilo de que era capaz, para deslizarse más allá de los centinelas. Entonces vio a la princesa, hecha un ovillo a los pies de uno de los monstruosos bípedos. Las sacudidas de los sollozos le indicaron que aún vivía. Drizzt no tenía intención de trabar combate con las bestias si podía evitarlo, y confiaba en poder acercarse y rescatar a la niña.

Entonces, la patrulla apareció por el recodo del pasillo, y Drizzt se vio forzado a la acción.

—¡Centinelas! —gritó a voz en cuello, y su advertencia salvó la vida de los cuatro primeros del grupo. Drizzt volvió su atención de inmediato a la niña herida al ver que uno de los oseogarfios levantaba uno de sus pesados pies armados con garras para aplastarla.

La bestia tenía casi el doble de la estatura de Drizzt y pesaba unas cinco veces más. Estaba protegida de pies a cabeza con el duro caparazón de su exoesqueleto y provista de un largo y poderoso pico además de unas garras como guadañas. Tres de estos monstruos se interponían entre Drizzt y la niña.

Drizzt no hizo caso a todos estos detalles en aquel horrible y crítico momento. Sus temores por la niña superaban cualquier preocupación por el peligro que se erguía ante él. Era un guerrero drow, un luchador preparado y equipado para la batalla, mientras que la niña se encontraba indefensa.

Dos de los oseogarfios corrieron hacia la cornisa, y Drizzt aprovechó la oportunidad. Dio un salto y voló por encima de ellos para ir a caer delante de la tercera bestia, a la que atacó sin perder un segundo. El monstruo se olvidó de la niña en cuanto las cimitarras lanzaron una lluvia de golpes contra su pico para destrozar su armadura facial en busca de una grieta por donde asestar una estocada mortal.

El oseogarfio retrocedió, espantado por la furia de su oponente e incapaz de seguir el velocísimo movimiento de las cimitarras.

Drizzt sabía que tenía ventaja en el combate contra este monstruo, pero también era consciente de que los otros dos no tardarían en atacarlo por la espalda. Prosiguiendo con su ataque implacable, se apartó de su posición al costado de la bestia y la rodeó para cortarle la retirada. Después se dejó caer al suelo y utilizó su cuerpo como una palanca entre las gruesas piernas del monstruo para hacerlo caer. En cuanto consiguió su propósito se encaramó sobre el corpachón y buscó una brecha en la armadura de hueso.

El oseogarfio intentó defenderse como pudo, pero su enorme peso le impedía moverse con la rapidez suficiente para evitar el asalto.

El joven drow sabía que su situación todavía era más desesperada. En el corredor se libraba una batalla contra los centinelas, aunque Drizzt dudaba que Hatch'net y los demás pudieran acabar con ellos a tiempo para detener a los dos oseogarfios que avanzaban para rescatar a su compañero. La prudencia dictaba que Drizzt abandonara su posición sobre la bestia caída y pasara a una postura defensiva.

Sin embargo, el grito de agonía de la niña borró cualquier idea de prudencia. La cólera brilló en los ojos de Drizzt con tanta fuerza que incluso el oseogarfio, un ser casi sin inteligencia, comprendió que su vida llegaba a su fin. Drizzt formó una «V» con las puntas de sus cimitarras y las hundió con todas sus fuerzas en la nuca del monstruo. Al ver una pequeña hendidura en el caparazón, cruzó las empuñaduras de sus armas, invirtió las puntas, y partió el hueso. Entonces unió las empuñaduras y hundió las hojas como si fuesen una sola en la carne blanda hasta alcanzar el cerebro de la bestia.

Una pesada garra cortó el piwafwi y la carne de Drizzt entre los omóplatos. El joven se zambulló de un salto y rodó por el suelo hasta levantarse al otro lado del corredor, con la espalda cubierta de sangre contra la pared. Sólo uno de los oseogarfios avanzó hacia él; el otro recogió a la niña.

—¡No! —gritó Drizzt. Se lanzó al ataque, pero su atacante lo rechazó de un manotazo. Entonces, paralizado por el horror, observó cómo la otra bestia acababa con la vida de su víctima.

La rabia reemplazó al horror en los ojos de Drizzt. Su rival se abalanzó sobre él, dispuesto a aplastarlo contra la pared. El guerrero drow adivinó su intención y no se apartó de donde estaba. En cambio, apoyó las empuñaduras de sus cimitarras contra la pared por encima de sus hombros.

Con la inercia de los casi cuatrocientos kilos del monstruo, ni siquiera su armadura de hueso podía proteger al oseogarfio de las hojas de adamantita. El choque aplastó a Drizzt contra la pared y lo dejó sin resuello, pero la bestia acabó con las cimitarras hundidas en el vientre.

La criatura retrocedió, en un intento desesperado por verse libre de las cimitarras, sin darse cuenta de que no podía escapar de la cólera de Drizzt Do'Urden. El joven retorció sus armas en las heridas. Después se apartó de la pared con todas sus fuerzas y de un empellón derribó al monstruo, que cayó de espaldas.

Drizzt había acabado con dos de sus enemigos, y la patrulla había tumbado a los dos centinelas, aunque esto no resolvía sus problemas. El tercer oseogarfio inició su ataque mientras él intentaba sacar sus cimitarras de las entrañas de su última víctima. Drizzt no tenía salvación.

En aquel momento apareció la segunda patrulla, y Dinin, acompañado por Berg'inyon Baenre, penetró en el corredor sin salida, por la misma cornisa que había utilizado Drizzt. El oseogarfio se apartó del joven para hacer frente a la nueva amenaza.

Drizzt no hizo caso a la herida en la espalda y las magulladuras en las costillas. Apenas si podía respirar, pero tampoco tenía mucha importancia. Por fin consiguió sacar una de sus cimitarras, y cargó contra la espalda del monstruo. Atrapado entre tres expertos espadachines, el oseogarfio cayó muerto en un par de minutos.

Por fin, el corredor quedó despejado, y los demás elfos oscuros se reunieron con los otros. Sólo habían perdido a un estudiante en el combate contra los centinelas.

—Una princesa de la casa Barrison'del'armgo —comentó uno de los estudiantes de la patrulla de Dinin, al ver el cadáver de la niña.

—Nos dijeron que era una princesa de la casa Baenre —replicó otro, perteneciente al grupo de Hatch'net. Drizzt no pasó por alto la discrepancia.

Berg'inyon Baenre se apresuró a comprobar si efectivamente la víctima era su hermana menor.

—No es de mi casa —dijo con evidente alivio después de una rápida inspección. Después soltó una carcajada cuando observó otros detalles y añadió—: ¡Ni siquiera es una princesa!

Drizzt observó con curiosidad el comportamiento de sus compañeros, sorprendido por su aparente indiferencia ante la muerte de una niña. Otro estudiante confirmó las palabras de Berg'inyon.

—¡Es un varón! —exclamó—. Pero ¿de qué casa?

El maestro Hatch'net se acercó al cadáver y se apoderó de la bolsa que colgaba del cuello del niño. Vació el contenido sobre la palma de su mano, y encontró el emblema de una casa menor.

—Un inocente extraviado —informó a sus estudiantes con una risotada mientras arrojaba la bolsa vacía al suelo y guardaba los objetos en un bolsillo—. Su muerte no tiene importancia.

—Una excelente pelea —se apresuró a señalar Dinin—, con una sola baja. Podéis volver a Menzoberranzan orgullosos del trabajo que habéis realizado hoy.

Drizzt golpeó las hojas de sus cimitarras entre sí como una sonora manifestación de protesta.

—Formad y emprended el camino de regreso —ordenó Hatch'net sin hacerle caso—. Os habéis comportado muy bien. —Entonces se fijó en Drizzt, que se disponía a cumplir la orden.

»¡Excepto tú! —rugió Hatch'net—. No puedo pasar por alto el hecho de que has matado a dos de las bestias y ayudado a liquidar a una tercera, pero has puesto en peligro a todo el resto de la patrulla con tu estúpida osadía.

—Os avisé de los centinelas —tartamudeó Drizzt.

—¡Al demonio con tu advertencia! —gritó el maestro—. ¡Atacaste sin esperar la orden! ¡No hiciste caso de las tácticas de combate aceptadas! ¡Nos guiaste hasta aquí a ciegas! ¡Mira el cuerpo de tu compañero caído! —chilló Hatch'net, señalando el cadáver del estudiante—. ¡Su muerte pesará sobre tu conciencia!

—Pretendía salvar al niño —protestó Drizzt.

—Todos queríamos salvarlo —replicó Hatch'net.

Drizzt no estaba tan seguro. ¿Qué hacía un niño sólo en estos corredores? No dejaba de resultar curioso que un grupo de oseogarfios, unas criaturas muy poco habituales en la zona de Menzoberranzan, aparecieran para servir de entrenamiento en una práctica de patrulla. Demasiado curioso, pensó Drizzt, porque los corredores más apartados de la ciudad estaban vigilados por auténticas patrullas de guerreros veteranos, magos e incluso sacerdotisas.

—Sabíais lo que se ocultaba más allá del recodo del túnel —afirmó Drizzt, sin alzar la voz, con la mirada puesta en el rostro del maestro.

El golpe de una espada sobre la herida de la espalda hizo que el joven se retorciera de dolor, y estuvo a punto de caer al suelo. Se volvió para enfrentarse a la furiosa mirada de Dinin.

—Guarda tus estúpidas palabras para ti —le advirtió Dinin con voz ahogada—, o te cortaré la lengua.

—El niño era un cebo —insistió Drizzt cuando se encontró con su hermano en la habitación de Dinin.

La respuesta de Dinin fue un sonoro revés en el rostro de Drizzt.

—Lo sacrificaron como parte del ejercicio —gruñó el joven Do'Urden sin amilanarse.

Dinin lanzó una segunda bofetada, pero Drizzt le detuvo la mano en el aire.

—Sabes que digo la verdad —afirmó Drizzt—. Lo sabías desde el primer momento.

—Aprende de una vez cuál es tu lugar, segundo hijo —replicó Dinin, con un tono de amenaza—, en la Academia y en la familia. —Se apartó de su hermano.

—¡A los nueve infiernos con la Academia! —gritó Drizzt, furioso—. Si la familia mantiene las... —El joven se interrumpió al ver que Dinin empuñaba una espada y un puñal. Retrocedió de un salto y desenvainó sus cimitarras.

»No deseo luchar contigo, hermano —dijo—. Pero debes saber que si atacas me defenderé. Sólo uno de nosotros saldrá vivo de aquí.

Dinin pensó su próximo movimiento con mucho cuidado. Si atacaba y vencía, desaparecía la amenaza a su posición en la familia. Desde luego nadie, ni siquiera la matrona Malicia, objetaría el castigo impuesto a la insolencia de su hermano menor. Sin embargo, Dinin había visto combatir a su hermano. ¡Dos oseogarfios! Incluso Zaknafein habría tenido dificultades para conseguir la victoria. Por otra parte, Dinin sabía que, si no cumplía su amenaza, si dejaba impune el reto, quizás Drizzt se sintiera envalentonado en sus enfrentamientos futuros, y acabara tentándolo la traición que siempre había esperado del segundo hijo.

—¿Qué ocurre aquí? —preguntó una voz desde la puerta de la habitación. Los dos hermanos se volvieron para encontrarse con su hermana Vierna, una maestra de Arach-Tinilith—. Guardad vuestras armas. ¡La casa Do'Urden no puede permitirse ahora una lucha interior!

Al comprender que se había librado del aprieto, Dinin se apresuró a cumplir con la exigencia, y Drizzt hizo lo mismo.

—Os podéis considerar afortunados —añadió Vierna—, porque no informaré a la matrona Malicia de vuestra estupidez. Ella no se mostraría tan bondadosa.

—¿Por qué has venido a Melee-Magthere sin anunciarte? —preguntó Dinin, preocupado por la actitud de su hermana. Él también era maestro de la Academia y, aunque fuese varón, se merecía un cierto respeto.

Vierna echó una mirada al pasillo para asegurarse de que no había nadie cerca, y después cerró la puerta.

—Para poner sobre aviso a mis hermanos —explicó en voz baja—. Circulan rumores de venganza contra nuestra casa.

—¿De qué familia se trata? —exclamó Dinin. Desconcertado, Drizzt se apartó un poco y dejó que los otros dos llevaran el peso de la conversación—. ¿Cuál es el motivo?

—Supongo que debe de ser la eliminación de la casa DeVir —respondió Vierna—. Se sabe muy poco; los rumores son vagos. De todos modos, os quería advertir a ambos para que os mantengáis muy atentos en los próximos meses.

—Han pasado muchos años desde la destrucción de la casa DeVir —dijo Dinin—. ¿Quién puede estar interesado en la venganza después de tanto tiempo?

—No son más que rumores —insistió Vierna—, pero no podemos bajar la guardia.

—¿Nos acusan de haber cometido una acción injusta? —preguntó Drizzt—. Nuestra familia tendría que desmentir de inmediato esta falsa acusación. —Dinin y Vierna intercambiaron una sonrisa al escuchar las palabras de su hermano menor.

—¿Injusta? —Vierna no pudo contener la risa.

La expresión de Drizzt reveló su desconcierto.

—La misma noche en que tú naciste —le explicó Dinin—, la casa DeVir se extinguió. Un excelente ataque.

—¿La casa Do'Urden? —Drizzt se sintió aturdido ante la increíble noticia. Desde luego, estaba al corriente de estas batallas, pero había mantenido la ilusión de que su propia familia no participaba en estas acciones criminales.

—Uno de los mejores ataques de todos los tiempos —se vanaglorió Vierna—. No quedó ni un testigo vivo.

—¿Tú..., nuestra familia... asesinó a otra familia?

—Vigila tus palabras, segundo hijo —le advirtió Dinin—. La tarea se ejecutó a la perfección. Por lo tanto, a los ojos de Menzoberranzan nunca existió.

—Pero la casa DeVir desapareció —protestó Drizzt.

—Hasta el niño más pequeño —afirmó Dinin, muy satisfecho.

Un millar de posibilidades asaltaron a Drizzt en aquel momento, un millar de preguntas que reclamaban una respuesta inmediata. Una en particular le dio la sensación de que se ahogaba en su propia bilis.

—¿Dónde estaba Zaknafein aquella noche?

—En la capilla de las sacerdotisas de la casa DeVir, desde luego —contestó Vierna—. Como siempre, Zaknafein cumplió con su cometido de una manera brillante.

Drizzt sintió que se le iba la cabeza, incapaz de creer en las palabras de su hermana. Sabía que Zak había matado a otros drows, que había matado a sacerdotisas de Lloth, pero siempre había dado por supuesto que el maestro de armas lo había hecho obligado por las circunstancias, en un acto de legítima defensa.

—Tendrías que mostrar más respeto por tu hermano —le reprochó Vierna—. ¡Empuñar tus armas contra Dinin! ¡Tú que le debes la vida!

—¿Lo sabes? —Dinin dirigió una mirada de curiosidad a su hermana y soltó una risita.

—Aquella noche tú y yo estábamos fusionados —le recordó Vierna—. Claro que lo sé.

—¿De qué habláis? —preguntó Drizzt, asustado por lo que podía ser la respuesta.

—Tú eras el tercer hijo varón de la familia —respondió Vierna—, el tercer hijo vivo.

—He oído hablar de mi hermano Nal... —El nombre se atascó en la garganta de Drizzt cuando comprendió la realidad. Hasta ahora lo único que sabía de Nalfein era que había muerto a manos de otro drow.

—Ya aprenderás en tus estudios en Arach-Tinilith que el tercer hijo vivo es sacrificado a Lloth —añadió Vierna—. Por lo tanto, tú estabas destinado al sacrificio. La noche de tu nacimiento, la misma noche en que la casa Do'Urden luchó contra la casa DeVir, Dinin pasó a ocupar la posición de hijo mayor. —La mujer dirigió una mirada astuta a su hermano, que se erguía orgulloso con los brazos cruzados sobre el pecho.

»Ahora ya puedo hablar de este tema. —Vierna sonrió a Dinin, que con una inclinación de cabeza expresó su conformidad—. Ocurrió hace tanto tiempo que nadie puede pensar en imponer un castigo a Dinin.

—¿De qué habláis? —exclamó Drizzt, casi dominado por el pánico—. ¿Qué hizo Dinin?

—Hundió su espada en la espalda de Nalfein —respondió Vierna, muy tranquila.

Drizzt creyó que vomitaría. ¿Sacrificio? ¿Asesinato? ¿La aniquilación de una familia, incluidos los niños? ¿De qué hablaban sus hermanos?

—Muestra más respeto por tu hermano —insistió Vierna—. Le debes la vida.

»Os advierto a los dos —continuó suavemente Vierna, con una mirada que estremeció a Drizzt y arrebató la confianza que exhibía Dinin—: la casa Do'Urden puede estar en el camino de una guerra. ¡Si os peleáis entre vosotros, la cólera de vuestras hermanas y de la matrona Malicia, cuatro grandes sacerdotisas, caerá sobre vuestras despreciables almas! —En la seguridad de que su amenaza tenía suficiente peso, dio media vuelta y salió de la habitación.

—Yo también me voy —susurró Drizzt, que sólo deseaba poder ir a esconderse en algún rincón oscuro.

—¡Te irás cuando te dé permiso! —lo regañó Dinin—. Recuerda cuál es tu lugar, Drizzt Do'Urden, en la Academia y en tu familia.

—¿Cómo tú recordaste el tuyo con Nalfein?

—Ganamos la batalla contra los DeVir —contestó Dinin, sin ofenderse—. El acto no significó un peligro para la familia.

Otro ataque de náusea sacudió a Drizzt. Le pareció que el suelo se alzaba para engullirlo, y casi deseó que así fuese.

—Vivimos en un mundo difícil —comentó Dinin.

—Nosotros lo hemos hecho así —replicó Drizzt, que reprimió prudentemente su deseo de acusar a la reina araña y su religión amoral que sancionaba estas acciones destructivas y traicioneras, advertido de que Dinin deseaba su muerte. También comprendió que, si le daba ocasión a su taimado hermano de poner a las mujeres de la familia en contra suya, Dinin la aprovecharía.

—Tienes que aprender —añadió Dinin, más tranquilo— a aceptar la realidad que te rodea. Tienes que aprender a reconocer a tus enemigos y a derrotarlos.

—Con todos los medios a mi alcance —dijo Drizzt.

—¡Es lo que caracteriza a un auténtico guerrero! —afirmó Dinin, con una risa malvada.

—¿Nuestros enemigos son los elfos oscuros?

—Somos guerreros drows —declaró Dinin, severo—. Hacemos lo que sea necesario para sobrevivir.

—Como tú lo hiciste la noche de mi nacimiento —razonó Drizzt, aunque esta vez ya no quedaba ni rastro de ira en su tono—. Fuiste lo suficientemente astuto para salir bien librado.

La respuesta de Dinin, pese a que la esperaba, hirió al joven drow en lo más íntimo.

—Nunca ocurrió tal cosa.

15

En el lado oscuro

Soy Drizzt.

—Ya sé quién eres —contestó el estudiante de mago, designado como tutor de Drizzt en Sorcere—. Tu reputación te precede. Casi todo el mundo en la Academia ha oído hablar de ti y de tu habilidad con las armas.

Drizzt hizo una reverencia, un tanto avergonzado.

—De todos modos, dicha habilidad te servirá aquí de muy poco —añadió el mago—. Yo seré el encargado de enseñarte las artes de la hechicería, el lado oscuro de la magia, como las llamamos nosotros. Ésta es una prueba para tu mente y tu valor; las vulgares armas de metal no tienen nada que hacer aquí. ¡La magia es el auténtico poder de nuestra gente!

Drizzt aceptó la regañina en silencio. Sabía que los rasgos de los que se vanagloriaba el joven mago también eran cualidades necesarias de un guerrero de verdad. Los atributos físicos sólo tenían un papel menor en el estilo de combate de Drizzt. La fuerza de voluntad y las maniobras aprendidas hasta poder ejecutarlas a ciegas —precisamente aquello que el mago consideraba como propiedad exclusiva de los hechiceros— eran las armas que ganaban los duelos de Drizzt.

—A lo largo de los próximos meses te enseñaré muchas maravillas —añadió el mago—, artefactos que ni siquiera podrías imaginar y hechizos de un poder como el que nunca has conocido.

—¿Puedo saber tu nombre? —preguntó Drizzt, en un tono que pretendía ser de respeto ante el cúmulo de virtudes que el estudiante se asignaba a sí mismo. Drizzt ya había aprendido muchas cosas de la hechicería a través de Zaknafein, en particular las debilidades inherentes a sus practicantes. Debido a la utilidad de la magia en otras instancias aparte de la guerra, los magos drows gozaban de una elevada posición en la sociedad, sólo por debajo de las sacerdotisas de Lloth. Después de todo, era un mago el encargado de encender el brillante Narbondel, que marcaba las horas de la ciudad, y eran magos los que encendían los fuegos fatuos en las esculturas de las casas.

Zaknafein tenía muy poco respeto por los hechiceros. Le había advertido a su joven alumno que ellos podían matar deprisa y a la distancia, pero que, si uno conseguía acercarse, se encontraban indefensos ante el poder de la espada.

—Masoj —contestó el mago—. Masoj Hun'ett de la casa Hun'ett, en su trigésimo y último año de estudios. Muy pronto seré reconocido como mago de Menzoberranzan y disfrutaré de todos los privilegios correspondientes a mi posición.

—Mis respetos, Masoj Hun'ett —dijo Drizzt—. Yo también encaro mi último año en la Academia, ya que los guerreros sólo pasamos aquí diez años.

—Muy acorde para un talento menor —se apresuró a comentar Masoj—. Los magos deben estudiar durante treinta años antes de que se los considere con la capacidad suficiente para dejar Sorcere y practicar sus artes.

Una vez más Drizzt aceptó el insulto sin ofenderse. Quería acabar cuanto antes con esta parte de su preparación, acabar el año y marcharse para siempre de la Academia.

Drizzt encontró que los seis meses pasados bajo la tutela de Masoj acabaron por ser los mejores de toda su estancia en la Academia. No es que llegara a coger aprecio a Masoj, pues el estudiante de mago buscaba siempre la manera de recordarle la inferioridad de los guerreros. Drizzt notaba que había una competencia entre él y Masoj, casi como si el mago quisiera prepararse para un conflicto futuro. De todos modos, soportó las pullas y siguió adelante, como había hecho siempre, dispuesto a sacar el máximo beneficio de las clases.

Drizzt descubrió que tenía buenas aptitudes para las artes mágicas. Todos los drows, incluidos los guerreros, poseían un cierto talento mágico y algunas cualidades innatas para este quehacer. Hasta los niños drows podían lanzar globos de oscuridad o delinear las siluetas de sus oponentes por medio de una pantalla de llamas de colores inofensivas. Drizzt no tuvo dificultades con estas cosas, y al cabo de pocas semanas era capaz de realizar algunos hechizos sencillos.

Los talentos mágicos innatos de los elfos oscuros se complementaban con una resistencia a los ataques mágicos, y era aquí donde Zaknafein había encontrado la debilidad principal de los magos. Un mago podía realizar su más poderoso hechizo a la perfección, pero si la presunta víctima era un elfo oscuro, el practicante se llevaba un chasco en la mayoría de los casos. La seguridad que ofrecía una estocada bien dirigida siempre había impresionado a Zak, y Drizzt, después de observar los defectos de la magia drow durante sus primeras semanas con Masoj, comenzó a apreciar las virtudes de la preparación que le había dado el maestro de armas.

En cualquier caso disfrutaba mucho con la mayoría de las cosas que le mostraba Masoj, en particular con los objetos encantados que se guardaban en la torre de Sorcere. Drizzt empuñaba varitas y bastones de increíble poder y practicaba algunos lances de esgrima con una espada cargada con tanta energía mágica que le cosquilleaban las manos con sólo tocarla.

Por su parte, Masoj no dejaba de observar al joven guerrero; estudiaba cada uno de sus movimientos en busca de alguna debilidad que pudiese servir si algún día llegaba el enfrentamiento entre la casa Hun'ett y la casa Do'Urden. En varias ocasiones, Masoj tuvo la oportunidad de eliminar a Drizzt, y en el fondo de su corazón pensó que habría sido una medida de prudencia aprovecharlas. Pero las órdenes de la matrona SiNafay al respecto habían sido explícitas e inflexibles.

La madre de Masoj se había encargado en secreto de convertirlo en tutor de Drizzt. Esto no tenía nada de particular, ya que la enseñanza de los guerreros durante sus seis meses de permanencia en Sorcere siempre era asignada a los estudiantes del último curso. Cuando la matrona informó a Masoj de los arreglos, se apresuró a recordarle que sus clases con el joven Do'Urden sólo eran una toma de contacto. No podía ofrecer pistas del futuro conflicto entre las dos casas, y Masoj no era tan tonto como para desobedecer.

Sin embargo, había otro hechicero que acechaba en la sombra, uno tan desesperado que ni siquiera las advertencias de la madre matrona podían detener.

—Mi estudiante, Masoj, me ha informado que has hecho grandes progresos —le comentó Alton DeVir a Drizzt en una ocasión.

—Muchas gracias, maestro Sin Rostro —respondió Drizzt con todo respeto, y bastante intimidado por la invitación de un maestro de Sorcere a una audiencia privada.

—¿Qué opinas de la magia, joven guerrero? —preguntó Alton—. ¿Masoj te ha impresionado?

Drizzt no supo qué responder. A fuer de sincero, la magia no lo atraía como profesión, pero no quería ofender al maestro.

—Encuentro que el arte de la magia está más allá de mis posibilidades —manifestó, con mucho tacto—. Para algunos puede ser su meta, pero considero que mis talentos están más próximos a la espada.

—¿Podrían tus armas derrotar a otra de poder mágico? —inquirió Alton con un tono de provocación que lamentó en el acto porque no quería descubrir sus intenciones.

—Cada una tiene su lugar en la batalla —contestó Drizzt—. ¿Quién puede decir cuál es más poderosa? Al igual que en cada combate, depende de los participantes.

—¿Y qué me dices de ti mismo? —se burló Alton—. Según me han dicho has sido el primero de tu clase durante todos estos años. Los maestros de Melee-Magthere dicen maravillas de tus talentos.

Una vez más Drizzt se sintió avergonzado. Aun así, le picaba la curiosidad el hecho de que un maestro y un estudiante de Sorcere parecieran saber tantas cosas de su persona.

—¿Podrías hacerle frente a alguien dotado de poderes mágicos? —lo interrogó Alton—. ¿Contra un maestro de Sorcere, quizás?

—No... —comenzó Drizzt, pero Alton ya estaba demasiado sumergido en sus propias divagaciones como para escucharlo.

—¡Veamos si es verdad! —gritó el Sin Rostro, que empuñó una varita larga y descargó un rayo contra Drizzt sin previo aviso.

Drizzt se zambulló antes de que la varita descargara su energía, y el rayo pasó por encima de su cabeza, perforó la puerta, destrozó diversos objetos en la habitación vecina y acabó por estrellarse contra una pared que quedó chamuscada.

El joven drow se incorporó de un salto con las cimitarras listas para entrar en acción. Todavía no tenía muy claro cuáles eran las intenciones del maestro.

—¿Cuántos más podrás esquivar? —se mofó Alton, moviendo la varita de un lado a otro—. ¿Sabes cuántos hechizos más puedes utilizar?, ¿hechizos que atacan la mente y no el cuerpo?

Drizzt intentó comprender el significado de esta lección y el papel que debía interpretar. ¿Acaso tenía que atacar al maestro?

—Éstas no son armas de ejercicios —le advirtió mientras levantaba sus cimitarras para mostrárselas a Alton.

Se oyó el rugido de otra descarga, y Drizzt se apresuró a recuperar su posición original.

—¿Crees que éste es un ejercicio, estúpido Do'Urden? —gruñó Alton—. ¿Sabes quién soy?

Para DeVir había llegado el momento de la venganza. ¡Al demonio con las órdenes de la matrona SiNafay!

En el momento en que Alton se disponía a revelar la verdad a Drizzt, una forma oscura golpeó contra la espalda del maestro, y lo tumbó al suelo. Intentó apartarse, pero se encontró indefenso entre las zarpas de una enorme pantera negra.

Drizzt bajó sus espadas; no entendía nada de lo que sucedía.

—¡Basta, Guenhwyvar! —ordenó una voz detrás de Alton. Drizzt miró más allá del maestro caído y la pantera, y vio a Masoj entrar en la habitación.

La pantera se apartó de un salto de su víctima y volvió junto a su amo, aunque hizo una pausa para observar a Drizzt, que se mantenía alerta en el centro de la habitación.

Tan encantado estaba Drizzt con la pantera, con la fluidez de movimientos de sus músculos y la inteligencia en sus grandes ojos, que casi no prestó atención al maestro que acababa de atacarlo, si bien Alton, ileso, se había levantado y parecía bastante irritado.

—Mi mascota —explicó Masoj. Drizzt observó asombrado cómo Masoj devolvía al felino a su propio plano de existencia mediante una estatuilla mágica de ónice que sostenía en una mano y que absorbió el cuerpo material de la bestia.

—¿Cómo has conseguido un compañero tan fantástico? —preguntó el joven guerrero.

—Nunca subestimes los poderes de la magia —respondió Masoj, que guardó la figura de ónice en uno de los bolsillos de su túnica. Su amplia sonrisa se transformó en un gesto agrio cuando miró a Alton.

También Drizzt miró al maestro sin rostro. El hecho de que un estudiante se hubiera atrevido a atacar a un maestro le parecía un acto imposible. La situación se hacía cada vez más desconcertante.

Alton sabía que se había excedido de los límites, y que le tocaría pagar un precio muy alto por su estupidez si no encontraba al punto una excusa para salir del atolladero.

—¿Has aprovechado la lección de hoy? —le preguntó Masoj a Drizzt, aunque Alton comprendió que la pregunta también valía para él.

—No estoy muy seguro del sentido de todo esto —respondió Drizzt con toda sinceridad.

—Una exhibición de la debilidad de la magia —explicó Masoj, con la intención de disimular el verdadero motivo del episodio—, para que vieras la desventaja que representa la concentración necesaria para practicar un hechizo, la vulnerabilidad de un mago obsesionado —el estudiante miró directamente a Alton— con los hechizos. La vulnerabilidad total cuando la presa se convierte para el mago en su único punto de interés.

Drizzt comprendió que se trataba de una mentira, pero seguía sin entender qué había detrás de todos estos hechos. ¿Qué motivos podía tener un maestro de Sorcere para atacarlo? ¿Por qué Masoj, que sólo era un estudiante, había arriesgado tanto para defenderlo?

—No molestemos más al maestro —añadió Masoj, para poner fin a la curiosidad de Drizzt—. Acompáñame a nuestra sala de prácticas. Te enseñaré algunas cosas más de Guenhwyvar, mi mascota mágica.

Drizzt miró a Alton, y se preguntó cuál sería el próximo paso del imprevisible maestro.

—Acompáñalo —dijo Alton, muy tranquilo, consciente de que la excusa ofrecida por Masoj era la única manera de evitar la furia de su madre matrona adoptiva—. No me cabe duda de que has aprendido la lección de hoy —agregó, con la mirada puesta en Masoj.

Drizzt miró a Masoj, y después otra vez a Alton, pero no hizo comentarios. Quería saber más cosas de Guenhwyvar.

Cuando Masoj se encontró con Drizzt a solas en su propio cuarto, sacó del bolsillo la figurilla de ónice con forma de pantera y llamó otra vez a Guenhwyvar. El mago respiró más tranquilo después de presentar al joven el felino, porque Drizzt no volvió a mencionar el incidente con Alton.

Drizzt nunca había conocido una criatura mágica tan maravillosa. Notaba un poder en Guenhwyvar, una dignidad que desmentía la naturaleza mágica de la bestia. En realidad, la musculatura del felino y sus gráciles movimientos representaban el ideal de las cualidades cazadoras que tanto deseaban los elfos oscuros. Drizzt pensó que sólo con mirar los movimientos de Guenhwyvar podía mejorar sus propias técnicas.

Masoj los dejó jugar durante horas, agradecido porque Guenhwyvar ayudara a reparar el error cometido por el estúpido de Alton.

Por su parte, Drizzt ya ni recordaba el episodio con el maestro sin rostro.

—La matrona SiNafay no lo entenderá —le advirtió Masoj a DeVir cuando se volvieron a reunir al final del día.

—Tú se lo dirás —manifestó Alton. Se sentía tan frustrado por no haber podido matar a Drizzt que casi no le importaba su propio destino.

—No tiene por qué saberlo —respondió Masoj.

Al escuchar estas palabras del estudiante, una sonrisa de sospecha apareció en las desfiguradas facciones de Alton.

—¿Qué es lo que quieres? —preguntó desconfiado—. Tu estancia aquí está a punto de acabar. ¿Qué más puede hacer un maestro por ti?

—Nada —replicó Masoj—. No quiero tener favores pendientes. ¡Este episodio tiene que quedar acabado aquí y ahora!

—Ya lo está —afirmó Alton, aunque Masoj no pareció creerle.

—¿Qué ganaría con contarle a la matrona SiNafay la estupidez de tus acciones? —razonó Masoj—. Con toda seguridad te mataría, y entonces no tendría motivo la guerra contra la casa Do'Urden. Tú eres el vínculo que necesitamos para justificar el ataque. Anhelo esta batalla, y no pienso perderla por el poco placer que me puede deparar ver cómo te torturan hasta la muerte.

—Me comporté como un imbécil —admitió Alton, sombrío—. No tenía la intención de matar a Drizzt cuando lo invité a venir aquí; sólo deseaba observarlo y aprender algo más de él, para así poder saborear mejor el momento de su muerte. Pero al tenerlo ante mi vista, al ver a uno de los malditos Do'Urden desprotegido y a mi alcance...

—Te comprendo —dijo Masoj de todo corazón—. He tenido los mismos sentimientos cada vez que lo veo.

—Pero tú no tienes cuentas pendientes con la casa Do'Urden.

—¡No con la casa, sino con él! —explicó Masoj—. Lo he observado durante casi una década, he estudiado sus movimientos y sus actitudes.

—¿No te gusta lo que has visto? —preguntó Alton, con un leve tono de esperanza en su voz.

—No encaja —contestó Masoj, muy serio—. Después de seis meses a su lado, tengo la sensación de que lo conozco menos que nunca. No muestra ambición y, sin embargo, ha sido el vencedor del gran duelo de su clase durante nueve años consecutivos. ¡Es algo sin precedentes! Su comprensión de la magia es muy grande; podría haber sido mago, un mago muy poderoso, si hubiese escogido estos estudios.

Masoj apretó los puños mientras pensaba en las palabras más precisas para manifestar sus auténticas emociones respecto a Drizzt.

—Todo es demasiado fácil para él —gruñó—. No hay sacrificio en las acciones de Drizzt; los grandes logros que ha conseguido en su profesión no lo han marcado.

—Tiene un don —comentó Alton—, pero según me han dicho se entrena más que nadie.

—Ése no es el problema —gruñó Masoj, molesto.

Había algo menos tangible en el carácter de Drizzt Do'Urden que irritaba al joven Hun'ett. No podía definir qué era, porque se trataba de algo que nunca había visto en otro elfo oscuro, y también porque era algo muy ajeno a su propio carácter. Lo que preocupaba a Masoj —como a muchos otros estudiantes y maestros— era el hecho de que Drizzt sobresalía en todas las artes del combate que más apreciaban los elfos oscuros sin dar nada a cambio. Drizzt no había pagado el precio que el resto de los niños drows habían pagado incluso antes de ingresar en la Academia.

—No tiene importancia —manifestó Masoj después de unos cuantos minutos de silencio—. Ya sabré más cosas del joven Do'Urden cuando sea el momento.

—Pensaba que tu tutelaje había concluido —dijo Alton—. Ahora le quedan los seis meses en Arach-Tinilith, un lugar inaccesible para ti.

—Los dos nos graduaremos dentro de seis meses —explicó Masoj—. Compartiremos nuestro tiempo de servicio en las patrullas.

—Muchos más compartirán el mismo tiempo —le recordó Alton—. Docenas de grupos vigilarán los corredores de la región. Quizás nunca tengas la oportunidad de ver a Drizzt en todos los años de servicio.

—Ya me he ocupado de que sirvamos en el mismo grupo —contestó Masoj. Metió una mano en el bolsillo y sacó la figurilla de la pantera mágica.

—Un acuerdo mutuo entre tú y el joven Do'Urden —dijo Alton, que sonrió complacido.

—Al parecer Drizzt le ha cogido mucho cariño a mi mascota —comentó Masoj con una carcajada.

—¿Mucho cariño? Ve con cuidado —le advirtió Alton—. No vaya a ser que acabes ensartado por una cimitarra.

—Quizás nuestro amigo Do'Urden es quien deba estar atento a las garras de una pantera a su espalda —replicó Masoj.

16

Sacrilegio

—El último día —susurró Drizzt, aliviado, mientras se vestía con la túnica de ceremonia. Si los primeros seis meses de este último año, en los que había aprendido las sutilezas de la magia en Sorcere, habían sido los mejores, los seis finales pasados en la escuela de Lloth le habían resultado pesadísimos. Drizzt y sus compañeros habían tenido que aguantar horas de rezos a la reina araña, relatos y profecías de su poder y de las recompensas que otorgaba a los servidores leales.

Drizzt consideraba que la palabra «esclavo» era mucho más apropiada, porque en ninguna parte de esta gran escuela de la diosa drow había escuchado mencionar en ningún momento la palabra «amor». Su gente adoraba a Lloth; las mujeres de Menzoberranzan dedicaban toda su vida a servirla. Sin embargo, su entrega era un acto absolutamente egoísta; las novicias de la reina araña sólo aspiraban a llegar al más alto rango para obtener el poder personal que iba unido al título de gran sacerdotisa.

A Drizzt todo esto le parecía una tremenda equivocación.

El joven drow había soportado los seis meses en Arach-Tinilith con su estoicismo habitual; había mantenido la mirada baja y la boca cerrada. Ahora, por fin, había llegado al último día, la ceremonia de graduación, el momento más sagrado para los drows, en la que, según le había prometido Vierna, comprendería la verdadera gloria de Lloth.

Con paso vacilante, Drizzt salió del refugio que era su pequeño y sencillo cuarto. Le preocupaba el hecho de que esta ceremonia se hubiera convertido en una prueba personal. Hasta ahora, casi nada de la sociedad que lo rodeaba había tenido sentido y, a pesar de las afirmaciones de su hermana, no confiaba en que los hechos de este día le permitieran ver el mundo de la misma manera en que lo veían los demás. Los temores de Drizzt habían crecido como una espiral para atraparlo en una red de la que no podía escapar.

Quizás, se dijo, el origen de su miedo radicaba en la posibilidad de que los hechos de hoy cumplieran la promesa de Vierna.

Drizzt se protegió los ojos cuando entró en la gran sala circular de Arach-Tinilith. Una hoguera ardía en el centro del recinto, en un brasero de ocho patas que se parecía, como todo lo demás en este lugar, a una araña. La directora de la Academia, la dama matrona, y las otras doce grandes sacerdotisas que eran maestras de Arach-Tinilith, incluida la hermana de Drizzt, permanecían sentadas con las piernas cruzadas en un círculo alrededor del brasero, Drizzt y sus compañeros de la escuela de guerreros se acomodaron a lo largo de la pared.

—*¡Ma Ku!*—ordenó la dama matrona, y el silencio reinó en la sala, roto únicamente por el crepitar del fuego. La puerta del recinto se abrió una vez más para dar paso a una joven sacerdotisa. A Drizzt le habían comentado que era la número uno de la promoción de este año en Arach-Tinilith, la mejor estudiante de la escuela de Lloth, por lo que la habían recompensado con el mayor honor de esta ceremonia. La joven se quitó la túnica y avanzó desnuda a través del anillo formado por las grandes sacerdotisas sentadas para situarse delante de las llamas, de espaldas a la dama matrona.

Drizzt se mordió el labio inferior, avergonzado y también un poco excitado. Nunca había visto a una drow desnuda, y sospechaba que el sudor en su frente tenía otro origen aparte del calor del brasero. Una mirada rápida a sus compañeros le confirmó que ellos pasaban por la misma situación.

—*Bae-go si'n'ee calamay* —susurró la dama matrona, y una nube de humo rojo se derramó del brasero hasta envolver la sala en una bruma resplandeciente. El humo tenía un intenso aroma dulzón. A medida que Drizzt respiraba el aire perfumado, tuvo la sensación de que perdía peso, y pensó si no acabaría por flotar.

Las llamas del brasero se elevaron con un rugido, y Drizzt entrecerró los párpados para protegerse de la intensidad de la luz. Las sacerdotisas comenzaron a entonar un cántico ritual cuyas palabras pertenecían a un idioma desconocido para el joven. De todos modos, casi no les prestó atención porque sólo pensaba en mantener el control de sus pensamientos frente al efecto embriagador del humo rojo.

—*Glabrezu* —gimió la dama matrona, y Drizzt reconoció el tono de una invocación, el nombre de un engendro de los planos inferiores. Volvió a prestar atención a la ceremonia y vio que la dama matrona empuñaba un látigo de una sola cabeza de serpiente.

—¿De dónde lo habrá sacado? —murmuró Drizzt; entonces se dio cuenta de que había hablado en voz alta y rogó para que su imprudencia no perturbara el rito. Se consoló al comprobar que muchos de sus compañeros murmuraban y que algunos apenas si podían mantener el equilibrio.

—¡Llámalo! —le ordenó la dama matrona a la estudiante desnuda.

La joven obedeció la orden, aunque sin mucha confianza, y abrió los brazos de par en par.

—*Glabrezu* —musitó.

Las llamas bailaron junto al borde del brasero. El humo se agitó ante el rostro de Drizzt, como si quisiera obligar al joven a que lo respirase. Notó que tenía las piernas entumecidas, pero también las notaba mucho más sensibles y vivas que antes.

Drizzt oyó cómo la estudiante repetía su grito con más fuerza, y también captó el rugir de las llamas. La intensidad de la luz fue como un ataque brutal, pero eso no pareció importarle. Su mirada recorrió la sala, incapaz de encontrar un foco, incapaz de ver una relación entre las extrañas figuras de la danza y los sonidos del rito.

Oyó el jadeo de las grandes sacerdotisas y sus exhortaciones a la estudiante, consciente de que la invocación estaba a punto de realizarse. Captó el chasquido del látigo —¿otro incentivo?— y los gritos de *«¡Glabrezu!»* de la joven. Tan primitivos, tan poderosos eran estos gritos que sacudían a Drizzt y a los demás varones presentes en la sala con un frenesí que nunca hubieran imaginado.

Las llamas obedecieron la llamada. Se elevaron cada vez más y comenzaron a tomar forma. Una visión captó la atención de todos los presentes, la atrapó y la mantuvo. Una cabeza gigante, un perro con cuernos de cabra, apareció entre las llamas, al parecer dispuesto a admirar a la hermosa joven desnuda que se atrevía a pronunciar su nombre.

En algún lugar más allá de la forma perteneciente a otro plano, volvió a chasquear el látigo con cabeza de serpiente; la estudiante repitió su grito, que esta vez sonó como un ruego, como una invitación.

El gigantesco engendro de los planos inferiores salió del brasero. El tremendo poder sacrílego de la criatura asombró a Drizzt. Glabrezu medía tres metros de altura, pero parecía todavía más alto; sus enormes brazos musculosos acababan en grandes pinzas en lugar de manos y una segunda pareja de brazos más pequeños, brazos normales, crecían en su pecho.

Los instintos de Drizzt lo urgían a lanzarse contra el monstruo y a rescatar a la estudiante; pero, cuando miró a su alrededor en busca de apoyo, descubrió que la dama matrona y las demás maestras de la escuela habían reanudado el canto ritual, y esta vez sus palabras tenían un acento lascivo.

En medio de la bruma y el mareo, el tentador aroma dulzón del humo rojo continuaba su asalto a la realidad. Drizzt se estremeció, casi a punto de perder el control, y utilizó toda su ira para luchar contra el desconcertante efecto del humo. Como un acto reflejo, sus manos buscaron las empuñaduras de sus cimitarras.

Entonces, una mano le rozó la pierna.

Miró hacia abajo y descubrió a una maestra que, recostada en el suelo, lo invitaba a unirse a ella, una escena que se repetía por toda la sala.

El humo continuó el ataque contra sus sentidos.

La maestra repitió la invitación, y sus uñas le rascaron suavemente la piel de la pierna.

Drizzt se pasó una mano por la espesa cabellera en un intento de concentrarse en un punto y superar el mareo. No le gustaba esta pérdida de control, este aturdimiento mental que adormecía su atención y sus reflejos.

Todavía menos le gustaba el espectáculo que tenía lugar en el recinto. Le parecía algo vil y repugnante. Se apartó de la maestra y cruzó la sala tropezando con las parejas abrazadas, que ni siquiera advirtieron su paso. Avanzó todo lo deprisa que le permitían sus piernas entumecidas, y abandonó la sala, sin olvidarse de cerrar la puerta.

Solo lo siguieron los gritos de la estudiante. No había barrera material o mental capaz de apagar aquel sonido.

Drizzt se apoyó contra la pared de piedra y se llevó las manos al estómago. No había tenido ocasión de pensar en las consecuencias de su acción; sólo sabía que no podía permanecer más en aquella sala.

Entonces apareció Vierna a su lado, con su túnica abierta por la parte delantera. Drizzt, con la cabeza un poco más clara, había comenzado a pensar en el precio de sus acciones. Lo desconcertó ver que la expresión en el rostro de su hermana no era de rechazo.

—¿Prefieres la intimidad? —dijo Vierna, que apoyó su mano en el hombro de Drizzt sin molestarse en cubrirse el cuerpo—. Te comprendo.

—¿Qué locura es ésta? —preguntó Drizzt, apartando la mano de su hermana con un gesto brusco.

El rostro de Vierna se retorció de ira al comprender los motivos que habían llevado a su hermano a salir de la sala.

—¡Has rechazado a una gran sacerdotisa! —gritó—. ¡Te has vuelto loco! ¡Estaba en su derecho de matarte por tu insolencia!

—Ni siquiera la conocía —replicó Drizzt—. ¿Acaso se supone que...?

—¡Tienes que comportarte tal como te han enseñado!

—No siento nada por ella —tartamudeó Drizzt. Descubrió que le temblaban las manos.

—¿Crees que Zaknafein sentía algo por la matrona Malicia? —contestó Vierna, consciente de que la referencia al héroe de Drizzt le molestaría. Al ver que la pulla había herido a su hermano, Vierna suavizó su expresión, lo cogió del brazo y con voz arrulladora añadió—: Regresa a la sala. Todavía hay tiempo.

La gélida mirada de Drizzt la detuvo como si fuese la punta de una cimitarra.

—La reina araña es la diosa de nuestra gente —le recordó Vierna, severa—. Yo soy una de las que manifiestan su voluntad.

—Yo en tu lugar no me sentiría muy orgulloso —replicó Drizzt, que apeló a su cólera para contrarrestar el miedo que amenazaba con hacerle renunciar a sus principios.

—¡Vuelve ahora mismo a la ceremonia! —gritó Vierna, acompañando sus palabras con un sonoro bofetón.

—Vete a besar a una araña —contestó Drizzt, furioso—. Y ojalá sus pinzas te arranquen tu asquerosa lengua de la boca.

Esta vez fue Vierna la que no pudo controlar el temblor de sus manos.

—Tendrías que tener más cuidado cuando hablas a una gran sacerdotisa —le advirtió.

—¡Maldita sea tu reina araña! —exclamó Drizzt—. ¡Aunque estoy seguro de que Lloth vive maldecida desde hace milenios!

—¡Ella nos da el poder! —aulló Vierna.

—¡Ella nos quita todo aquéllo que pueda ser digno! —respondió el joven—. ¡Valemos menos que la piedra que pisamos!

—¡Sacrilegio! —afirmó Vierna, con un tono idéntico al chasquido del látigo de la dama matrona.

Un grito de éxtasis surgió del interior de la sala.

—¡La unión del mal! —murmuró Drizzt, asqueado.

—También hay un beneficio —señaló Vierna, mucho más calmada.

—¿Has pasado por esta experiencia? —le preguntó Drizzt, con una mirada acusadora.

—Soy una gran sacerdotisa —repuso Vierna.

Drizzt tuvo la sensación de que lo envolvía un manto de negrura y se tambaleó de la ira.

—¿Te satisfizo? —la interrogó, despreciativo.

—Me dio poder —gruñó Vierna—. Un valor que no comprendes.

—¿Y cuál fue el precio?

La bofetada de Vierna casi lo tumbó al suelo.

—Acompáñame —dijo la gran sacerdotisa, sujetando a Drizzt por la pechera de su túnica—. Hay un lugar que quiero que conozcas.

Salieron de Arach-Tinilith y cruzaron el patio de la Academia. El joven vaciló cuando llegaron a los pilares que marcaban la entrada de Tier Breche.

—No puedo pasar por aquí —le recordó a su hermana—. Todavía no me he graduado en Melee-Magthere.

—Una formalidad sin importancia —contestó Vierna, sin demorar el paso—. Soy maestra de Arach-Tinilith. Tengo la potestad de graduarte.

Drizzt no sabía si creer en la afirmación de su hermana, pero quizás era algo que sí podía hacer. En cualquier caso, y a pesar del respeto que sentía por las normas de la Academia, no quería enfadar todavía más a Vierna.

La siguió por la ancha escalera de piedra y por las intrincadas calles de la ciudad.

—¿Vamos a casa? —se atrevió a preguntar al cabo de unos minutos.

—Todavía no —contestó Vierna sin entrar en detalles, y Drizzt decidió no insistir.

Se desviaron hacia el sector este de la gran caverna, que se extendía al otro lado de la pared que sostenía la casa Do'Urden, y llegaron a las entradas de tres pequeños túneles vigilados por las resplandecientes estatuas de escorpiones gigantes. Vierna hizo una corta pausa para orientarse, y después entró en el túnel más pequeño.

Los minutos se convirtieron en una hora, y todavía continuaban la marcha. El túnel se hizo más amplio y muy pronto llegaron a una zona de catacumbas que era un auténtico laberinto de pasillos entrecruzados.

Entonces, más allá de una arcada no muy alta, el suelo desapareció y se encontraron en una estrecha cornisa que se abría a un profundo abismo. Drizzt dirigió a su hermana una mirada de curiosidad, pero contuvo su pregunta al ver que estaba en trance. La sacerdotisa murmuró unas cuantas órdenes sencillas y a continuación tocó con la punta de los dedos la frente de Drizzt y la suya.

—Ven —dijo Vierna, y ella y Drizzt saltaron de la cornisa para levitar hasta el fondo del abismo.

Una niebla muy tenue, procedente de un manantial caliente o un pozo invisible de brea, cubría la piedra. Drizzt notó la proximidad del peligro y del mal. En el aire flotaba algo perverso, tan tangible como la niebla.

—No tengas miedo —le transmitió Vierna con el código manual—. Nos protege un hechizo. No pueden vernos.

—¿Quiénes? —preguntaron las manos de Drizzt, pero, mientras transmitía su pregunta, oyó algo que se movía. Siguió la mirada de Vierna hasta un peñasco lejano y la cosa que había encima.

En un primer momento, Drizzt pensó que se trataba de un elfo oscuro. Y lo era desde la cintura para arriba, aunque hinchado y pálido; en cambio, la parte inferior de su cuerpo se parecía al de una araña, con ocho patas que soportaban el tronco. La criatura sostenía en las manos un arco tensado, pero parecía confusa, como si no pudiese descubrir a los intrusos.

Vierna se complació al ver la expresión de repugnancia en el rostro de su hermano mientras contemplaba la cosa.

—Míralo bien, hermano menor —le señaló—. Contempla el destino de aquéllos que provocan la ira de la reina araña.

—¿Qué es? —se apresuró a transmitir Drizzt.

—Una draraña —susurró Vierna a su oído. Después volvió al código mudo para añadir—: Lloth no es una diosa misericorde.

Drizzt observó, hipnotizado, cómo la draraña se movía sobre el peñasco en busca de los intrusos. Drizzt no podía distinguir si era varón o hembra, por culpa de la hinchazón del torso, pero comprendió que no tenía importancia. La criatura no era creación natural y no tendría descendencia. No era más que un cuerpo atormentado, que probablemente se odiaba a sí mismo más que a cualquier otra cosa a su alrededor.

—Yo sí soy misericordiosa —continuó Vierna por gestos, aunque sabía que la atención de su hermano se centraba únicamente en la draraña, y se apoyó con todo el cuerpo contra la piedra.

Drizzt se volvió hacia ella, al comprender súbitamente cuál era su intención.

—Adiós, hermano menor —se despidió Vierna mientras se hundía en la roca—. Éste es un destino mucho mejor del que te mereces.

—¡No! —gritó Drizzt, arañando en vano la desnuda piedra. Una flecha se clavó entonces en una de sus piernas. Las cimitarras aparecieron en sus manos, y dio media vuelta para enfrentarse al peligro. La draraña se disponía a lanzar la segunda flecha.

Drizzt pretendió zambullirse detrás de un peñasco cercano que le podía ofrecer protección, pero su pierna herida no lo sostuvo. La notó entumecida y sin fuerzas. Veneno.

El joven consiguió levantar una espada justo a tiempo para desviar la trayectoria de la segunda flecha, y se dejó caer sobre la rodilla sana para atender su herida. Podía sentir cómo el veneno helado subía por la pierna, pero decidió que lo único que podía hacer era quitar la flecha, y sin perder un segundo la arrancó de un tirón. Volvió su atención al atacante y comprendió que tendría que dejar la cura para más tarde. Lo más urgente era escapar del abismo.

Se volvió para buscar un lugar aislado desde el cual poder levitar hasta la cornisa, pero se encontró cara a cara con otra draraña.

Un hacha se abatió contra su hombro y falló el blanco por un par de centímetros. Drizzt paró el golpe de retorno y lanzó una estocada con la segunda cimitarra, que la draraña desvió con su segunda hacha.

Drizzt se sentía recuperado, y confió en poder derrotar a este enemigo, incluso con la desventaja de la pierna herida, hasta que una flecha lo golpeó en la espalda.

El joven se vio impulsado hacia adelante por la fuerza del impacto, aunque tuvo tiempo para detener otro ataque de la draraña que tenía enfrente. Después cayó, primero de rodillas y a continuación de bruces contra el suelo.

Cuando la draraña armada con las hachas avanzó convencida de que el joven había muerto, Drizzt rodó sobre sí mismo hasta situarse directamente debajo del colgante abdomen de la criatura. Levantó la cimitarra y la hundió con todas sus fuerzas; después se acurrucó para protegerse de los fluidos arácnidos.

La draraña herida intentó alejarse, pero cayó de costado, con las tripas desparramadas por el suelo. Sin embargo, Drizzt no tenía salvación. Ahora tenía los brazos entumecidos por la ponzoña, y cuando la otra criatura avanzó hacia él ya no tenía fuerzas para defenderse. Luchó para no desmayarse y buscó una salida, algo que le permitiera escapar a este espantoso final. Le pesaban los párpados...

Entonces Drizzt sintió que una mano le sujetaba la túnica, lo levantaba sin miramientos y lo aplastaba contra la pared de piedra.

Abrió los ojos y vio el rostro de su hermana.

—Está vivo —oyó que decía—. Tenemos que sacarlo de aquí deprisa y atender sus heridas.

Otra figura se movió ante sus ojos.

—Creí que era la mejor solución —se disculpó Vierna.

—No podemos permitirnos el lujo de perderlo —dijo una voz fría. Drizzt reconoció la voz del pasado. Luchó contra el velo que le cubría los ojos y forzó la mirada.

—Malicia... —susurró—. Madre...

La bofetada le devolvió la claridad mental.

—¡Matrona Malicia! —gruñó la matrona con el rostro casi pegado al de Drizzt—. ¡Nunca lo olvides!

Para Drizzt, la frialdad de su madre rivalizaba con la del veneno, y su alivio al verla desapareció con la misma rapidez con que aquél se había propagado por su interior.

—¡Debes aprender cuál es tu lugar! —rugió Malicia, reiterando la orden que había perseguido a Drizzt durante toda su adolescencia—. Escucha mis palabras —le ordenó, y Drizzt le prestó toda su atención—. Vierna te trajo a este lugar para que te mataran. Se mostró misericordiosa. —Malicia dirigió una mirada de desilusión a su hija.

»Conozco la voluntad de la reina araña mejor que ella —continuó la matrona, cuya saliva rociaba el rostro de Drizzt con cada palabra—. Si alguna vez vuelves a insultar a Lloth, nuestra diosa, yo misma me encargaré de traerte a este lugar. Pero no para matarte; eso sería demasiado fácil. —Sujetó a Drizzt de la barbilla y lo obligó a mirar hacia los restos de la draraña que había matado.

»Te traeré aquí —le prometió Malicia— para convertirte en una draraña.

Cuarta parte

Guenhwyvar

¿Qué ojos son éstos que ven el dolor que sufro en el fondo de mi ser? ¿Qué ojos son éstos que ven los retorcidos pasos de mi gente, guiados por la estela de juguetes mortales: espada, flecha y dardos?

Te pertenecen a ti, a ti que corres con paso elástico, suavemente con tus zarpas acolchadas, las garras escondidas, armas usadas cuando es necesario, sin las manchas de sangre inocente o del engaño asesino.

Cara a cara, eres mi espejo; el reflejo en el agua mansa junto a la luz. ¡Qué no daría por tener aquella imagen sobre mi propio rostro! ¡Qué no daría por tener aquel corazón en mi propio pecho!

No pierdas el orgulloso honor de tu espíritu, poderosa Guenhwyvar, y mantente a mi costado, mi queridísima amiga.

Drizzt Do'Urden

17

Bienvenido al hogar

Drizzt se graduó —oficialmente— en la fecha fijada y con los más altos honores. Quizás la matrona Malicia había hecho los comentarios adecuados a los oídos de las más altas instancias, para quitar hierro a las indiscreciones de su hijo, pero Drizzt sospechaba que ninguno de los presentes en la ceremonia de graduación recordaba siquiera que se había marchado.

Atravesó el portón decorado de la casa Do'Urden, seguido por la mirada de los soldados, y caminó hasta situarse debajo del balcón.

—He vuelto a mi hogar —musitó—, si es que a esto se lo puede llamar así.

Después de lo sucedido en el cubil de las draraňas, Drizzt se preguntó si alguna vez podría volver a pensar en la casa Do'Urden como su hogar. La matrona Malicia lo esperaba, y él no se había atrevido a llegar tarde.

—Me alegra verte otra vez en casa —lo saludó Briza cuando lo vio levitar hasta la balaustrada.

Drizzt pasó con cautela a través de la arcada y avanzó hacia su hermana mayor, mientras intentaba hacerse una idea más concreta del entorno. Su hermana lo había denominado hogar, pero Drizzt encontraba tan extraña la casa Do'Urden como la Academia en el primer día de estudiante. Diez años no era un período largo en los siglos de vida de un elfo oscuro, pero, en su caso, era algo más que una década de ausencia lo que lo separaba de este lugar.

Maya se unió a ellos en el gran pasillo que conducía a la antesala de la capilla.

—Mis saludos, príncipe Drizzt —dijo, en un tono que el joven fue incapaz de descubrir si era sarcástico o no—. Nos hemos enterado de los honores que has conseguido en Melee-Magthere. Tus logros enorgullecen a la casa Do'Urden. —A pesar de sus palabras, esta vez Maya fue incapaz de contener una carcajada de desprecio cuando añadió—: Me alegra ver que no has acabado comido por una draraña.

La mirada de Drizzt borró la sonrisa de los labios de Maya.

Las dos hermanas intercambiaron una mirada de preocupación. Sabían el castigo impuesto por Vierna a su hermano menor, y también la amenaza de la matrona Malicia de convertirlo en draraña si no respondía a las expectativas puestas en él. Las dos acercaron las manos a sus látigos de cabezas de serpiente, atentas a la reacción del joven al que tenían por alocado y díscolo.

No eran la matrona Malicia o las hermanas de Drizzt las que ahora obligaban al joven a meditar cada paso que daba. Era consciente de su posición respecto a su madre y sabía qué debía hacer para apaciguarla. No obstante, había otro miembro de la familia que provocaba el desconcierto y la cólera de Drizzt. De todos sus parientes, sólo Zaknafein simulaba ser lo que no era.

Mientras caminaba hacia la capilla, observó atentamente cada uno de los pasillos laterales, preguntándose si Zak aparecería en algún momento.

—¿Cuándo te unirás a la patrulla? —inquirió Maya. La pregunta sacó a Drizzt de su ensimismamiento.

—Dentro de dos días —contestó Drizzt, ausente, sin dejar de vigilar los pasillos. Llegó a la puerta de la antesala sin haber visto a Zak. Quizás el maestro de armas se encontraba en el interior junto a Malicia.

—Estamos al corriente de tus indiscreciones —declaró Briza bruscamente en un tono desabrido, en el momento en que sujetaba el picaporte. El joven no se sorprendió ante el estallido. Comenzaba a prever estos cambios súbitos en la gran sacerdotisa de la reina araña.

—¿Por qué no te limitaste a disfrutar de los placeres de la ceremonia? —añadió Maya—. Hemos tenido suerte de que las damas y la matrona de la Academia estuviesen tan ocupadas en su propia satisfacción como para no advertir tus movimientos. ¡Habrías avergonzado a toda nuestra casa!

—Incluso podrías haber hecho que la matrona Malicia perdiera el favor de Lloth —se apresuró a señalar Briza.

«Ojalá hubiese sido así», pensó Drizzt. De inmediato apartó la idea de su mente al recordar la capacidad de Briza para leer los pensamientos ajenos.

—Solo podemos rogar para que tal desgracia no caiga sobre nosotras —le comentó Maya a su hermana con tono severo—. Los rumores de guerra son cada vez más insistentes.

—He aprendido cuál es mi sitio —afirmó Drizzt. Hizo una reverencia—. Os ruego vuestro perdón, hermanas, y sabed que la verdad del mundo drow aparece cada vez más clara ante mis inexpertos ojos. Nunca más haré nada que pueda desilusionar a la casa Do'Urden.

Tan contentas se mostraron las hermanas con la declaración que pasaron por alto la ambigüedad de las palabras de Drizzt. Poco dispuesto a abusar de su suerte, el joven pasó junto a ellas y cruzó la puerta; observó con alivio que Zaknafein no estaba presente.

—¡Alabada sea la reina araña! —gritó Briza a sus espaldas.

Drizzt se detuvo y se dio media vuelta para enfrentarse a la mirada de su hermana.

—Como debe ser —murmuró, haciendo una nueva reverencia.

Oculto entre las sombras y desde unos metros de distancia, Zak había vigilado cada uno de los movimientos de Drizzt, en un intento por valorar los efectos que una década en la Academia habían tenido en el joven guerrero.

Advirtió que había desaparecido la sonrisa que habitualmente iluminaba sus facciones, y supuso que también debía de haber desaparecido la inocencia que había mantenido a su alumno como un ser aparte del resto de Menzoberranzan.

Zak se apoyó desconsolado contra la pared de un pasillo lateral. Había captado sólo retazos de la conversación mantenida delante de la puerta de la antesala. Sobre todo había escuchado con toda claridad la conformidad de Drizzt con las alabanzas a Lloth pronunciadas por Briza.

«¿Qué he hecho?», se preguntó el maestro de armas. Se asomó por un segundo para espiar por el pasillo principal, pero la puerta de la antesala estaba cerrada.

«Es cierto que cuando miro al drow... ¡al guerrero drow!... que era mi más apreciado tesoro, me avergüenzo de mi cobardía —se lamentó Zak—. ¿Qué ha perdido Drizzt que quizás yo podría haber salvado?»

Desenfundó la espada y pasó la yema de los dedos por el acero, afilado como una navaja. «Habrías sido mucho mejor espada de haber probado la sangre de Drizzt Do'Urden —pensó—, para negarle a este mundo, nuestro mundo, el sacrificio de su inocencia, para al menos librarlo de los interminables tormentos de la vida.» Tocó el suelo con la punta de la espada.

—Pero soy un cobarde —susurró—. He fracasado en el único acto que podría haber dado sentido a mi miserable existencia. Por lo que se ve, el segundo hijo de la casa Do'Urden vive, pero Drizzt Do'Urden, mi discípulo, murió hace mucho tiempo. —Zak volvió a mirar el sitio donde había estado Drizzt y de pronto su rostro se retorció en una mueca—. Sin embargo, el impostor vive.

¡Un guerrero drow!

La espada del maestro de armas cayó al suelo mientras Zak hundía la cabeza en las palmas de sus manos, el único escudo que Zaknafein Do'Urden había encontrado a lo largo de toda su vida.

Drizzt dedicó gran parte del día siguiente al descanso. Se encerró en su habitación para no tener que encontrarse con los otros miembros de la familia. Malicia lo había despachado sin dirigirle la palabra en su primer encuentro, pero Drizzt no quería enfrentarse otra vez con su madre. Tampoco tenía mucho que decirles a Briza y a Maya, preocupado porque tarde o temprano acabaran por captar las verdaderas connotaciones de sus respuestas blasfemas. Y sobre todo Drizzt no quería ver a Zaknafein, el maestro al que una vez había considerado como la salvación ante la terrible realidad del entorno, la única luz resplandeciente en la oscuridad que era Menzoberranzan.

Ésta también, creía Drizzt, había sido sólo una mentira.

En su segundo día en la casa, cuando Narbondel, el reloj de la ciudad, había comenzado su ciclo de luz, se abrió la puerta de la pequeña habitación de Drizzt y entró Briza.

—Una audiencia con la matrona Malicia —anunció, desabrida.

Un millar de pensamientos desfilaron por la mente de Drizzt mientras recogía las botas y seguía a la hermana mayor por los pasillos que conducían a la capilla. ¿Acaso Malicia y los demás habían descubierto la verdad de sus sentimientos hacia la malvada diosa? ¿Qué nuevos castigos le esperaban? Casi sin darse cuenta dirigió una mirada de desconfianza a las arañas esculpidas en el arco de la entrada a la capilla.

—Tendrías que sentirte más a gusto y relajado en este lugar —le reprochó Briza al ver su inquietud—. Es el lugar que encarna las mayores glorias de nuestra gente.

Drizzt bajó la mirada y no respondió; incluso tuvo mucho cuidado en no pensar en ninguna de las cáusticas respuestas que albergaba en el corazón.

Su desconcierto fue todavía mayor cuando entraron en la capilla, porque además de la presencia de Rizzen, Maya y Zaknafein junto al trono de la matrona Malicia, también se encontraban presentes Dinin y Vierna.

—De rodillas —ordenó Malicia, y toda la familia obedeció la orden. La madre matrona se paseó lentamente entre ellos, y todos miraron al suelo en un gesto de reverencia, o quizás únicamente de sentido común, mientras pasaba la gran dama. Malicia se detuvo cuando llegó junto a Drizzt.

—Te desconcierta la presencia de Dinin y Vierna —dijo. Drizzt la miró—. ¿Todavía no comprendes la sutileza de los métodos para nuestra supervivencia?

—Creía que mis hermanos tenían que permanecer en la Academia —se disculpó Drizzt.

—Eso no nos daría ventaja —replicó Malicia.

—¿Acaso tener a una gran sacerdotisa y a un maestro en la Academia no da poder a la casa? —se atrevió a preguntar Drizzt.

—Efectivamente —contestó Malicia—, pero divide el poder. ¿Has oído los rumores que hablan de una guerra?

—He escuchado algunas insinuaciones al respecto —dijo Drizzt, con la mirada puesta en Vierna—, aunque nada más concreto.

—¿Insinuaciones? —bufó Malicia, enfadada porque su hijo no entendía la gravedad de la situación—. ¡Es mucho más de lo que oyen la mayoría de las casas antes de que caiga la espada! —Dio media vuelta y se dirigió a todo el grupo—. Los rumores son ciertos.

—¿Quién? —inquirió Briza—. ¿Qué casa conspira contra la casa Do'Urden?

—Ninguna inferior a la nuestra —contestó Dinin, aunque la pregunta no iba dirigida a él y tampoco tenía autorización para hablar.

—¿Cómo lo sabes? —preguntó la madre matrona, que dejó pasar la indiscreción. Malicia comprendía el valor de Dinin y sabía que sus aportes a la discusión podían ser importantes.

—Somos la casa novena de la ciudad —razonó Dinin—, pero entre nosotros hay cuatro grandes sacerdotisas, dos de ellas antiguas maestras de Arach-Tinilith. —Miró a Zak—. También tenemos dos viejos maestros de Melee-Magthere, y a Drizzt, que mereció las más altas calificaciones de la escuela de guerreros. Nuestros soldados rondan los cuatrocientos, todos ellos expertos y fogueados en el combate. Muy pocas casas pueden decir lo mismo.

—Ve al grano —le pidió Briza, impaciente.

—Somos la casa novena —contestó Dinin, con una carcajada—. Pero muy pocas de las que hay por encima nuestro pueden derrotarnos...

—Y ninguna de las inferiores —acabó la matrona Malicia por él—. Tienes buen juicio, hijo mayor. He llegado a las mismas conclusiones.

—Una de las grandes casas teme a la casa Do'Urden —intervino Vierna—. Necesita eliminarnos para proteger su propia posición.

—Es lo que creo —afirmó Malicia—. Una práctica poco habitual, porque las guerras entre familias son iniciadas por las casas inferiores que buscan elevar su posición dentro de la jerarquía de la ciudad.

—Entonces debemos tener mucho cuidado —opinó Briza.

Drizzt escuchaba muy atento la conversación, intentando descubrir su sentido. Su mirada no se apartaba de Zaknafein, que permanecía impasible. ¿Qué pensaría el rudo maestro de armas de todo esto?, se preguntó el joven. ¿Lo entusiasmaba el comienzo de una nueva guerra? ¿Esperaba con ansias poder matar a más elfos oscuros?

Zak no daba muestras de sus pensamientos. Seguía arrodillado en silencio y, a juzgar por las apariencias, ni siquiera seguía la conversación.

—No puede ser Baenre —dijo Briza, en un tono que parecía buscar la confirmación de los demás—. No es posible que representemos una amenaza para ellos.

—Ojalá tengas razón —replicó Malicia muy seria al recordar con toda claridad su visita a la casa regente—. Lo más probable es que sea una de las casas débiles por encima de la nuestra, preocupada por la inseguridad de su posición. Todavía no he podido conseguir una información precisa contra ninguna en particular, así que debemos estar preparados para lo peor. Ésta es la razón por la que he ordenado el regreso de Vierna y Dinin.

—Si descubrimos quiénes son nuestros enemigos... —intervino Drizzt de pronto. Todas las miradas se centraron en él. Ya era bastante grave que el hijo mayor hablara sin autorización, pero que el segundo hijo, recién salido de la Academia, hiciera lo mismo podía considerarse como una blasfemia.

Dispuesta a escuchar todas las opiniones, la matrona Malicia pasó por alto la falta.

—Continúa —ordenó.

—Si descubrimos cuál es la casa que intriga contra nosotros —prosiguió Drizzt—, ¿no podríamos denunciarlos?

—¿Con qué fin? —protestó Briza—. El hecho de conspirar no es un crimen en sí mismo. Tiene que haber una concreción material.

—¿Y si utilizamos la disuasión? —insistió Drizzt, sin hacer caso de las miradas incrédulas de todos los presentes, excepto Zak—. Si somos los más fuertes, entonces dejemos que se rindan sin necesidad de una guerra. Que la casa Do'Urden asuma el rango que se merece y que desaparezca el motivo de conflicto con la casa más débil.

Malicia sujetó a Drizzt por la pechera de su capa y lo levantó en el aire como si fuese un muñeco.

—¡Por esta vez perdonaré tus estupideces! —gruñó. Abrió la mano y lo dejó caer al suelo mientras sus hermanos lo observaban con auténtico desprecio.

Una vez más, la expresión de Zak era distinta de la de los otros presentes en la antesala de la capilla. El maestro de armas acercó una mano a la boca para disimular una sonrisa. Quizás aún quedaba algo del Drizzt Do'Urden que había conocido. Quizás la Academia no había podido destruir el espíritu del joven guerrero.

Malicia se volvió hacia el resto de la familia, con una mirada iluminada por el fuego de la furia, la ambición y la codicia.

—¡Éste no es el momento de tener miedo! —gritó, señalando con uno de sus delgados dedos puesto a la altura del rostro—. ¡Éste es el momento de soñar! Somos la casa Do'Urden, Daermon N'a'shezbaernon, con un poder más allá de la comprensión de las grandes casas. Somos el arma secreta de esta guerra. ¡Tenemos todas las ventajas!

»¿Casa novena? —añadió con una risotada—. ¡Dentro de muy poco sólo habrá siete casas delante de nosotros!

—¿Qué hay de la patrulla? —quiso saber Briza—. ¿Dejaremos que el segundo hijo vaya solo, expuesto al peligro?

—La patrulla es el primer paso de nuestra ventaja —explicó la astuta matrona—. Drizzt cumplirá con el servicio, e incluidos en su grupo habrá al menos un representante de cuatro de las casas que están por encima de nosotros.

—Cualquiera de ellos podría atacarlo —opinó Briza.

—No —la tranquilizó Malicia—. Nuestros enemigos en la guerra en ciernes no se descubrirán con tanta claridad; todavía no. El asesino tendría que derrotar a dos Do'Urden para conseguir su propósito.

—¿Dos? —preguntó Vierna.

—Una vez más, Lloth nos ha dispensado su favor —explicó Malicia—. Dinin dirigirá la patrulla de Drizzt.

—Entonces Drizzt y yo podríamos convertirnos en los asesinos de este conflicto —exclamó Dinin, con el rostro encendido por el entusiasmo. Pero estas palabras borraron la sonrisa de la madre matrona.

—No atacarás sin mi consentimiento —le advirtió en un tono tan helado que Dinin comprendió claramente las consecuencias si lo desobedecía—, como has hecho en el pasado.

Drizzt no pasó por alto la referencia a Nalfein, el hermano asesinado. ¡Su madre lo sabía! Malicia no había hecho nada para castigar al hijo asesino. Ahora le tocó a Drizzt llevar una mano al rostro para esconder una expresión de horror que sólo habría servido para crearle más problemas.

—Irás allí a aprender —añadió Malicia—, para proteger a tu hermano, de la misma manera que Drizzt te protegerá a ti. No podemos perder la ventaja por conseguir una sola muerte. —Una sonrisa malvada apareció en su ebúrneo rostro—. Pero, si os enteráis de quién es vuestro enemigo...

—Si surge la oportunidad adecuada... —concluyó Briza, que había adivinado los malvados pensamientos de la madre, con una sonrisa cruel.

Malicia dirigió a la hija mayor una sonrisa de felicitación. ¡Briza podía ser una magnífica sucesora de su posición en la casa!

También Dinin exhibió una sonrisa lasciva. Nada complacía más al hijo mayor de la casa Do'Urden que la posibilidad de cometer un asesinato.

—Ha llegado el momento de ponerse en marcha —dijo Malicia—. Recordad que la mirada del enemigo está puesta en nosotros. Vigilan cada uno de nuestros movimientos y sólo esperan el momento de atacar.

Como siempre, Zak fue el primero en salir de la capilla, esta vez con más viveza en el paso. No era la perspectiva de librar otra batalla la que guiaba sus movimientos, aunque lo complacía la idea de poder matar a más sacerdotisas de Lloth. La esperanza había revivido en el pecho del maestro de armas al ver las muestras de ingenuidad de Drizzt, su interpretación errónea de la sociedad drow.

Drizzt observó la salida de Zak, convencido de que la elasticidad en el paso reflejaba sus ansias de muerte. El joven no sabía si seguir al maestro de armas y enfrentarse a él de una vez por todas o dejar pasar la ocasión y borrarlo de su mente como había hecho con la mayoría de las crueldades que lo rodeaban en este mundo. La matrona Malicia tomó la decisión por él cuando se interpuso en su camino y lo retuvo en la capilla.

—A ti sólo te diré esto —manifestó en cuanto salieron los demás—. Has oído la misión que he puesto en tus hombros. ¡No toleraré más fracasos!

Drizzt se encogió ante el poder de la voz.

—Protege a tu hermano —le advirtió—, o te entregaré a Lloth para que te castigue como crea conveniente.

Drizzt comprendió las implicaciones y, aunque no era necesario, la matrona se complació en deletreárselas.

—No disfrutarás de tu vida de draraña.

Un rayo recorrió las negras aguas de la superficie del lago subterráneo, y calcinó las cabezas de los trolls acuáticos. Los ruidos del combate resonaban en la caverna.

Drizzt tenía a uno de los monstruos —los llamados pellejudos— atrapado en una pequeña península y le impedía que pudiese regresar al agua. Normalmente, un sólo drow enfrentado mano a mano a un troll acuático no tenía ninguna ventaja, pero, como habían podido aprender los demás integrantes de la patrulla en las últimas semanas, Drizzt no tenía nada de normal.

El pellejudo avanzó, sin darse cuenta del peligro. Un velocísimo golpe de las cimitarras de Drizzt cortó los brazos de la criatura, y el joven se adelantó para rematarla, conocedor de los poderes regenerativos de los trolls.

Entonces otro pellejudo salió del agua, detrás de él.

Drizzt había esperado la maniobra y no dio señal de haber visto al segundo troll. Mantuvo la concentración en su adversario y continuó descargando golpes contra el inerme tronco del pellejudo.

En el momento en que el monstruo a sus espaldas se disponía a clavarle las garras, Drizzt se dejó caer de rodillas.

—¡Ahora! —gritó.

La pantera oculta, agazapada en las sombras en la base de la península, no vaciló. En un primer salto se puso en posición, y con el segundo voló por el aire, aterrizó sobre el desprevenido pellejudo y le arrancó la vida sin darle tiempo de responder al ataque.

Drizzt acabó de rematar a su troll y se volvió para admirar el trabajo de la pantera. Extendió una mano, y el enorme felino frotó el morro contra la palma. «¡Qué bien hemos llegado a conocernos!», pensó el joven.

Se oyó el trueno de otro rayo, éste lo bastante cerca como para cegar a Drizzt durante unos segundos.

—¡Guenhwyvar! —gritó Masoj Hun'ett, autor del disparo—. ¡Vuelve aquí!

La pantera rozó la pierna de Drizzt mientras obedecía la orden. Cuando recuperó la visión, Drizzt se marchó en la dirección opuesta para no presenciar la reprimenda que Guenhwyvar siempre recibía cada vez que el felino y él trabajaban juntos.

Masoj observó la espalda del joven que se alejaba y deseó poder descargar un tercer rayo entre los omóplatos de Do'Urden. Sin embargo, el mago de la casa Hun'ett era consciente de la amenazadora presencia de Dinin Do'Urden, que desde un costado vigilaba la escena con mucha atención.

—¡Aprende de una buena vez quién es tu amo! —le reprochó Masoj a Guenhwyvar.

Demasiado a menudo, la pantera abandonaba al mago para unirse al combate con Drizzt. Masoj sabía que el felino se adaptaba mejor a los movimientos del guerrero, pero también sabía lo vulnerable que era un mago mientras practicaba su arte. Deseaba tener a Guenhwyvar al costado para que lo protegiera de los enemigos y también de los «amigos».

—¡Desaparece! —ordenó al tiempo que lanzaba el talismán al suelo.

En la distancia, Drizzt se enfrentó a otro pellejudo y lo mató en cuestión de minutos. Masoj sacudió la cabeza, admirado por la exhibición de esgrima. Cada día, Drizzt era más fuerte.

—No tardes mucho en dar la orden para que lo mate, matrona SiNafay —susurró Masoj. El joven mago no sabía hasta cuándo podría estar en condiciones de realizar el trabajo. Masoj se preguntó si ya no sería demasiado tarde.

Drizzt se protegió los ojos mientras encendía una antorcha destinada a quemar al troll muerto. Sólo el fuego impedía que los pellejudos pudieran regenerarse, incluso en las tumbas.

El joven drow advirtió que los otros combates también habían acabado y vio las llamas de las antorchas a todo lo largo de la ribera del lago. Se preguntó cuántos de los doce elfos que formaban el grupo seguían con vida y pensó si en realidad tenía alguna importancia. Había muchos más dispuestos a reemplazarlos.

Drizzt sabía que el único compañero importante —Guenhwyvar— se encontraba seguro en el plano astral.

Oyó el eco de la voz de Dinin que ordenaba a los esclavos goblins y orcos buscar el tesoro de los trolls y recuperar todo aquello en poder de los pellejudos que pudiese ser de utilidad.

Cuando el fuego consumió el cuerpo del troll, Drizzt apagó la antorcha sumergiéndola en la negra agua y después esperó a que los ojos se habituaran una vez más a la oscuridad.

—Otro día —murmuró muy suavemente—, otro enemigo derrotado.

Disfrutaba con la excitación de formar parte de la patrulla, de la emoción del riesgo y del hecho de utilizar sus armas para acabar con auténticos monstruos.

De todos modos, ni siquiera allí podía escapar de la apatía que invadía su vida, de la resignación que marcaba cada paso.

Porque, si bien en las batallas que libraba a diario contra los horrores de la Antípoda Oscura mataba por necesidad, Drizzt no había olvidado el encuentro en la capilla de la casa Do'Urden.

No tardaría en llegar el momento en el que sus cimitarras serían utilizadas para acabar con las vidas de otros elfos oscuros.

Zaknafein contempló Menzoberranzan desde el balcón de sus aposentos como hacía cada noche cuando la patrulla de Drizzt salía de la ciudad. El maestro de armas vivía dividido entre su deseo de escapar de la casa Do'Urden para combatir junto al joven, y la esperanza de que la patrulla regresara con la noticia de que Drizzt había muerto.

¿Conseguiría alguna vez encontrar la respuesta al dilema del joven Do'Urden? Zak sabía que no podía salir de la casa, pues la matrona Malicia lo vigilaba de cerca. Presentía la angustia del maestro por Drizzt y no estaba de acuerdo. Ella y Zak habían sido amantes en más de una ocasión, pero era la única cosa que compartían.

Zak recordó las peleas que había tenido con Malicia respecto a Vierna, otra de sus hijas, hacía siglos. Vierna era una hembra, con el destino sellado desde el momento de nacer, y Zak no había podido evitar su sumisión al culto de la reina araña.

¿Acaso Malicia lo creía capaz de influir en las acciones de un hijo varón? Al parecer era así, aunque Zak no tenía muy claro si los temores tenían justificación; él mismo era incapaz de valorar su influencia en Drizzt.

Miró el panorama de Menzoberranzan, y esperó en silencio el regreso de la patrulla, confiando en ver a Drizzt sano y salvo, pero también con el deseo íntimo de que las garras y los colmillos de algún monstruo hubiesen resuelto de una vez para siempre el dilema.

18

El cuarto trasero

—Saludos, Sin Rostro —dijo la gran sacerdotisa mientras entraba en las habitaciones privadas de Alton en Sorcere.

—Lo mismo digo, dama Vierna —replicó Alton, que a duras penas consiguió impedir que el miedo apareciera en su voz. La presencia de Vierna Do'Urden en sus aposentos y en este momento no podía ser algo casual—. ¿A qué debo el honor de la visita de una maestra de Arach-Tinilith?

—Ya no soy una maestra de la Academia —le informó Vierna—. He regresado a mi casa.

Alton hizo una pausa para considerar la novedad. Estaba al corriente de que Dinin Do'Urden también había renunciado a la Academia.

—La matrona Malicia ha reunido otra vez a la familia —añadió Vierna—. Corren rumores de guerra. Sin duda, los habréis escuchado.

—Sólo son rumores —tartamudeó Alton, al entrever la razón de la visita de Vierna. La casa Do'Urden había utilizado al Sin Rostro en su complot anterior, ¡en su intento de asesinar a

Alton! Ahora, con los rumores de guerra que se oían por todo Menzoberranzan, la matrona Malicia pretendía reorganizar su red de espías y asesinos.

—¿Sabes qué dicen? —le preguntó Vierna, imperiosa.

—He oído algunas cosas —susurró Alton, muy atento a no provocar la ira de la poderosa dama—. Nada con la importancia suficiente como para informar a vuestra casa. Reconozco que ni siquiera pensaba en que la casa Do'Urden pudiese estar involucrada hasta ahora mismo, cuando me lo habéis dicho. —Alton sólo podía confiar en que Vierna no tuviera preparado un hechizo detector de mentiras.

—Escuchad los rumores con más atención, Sin Rostro —dijo Vierna, al parecer satisfecha con la explicación—. Mi hermano y yo hemos dejado la Academia; por lo tanto, sois los ojos y los oídos de la casa Do'Urden en este lugar.

—Pero... —balbuceó Alton, que se interrumpió al ver que la gran sacerdotisa levantaba una mano para hacerlo callar.

—Sabemos que fracasamos en nuestra última transacción. —Vierna acompañó sus palabras con una reverencia, un gesto que casi nunca se tenía con un hombre y mucho menos por parte de una sacerdotisa de Lloth—. La matrona Malicia os presenta sus más humildes disculpas porque el ungüento que os envió en pago del asesinato de Alton DeVir no os devolvió las facciones.

Alton casi sufrió un sofoco al oír estas palabras; ahora comprendía por qué un mensajero desconocido le había entregado un frasco de ungüento hacía cosa de unos treinta años atrás. La figura embozada había sido un agente de la casa Do'Urden encargado de pagar al Sin Rostro el asesinato de Alton. Desde luego, Alton ni siquiera había probado el ungüento. Con la suerte que tenía, probablemente le habría restituido las facciones de Alton DeVir.

—Esta vez el pago no fracasará —prosiguió Vierna, aunque Alton, demasiado atrapado por la ironía de la situación, apenas si la escuchaba—. La casa Do'Urden posee la vara de un mago, pero no el mago capaz de utilizarla. Perteneció a Nalfein, mi hermano, que murió en la victoria sobre los DeVir.

Alton deseó poder matarla en aquel mismo momento; no obstante, se controló porque su estupidez no podía llegar a tanto.

—Si podéis descubrir cuál es la casa que intriga contra la casa Do'Urden —prometió Vierna—, la vara será vuestra. Todo un tesoro por un acto tan modesto.

—Haré todo lo que esté a mi alcance —contestó Alton, estupefacto por la increíble oferta.

—Es lo único que os pide la matrona Malicia —afirmó Vierna, que abandonó los aposentos del mago, convencida de que la casa Do'Urden acababa de asegurarse los servicios de un espía capaz en la Academia.

—Dinin y Vierna Do'Urden han renunciado a sus cargos —dijo Alton, entusiasmado, cuando la pequeña madre matrona acudió a verlo aquella misma noche.

—Es una información que ya conocía —replicó SiNafay Hun'ett. Observó desdeñosa el cuarto desordenado y las paredes tiznadas de hollín, y después se sentó en un taburete junto a una mesa pequeña.

—Hay algo más —añadió Alton a toda prisa, poco dispuesto a irritar a SiNafay con noticias viejas—. Hoy he tenido una visita inesperada, la gran sacerdotisa Vierna.

—¿Sospecha de nosotros? —gruñó la matrona SiNafay.

—¡No, no! —aseguró Alton—. Todo lo contrario. La casa Do'Urden quiere emplearme como espía, de la misma manera que una vez empleó al Sin Rostro para asesinarme a mí.

SiNafay hizo una pausa, desconcertada, y entonces soltó una carcajada que le sacudió todo el cuerpo.

—¡Ah! —exclamó—. ¡Las vueltas que da la vida!

—He oído comentar que Dinin y Vierna fueron enviados a la Academia sólo para vigilar la educación del hermano menor —añadió Alton.

—Una excelente tapadera —contestó SiNafay—. Vierna y Dinin fueron enviados como espías de la ambiciosa matrona Malicia. La felicito por su astucia.

—Ahora sospechan que habrá problemas —afirmó Alton, sentándose a la mesa en el lado opuesto a la madre matrona.

—Así es —asintió SiNafay—. Masoj y Drizzt están en la misma patrulla, pero la casa Do'Urden también ha conseguido colocar a Dinin en el grupo.

—Entonces Masoj está en peligro —razonó Alton.

—No —respondió SiNafay—. La casa Do'Urden no sabe que la casa Hun'ett conspira contra ella; en caso contrario no habrían venido a verte en busca de información. La matrona Malicia conoce tu identidad.

Una expresión de terror apareció en el rostro de Alton.

—No tu verdadera identidad —lo tranquilizó SiNafay con una carcajada—. Sabe que el Sin Rostro es Gelroos Hun'ett, y no habría recurrido a un Hun'ett si sospechase de nuestra casa.

—¡Entonces ésta es nuestra oportunidad para sembrar el caos en la casa Do'Urden! —gritó Alton—. Si sugiero que está implicada alguna otra casa, incluso la Baenre, nuestra posición se fortalecerá. —El mago soltó una risita al pensar en las posibilidades—. Malicia me recompensará con una varita de gran poder, ¡un arma que volveré contra ella en el momento adecuado!

—¡La matrona Malicia! —lo corrigió SiNafay, bruscamente. Si bien ella y Malicia no tardarían en enfrentarse en una guerra, SiNafay no podía permitir que un varón se mostrara irrespetuoso con una madre matrona—. ¿Te ves capaz de realizar semejante superchería?

—Cuando la dama Vierna regrese...

—DeVir, eres un imbécil. Una información tan valiosa no podrás negociarla con una sacerdotisa menor. Tendrás que enfrentarte con la mismísima matrona Malicia, una enemiga formidable. Si descubre tus mentiras, ¿sabes lo que hará con tu cuerpo?

—Estoy dispuesto a correr el riesgo —afirmó Alton apoyando los brazos sobre la mesa, después de tragar el nudo que se le había hecho en la garganta.

—¿Y qué pasará con la casa Hun'ett cuando se descubra la gran mentira? —preguntó SiNafay—. ¿Cuál será nuestra ventaja cuando la matrona Malicia conozca la verdadera identidad del Sin Rostro?

—Lo comprendo —respondió Alton, desilusionado, aunque incapaz de rebatir la lógica de SiNafay—. Entonces ¿qué vamos a hacer? ¿Qué voy a hacer?

La matrona SiNafay permaneció en silencio mientras consideraba los próximos pasos a adoptar.

—Renunciarás a tu puesto —contestó por fin—. Volverás a la casa Hun'ett y estarás bajo mi protección.

—Pero, si lo hago, la matrona Malicia también tendrá motivos para sospechar de la casa Hun'ett —protestó Alton.

—Quizás —replicó SiNafay—, pero es la opción más segura. Iré a ver a la matrona Malicia y me mostraré enfadada. Le diré que no involucre a la casa Hun'ett en sus problemas. Si tenía la intención de convertir en espía a un miembro de mi familia, entonces tendría que haber solicitado mi permiso, aunque esta vez no se lo habría dado. —SiNafay sonrió al imaginar cómo sería el encuentro.

»Mi enfado, mi miedo, bastarán para implicar a una casa más importante en la amenaza contra la casa Do'Urden, incluso la posibilidad de una alianza con alguna otra casa —agregó la matrona, obviamente complacida por los beneficios añadidos—. La matrona Malicia tendrá mucho en que pensar y muchos motivos de preocupación.

Alton ni siquiera escuchó los últimos comentarios de SiNafay. Las palabras acerca de conceder su permiso «esta vez» le habían provocado una profunda inquietud.

—¿Lo había pedido antes? —se atrevió a preguntar, aunque en un murmullo casi inaudible.

—¿A qué te refieres? —inquirió SiNafay, sin entender sus palabras.

—¿La matrona Malicia fue a veros? —continuó Alton, que a pesar del miedo necesitaba saber la respuesta—. Hace treinta años..., ¿la matrona SiNafay dio su permiso para que Gelroos Hun'ett se convirtiera en un agente, en un asesino, para completar la eliminación de la casa DeVir?

Una amplia sonrisa apareció en el rostro de SiNafay, pero se esfumó un instante después mientras arrojaba la mesa al otro lado de la habitación, sujetaba a Alton por la pechera de su túnica, y lo acercaba bruscamente hasta que su cara casi tocó la suya.

—¡Jamás confundas los sentimientos personales con la política! —le aconsejó la diminuta pero fuerte matrona, en un tono de amenaza inconfundible—. ¡Y nunca más vuelvas a formularme esa pregunta!

Arrojó al mago al suelo como si fuese un muñeco, sin apartar de él su fulgurante mirada.

Alton había sabido desde el principio que sólo era un peón en las intrigas entre la casa Hun'ett y la casa Do'Urden, un vínculo necesario para que la matrona SiNafay pudiese ejecutar sus siniestros planes. De vez en cuando, la deuda pendiente que tenía Alton con la casa Do'Urden le hacía olvidar lo poco que contaba en este conflicto. Enfrentado ahora con el poder de SiNafay, comprendió que había sobrepasado los límites de su posición.

Al fondo del huerto de setas, en la pared sur de la caverna que albergaba a Menzoberranzan, había una pequeña cueva fuertemente protegida. Detrás de las puertas de hierro había una sola habitación, utilizada exclusivamente para las reuniones de las ocho madres matronas que gobernaban la ciudad.

El humo de un centenar de velas perfumadas llenaba la atmósfera, obedeciendo a un deseo expreso de las madres matronas. Después de casi medio siglo de estudiar pergaminos a la luz de las velas de Sorcere, Alton no tenía problemas para soportar la intensidad de la iluminación, pero en cambio lo inquietaba encontrarse en este cuarto. Se había sentado en una pequeña silla común destinada a los invitados del consejo, en un extremo de la mesa con forma de araña. Entre las ocho patas peludas de la mesa aparecían los tronos de las ocho madres matronas regentes, todos adornados con gran profusión de joyas que resplandecían con la luz de las velas.

Las matronas entraron en el cuarto con andar pomposo y dirigieron miradas de desprecio al varón presente. SiNafay, junto a Alton, puso una mano sobre la rodilla del mago y le hizo un guiño de aliento. La matrona de la casa Hun'ett no se habría atrevido a solicitar una reunión del consejo regente de no estar convencida de la importancia de sus noticias. Las madres matronas regentes consideraban los cargos como algo honorario y no eran partidarias de reunirse excepto en tiempos de crisis.

En la cabecera de la mesa araña se sentó la matrona Baenre, la figura más poderosa de todo Menzoberranzan, una mujer muy anciana de mirada maliciosa y una boca poco acostumbrada a sonreír.

—Ya estamos reunidas, SiNafay —anunció Baenre en cuanto las demás acabaron de acomodarse en sus tronos—. ¿Cuál es la razón para convocar al consejo?

—Discutir un castigo —respondió SiNafay.

—¿Un castigo? —exclamó la matrona Baenre, desconcertada. Los últimos años habían sido demasiado tranquilos en la ciudad drow, sin ningún incidente desde el conflicto entre las casas Teken'duis y Freth. La primera matrona no tenía conocimiento de que se hubiesen cometido actos que pudiesen merecer un castigo, al menos ninguno tan flagrante como para motivar la intervención del consejo—. ¿Quién es el individuo merecedor del castigo?

—No es un individuo —explicó la matrona SiNafay. Miró a sus pares y vio el interés reflejado en sus rostros—. Es una casa —afirmó, tajante—. Daermon N'a'shezbaernon, la casa Do'Urden. —Tal como había esperado SiNafay se oyó un coro de exclamaciones.

—¿La casa Do'Urden? —preguntó la matrona Baenre, sorprendida de que alguien se atreviera a implicar a la matrona Malicia. Por lo que sabía, Malicia gozaba de la consideración de la reina araña, y la casa Do'Urden había colocado a dos de los suyos como maestros en la Academia.

—¿De qué crimen te atreves a acusar a la casa Do'Urden? —quiso saber una de las otras matronas.

—¿Acaso hablas impulsada por el miedo, SiNafay? —inquirió la matrona Baenre. Varias de las matronas regentes se habían mostrado preocupadas por la casa Do'Urden. Era bien sabido que la matrona Malicia ambicionaba tener un puesto en el consejo regente, y, a la vista del creciente poderío de su casa, parecía destinada a conseguirlo.

—Tengo una causa justa —insistió SiNafay.

—Las demás parecen dudar de tus palabras —replicó la matrona Baenre—. Es necesario que expliques los motivos de la solicitud, y deprisa si valoras tu reputación.

SiNafay sabía que había en juego algo más que la reputación: en Menzoberranzan, una falsa acusación era un crimen equiparable al asesinato.

—Todas recordamos la caída de la casa DeVir —comenzó SiNafay—. Siete de las aquí reunidas nos sentábamos junto a la matrona Ginafae DeVir.

—La casa DeVir ya no existe —le recordó la matrona Baenre.

—Por culpa de la casa Do'Urden —afirmó SiNafay, con toda claridad.

Esta vez las exclamaciones fueron de cólera.

—¿Cómo te atreves a decir semejante cosa? —la acusó una voz.

—¡Treinta años! —dijo otra—. ¡Ya nadie se acuerda de aquel hecho!

La matrona Baenre las hizo callar antes de que el clamor diera paso a las acciones violentas, algo que ocurría con una cierta frecuencia en la cámara del consejo.

—SiNafay —dijo, con una mueca casi burlona—, nadie puede hacer esta acusación; nadie puede hacer estas afirmaciones cuando han pasado tantos años. Ya conoces las reglas. Si la casa Do'Urden cometió aquel acto, como tú dices, merece nuestras felicitaciones, no nuestro castigo, porque lo realizó a la perfección. ¡La casa DeVir no existe!

Alton se movió inquieto, atrapado entre la cólera y la desesperación. En cambio, SiNafay no parecía preocupada en lo más mínimo; ésta era precisamente la situación que había imaginado y deseado.

—¡Ah, pero es que existe! —replicó, mientras se ponía de pie y arrancaba la capucha que cubría la cabeza de Alton—. ¡En esta persona!

—¿Gelroos? —preguntó la matrona Baenre, que no veía la relación.

—No es Gelroos —le informó SiNafay—. Gelroos Hun'ett murió la misma noche del ataque a la casa DeVir. Este varón, Alton DeVir, asumió la identidad de Gelroos y su posición en la Academia para librarse de cualquier ataque de la casa Do'Urden.

Baenre susurró unas instrucciones a la matrona que tenía a su derecha y después esperó a que ella pusiera en práctica un hechizo. La primera matrona indicó con un gesto a SiNafay que volviera a su trono y a continuación se volvió hacia Alton.

—Di tu nombre —le ordenó.

—Me llamo Alton DeVir —respondió el mago con una confianza renovada por la recuperación de su identidad, que había ocultado durante tanto tiempo—. Soy hijo de la matrona Ginafae y era estudiante en Sorcere la noche en que mi casa fue atacada por los Do'Urden.

Baenre miró a la matrona de la derecha en cuanto Alton completó la respuesta.

—Es verdad —declaró la matrona. Los susurros se multiplicaron alrededor de la mesa araña, y su tono era más que nada divertido.

—Ésta es la razón por la que solicité una reunión del consejo —se apresuró a explicar SiNafay.

—Muy bien, SiNafay —dijo la matrona Baenre—. Y mis felicitaciones para ti, Alton DeVir, por tus recursos y capacidad para sobrevivir. Por ser un varón, has demostrado mucho coraje y sabiduría. Sin duda, los dos sabéis que el consejo no puede imponer un castigo a una casa por algo cometido hace tanto tiempo. ¿Qué ganaríamos con ello? La matrona Malicia Do'Urden cuenta con el favor de la reina araña, y su casa promete mucho. Debéis darnos una razón mucho más poderosa si pretendéis algún castigo contra la casa Do'Urden.

—No pretendo tal cosa —contestó SiNafay en el acto—. Este asunto, ocurrido hace treinta años atrás, ya no es de la incumbencia del consejo. Es muy cierto que la casa Do'Urden promete mucho, compañeras matronas, con cuatro grandes sacerdotisas y un grupo de magníficos guerreros, entre ellos el segundo hijo, Drizzt, que fue el primero de su clase. —SiNafay había mencionado a Drizzt con toda intención, consciente de que el nombre tocaría la herida de la matrona Baenre. Su hijo, Berg'inyon, del que se sentía tan orgullosa, había sido durante nueve años el eterno segundo del joven Do'Urden.

—Entonces ¿por qué nos has molestado? —inquirió la matrona Baenre, con una insinuación de cólera en la voz.

—Para pedir que cerréis los ojos —susurró SiNafay—. Alton es ahora un Hun'ett, que goza de mi protección. Reclama venganza por el acto cometido contra su familia, y, como miembro superviviente de la familia atacada, tiene derecho de acusación.

—¿La casa Hun'ett lo respaldará? —quiso saber la matrona Baenre, tan curiosa como divertida.

—¡Desde luego! —exclamó SiNafay—. ¡La casa Hun'ett asume el compromiso!

—¿Venganza? —preguntó otra de las matronas, con un tono risueño—. ¿O es miedo? Por lo que he podido oír, la matrona de la casa Hun'ett pretende utilizar a esta desgraciada criatura de la familia DeVir para beneficio propio. La casa Do'Urden tiene grandes ambiciones, y la matrona Malicia quiere ocupar un puesto en el consejo regente. ¿Quizás es una amenaza para la casa Hun'ett?

—Se trate de venganza o prudencia, mi petición..., la petición de Alton DeVir, debe considerarse legítima —respondió SiNafay—, para beneficio de todos. —Una sonrisa malvada apareció en su rostro y miró de frente a la primera matrona—. Quizás para beneficio de nuestros hijos en la búsqueda del reconocimiento.

—Muy cierto —dijo la matrona Baenre, con una carcajada que sonó como una tos. La guerra entre Hun'ett y Do'Urden podría ser en beneficio de todos, pero, a juicio de Baenre, no como creía SiNafay. Malicia era una matrona poderosa, y su familia se merecía tener un rango por encima del noveno. Si por fin tenía lugar la guerra, Malicia probablemente conseguiría su puesto en el consejo, reemplazando a SiNafay.

La matrona Baenre miró a las demás, y adivinó por sus expresiones de esperanza que compartían sus pensamientos. Que los Hun'ett y los Do'Urden pelearan entre ellos; el resultado daba igual porque se acabaría la amenaza de la matrona Malicia. Quizás, deseó Baenre, aquel joven Do'Urden moriría en los combates y su hijo ocuparía la posición que se merecía.

Entonces, la primera matrona pronunció las palabras que SiNafay deseaba escuchar, el permiso tácito del consejo regente de Menzoberranzan.

—El asunto está resuelto, hermanas —declaró la matrona Baenre con el asentimiento general—. Es una buena cosa que no nos hayamos reunido hoy.

19

Promesas de gloria

—¿Has encontrado el rastro? —susurró Drizzt, en cuanto llegó al costado de la gran pantera. Palmeó a Guenhwyvar en el flanco y supo por la relajación de los músculos del felino que no había ningún peligro cerca.

»Entonces, se han ido —añadió el joven, con la mirada puesta en el largo pasillo desierto que tenía delante—. «Enanos malvados», los llamó mi hermano cuando encontramos las huellas junto al estanque. Malvados y estúpidos. —Envainando la cimitarra, se puso en cuclillas junto a la pantera y le apoyó un brazo en el lomo—. Sin embargo, son lo bastante listos como para eludir a nuestra patrulla.

El felino lo miró como si pudiese comprender cada una de sus palabras, y Drizzt frotó su mano con fuerza contra la cabeza de Guenhwyvar, su mejor amiga. Drizzt recordaba con toda claridad su entusiasmo cuando, un día de la semana anterior, Dinin había anunciado —para gran enfado de Masoj Hun'ett— que Guenhwyvar acompañaría al joven al frente de la patrulla.

«¡La pantera es mía!», le había recordado Masoj a Dinin.

«¡Y tú me perteneces!», había respondido Dinin, el jefe de la patrulla, sin dar lugar a más discusiones. Cada vez que la magia de la estatuilla lo permitía, Masoj llamaba a Guenhwyvar desde el plano astral y ordenaba a la pantera que se uniera a Drizzt, cosa que además de aumentar la seguridad del joven le permitía gozar de la compañía de la magnífica bestia.

Drizzt sabía por las manchas de calor en la pared que había rebasado los límites de la ruta que debía vigilar, y que ahora se encontraba bastante lejos de la patrulla. Confiando en que él y Guenhwyvar podían cuidar de sí mismos, y con los demás muy atrás, decidió descansar y disfrutar de la espera. Estos minutos de soledad le daban el tiempo que necesitaba para reflexionar sobre sus emociones en conflicto. Guenhwyvar, que parecía estar siempre de acuerdo, resultaba el público perfecto cuando pensaba en voz alta.

—Comienzo a preguntarme el valor de todo esto —le susurró al felino—. No pongo en duda la utilidad de estas misiones (esta misma semana, hemos derrotado a una docena de monstruos que podrían haber provocado grandes daños en la ciudad), pero ¿para qué?

Miró los grandes ojos de la pantera y encontró solidaridad en la mirada. El joven comprendió que de alguna manera Guenhwyvar entendía su dilema.

—Quizás todavía no sé quién soy —murmuró Drizzt—, o lo que es mi gente. Cada vez que encuentro una pista hacia la verdad, me conduce a una senda que no me atrevo a seguir, a conclusiones que no puedo aceptar.

—Tú eres un drow —respondió alguien detrás de la pareja. Drizzt se volvió bruscamente y descubrió a Dinin, que, a unos pasos de distancia, lo miraba con gran preocupación.

—Los enanos han conseguido situarse fuera de nuestro alcance —dijo Drizzt, en un intento de desviar la atención de su hermano.

—¿Aún no has comprendido lo que significa ser un drow? —preguntó Dinin—. ¿Todavía no has llegado a entender el curso de nuestra historia y las promesas de nuestro futuro?

—Sé de nuestra historia lo que nos enseñaron en la Academia —contestó Drizzt—. Fueron las primeras lecciones que recibimos. En cambio, sé poco o nada del futuro y quisiera saber más cosas del lugar donde vivimos.

—Conoces a nuestros enemigos —lo animó Dinin.

—Sé que son innumerables —repuso Drizzt con un sonoro suspiro—. Llenan los rincones de la Antípoda Oscura, siempre atentos a que bajemos la guardia. No lo haremos, y nuestros enemigos caerán ante nuestras armas.

—Ah, pero los verdaderos enemigos no viven en las oscuras cavernas de nuestro mundo —señaló Dinin con una sonrisa taimada—. El suyo es un mundo extraño y malvado. —Drizzt comprendió a quién se refería su hermano, aunque sospechaba que le ocultaba alguna cosa.

—Los elfos de la superficie —susurró Drizzt, y el nombre estimuló en su interior un cúmulo de emociones encontradas.

Desde que tenía uso de razón, le habían hablado de la maldad de sus primos, de cómo habían obligado a los drows a refugiarse en las entrañas del mundo. Ocupado en las tareas de cada día, Drizzt no había tenido tiempo para pensar mucho en ellos; pero, cada vez que los recordaba, lo hacía para utilizar su nombre como una letanía contra todo aquéllo que odiaba en la vida. Si Drizzt podía culpar a los elfos de la superficie —tal como parecían hacer todos los demás drows— por las injusticias de la oscuridad drow, entonces le resultaba más fácil tener esperanzas en el futuro de su gente. Desde el punto de vista de la razón, Drizzt tenía que descartar las leyendas heroicas de la guerra entre los elfos como otra de la interminable serie de patrañas que le habían enseñado, pero en lo más íntimo se aferraba desesperadamente a aquellas historias. Miró a Dinin.

—Los elfos de la superficie —repitió el joven—, sean lo que sean.

Dinin festejó con una carcajada el implacable sarcasmo del hermano menor; se había convertido en algo habitual.

—Son tal como te han enseñado —le aseguró a Drizzt—. No tienen ningún mérito y son más viles de lo que podemos llegar a imaginar; los verdugos de nuestro pueblo, que nos expulsaron de la superficie hace miles de años, que nos forzaron...

—Conozco los relatos —lo interrumpió Drizzt, alarmado por el volumen cada vez más alto de la voz del hermano. El joven echó un vistazo por encima del hombro—. Si hemos acabado nuestro recorrido, vamos a reunirnos con los demás que nos esperan más cerca de la ciudad. Este lugar es demasiado peligroso y poco apropiado para charlar. —Se puso de pie y emprendió el camino de regreso escoltado por Guenhwyvar.

—No tanto como el lugar al que muy pronto te conduciré —replicó Dinin con la misma sonrisa taimada.

Drizzt se detuvo y lo miró, intrigado.

—Pienso que deberías saberlo —bromeó Dinin—. Hemos sido seleccionados por ser la mejor de todas las patrullas, y tú has tenido mucho que ver en ello.

—¿Elegidos para qué?

—Dentro de una quincena, saldremos de Menzoberranzan —explicó Dinin—. Nuestro viaje será muy largo y nos llevará a muchos kilómetros de la ciudad.

—¿Cuánto durará?

—Dos semanas, quizás tres —contestó Dinin—, pero valdrá la pena. Nosotros, mi joven hermano, seremos los que ejecutaremos parte de la venganza contra nuestros más odiados enemigos, los que asestaremos un golpe glorioso en nombre de la reina araña.

Drizzt pensó que había entendido correctamente, aunque la idea le parecía demasiado atrevida como para ser cierta.

—¡Los elfos! —exclamó Dinin, radiante—. ¡Nos han elegido para una incursión en la superficie!

Drizzt no se mostró tan entusiasmado como el hermano, poco seguro de las implicaciones de la misión. Por fin tendría la oportunidad de ver a los elfos de la superficie y de enfrentarse a la verdad que anhelaba descubrir. No obstante, algo mucho más real para Drizzt —las desilusiones que había sufrido a lo largo de los años— moderaba su entusiasmo y le recordaba que, si bien la realidad de los elfos podía servir de excusa al mundo oscuro de su gente, también podía arrebatarle algo más importante. No sabía cuál sería el resultado.

—La superficie —murmuró Alton—. Mi hermana estuvo allí, en una incursión. Una experiencia maravillosa, según dijo. —Miró a Masoj, sin saber muy bien cómo interpretar la expresión afligida del joven Hun'ett—. Ahora tu patrulla hará el viaje. Te envidio.

—Yo no voy —declaró Masoj.

—¿Por qué? —exclamó Alton—. Ésta es una ocasión única. Menzoberranzan... para gran enfado de Lloth, estoy seguro... no ha hecho ni una sola incursión en la superficie desde hace dos décadas. Quizás transcurran otros veinte años antes de la próxima, y para aquel entonces tú no estarás en las patrullas.

Masoj miró a través de la pequeña ventana de la habitación de Alton en la casa Hun'ett, y observó el panorama.

—Además —continuó Alton en voz baja—, allá arriba, tan lejos de miradas curiosas, quizás tengas la oportunidad de acabar con dos Do'Urden. ¿Por qué no puedes ir?

—¿Has olvidado la disposición adoptada con tu voto favorable? —preguntó Masoj, que se volvió para enfrentarse a Alton con aire acusador—. ¡Hace veinte años atrás, los maestros de Sorcere decidieron que ningún mago podía acercarse a la superficie!

—Tienes razón —reconoció Alton, al recordar la reunión. Los años pasados en Sorcere le parecían muy lejanos a pesar de que sólo llevaba unas pocas semanas en la casa Hun'ett—. Llegamos a la conclusión de que la magia drow podía tener un comportamiento diferente..., inesperado, a cielo abierto —explicó—. En aquella incursión realizada hace veinte años...

—Conozco la historia —gruñó Masoj, y acabó la frase por Alton—: La bola de fuego lanzada por un mago superó sus dimensiones normales y mató a varios drows. Los maestros lo calificaron de efectos secundarios peligrosos, aunque creo que el mago aprovechó para liquidar a algunos de sus enemigos con la excusa de un accidente.

—Sí —asintió Alton—. Es lo que dijeron los rumores. De todos modos, ante la falta de pruebas... —Se interrumpió al ver que las palabras no consolaban a Masoj—. Ocurrió hace mucho tiempo —dijo, en un intento de darle un motivo de esperanza—. ¿No puedes presentar un recurso?

—No vale la pena —respondió Masoj—. Las cosas en Menzoberranzan se mueven con mucha lentitud. Incluso dudo que los maestros hayan comenzado a investigar aquel episodio.

—Una verdadera lástima —opinó Alton—. Habría sido una oportunidad magnífica.

—¡Basta ya! —le reprochó Masoj—. La matrona SiNafay no me ha ordenado matar a Drizzt Do'Urden o al hermano. Ya te han advertido que guardes tus deseos personales para ti mismo. Cuando la matrona dé la orden, no fracasaré. Las oportunidades pueden crearse.

—Hablas como si ya supieras cómo morirá Drizzt Do'Urden —dijo Alton.

Una sonrisa apareció en el rostro de Masoj mientras metía una mano en el bolsillo de su túnica y sacaba una figurilla de ónice, su esclavo mágico, que el tonto de Drizzt apreciaba de todo corazón.

—Claro que sí —contestó, arrojando la estatuilla de Guenhwyvar al aire para después cogerla y mostrársela a DeVir—. Lo sé.

Los miembros del grupo escogido no tardaron en comprender que no se trataba de una misión ordinaria. Durante la semana siguiente, no salieron a recorrer los túneles de Menzoberranzan. En cambio permanecieron encerrados, día y noche, en una de las barracas de Melee-Magthere. Prácticamente durante casi todas las horas que estaban despiertos, los incursores rodeaban una mesa oval en la sala de conferencias, escuchando los detalles de los planes para la próxima aventura, y, una y otra vez, el maestro Hatch'net, el profesor de historia, repetía las historias referentes a la maldad de los elfos.

Drizzt las escuchaba atentamente, y se obligaba a sí mismo a dejarse llevar por el efecto hipnótico de las afirmaciones de Hatch'net. Las historias tenían que ser auténticas porque, si no lo eran, él ya no tendría punto de referencia para preservar sus principios.

Dinin se ocupaba de los preparativos tácticos. Les enseñaba mapas de los largos túneles que el grupo recorrería y explicaba cada detalle hasta que todos aprendieron de memoria la ruta que seguirían.

Estas clases también concitaban la atención de los guerreros —excepto la de Drizzt— y tenían que hacer grandes esfuerzos para no estallar en una ovación. A medida que la semana de preparativos llegaba a su fin, Drizzt observó que uno de los miembros de la patrulla no había asistido a las clases. Al principio pensó que Masoj estudiaba su cometido en la incursión con los maestros de Sorcere. Sin embargo, al ver que se agotaba el tiempo y los planes de batalla eran suficientemente conocidos por todos, comprendió que Masoj no formaría parte de la expedición.

—¿Dónde está nuestro mago? —se atrevió a preguntar al final de una de las clases.

Dinin, disgustado por la interrupción, miró furioso a su hermano.

—Masoj no vendrá con nosotros —respondió, consciente de que los demás podrían ahora compartir la preocupación de Drizzt, cosa muy poco apropiada en estos momentos críticos.

—Sorcere ha dispuesto que ningún mago salga a la superficie —explicó el maestro Hatch'net—. Masoj Hun'ett esperará vuestro regreso en la ciudad. Desde luego es una gran pérdida para todos vosotros, porque Masoj ha demostrado su valía en numerosas ocasiones. De todos modos, no tenéis motivos para preocuparos; una sacerdotisa de Arach-Tinilith irá con vosotros.

—¿Y qué hay...? —comenzó a decir Drizzt por encima del murmullo de aprobación de los compañeros.

Dinin interrumpió al joven porque había adivinado cuál era su pregunta.

—El felino pertenece a Masoj —declaró, tajante—. La bestia no viene.

—Yo podría hablar con Masoj —ofreció Drizzt.

La severa mirada de Dinin respondió al ofrecimiento sin necesidad de palabras.

—Nuestras tácticas serán diferentes en la superficie —le explicó a todo el grupo, acallando los comentarios—. La superficie es un mundo de distancias sin ninguna relación con los rincones y recovecos de nuestros túneles. Una vez divisado el enemigo, nuestra tarea será rodearlo, acortar las distancias. —Miró directamente a su hermano—. No nos hace falta un explorador, y, en este tipo de combate, un felino belicoso puede ser más un trastorno que una ayuda.

Drizzt se tuvo que conformar con la respuesta. Discutir no habría servido de nada, aun cuando hubiese podido convencer a Masoj que lo dejase llevar la pantera, cosa que sabía imposible. Se forzó a controlar sus deseos y prestó atención a las palabras de Dinin. Éste iba a ser el mayor desafío de la vida de Drizzt, y el mayor peligro.

Durante los dos últimos días, cuando no hacían otra cosa que pensar en el plan de batalla, Drizzt descubrió que cada vez estaba más inquieto. El nerviosismo le hacía sudar las palmas, y su mirada permanecía atenta a todo.

A pesar de la desilusión por no poder llevar a Guenhwyvar, Drizzt no negaba la excitación que sentía. Ésta era la aventura que siempre había deseado, la posibilidad de conseguir la respuesta a las preguntas sobre las creencias de su gente. Allá, en la inmensidad de aquel mundo ajeno, vivían los elfos de la superficie, la pesadilla invisible que se había convertido en el enemigo común y, en consecuencia, el vínculo que unía a los drows. Drizzt descubriría la gloria de la batalla, conseguiría la venganza contra los enemigos más odiados por su raza. Hasta ahora, Drizzt había combatido por necesidad, en los gimnasios o contra los monstruos estúpidos que se aventuraban demasiado cerca de su hogar.

El joven sabía que este encuentro sería diferente. Esta vez sus estocadas y mandobles tendrían la fuerza de emociones más profundas, estarían guiadas por el honor de su gente, por el valor colectivo y la decisión de golpear a sus opresores. No podía creer otra cosa.

La noche anterior a la partida, Drizzt se acostó en el camastro y realizó algunos ejercicios con las cimitarras.

—Esta vez —le susurró a los aceros mientras se maravillaba de los intrincados movimientos incluso a tan poca velocidad—, ¡esta vez vuestro tintineo será un canto a la justicia!

Colocó las cimitarras en el suelo junto a su lecho y se puso de costado dispuesto a dormir.

—Esta vez —musitó una vez más casi sin mover los labios y con un brillo de decisión en los ojos.

¿Sus proclamas eran ciertas o sólo una manifestación de esperanza? Drizzt había descartado la pregunta la primera vez que la formuló porque ya no podía plantearse más dudas. Había dejado de pensar en la posibilidad de una nueva desilusión; no era propio del corazón de un guerrero drow.

A Dinin, en cambio, que observaba a Drizzt desde las sombras del portal, le sonó como si el hermano menor intentara convencerse de la verdad de sus propias palabras.

20

Aquel mundo extraño

Los catorce miembros de la patrulla se pusieron en marcha a través del laberinto de túneles y cavernas enormes que de pronto se abrían ante ellos. Sin hacer ruido gracias a sus botas mágicas y casi invisibles envueltos en su piwafwis, se comunicaban exclusivamente por el código mudo. Durante gran parte del camino, la pendiente del suelo apenas si se notaba, aunque algunas veces el grupo tuvo que trepar por las chimeneas, conscientes de que cada paso y cada asidero los acercaban al objetivo. Cruzaron los límites de los territorios pertenecientes a los monstruos y a otras razas, pero los odiados enanos e incluso los duergars se mantuvieron ocultos con sana prudencia. A nadie en la Antípoda Oscura se le ocurriría interceptar a un grupo de incursores drows.

A finales de la primera semana, todos los drows podían notar las diferencias en el entorno. A un habitante de la superficie esta profundidad le habría parecido intolerable, pero los elfos oscuros se habían habituado a la opresión constante de millones de toneladas de rocas por encima de las cabezas. Cada vez que llegaban a una curva esperaban encontrar que el techo de piedra ya no existía y que se hallaban a cielo abierto.

Las brisas le rozaban el cuerpo; no se trataba de los vientos cálidos y sulfurosos provenientes del magma de las profundidades de la tierra, sino de un aire húmedo, perfumado con un centenar de aromas desconocidos para los drows. En la superficie reinaba la primavera —aunque los elfos oscuros, con su mundo sin estaciones, no sabían qué era—, y el aire soplaba cargado con los perfumes de los pimpollos y de las hojas nuevas de los árboles. Dominado por el efecto embriagador de aquellos aromas, Drizzt se veía obligado a recordarse a sí mismo una vez y otra que el lugar de destino era malvado y peligroso. Quizás, pensó, los aromas eran un cebo diabólico, una trampa para atrapar a una criatura inocente y arrebatarle la vida.

La sacerdotisa de Arach-Tinilith que acompañaba a la patrulla comenzó a caminar muy cerca de una de las paredes del túnel; cada vez que encontraba una grieta apoyaba la cara contra la piedra.

—Ésta servirá —anunció al cabo de un rato. Lanzó un hechizo de visión y miró por segunda vez a través de la grieta que tenía el ancho de un dedo.

—¿Cómo vamos a pasar por allí? —le preguntó uno de los miembros de la patrulla a otro mediante el código mudo. Dinin captó los gestos y acabó la conversación con una mirada de enfado.

—En la superficie es de día —afirmó la sacerdotisa—. Tendremos que esperar aquí.

—¿Durante cuánto tiempo? —quiso saber Dinin, consciente de que su tropa tenía los nervios a flor de piel ante la proximidad del objetivo.

—No lo sé —contestó la sacerdotisa—. Supongo que la mitad de un ciclo de Narbondel. Descarguemos las mochilas y aprovechemos para descansar mientras podamos.

Dinin habría preferido seguir, sólo para mantener a la patrulla ocupada, pero no se atrevió a opinar en contra de la sacerdotisa. De todos modos, la espera no resultó muy larga porque, al cabo de un par de horas, la sacerdotisa volvió a espiar por la grieta y anunció que había llegado el momento oportuno.

—Tú primero —le dijo Dinin a Drizzt. El joven miró con incredulidad al hermano mayor, sin entender cómo podía pasar por aquella grieta tan estrecha.

—Ven —lo llamó la sacerdotisa, que ahora sostenía una esfera con muchos agujeros—. Pasa por delante de mí y continúa caminando.

Mientras Drizzt obedecía la instrucción, la sacerdotisa dio una orden a la esfera y la sostuvo por encima de la cabeza del joven. Unos copos negros, más negros que la piel de ébano de Drizzt, lo rociaron y notó una sacudida tremenda a lo largo de su columna vertebral.

Los demás mostraron expresiones de asombro al ver que el cuerpo de Drizzt se hacía tan delgado como un pelo y se transformaba en una imagen bidimensional, en una sombra de lo que era.

Drizzt no alcanzaba a comprender lo que ocurría, pero de pronto la grieta le pareció mucho más ancha. Se deslizó en su interior, descubrió que tenía capacidad de movimiento con sólo pensar en el gesto, y flotó a lo largo de las vueltas, revueltas y curvas del estrecho canal como una sombra sobre la rugosa superficie de la piedra. Después se encontró en el interior de una cueva alargada con una única salida en el extremo más alejado.

No había salido la luna, pero, así y todo, la oscuridad de la noche en la superficie le pareció extraordinariamente clara. Drizzt se sintió atraído hacia la boca de la cueva que comunicaba con el mundo exterior. Sus compañeros cruzaron la grieta uno tras otro y en último término apareció la sacerdotisa. Drizzt fue el primero en notar la misma sacudida anterior cuando su cuerpo recuperó las dimensiones normales. Al cabo de unos minutos, todos estaban muy ocupados en revisar las armas.

—Me quedaré aquí —le informó la sacerdotisa a Dinin—. Buena caza. La reina araña os mira.

Dinin advirtió una vez más a sus tropas de los peligros en la superficie, y a continuación se acercó a la salida de la cueva, un pequeño agujero en la cornisa de una montaña.

—¡Por la reina araña! —gritó Dinin, que inspiró profundamente y salió a cielo abierto, seguido por su patrulla.

¡Bajo las estrellas! Mientras los demás parecían nerviosos ante la presencia de aquellas luces, Drizzt no podía apartar la mirada de la cúpula negra perforada por innumerables puntos de luz que guiñaban. Bañado por la luz de las estrellas, sintió cómo se le henchía el corazón y ni siquiera oyó el alegre canto que cabalgaba en el viento nocturno, porque era el complemento natural al glorioso espectáculo.

Dinin escuchó el canto, y él sí tenía la experiencia necesaria para saber que era una de las extrañas letanías de los elfos de la superficie. Se puso en cuclillas, oteó el horizonte y divisó la luz de una hoguera solitaria en el fondo del valle arbolado. Ordenó a sus soldados que lo siguieran y comenzó el descenso.

Drizzt podía ver la ansiedad en los rostros de los compañeros, que contrastaba con la inexplicable serenidad que sentía.

De inmediato sospechó que había algo erróneo en todo esto. En su corazón, Drizzt sabía desde el momento en que había salido de la cueva que éste no era el mundo perverso descrito con tanta minuciosidad por los maestros de la Academia. Le parecía extraño no tener un techo de piedra por encima de su cabeza, pero no lo inquietaba. Si las estrellas, que tan profundamente lo conmovían, eran un aviso de lo que podía traer el día siguiente, como había dicho el maestro Hatch'net, entonces la mañana no podía ser tan terrible.

Sólo el desconcierto atemperaba la sensación de libertad que experimentaba Drizzt: o bien era víctima de un espejismo, o los compañeros, incluido su hermano, tenían una visión completamente distinta del entorno.

La duda resultó otra pesada carga sobre los hombros del joven; estas sensaciones tan gratificantes ¿eran una muestra de debilidad o lo que de verdad sentía en el corazón?

—Son parecidos a las setas que crecen en Menzoberranzan —aseguró Dinin a la patrulla al ver que avanzaban con desconfianza entre los árboles de un bosquecillo—, pero no son centinelas ni peligrosos.

De todos modos, los jóvenes elfos oscuros torcían el gesto y esgrimían las armas cada vez que una ardilla saltaba de una rama a otra o un pájaro invisible trinaba a lo lejos. Acostumbrados desde el nacimiento al silencio de su mundo, los mil y un sonidos de un bosque en primavera no podían menos que preocuparlos. Además, en la Antípoda Oscura todo ser vivo podía, y desde luego lo intentaría, atacar a cualquiera que invadiese su guarida. Hasta el canto de los grillos sonaba amenazador para los alertas oídos de los drows.

El curso de Dinin era certero, y muy pronto la canción de los elfos ahogó cualquier otro sonido y la luz de la hoguera se hizo visible entre las ramas. Los elfos de la superficie eran la raza más alerta de todas, y un humano —o incluso un sigiloso halfling— tenía muy pocas probabilidades de sorprenderlos.

Pero los incursores de esta noche eran drows, mucho más preparados para actuar con sigilo que el mejor de los ladrones de la superficie. Las pisadas no hacían ruido, ni siquiera al pisar las hojas secas, y las armaduras, ajustadas perfectamente a los contornos de los esbeltos cuerpos, se acomodaban a los movimientos sin ningún chirrido. Inadvertidos, rodearon el perímetro del pequeño claro, donde un grupo de elfos cantaban y bailaban.

Boquiabierto ante el placer que le producía aquel espectáculo, Drizzt no prestó atención a las órdenes que su hermano transmitió en código mudo. Varios niños, que sólo se distinguían de los demás por el tamaño de sus cuerpos, bailaban en el corro, y se mostraban tan alegres y libres como los mayores. Todos parecían seres inocentes, llenos de vida y felicidad, y obviamente ligados por una amistad y un cariño inimaginables en Menzoberranzan. No tenían nada que ver con los personajes de las historias que el maestro Hatch'net les había contado, relatos poblados de seres viles y odiosos.

Drizzt presintió que los guerreros se movían, desplegándose para obtener la máxima ventaja, pero no apartó la mirada de aquel hermoso espectáculo. Dinin lo tocó en un hombro y le señaló la pequeña ballesta sujeta al cinturón; después se deslizó entre las sombras para situarse en posición a un costado del claro.

El joven quería detener a su hermano y a los demás, quería hacerlos esperar y que contemplaran a los elfos de la superficie a los que tanto se apresuraban a calificar de enemigos. Drizzt descubrió que no podía mover los pies y que la lengua era un peso muerto en la boca reseca. Miró a Dinin y sólo pudo confiar en que su hermano interpretara los jadeos como una muestra de entusiasmo por la batalla.

Entonces, los agudos oídos de Drizzt captaron el zumbido de una docena de ballestas. La canción de los elfos se interrumpió cuando varios de los miembros del grupo cayeron al suelo.

—¡No! —gritó Drizzt, desesperado, su repulsa motivada por una rabia tan intensa como inexplicable. Su negativa sonó como otro grito de guerra más para los miembros de la patrulla, y, antes de que los elfos de la superficie tuviesen tiempo para reaccionar, Dinin y los demás ya se les habían echado encima.

También Drizzt penetró en el claro iluminado por el fuego, con las armas preparadas, aunque no sabía cuál iba a ser su próximo movimiento. Sólo deseaba detener la batalla, poner punto final a la terrible escena.

Muy confiados en la seguridad del bosque que era su hogar, los elfos ni siquiera iban armados. Los guerreros drows los atacaron sin piedad, repartiendo mandobles a diestro y siniestro, y con tanta saña que continuaban clavando sus espadas cuando la víctima ya había muerto.

Una aterrorizada mujer consiguió escapar del cerco mortal, y fue a dar delante mismo de Drizzt, que bajó sus cimitarras al tiempo que buscaba la forma de ayudarla.

Entonces, la mujer se irguió casi de puntillas por la fuerza de una espada que la atravesó de lado a lado por la espalda. Drizzt observó inmovilizado por el horror cómo el guerrero drow empuñaba la espada con las dos manos y la hacía girar en el interior de la herida. La elfa miró fijamente a Drizzt en los instantes finales de su vida, implorando su piedad. Su voz sonó como un quejido por la sangre que brotó a borbotones de la boca.

Con una expresión exultante, el guerrero drow arrancó la espada del cuerpo sin vida y descargó un segundo golpe que decapitó a la mujer.

—¡Venganza! —gritó el drow, con los ojos alumbrados por una luz demoníaca que asombró a Drizzt. El guerrero clavó su espada una vez más en el cuerpo inerte y a continuación corrió en busca de una nueva víctima.

Tan sólo un momento más tarde, otro elfo, esta vez una niña, escapó de la masacre y corrió hacia donde estaba Drizzt, sin dejar de gritar la misma palabra una y otra vez. El vocablo pertenecía al idioma de los elfos de la superficie, una lengua incomprensible para Drizzt, pero cuando miró su blanco rostro, cubierto de lágrimas, comprendió el significado de la palabra. La muchacha sólo tenía ojos para el cuerpo mutilado a sus pies; la angustia pesaba incluso más que su propio destino. El vocablo únicamente podía significar «madre».

Rabia, horror, angustia y una docena más de emociones sacudieron a Drizzt en aquel momento terrible. Quería verse libre de estos sentimientos, dejarse arrastrar por la furia asesina de los compañeros y aceptar la cruel realidad, para así librarse del acoso de su propia conciencia.

La muchacha elfa llegó junto a Drizzt, pero ni siquiera advirtió su presencia, atenta sólo a la madre muerta. Drizzt levantó su cimitarra dispuesto a descargar el golpe mortal contra la desprotegida nuca, incapaz de distinguir entre la piedad y el asesinato.

—¡Sí, hermano! —vociferó Dinin; su voz dominó los aullidos, jadeos y exclamaciones de los compañeros, y sonó a los oídos de Drizzt como una acusación. El joven miró a Dinin y lo vio cubierto de sangre de pies a cabeza en medio de un montón de elfos muertos.

»¡Ahora conoces la gloria de ser un drow! —añadió Dinin, levantando un puño en señal de victoria—. ¡Hoy apaciguaremos a la reina araña!

Drizzt respondió con el mismo gesto, soltó un gruñido y se apartó un paso para descargar el golpe.

Casi lo hizo. Con la mente obnubilada por la confusión, Drizzt Do'Urden estuvo a punto de ser igual a todos los demás. Casi arrebató la vida de los ojos de la hermosa niña.

En el último momento, ella lo miró, y sus ojos resplandecieron como un espejo oscuro en el corazón de Drizzt. En aquel reflejo, en la imagen invertida de la furia que guiaba la mano, Drizzt Do'Urden se encontró a sí mismo.

Descargó la cimitarra en un poderoso arco con un ojo puesto en Dinin mientras la hoja pasaba por encima de la niña. Con el mismo movimiento, Drizzt empleó la otra mano para coger a la muchacha por la pechera de la túnica y tumbarla boca abajo en el suelo.

La elfa gritó, aterrorizada pero ilesa, y Drizzt vio que Dinin lo saludaba con el puño en alto antes de volverse de espaldas.

Drizzt tuvo que trabajar deprisa; la espantosa batalla estaba a punto de concluir. Movió las cimitarras sobre la espalda de la muchacha acurrucada para destrozarle la túnica aunque sin llegar a tocar la delicada piel. Después utilizó la sangre del cuerpo decapitado para completar el engaño; pensó que a la madre le habría complacido saber que su sacrificio había servido para salvar la vida de la hija.

—No te muevas —susurró al oído de la muchacha. Drizzt sabía que no entendía su lengua, pero al menos intentó imprimir un tono de consuelo a su voz. Sólo podía confiar en que el engaño no fuese descubierto cuando un momento más tarde Dinin y los demás se reunieran con él.

—¡Bien hecho! —exclamó Dinin, tan entusiasmado que le temblaba todo el cuerpo, cuando llegó junto a su hermano—. ¡Hemos acabado con toda esta carroña y ni uno sólo de nosotros ha resultado herido! ¡Las matronas de Menzoberranzan estarán orgullosas, aunque no hayamos conseguido botín de esta pandilla de miserables! —Miró los cuerpos a los pies de Drizzt y palmeó el hombro de su hermano.

»¿Acaso creían que podían escapar? —rugió Dinin.

Drizzt hizo un esfuerzo supremo para contener el asco, pero Dinin estaba tan entusiasmado con el baño de sangre que difícilmente se habría dado cuenta.

—¡No contaban contigo! —añadió Dinin—. ¡Dos muertos para Drizzt!

—¡Uno! —protestó el guerrero que había matado a la mujer. Drizzt apretó las empuñaduras de sus cimitarras y se armó de valor. Si el drow descubría el engaño, Drizzt lucharía por salvar la vida de la muchacha elfa. Mataría a los compañeros, incluso a su hermano, para salvar a la niña de ojos resplandecientes; lucharía hasta que lo mataran. Así al menos no tendría que presenciar cómo la asesinaban. Por fortuna, el problema no llegó a plantearse.

—Drizzt mató a la niña —le explicó el guerrero a Dinin—, pero la mujer es mía. La atravesé con mi espada antes de que tu hermano tuviese siquiera tiempo de levantar sus cimitarras.

Fue un acto instintivo, un golpe inconsciente contra el mal que lo rodeaba. Drizzt no se dio cuenta de lo que había hecho hasta al cabo de un momento, cuando vio al presuntuoso drow tendido de espaldas, con las manos en el rostro, gimiendo de dolor. Sólo entonces Drizzt advirtió el escozor en la mano y vio los nudillos y la empuñadura de la cimitarra manchados con sangre.

—¿A qué viene esto? —preguntó Dinin.

Drizzt pensó deprisa y ni siquiera respondió a la pregunta. Miró más allá de Dinin, a la figura que se retorcía en el suelo, y volcó toda su rabia en un insulto que los demás podían aceptar y respetar.

—¡Si alguna vez vuelves a robarme una víctima —lo amenazó, con un tono de sinceridad casi auténtico—, reemplazaré la cabeza decapitada con la tuya!

Drizzt vio que, a pesar de sus esfuerzos por no moverse, la niña elfa había comenzado a estremecerse por los sollozos, y decidió no abusar de la suerte.

—Venga, vámonos —gruñó—. Dejemos este lugar. ¡El hedor de la superficie es como bilis en la boca!

Se alejó con paso enérgico, y los demás, riéndose, recogieron al compañero caído y lo siguieron.

—Por fin —susurró Dinin mientras observaba la marcha de su hermano—. ¡Por fin has aprendido lo que significa ser un guerrero drow!

En su ceguera, Dinin jamás comprendería la ironía de sus palabras.

—Todavía nos queda una cosa por hacer antes de regresar a casa —le explicó la sacerdotisa al grupo cuando llegaron a la boca de la cueva. Sólo ella sabía cuál era el segundo objetivo de esta incursión—. Las matronas de Menzoberranzan quieren que seamos testigos del más tremendo horror del mundo exterior, para que podamos advertir a nuestra gente.

«¿Nuestra gente?», repitió para sí Drizzt, sarcástico. Por lo que había podido ver, los incursores ya conocían cuál era el horror del mundo exterior: ¡ellos mismos!

—¡Allí! —gritó Dinin, señalando hacia el horizonte por el este.

La línea de luz prácticamente imperceptible marcó el contorno de las distantes montañas. Un habitante de la superficie no habría podido verla, pero los elfos oscuros la veían con toda claridad, y todos, incluido Drizzt, retrocedieron involuntariamente.

—Es hermoso —se atrevió a comentar Drizzt después de contemplar el espectáculo durante unos segundos.

Dinin le dirigió una mirada helada, pero no tanto como la de la sacerdotisa.

—Quitaos las capas, el equipo y las armaduras —ordenó la sacerdotisa—. Deprisa. Dejadlo todo en el interior de la cueva para que la luz no los afecte. —En cuanto cumplieron la orden, añadió con tono severo—: Observad.

El cielo mostró un tono violáceo y después rosa, y los elfos oscuros entornaron los párpados, incómodos. Drizzt quería negar la evidencia de la misma manera que había rechazado las palabras del maestro de historia referentes a los pobladores de la superficie.

Entonces ocurrió: el sol asomó por encima de las montañas orientales. El mundo exterior despertó a su calor, a la energía que daba la vida. Sus rayos atacaron los ojos de los elfos oscuros con la furia del fuego, atormentándolos con su poder.

—¡Mirad! —gritó la sacerdotisa—. ¡Contemplad el alcance del horror!

Uno tras otro, los guerreros corrieron a refugiarse en las sombras de la cueva, incapaces de soportar el terrible espectáculo, hasta que sólo Drizzt permaneció junto a la sacerdotisa expuesto a la luz del día. Desde luego, la luz lo asaeteaba con la misma intensidad que a los demás, pero al mismo tiempo lo reconfortaba; el joven aceptaba el sufrimiento, se exponía sin reparos para que el fuego le limpiara el alma.

—Ven —dijo la sacerdotisa finalmente, sin comprender el motivo de sus acciones—. Ya lo hemos visto. Ahora podemos regresar a nuestro hogar.

—¿Hogar? —preguntó Drizzt, en voz baja.

—¡Menzoberranzan! —gritó la sacerdotisa, convencida de que el varón había perdido el juicio—. Ven, antes de que el fuego del infierno consuma nuestra piel hasta los huesos. ¡Dejemos que nuestros primos de la superficie sufran con las llamas, un castigo justo para sus malvados corazones.

Drizzt soltó una carcajada amarga. ¿Un castigo justo? Deseaba poder arrancar del cielo mil soles como éste y colocarlos en cada capilla de Menzoberranzan, para que brillaran hasta el final de los tiempos.

Entonces ya no pudo soportar más el castigo de la luz. Entró en la cueva casi ciego; vistió la armadura y recogió el equipo. La sacerdotisa tenía la esfera preparada, y Drizzt fue el primero en atravesar la pequeña grieta. Cuando todo el grupo se reunió otra vez en el túnel al otro lado, el joven ocupó su posición delante de la patrulla y la guió en el descenso por los senderos cada vez más oscuros, de regreso a la oscuridad de su existencia.

21

Complacer a la diosa

—¿Habéis complacido a la diosa? —preguntó la matrona Malicia, en un tono en el que dominaba la amenaza. A su lado, las otras mujeres de la casa Do'Urden, Briza, Vierna y Maya, miraban impasibles, sin demostrar sus celos.

—No hemos perdido ni a un sólo drow —replicó Dinin, con voz cargada de maldad—. ¡Fue una carnicería deliciosa! —Una expresión de entusiasmo malsano apareció en su rostro mientras narraba a los presentes el sangriento episodio—. Los descuartizamos a todos.

—¿Y tú qué? —lo interrumpió la madre matrona, más preocupada por los beneficios para el prestigio de la familia que con el éxito de la incursión.

—Cinco —respondió Dinin, orgulloso—. ¡Maté a cinco, todas ellas mujeres!

La sonrisa de la matrona estremeció de deleite a Dinin. Entonces, Malicia frunció el entrecejo mientras volvía la mirada hacia Drizzt.

—¿Y él? —preguntó, convencida de que la respuesta no sería agradable. Malicia no dudaba de las habilidades del hijo menor con las armas, pero había comenzado a sospechar que Drizzt era muy parecido a Zaknafein en el terreno de las emociones, cosa que le restaba méritos para este tipo de operaciones.

La sonrisa de Dinin la desconcertó. Dinin se acercó a Drizzt y rodeó con el brazo los hombros de su hermano.

—Drizzt sólo mató a uno —dijo Dinin—, pero nada menos que a una niña elfa.

—¿Solo uno? —gruñó Malicia.

Desde las sombras junto al trono, Zaknafein escuchaba angustiado. Anhelaba con toda el alma poder cerrar los oídos a las palabras del primer hijo Do'Urden que le quemaban como un hierro candente. De todas las maldades que Zak había conocido en Menzoberranzan, ésta era, sin duda, la que más le dolía. Drizzt había matado a una niña.

—¡Tendrías que haber visto cómo lo hizo! —añadió Dinin—. ¡La hizo trizas; descargó toda la furia de Lloth en aquel cuerpo palpitante! ¡La reina araña valorará aquella muerte por encima de todas las demás!

—Sólo uno —repitió la matrona Malicia sin suavizar el gesto.

—Podrían haber sido dos —le informó Dinin—. Shar Nadal de la casa Maevret le arrebató una, otra hembra.

—Entonces, Lloth favorecerá a la casa Maevret —señaló Briza.

—No —replicó Dinin—. Drizzt castigó a Shar Nadal por sus acciones, y el hijo de la casa Maevret no respondió al desafío.

El recuerdo hirió a Drizzt. Había deseado que Shar Nadal se lanzara contra él para poder descargar la furia contenida en su cuerpo, y ahora le remordía la conciencia.

—Bien hecho, hijos míos —exclamó Malicia, por fin satisfecha del comportamiento de ambos en la incursión—. Después de este éxito, la reina araña mirará complacida a la casa Do'Urden. Ella nos guiará a la victoria contra la casa desconocida que pretende destruirnos.

Zaknafein abandonó la sala de audiencias con la mirada baja, frotando con una mano el pomo de su espada en un gesto nervioso. Zak recordó la ocasión en la que había engañado a Drizzt con la bomba de luz y lo había tenido a su merced. Aquél había sido el momento propicio para librar al inocente joven de su terrible destino. Podría haber matado a Drizzt en un acto de misericordia y haberlo liberado de la pesadilla de la vida en Menzoberranzan.

Zak se detuvo en el largo pasillo y se volvió para mirar hacia la puerta de la sala en el instante en que aparecían Drizzt y Dinin. El joven dirigió al maestro de armas una mirada acusadora y después, con un gesto altanero, desapareció por uno de los corredores laterales.

«Así que finalmente hemos llegado a esto —pensó Zaknafein, herido por la mirada de su antiguo discípulo—. El joven guerrero de la casa Do'Urden, imbuido del odio que encarna nuestra raza, ha aprendido a despreciarme por lo que soy.»

Zak recordó una vez más aquella ocasión en la sala de gimnasia, cuando durante una fracción de segundo la vida de Drizzt había dependido de la punta de una espada. Desde luego habría sido un acto de piedad matar a Drizzt entonces.

Con el corazón todavía dolido por la mirada del joven drow, Zak no tenía muy claro si matar al joven habría sido un acto piadoso con la víctima o consigo mismo.

—Déjanos —ordenó la matrona SiNafay mientras entraba en el pequeño cuarto alumbrado con la luz de una vela. Por un momento Alton se sintió molesto con la petición; después de todo, éste era su cuarto personal. Pero, con mucha prudencia, se recordó a sí mismo que SiNafay era la madre matrona de la familia, ama y señora de la casa Hun'ett. Disimuló el instante de vacilación con una serie de torpes reverencias y palabras de disculpa, y salió del cuarto.

Masoj espió a su madre que aguardaba la partida de Alton. Por el tono agitado de SiNafay, el joven mago había adivinado la importancia de la visita. ¿Había dado motivos al enfado de su madre? O, mejor dicho, ¿había hecho Alton alguna cosa indebida? Cuando SiNafay se volvió hacia él, con una expresión de placer maligno, Masoj comprendió que el nerviosismo de la matrona se debía al entusiasmo.

—¡La casa Do'Urden ha fallado! —exclamó SiNafay—. ¡Ha perdido el favor de la reina araña!

—¿Cómo? —preguntó Masoj, asombrado. Estaba al corriente de que Dinin y Drizzt habían regresado victoriosos de la superficie, que el éxito de la incursión había merecido los elogios de toda la ciudad.

—Desconozco los detalles —contestó la matrona SiNafay, un poco más serena—. Uno de ellos, quizás uno de los hijos, hizo algo que disgustó a Lloth. La noticia me la transmitió una de las doncellas de la reina araña. ¡Tiene que ser verdad!

—La matrona Malicia actuará para corregir la situación —manifestó Masoj—. ¿De cuánto tiempo disponemos?

—El disgusto de Lloth no será revelado a la matrona Malicia —dijo SiNafay—. Al menos, no demasiado pronto. La reina araña lo sabe todo. Sabe que planeamos atacar la casa

Do'Urden, y únicamente una desgraciada casualidad podría avisar a la matrona Malicia de su situación desesperada antes de que su casa resulte destruida.

»No debemos perder tiempo —añadió la matrona SiNafay—. ¡En el plazo de diez ciclos de Narbondel debemos asestar el primer golpe! La batalla comenzará casi inmediatamente después, antes de que la casa Do'Urden pueda relacionar su pérdida con nuestras actividades.

—¿Cuál será la pérdida repentina? —quiso saber Masoj, aunque creía conocer la respuesta.

—Drizzt Do'Urden —respondió SiNafay, complacida—, el hijo favorito. Mátalo.

Las palabras de la madre fueron como una dulce melodía para los oídos de Masoj. Se hamacó en la silla y cruzó las manos detrás de la nuca mientras consideraba la orden.

—No me falles —le advirtió SiNafay.

—No fracasaré —afirmó Masoj—. A pesar de su juventud, Drizzt es un rival formidable. Además, el hermano mayor casi siempre está con él. —El mago miró a la matrona con expresión anhelante—. ¿Puedo matar también al hermano?

—Ve con mucha cautela, hijo mío —replicó SiNafay—. Drizzt Do'Urden es nuestro objetivo principal. Concentra todos tus esfuerzos en conseguir que muera.

Como tú ordenes —dijo Masoj, con una reverencia.

A SiNafay le complacía ver cómo el hijo aceptaba sus decisiones sin discutirlas. Se dirigió hacia la puerta, confiaba en la capacidad de Masoj para cometer el crimen.

—Si Dinin Do'Urden se entromete —añadió la matrona, dispuesta a premiar a Masoj por su obediencia—, puedes matarlo.

La expresión de Masoj descubrió sus ansias por cometer el segundo asesinato.

—¡No toleraré un fracaso! —le advirtió SiNafay, esta vez con un tono de amenaza que desinfló un tanto los ánimos del mago—. ¡Drizzt Do'Urden tiene que morir antes de diez días!

Masoj se forzó en apartar a Dinin de sus pensamientos. Drizzt debe morir, repitió una y otra vez como una letanía, mucho después de la marcha de su madre. Ya sabía cómo cometería el asesinato. Ahora sólo podía confiar en que la oportunidad no tardara en llegar.

El terrible recuerdo de la incursión a la superficie persiguió a Drizzt, lo acosó, mientras recorría los pasillos de Daermon N'a'shezbaernon. Había abandonado a toda prisa la sala de audiencias en el instante en que la matrona Malicia lo había despedido, y se había librado del hermano a la primera oportunidad porque deseaba poder estar a solas.

Las imágenes se mantenían: el horror en los ojos de la niña elfa cuando se arrodilló junto al cadáver de la madre; la expresión aterrorizada de la mujer en el último suspiro mientras Shar Nadal retorcía la espada en la herida. Los elfos de la superficie estaban allí en los pensamientos de Drizzt; no podía expulsarlos. Caminaban junto a Drizzt en su vagabundeo, tan reales como cuando la patrulla del joven los había atacado en medio de la fiesta.

Drizzt se preguntó si alguna vez volvería a estar solo.

Con la mirada baja, consumido por la sensación de pérdida, Drizzt no prestaba atención al camino. Dio un salto atrás, sorprendido, cuando al doblar en uno de los pasillos chocó contra algo.

Se encontró cara a cara con Zaknafein.

—Has vuelto a casa —dijo el maestro de armas, distraído, y su inexpresivo rostro no reflejaba el tumulto de emociones que le quemaba el pecho.

Drizzt se preguntó si también él podría disimular el sufrimiento.

—Por un día —contestó, indiferente, aunque ardía de cólera contra Zaknafein. Ahora que Drizzt había presenciado la crueldad de los drows, las hazañas de Zak le parecían todavía más repugnantes—. Mi patrulla vuelve a los túneles con la primera luz de Narbondel.

—¿Tan pronto? —preguntó Zak, sorprendido.

—Nos han llamado —replicó Drizzt. Dio un paso para alejarse, y Zak lo sujetó por el brazo.

—¿Servicio general? —quiso saber Zak.

—No —respondió Drizzt—. Hay actividad en los túneles orientales.

—Por eso llaman a los héroes —comentó Zak, burlón.

Drizzt tardó unos segundos en contestar. ¿Había sarcasmo en la voz de Zak? Quizás sentía celos porque Drizzt y Dinin podían salir a luchar mientras Zak tenía que permanecer en la casa Do'Urden para cumplir con su trabajo de maestro de armas. ¿Tantas eran sus ansias de sangre que no podía tolerar que otros combatieran en su lugar? ¿Acaso Zak no los había entrenado a Dinin y a él? ¿No había convertido a centenares de guerreros en armas vivientes, en asesinos?

—¿Cuánto tiempo estarás fuera? —preguntó Zak, interesado por las actividades de Drizzt.

—Una semana como máximo —repuso el joven.

—¿Y después?

—De nuevo en casa.

—No está mal —afirmó Zak—. Me alegrará verte otra vez entre las paredes de la casa Do'Urden. —Drizzt puso en duda la sinceridad de las palabras de su antiguo maestro.

Entonces, en un movimiento inesperado, Zak lo palmeó en un hombro con la intención de probar los reflejos del joven. Más sorprendido que asustado, Drizzt aceptó el contacto sin ofrecer respuesta.

—¿Quizás en el gimnasio? —preguntó Zak—. Tú y yo, como en los viejos tiempos.

«¡Imposible!», deseó poder gritar el joven. Nunca más volvería a ser como en aquel entonces. De todos modos, Drizzt se guardó la opinión y asintió.

—Con mucho gusto —aceptó, mientras se preguntaba si se sentiría complacido derrotando a Zak. Drizzt conocía ahora la realidad que lo rodeaba y sabía que no podía hacer nada por cambiarla. Sin embargo, quizás podía introducir un cambio en su vida privada. Tal vez si mataba a Zaknafein, su mayor desengaño, podría alejarse de la maldad de su entorno.

—Lo mismo digo —contestó Zak, con un tono de amistad que ocultaba sus verdaderas intenciones; las mismas de Drizzt.

—Entonces, hasta la semana que viene —dijo Drizzt, y se alejó, incapaz de permanecer por más tiempo con el drow que había sido su mejor y más querido amigo, y que, como bien sabía ahora, era tan cruel y taimado como el resto de su raza.

—Por favor, matrona —imploró Alton—, es mi derecho. ¡Os lo ruego!

—Espera un poco más, DeVir —contestó SiNafay con un tono de piedad, un sentimiento poco habitual y casi nunca manifestado.

—He esperado...

—Ya casi es la hora —replicó SiNafay, esta vez con un deje de amenaza—. Además, lo has intentado antes.

La mueca grotesca de Alton provocó la sonrisa de SiNafay.

—Sí —añadió—. Estoy enterada del fracaso de tu intento por acabar con la vida de Drizzt Do'Urden. De no ser por la aparición de Masoj, el joven guerrero te habría matado.

—¡Tuve la ocasión de destruirlo! —exclamó Alton.

—Quizás habrías ganado —concedió SiNafay, sin ganas de discutir—, pero sólo te habría servido para revelarte como un impostor asesino, y la ira de todo Menzoberranzan habría caído sobre tu cabeza.

—No me importa.

—¡Te habría importado, puedes creerme! —afirmó la matrona SiNafay—. Habrías perdido la oportunidad de reclamar una venganza más importante. Confía en mí, Alton DeVir. Tu victoria, nuestra victoria, está al alcance de la mano.

—Masoj matará a Drizzt, y quizás también a Dinin —protestó Alton.

—Hay otros Do'Urden que pueden morir por la mano de Alton DeVir —le prometió la matrona SiNafay—. Grandes sacerdotisas.

Alton no encontraba consuelo para la desilusión de no poder matar a Drizzt. Por encima de todo lo demás anhelaba matar al joven. Lo había avergonzado el día en que lo había invitado a acudir a sus aposentos en Sorcere; el guerrero Do'Urden tendría que haber resultado muerto rápida y discretamente. Alton quería reparar su error.

Pero no podía pasar por alto la promesa de SiNafay. La posibilidad de matar a una o dos grandes sacerdotisas tenía sus atractivos.

La suavidad de los almohadones de su cama, tan diferente del resto del mundo pétreo de Menzoberranzan, no alivió el dolor de Drizzt. Había aparecido otro espectro todavía más terrible que las imágenes de la carnicería en la superficie: el espectro de Zaknafein.

Dinin y Vierna le habían revelado la verdad acerca del maestro de armas, de la intervención de Zak en la caída de la casa DeVir, y de cómo Zak disfrutaba con el asesinato de otros drows; elfos oscuros que no le habían hecho mal ni merecían su furia.

Era evidente que también Zaknafein participaba en este juego cruel de la vida de los drows que tenía como única meta complacer a la reina araña.

—¿Mis actos en la superficie la habrán complacido? —murmuró Drizzt en voz alta, y el sarcasmo de sus palabras lo consoló un poco.

El consuelo de Drizzt por haber salvado la vida de la niña elfa parecía un acto menor frente al terrible castigo que la patrulla había infligido a su gente. La matrona Malicia, su madre, había disfrutado muchísimo con el relato de la matanza. Drizzt recordó el horror de la niña al ver a su madre muerta y se preguntó si él, o cualquier otro elfo oscuro, se habrían sentido tan conmovidos ante el mismo espectáculo. «Difícilmente», pensó. Drizzt no sentía cariño hacia su madre, y la mayoría de los drows habrían estado mucho más interesados en valorar la repercusión de la muerte de su propia madre en su posición social que en llorar la pérdida.

¿Habría llorado Malicia la muerte de Drizzt o Dinin durante la incursión? Una vez más Drizzt conocía la respuesta. A Malicia sólo le interesaba el resultado de la misión en la medida que afectaba a su propio poder. Su alegría ante el hecho de que los hijos habían complacido a la reina araña lo había dejado bien claro.

¿Qué favores dispensaría Lloth a la casa Do'Urden si llegaba a saber la verdad de las acciones de Drizzt? El joven no tenía manera de saber hasta qué punto el resultado de la incursión podía tener interés para la reina araña. No sabía casi nada sobre Lloth ni deseaba saberlo. ¿Era posible que su comportamiento en la superficie hubiera provocado la cólera divina, o que lo hicieran sus actuales pensamientos?

Drizzt se estremeció al pensar en los castigos que podían caer sobre él, pero ya había decidido cuáles serían sus próximos pasos. Regresaría a la casa Do'Urden dentro de una semana, e iría al gimnasio para reunirse con su viejo maestro.

Dentro de una semana mataría a Zaknafein.

Ensimismado en las emociones de una peligrosa y sentida decisión, Zaknafein apenas oía el raspar de la piedra mientras sacaba filo a la espada.

El arma tenía que estar perfecta, sin rebabas ni melladuras. Esta tarea debía ser ejecutada sin malicia ni cólera.

Un golpe limpio, y Zak se libraría de los fantasmas de sus propios fracasos, y podría volver a encerrarse en el refugio de sus habitaciones privadas, su mundo secreto. Un golpe limpio, y habría hecho aquello que tendría que haber hecho una década antes.

—Si hubiese tenido entonces el valor —se lamentó—. ¿Cuánto dolor le habría evitado a Drizzt? ¿Cuánto habrá sufrido en la Academia para estar tan cambiado?

Las palabras sonaron huecas en la habitación vacía. No eran más que palabras, absolutamente inútiles ahora que había perdido a Drizzt para siempre. Ahora su hijo era un guerrero drow, con todas las connotaciones malvadas que acompañaban a este título.

No había otra elección si Zaknafein deseaba dar algún sentido a su miserable existencia. Esta vez no contendría el golpe. Tenía que matar a Drizzt.

22

ENANOS, MALVADOS ENANOS

Entre las vueltas y revueltas del laberinto de túneles de la Antípoda Oscura, siempre en silencio, se movían los svirfneblis, los enanos de las profundidades. Ni buenos ni malos, y fuera de lugar en este mundo perverso, los enanos de las profundidades sobrevivían y prosperaban. Guerreros arrogantes, hábiles en la fabricación de armas y armaduras, y más expertos en el manejo de la piedra que los malvados enanos grises, los svirfneblis vivían dedicados a la extracción de gemas y metales preciosos a pesar de los peligros que los aguardaban en cada rincón.

Cuando en Blingdenstone, el sector de túneles y cavernas que formaban la ciudad de los enanos de las profundidades, recibieron la noticia de que habían descubierto una rica veta de gemas a unos treinta kilómetros al este, Belwar Dissengulp, capataz de mineros, tuvo que hacer valer sus méritos para conseguir el privilegio de dirigir la expedición minera. Belwar y sus compañeros sabían que la distancia hasta el nuevo yacimiento los acercaría peligrosamente a Menzoberranzan, y que incluso llegar hasta allí significaba una semana de viaje a través de los territorios de otro centenar de enemigos. Pero el miedo no era obstáculo para el aprecio que sentían los svirfneblis por las gemas, y el peligro era algo habitual en la Antípoda Oscura.

Belwar y los cuarenta mineros llegaron a su punto de destino sin muchas dificultades. Se trataba de una caverna pequeña señalada con la marca del tesoro de los enanos y, tal como habían dicho los exploradores, el yacimiento era riquísimo. El capataz controló su entusiasmo; no podía olvidar que veinte mil elfos oscuros, los más odiados y terribles enemigos de los svirfneblis, vivían a no más de ocho kilómetros de este lugar.

La primera tarea fue construir túneles de emergencia de un metro de altura que permitían el paso de los enanos, pero no el de alguien más grande. A lo largo de estos túneles colocaron barreras de piedra destinadas a desviar los rayos mágicos o aminorar los efectos de las bolas de fuego.

Entonces, cuando por fin comenzaron las tareas de minería, Belwar dedicó a una tercera parte de los enanos a la vigilancia, y él mismo se paseaba por la zona de trabajo con una mano siempre puesta en la esmeralda mágica colgada de una cadena alrededor del cuello.

—Tres patrullas completas —le comentó Drizzt a Dinin cuando llegaron a campo «abierto» en el lado este de Menzoberranzan. Unas pocas estalagmitas marcaban este sector de la ciudad que ahora se veía poblado por docenas de guerreros.

—No se puede menospreciar a los enanos —replicó Dinin—. Son malvados y poderosos...

—¿Tan malvados como los elfos de la superficie? —lo interrumpió el joven, que disimuló el sarcasmo con un falso entusiasmo.

—Casi —respondió Dinin, muy serio, sin advertir la doble intención de la pregunta. Dinin señaló hacia un lado, donde un contingente de mujeres drows marchaba en dirección al grupo—. Novicias —añadió—, acompañadas por una gran sacerdotisa. Es la confirmación de que los rumores de actividad en el sector oriental son ciertos.

Un estremecimiento, provocado por la excitación previa a la batalla, sacudió a Drizzt, aunque esta vez atemperado por un temor que no era físico ni provocado por los enanos. Lo asustaba la posibilidad de que esta batalla resultara una repetición de la tragedia en la superficie.

Apartó los negros pensamientos y se recordó a sí mismo que esta vez, a diferencia de lo sucedido en el mundo exterior, invadían su territorio. Los enanos habían cruzado los límites del reino drow. Si eran tan malvados como decían Dinin y los demás, Menzoberranzan no tenía más elección que responder con todas sus fuerzas.

La patrulla de Drizzt, la más famosa entre los guerreros, marcharía al frente, y Drizzt, como siempre, sería el explorador avanzado. No lo entusiasmaba mucho la misión y, cuando se pusieron en marcha, pensó en la posibilidad de desviar al grupo en otra dirección, o adelantarse para entrar en contacto con los enanos antes de que aparecieran los demás y advertirles del peligro.

Drizzt comprendió que esto era una tontería. No podía desviar la maquinaria de Menzoberranzan del curso elegido, como tampoco podía hacer nada para retrasar a la cincuentena de guerreros drows, excitados e impacientes, que lo seguían. Una vez más estaba metido en un brete y al borde de la desesperación.

En aquel momento se acercó Masoj Hun'ett, y todo le pareció mejor.

—¡Guenhwyvar! —gritó el mago, y la gran pantera se presentó en el acto. Masoj dejó al felino junto a Drizzt y se encaminó hacia su lugar en la columna.

Guenhwyvar dio muestras de una gran alegría al ver a Drizzt, un sentimiento que el joven manifestó a su vez con una sonrisa de oreja a oreja. Entre unas cosas y otras no había visto a Guenhwyvar en más de un mes. La pantera se frotó con tanta fuerza contra el delgado cuerpo del drow que estuvo a punto de hacerlo caer. Drizzt respondió al afecto del animal con una fuerte palmada en el lomo y después le acarició las orejas.

De pronto, los dos se volvieron, conscientes de que alguien los observaba con profundo disgusto, y vieron a Masoj con los brazos cruzados sobre el pecho y el entrecejo fruncido.

«No utilizaré a la bestia para matar a Drizzt —decidió el mago para sus adentros—. Quiero tener el placer de matarlo yo mismo.»

Drizzt se preguntó si los celos podrían ser la causa de aquella expresión. ¿Tenía celos de Drizzt y de la pantera, o de todo en general? Masoj no había podido acompañarlos a la superficie, y había tenido que limitarse a ser un espectador más del regreso triunfal de la patrulla. Drizzt se apartó de Guenhwyvar, sensible al dolor del mago.

Tan pronto como Masoj desapareció de la vista y ocupó su lugar en la columna, Drizzt hincó una rodilla en tierra y abrazó a la pantera.

Drizzt se alegró más que nunca de tener la compañía de Guenhwyvar cuando pasaron más allá de los túneles que formaban parte del recorrido habitual de las patrullas. Según un dicho de Menzoberranzan «no hay nadie más sólo que el guía de una patrulla drow», y Drizzt había tenido ocasión de comprobarlo durante los últimos meses. Se detuvo al final de un amplio corredor y permaneció absolutamente inmóvil, con todos los sentidos atentos a los caminos que tenía delante. Sabía que más de cuarenta drows se acercaban a su posición, equipados para el combate y nerviosos. Sin embargo, Drizzt no detectaba sonidos ni movimientos en las sombras espectrales de la piedra fría. El joven miró a la pantera, que esperaba paciente a su lado, y reanudó la marcha.

Podía percibir el calor de la patrulla a sus espaldas. Esta sensación intangible era la única cosa que impedía a Drizzt pensar que Guenhwyvar y él estaban solos.

Casi al final del día, Drizzt oyó las primeras señales del enemigo. Al acercarse a una intersección en el túnel, casi pegado a la pared, percibió una vibración sutil en la piedra. La vibración se repitió una vez más y después otra, y Drizzt comprendió que el origen era el martilleo rítmico de un pico o una maza.

Del interior de la mochila sacó una placa calentada mágicamente, una pequeña plancha metálica cuadrada, que cabía en la palma de la mano. Un lado del objeto estaba revestido con un grueso trozo de cuero, pero el otro resplandecía en el espectro infrarrojo. Drizzt dirigió la luz de la placa hacia el túnel a sus espaldas, y unos segundos más tarde Dinin se reunió con él.

—Martillo —transmitió Drizzt en el código mudo, señalando la pared. Dinin apoyó una oreja contra la piedra y asintió.

—¿Cincuenta metros? —preguntó Dinin con los dedos.

—Menos de cien —confirmó Drizzt.

Con una placa idéntica a la del joven, Dinin transmitió la señal de preparados a la patrulla, y después avanzó junto a Drizzt y Guenhwyvar en dirección a la fuente del sonido.

Al cabo de un instante, cuando llegaron a la intersección, Drizzt tuvo la oportunidad de ver por primera vez a los svirfneblis. A una distancia de seis metros se encontraban dos centinelas, de una altura cercana al metro, calvos, y con la piel muy parecida a la piedra tanto en la textura como en las radiaciones de calor. Los ojos de los enanos brillaban en el espectro infrarrojo. Una mirada a aquellos ojos recordó a los hermanos que los enanos de las profundidades podían ver en la oscuridad igual que los drows, y por lo tanto se ocultaron prudentemente detrás de un montón de rocas.

Dinin transmitió la señal de peligro al siguiente drow en la columna, que la pasó al siguiente hasta que todos estuvieron advertidos. Después se agachó y espió por una esquina de la base del montículo. El túnel continuaba hasta unos diez metros más allá de los guardias y describía una pequeña curva para acabar en lo que debía de ser una caverna más grande. Dinin no alcanzaba a ver aquella parte, pero el resplandor que emanaba de ella, producto del calor del trabajo y de los cuerpos, iluminaba el pasillo.

Una vez más, Dinin hizo una señal a sus soldados, y luego se volvió hacia Drizzt.

—Espera aquí con la bestia —le ordenó, y retrocedió velozmente en busca de los demás jefes para trazar los planes de ataque.

Masoj, desde su puesto en la columna, observó los movimientos de Dinin y se preguntó si por azar había surgido la oportunidad de matar a Drizzt. Si la patrulla era descubierta con Drizzt sólo en la delantera, ¿había alguna forma de poder disparar un rayo contra el joven Do'Urden sin ser sorprendido? El mago no tuvo tiempo de contestar a su pregunta porque en aquel preciso momento aparecieron varios drows. Al cabo de unos minutos, Dinin regresó del fondo de la columna y se dirigió hacia donde estaba su hermano.

—La cueva tiene muchas salidas —le transmitió Dinin en cuanto llegó junto a Drizzt—. Las otras patrullas se dirigen ahora hacia ellas para rodear a los enanos.

—¿No podríamos parlamentar con ellos? —preguntaron las manos de Drizzt, casi en un acto inconsciente. El joven reconoció el significado de la expresión de Dinin, pero ahora ya no podía echarse atrás—. ¿Conseguir que se marchen sin pelear?

Dinin sujetó a Drizzt por la pechera del piwafwi y lo acercó a su rostro, retorcido por la furia.

—Por esta vez olvidaré lo que has dicho —susurró, para después soltarlo con un empellón, dando por concluida la discusión.

»Tú comenzarás la pelea —añadió Dinin—. Cuando recibas la señal, oscurece el pasillo y deja atrás a los guardias. Tienes que acabar con el jefe enano; él es la clave del poder que tienen con la piedra.

Drizzt no sabía a qué poder se refería Dinin, pero las instrucciones parecían bastante sencillas, aunque un tanto suicidas.

—Llévate a la bestia si es que te quiere acompañar —prosiguió Dinin—. La patrulla se reunirá contigo en cuestión de segundos. Los demás grupos llegarán por las otras entradas.

Guenhwyvar tocó a Drizzt con el hocico, dispuesta a seguirlo en la batalla; el joven se consoló con la actitud de la pantera, cuando Dinin se marchó y lo dejó otra vez sólo en el frente. Unos segundos más tarde recibió la orden de atacar. Drizzt sacudió la cabeza asombrado al ver la señal; ¡los guerreros drows habían llegado a sus posiciones con una rapidez pasmosa!

Espió a los centinelas que permanecían en sus puestos, completamente ajenos al peligro que se cernía sobre ellos. Drizzt empuñó sus cimitarras, tocó la cabeza de Guenhwyvar para desearse suerte, y después utilizó la magia innata de su raza para lanzar un globo de oscuridad en el corredor.

Los chillidos de alarma resonaron en los túneles mientras Drizzt se zambullía de cabeza entre los dos guardias. Se puso de pie al otro lado del globo mágico, a un par de pasos de la caverna. Vio a una docena de enanos que corrían de un lado a otro, desesperados en la preparación de sus defensas. Muy pocos prestaron atención a Drizzt, porque los ruidos de la batalla se oían en todos los corredores laterales.

Un enano descargó un golpe con su pesado pico contra el hombro de Drizzt. El joven paró el golpe con una de sus cimitarras y se sorprendió ante la fuerza de los brazos del enano. De todos modos, Drizzt habría podido matar a su atacante con la otra cimitarra, pero las dudas y los recuerdos se lo impidieron. Optó por librarse del enano de un puntapié en el estómago que lo hizo volar por los aires.

Belwar Dissengulp, que era el objetivo de Drizzt, observó la facilidad con que el joven drow se había desembarazado de uno de sus mejores guerreros y comprendió que había llegado el momento de emplear la magia más poderosa. Cogió la gema colgada de su cuello y la arrojó a los pies del drow.

Drizzt se apartó de un salto, alerta a las emanaciones de la magia. Oyó el avance de los compañeros, que habían acabado con los guardias y corrían en su ayuda, pero concentró su atención en las líneas de calor en el suelo de piedra. Las líneas grises se alzaban y retorcían como si la piedra estuviese a punto de cobrar vida.

Los demás guerreros drows pasaron junto a Drizzt y atacaron al jefe enano y a sus huestes. El joven no los siguió, al intuir que aquéllo que se movía en la piedra era mucho más peligroso y podía tener una influencia decisiva en el resultado de la batalla.

De pronto, un humanoide de piedra de cinco metros de altura y dos de ancho se elevó del suelo delante del joven.

—¡Un elemental! —gritó alguien desde un costado. Drizzt vio que se trataba de Masoj, acompañado por Guenhwyvar. el mago pasaba a toda prisa las hojas de un libro de hechizos, al parecer en busca de un duomer para luchar contra este terrible monstruo. Para su desesperación, el mago musitó un par de palabras y desapareció.

Drizzt plantó los pies con firmeza y estudió al monstruo, listo para saltar a un costado. Percibía el poder del gigante, la energía de la tierra encarnada en sus brazos y piernas.

Un puño enorme recorrió un amplio arco, pasó a un par de centímetros por encima de la cabeza de Drizzt, que se agachó a tiempo, y se estrelló contra la pared de la caverna, de la que se desprendió una lluvia de polvo.

—¡No permitas que te pille! —se recomendó Drizzt en un susurro que sonó como una exclamación de incredulidad. Mientras el elemental echaba hacia atrás el brazo, Drizzt lo golpeó con la cimitarra. Vio que saltaba una esquirla de piedra casi diminuta, pero el monstruo mostró una expresión de dolor; al parecer podía hacerle daño con sus cimitarras encantadas.

Todavía en el mismo lugar de antes, el invisible Masoj mantenía preparado su próximo hechizo. Por ahora prefería contemplar el espectáculo y esperar a que los combatientes se agotaran. Quizás el elemental acabara con Drizzt para siempre. Resignado, Masoj encogió los invisibles hombros y decidió dejar que la magia de los enanos hiciera el trabajo sucio por él.

El monstruo lanzó otro golpe, y un tercero, y Drizzt se zambulló entre las piernas como pilares con la intención de situarse detrás de su oponente. El elemental reaccionó deprisa y descargó un pisotón que a punto estuvo de aplastar al ágil drow; el golpe contra el suelo abrió una red de grietas en varios metros a la redonda.

Drizzt se levantó con la velocidad del rayo y descargó sus cimitarras contra la espalda del elemental, para después apartarse de un salto en el momento en que el monstruo se volvía hacia él con otro puñetazo formidable.

Los ruidos de la batalla se alejaron. Los enanos —aquéllos que todavía vivían— habían escapado, y los drows los perseguían. No había nadie para ayudar a Drizzt en su enfrentamiento con el elemental.

El monstruo dio otro pisotón, y el estruendo del golpe casi tumbó a Drizzt; después se dejó caer sobre el joven, utilizando el peso del cuerpo como un arma. Si Drizzt no hubiese estado atento, o si sus reflejos no hubiesen sido perfectos, sin duda el elemental habría conseguido su propósito. El guerrero eludió por milímetros la caída de la mole y sólo recibió un golpe sin ninguna importancia.

El polvo se elevó al producirse el terrible impacto; las paredes y el techo de la caverna se agrietaron, y cayeron astillas y copos sobre el suelo. Asombrado ante tal demostración de potencia, Drizzt observó cómo el monstruo se ponía de pie.

Estaba sólo contra aquella cosa, o al menos eso creía. Una súbita tormenta de furia rabiosa envolvió la cabeza del elemental, y unas garras le abrieron surcos en el rostro.

—¡Guenhwyvar! —gritaron Drizzt y Masoj al unísono; el primero, entusiasmado por la ayuda inesperada, y el segundo, furioso. El mago no quería que Drizzt sobreviviera al duelo, y no se atrevía a lanzar uno de sus proyectiles mágicos contra Drizzt o el elemental, con su preciosa Guenhwyvar por el medio.

—¡Haz algo, mago! —gritó Drizzt, que al reconocer la voz comprendió que Masoj todavía se encontraba por allí.

El monstruo aulló de dolor. Y su bramido sonó como una avalancha de piedras. Cuando Drizzt se disponía a ayudar a la pantera, el elemental se movió con una rapidez increíble para lanzarse de cabeza contra el suelo.

—¡No! —rogó Drizzt, al comprender que Guenhwyvar resultaría aplastada. Entonces, el felino y el elemental, en lugar de chocar contra la piedra, se hundieron en el suelo.

Las rojizas llamas de los fuegos fatuos marcaban las siluetas de los enanos, mostrando el camino a las flechas y las espadas de los drows. A su vez, los svirfneblis se defendían con otras armas mágicas que en su mayoría no eran más que ilusiones ópticas.

—¡Por aquí! —gritó uno de los drows, convencido de que había descubierto la entrada de un nuevo túnel, hasta que se dio de bruces contra la piedra.

A pesar de que la magia de los enanos conseguía desconcertar al enemigo, la preocupación de Belwar Dissengulp iba en aumento. El elemental —su magia más poderosa y su única esperanza de salvación— tardaba demasiado en liquidar a un solitario guerrero drow en la caverna principal. El capataz necesitaba tener a su lado al monstruo cuando comenzara el combate principal. Ordenó a sus fuerzas que adoptaran una formación defensiva sin resquicios y confió en que pudieran resistir.

Entonces, los drows, eliminados los trucos de los enanos, se les echaron encima, y la furia disipó el miedo de Belwar. Lanzó un golpe con su pesado pico, y sonrió con ferocidad cuando el arma se hundió en la carne de su rival.

El frenesí de la batalla dio al traste con los planes trazados. Nada era más importante que alcanzar al enemigo, sentir que los picos o las espadas atravesaban los cuerpos. Los enanos de las profundidades odiaban a los drows con toda su alma, y en toda la Antípoda Oscura no había para los elfos oscuros una raza más despreciable que la de los svirfneblis.

Drizzt corrió hacia el lugar donde habían desaparecido el monstruo y la pantera, pero sólo vio la piedra desnuda.

—¡Masoj! —llamó, ansioso por obtener alguna explicación de lo ocurrido de alguien más versado en las artes mágicas.

Antes de que el mago pudiese responder, el suelo estalló detrás de Drizzt. El joven dio media vuelta, con las armas en alto, y se encontró frente al elemental.

Entonces, Drizzt observó desconsolado cómo la niebla rota que era la gran pantera, su compañera más querida, caía de los hombros de la cosa y se rompía al acercarse al suelo.

Drizzt esquivó otro golpe, aunque su mirada no se apartaba de la nube de polvo y niebla que se disipaba. ¿Ya no existía Guenhwyvar? ¿Había perdido para siempre a su única amiga? Una luz desconocida apareció en los lilas ojos de Drizzt, una furia primitiva que estremeció su cuerpo. Miró al elemental, sin asomo ya de miedo.

—Te mataré —prometió, y se lanzó al ataque.

El monstruo pareció desconcertado, aunque desde luego no podía comprender las palabras de Drizzt. Movió una de las manos para aplastar de un manotazo a su estúpido oponente. Drizzt ni siquiera levantó las cimitarras, consciente de que era imposible desviar el golpe. En cambio esperó a que la mano estuviese a punto de tocarlo, para dar un salto hacia adelante y situarse junto a la mole de piedra.

La rapidez del movimiento sorprendió al elemental, y la lluvia de golpes que descargó el joven dejó boquiabierto a Masoj. El mago jamás había visto nada semejante en una batalla; la gracia y la fluidez de los ataques quitaban el resuello. Drizzt lanzó sus mandobles por todo el cuerpo del monstruo y hundió las puntas de sus cimitarras en los puntos débiles, de los que arrancó trozos de piel de piedra.

El elemental soltó una vez más su terrible bramido y giró sobre sí mismo, impaciente por atrapar a Drizzt y aplastarlo de una vez por todas. Pero la ciega furia del espadachín había incrementado su destreza, y el monstruo daba manotazos al aire o contra su propio cuerpo sin conseguir alcanzar a la presa.

—Es imposible —murmuró Masoj cuando recuperó el aliento. ¿Podía el joven Do'Urden vencer a un elemental? El mago miró a su alrededor. Había unos cuantos drows y muchos enanos, muertos o moribundos, pero la lucha cambiaba constantemente de escenario y se alejaba a medida que los svirfneblis llegaban a los pequeños túneles de salida y los drows, obcecados en el empeño de acabar con ellos, los seguían.

Guenhwyvar había desaparecido. En la caverna sólo quedaban Masoj, el elemental y Drizzt. El mago invisible sonrió: era la hora de atacar.

Drizzt había conseguido dominar al monstruo y se disponía a rematarlo, cuando apareció el rayo, una brutal descarga de energía que cegó al joven drow y lo lanzó por los aires contra la pared del fondo de la caverna. Drizzt observó que los pelos se le ponían de punta y le temblaban las manos, pero no tenía ninguna sensación —no sentía dolor ni oía ruido alguno, ni siquiera el de la respiración— y le pareció que se encontraba en un estado de animación suspendida.

El ataque disipó el velo de invisibilidad de Masoj, y el mago apareció a la vista, riéndose con maldad. El monstruo, convertido en una masa informe, se hundió lentamente en la seguridad del suelo de piedra.

—¿Estás muerto? —le preguntó el mago a Drizzt, con una voz que sonó a los oídos del joven como un trueno.

El joven no contestó porque no sabía la respuesta a la pregunta. Escuchó a Masoj que decía «demasiado fácil», y sospechó que el mago se refería a él y no al elemental.

Entonces, Drizzt notó un hormigueo en los músculos del cuerpo, y sus pulmones funcionaron otra vez. Respiró agitado; después recuperó el control del cuerpo y comprendió que sobreviviría.

Masoj echó un vistazo para ver si regresaba alguien de la patrulla y no vio a nadie.

—Bien —murmuró mientras observaba la recuperación de Drizzt. El mago no ocultó su alegría al ver que Drizzt se había librado de una muerte indolora. Había preparado un hechizo que convertiría el asesinato del joven en algo espantoso.

Una mano —una gigantesca mano de piedra— brotó del suelo y sujetó a Masoj por una pierna para después hundirlo en la piedra.

El rostro del mago se retorció en un grito silencioso.

Su enemigo le salvó la vida. El joven recogió una de sus cimitarras y descargó un golpe en el brazo del elemental. El arma cortó el miembro, y el monstruo asomó la cabeza entre Masoj y Drizzt para aullar de furia al tiempo que hundía todavía más a su cautivo.

Drizzt empuñó la cimitarra con las dos manos y esta vez lanzó su golpe contra la cabeza. La hoja hendió el cráneo en dos mitades, y en esta ocasión el monstruo no se refugió en el plano terráqueo: estaba muerto.

—¡Sácame de aquí! —gritó Masoj. Drizzt lo miró incrédulo, sin entender cómo el mago podía estar vivo con medio cuerpo enterrado en la piedra.

—¿Cómo? —exclamó Drizzt—. Tú... —Se interrumpió, incapaz de hablar a causa del asombro.

—¡Solo quiero que me saques de aquí!

Drizzt comenzó a dar vueltas, sin saber cómo salir del atolladero.

—Los elementales viajan entre los planos —le explicó Masoj, consciente de que debía calmar a Drizzt si pretendía verse libre. También sabía que la charla serviría para alejar las sospechas del joven referentes al destinatario del rayo—. El suelo que atraviesa un elemental terrestre se convierte en una puerta de comunicación entre el plano de la tierra y el nuestro, el plano material. La piedra se abrió cuando el monstruo me arrastró, pero es bastante incómoda. —Hizo un gesto de dolor cuando la piedra le apretó uno de los pies—. ¡La puerta comienza a cerrarse!

—Entonces quizás Guenhwyvar... —comenzó a razonar Drizzt. Cogió la estatuilla del bolsillo de Masoj y la examinó atentamente en busca de algún fallo en su diseño perfecto.

—¡Devuélvemela! —exigió Masoj, molesto y furioso.

Sin disimular su disgusto, Drizzt le devolvió el talismán a Masoj, quien le echó un vistazo y lo guardó en el bolsillo.

—¿Guenhwyvar ha sufrido algún daño? —preguntó Drizzt.

—No es asunto tuyo —replicó Masoj, cortante. A él también le preocupaba el destino de la pantera, pero en ese momento constituía un problema secundario—. ¡La puerta se cierra! ¡Ve a buscar a las sacerdotisas!

Antes de que Drizzt pudiera dar un paso, se deslizó un tabique de piedras a sus espaldas, y el puño de acero de Belwar Dissengulp lo dejó inconsciente de un golpe en la nuca.

23

De un sólo golpe

—Los enanos se lo llevaron —le informó Masoj a Dinin cuando el jefe de la patrulla regresó a la caverna. El mago levantó los brazos por encima de su cabeza para permitir que la gran sacerdotisa y sus ayudantes vieran exactamente cuál era la situación.

—¿Adonde? —preguntó Dinin—. ¿Por qué no te mataron?

—Lo sacaron por una puerta secreta —contestó el mago—, que está en algún lugar de la pared detrás de ti. Sospecho que también me habrían hecho prisionero de no haber sido por esto... —Masoj lanzó una significativa mirada a la piedra, que lo retenía por la cintura—. Los enanos me habrían matado de no haber sido por tu llegada.

—Tienes mucha suerte, mago —comentó la gran sacerdotisa—. Precisamente, hoy memoricé un hechizo que te librará de la piedra. —Murmuró unas instrucciones a sus ayudantes, que cogieron las cantimploras y los porrones y comenzaron a rociar con agua la piedra alrededor de Masoj. La sacerdotisa se acercó a la pared y preparó las oraciones.

—Algunos han escapado —le dijo Dinin.

La gran sacerdotisa comprendió la petición. Recitó las palabras de un hechizo detector y estudió la pared.

—Aquí —indicó. Dinin y otro varón corrieron al lugar marcado y casi de inmediato descubrieron el contorno casi imperceptible de una puerta secreta.

Mientras la gran sacerdotisa comenzaba a recitar las oraciones, una de las ayudantes arrojó a Masoj el extremo de una soga.

—Cógete bien fuerte —le recomendó—, y aguanta la respiración.

—Espera... —comenzó a decir Masoj, pero la piedra se transformó en barro y el mago se hundió en el acto.

Dos ayudantes tiraron de la soga y lo sacaron del fangal riéndose a carcajadas del ridículo aspecto del mago.

—Bonito hechizo —comentó Masoj, escupiendo barro.

—Es muy útil —contestó la gran sacerdotisa—. Sobre todo cuando luchamos contra los enanos y sus trucos con la piedra. Lo aprendí como protección contra los elementales terrestres. —Echó una ojeada a un trozo de piedra junto a sus pies que correspondía a un ojo y a la nariz de la criatura—. Aunque, por lo que se ve, en este caso no habría sido necesario.

—Yo lo destruí —mintió Masoj.

—Vaya —exclamó la gran sacerdotisa, poco convencida. Por el corte en la piedra sabía que se había utilizado una espada. De todos modos abandonó el tema cuando el chirrido de una piedra contra otra le hizo volver la atención a la pared.

—Un laberinto —gimió el guerrero que se hallaba junto a Dinin, cuando vio el túnel—. ¿Cómo vamos a encontrarlos?

Dinin pensó por un momento; entonces se volvió hacia Masoj porque se le había ocurrido una idea y necesitaba la ayuda del mago.

—Tienen a mi hermano —dijo—. ¿Dónde está tu pantera?

—Por allí —respondió Masoj, que había adivinado el plan de Dinin y no quería colaborar en el rescate de Drizzt.

—Llámala —ordenó Dinin—. El felino puede oler a Drizzt.

—No puedo... quiero decir... —tartamudeó Masoj.

—¡Ahora, mago! —gritó Dinin—. ¡A menos que prefieras que informe al consejo regente de la fuga de algunos enanos por tu negativa a colaborar en su persecución!

Masoj arrojó la estatuilla al suelo y llamó a Guenhwyvar, sin saber qué ocurriría a continuación. ¿Habría conseguido el elemental terrestre destruir a Guenhwyvar? Apareció la niebla, y en unos segundos se materializó la esbelta figura de la pantera.

—Adelante —la exhortó Dinin, señalando el túnel.

—¡Ve a buscar a Drizzt! —le ordenó el mago a la bestia. Guenhwyvar buscó el rastro del joven por un momento y después se perdió por el pequeño túnel seguida por la patrulla drow.

—¿Dónde...? —murmuró Drizzt cuando por fin recobró el conocimiento. Advirtió que estaba sentado y vio que tenía las manos ligadas delante de él.

Una mano pequeña pero muy fuerte lo sujetó por los pelos de la nuca y le echó la cabeza hacia atrás sin contemplaciones.

—¡Silencio! —susurró Belwar con voz áspera, y Drizzt se sorprendió de que la criatura pudiese hablar su idioma. El enano soltó al joven y fue a reunirse con los otros svirfneblis.

Por la poca altura de la cueva y los nerviosos movimientos de los enanos, Drizzt dedujo que el grupo escapaba de los suyos.

Los enanos comenzaron a discutir en voz baja en su propio idioma, que Drizzt desconocía. Uno de ellos le preguntó algo al enano que le había ordenado callar, al parecer su jefe, en un tono violento. Otro mostró su acuerdo con un gruñido y miró furioso hacia el drow.

El jefe palmeó al otro enano en la espalda y le señaló una de las dos salidas de la cueva; a los demás les indicó las posiciones defensivas. A continuación se acercó a Drizzt.

—Tú vendrás con nosotros a Blingdenstone —le comunicó con un poco de dificultad en el dominio del idioma drow.

—¿Y después? —inquirió Drizzt.

—El rey decidirá —respondió Belwar—. Si no me causas problemas, le diré que te deje ir.

Drizzt soltó una carcajada cínica.

—Te prometo —añadió Belwar— que, si el rey ordena tu muerte, me encargaré de que sea de un sólo golpe.

—¿Piensas que creo en tus palabras? —preguntó Drizzt, tras soltar otra carcajada—. Tortúrame ahora y diviértete mientras puedas. ¡Es lo que hacéis con vuestros prisioneros!

Belwar estuvo a punto de abofetearlo, pero se controló a tiempo.

—¡Los svirfneblis no torturan! —declaró en un tono más alto del deseado—. ¡Los torturadores son los elfos oscuros! —Dio media vuelta dispuesto a marcharse mientras reiteraba su promesa—: De un sólo golpe.

Drizzt descubrió que creía en la sinceridad reflejada en la voz del enano, y tuvo que aceptar la promesa como un acto misericordioso; el enano no habría tenido la misma suerte en el caso de caer prisionero de la patrulla de Dinin. Belwar se alejó, pero Drizzt, intrigado, necesitaba conocer algo más de esta curiosa criatura.

—¿Cómo es que hablas mi lengua? —quiso saber.

—Los enanos no somos estúpidos —replicó Belwar, sin saber muy bien cuáles eran las intenciones de Drizzt.

—Ni tampoco los drows —se apresuró a decir el joven—. Sin embargo, nunca he tenido ocasión de oír el idioma de los svirfneblis en mi ciudad.

—Una vez hubo un drow en Blingdenstone —le explicó Belwar, ahora casi compartiendo la curiosidad del joven.

—Algún esclavo —dedujo Drizzt.

—¡Un huésped! —afirmó Belwar—. ¡Los svirfneblis no tienen esclavos!

Una vez más, Drizzt encontró que no podía negar la sinceridad en la voz de Belwar.

—¿Cómo te llamas? —preguntó.

—¿Piensas que soy imbécil? —replicó el enano, riéndose—. ¡Quieres saber mi nombre para emplear su poder en alguno de tus sucios trucos de magia negra!

—No —protestó Drizzt.

—Tendría que matarte por pensar que soy un estúpido —gruñó Belwar, y levantó su pesado pico en un gesto de amenaza. Drizzt se movió, inquieto, sin saber cuál sería el próximo paso del enano.

»Mi oferta sigue en pie —añadió Belwar, bajando el pico—. Si me acompañas sin resistencia le diré al rey que te deje ir. —El enano no creía que esto pudiese pasar, como tampoco lo creía

Drizzt; así que el svirfneblin, con un gesto resignado, le ofreció la otra alternativa—. Si no es así, te mataré de un sólo golpe.

Una conmoción en uno de los túneles llamó la atención del enano.

—¡Belwar! —gritó uno de los enanos, que entró en la cueva a toda prisa. El jefe se volvió hacia Drizzt para ver si el drow había oído su nombre.

Drizzt tuvo la prudencia de mirar en otra dirección y hacer ver que no lo había oído. Ahora sabía el nombre del jefe que le había ofrecido misericordia. El enano lo había llamado Belwar, un nombre que Drizzt jamás olvidaría.

El estrépito del combate en los túneles se percibió con toda claridad en el interior de la cueva, y al punto aparecieron varios enanos. Por su agitación, Drizzt dedujo que la patrulla drow no podía estar muy lejos.

Belwar comenzó a dar órdenes para organizar la huida por el otro túnel. Drizzt se preguntó qué pasaría con él. Desde luego, Belwar no podía escapar de la patrulla drow con el lastre de un prisionero.

De pronto, el jefe de los enanos dejó de hablar y de moverse. Su inmovilidad fue demasiado repentina.

Las sacerdotisas drows habían precedido su avance con hechizos paralizantes. Belwar y otro enano se encontraban retenidos por el duomer, y el resto del grupo, al verlo, se lanzaron en desbandada hacia la otra salida.

Los guerreros drows, encabezados por Guenhwyvar, entraron en la cueva. La alegría que sintió Drizzt al ver que la pantera no había sufrido daño desapareció ante el espectáculo de la matanza. Dinin y sus tropas cargaron contra los enanos con su salvajismo habitual.

En cuestión de segundos —unos segundos de horror que a Drizzt le parecieron horas— Belwar y el otro enano atrapado por el hechizo de las sacerdotisas eran los únicos enanos vivos. Unos pocos svirfneblis habían conseguido llegar al túnel, pero no tenían salvación porque los drows les pisaban los talones.

Masoj fue el último en entrar en la cueva, todavía cubierto de barro de pies a cabeza. No se apartó de la boca del túnel y ni siquiera miró hacia donde estaba Drizzt, excepto para comprobar que su pantera se mantenía vigilante junto al segundo hijo de la casa Do'Urden.

—Una vez más has tenido mucha suerte —comentó Dinin mientras cortaba las ligaduras de las manos de Drizzt.

Al mirar la carnicería a su alrededor, Drizzt no compartió la opinión del hermano mayor.

Dinin le devolvió las cimitarras y después se volvió hacia el guerrero que vigilaba a los dos enanos paralizados.

—Acaba con ellos —ordenó Dinin.

Una sonrisa cruel apareció en el rostro del drow al tiempo que sacaba un puñal de filo aserrado. Lo mantuvo delante del enano burlándose de la criatura indefensa.

—¿Pueden verlo? —le preguntó a la gran sacerdotisa.

—Esto es lo divertido del hechizo —contestó la gran sacerdotisa—. El svirfneblin sabe lo que va a pasar. Incluso en este momento no deja de luchar para zafarse del hechizo.

—¡Hagámoslos prisioneros! —exclamó Drizzt, llevado por un impulso.

Dinin y los demás se volvieron hacia el joven. El drow con la daga frunció el entrecejo con un gesto de furia y también desilusionado.

—¿Para la casa Do'Urden? —le preguntó Drizzt a Dinin con un tono esperanzado—. Podríamos utilizar...

—Los svirfneblis no sirven como esclavos —lo interrumpió Dinin.

—Así es —afirmó la gran sacerdotisa, que se acercó al guerrero y le hizo una seña con la cabeza; el drow volvió a sonreír y descargó el golpe. Ahora sólo quedaba Belwar.

El guerrero esgrimió su daga manchada de sangre y se situó delante del jefe enano.

—¡A él no! —gritó Drizzt, incapaz de soportar ni un segundo más aquella terrible situación—. ¡No lo matéis! —Drizzt deseaba poder explicarles que Belwar no podía hacerles daño, y que matar al enano indefenso sería un acto cobarde y vil. Sin embargo, tenía muy claro que era inútil esperar misericordia de su gente.

Esta vez la cólera reemplazó a la curiosidad en la expresión de Dinin ante la actitud del segundo hijo.

—Si lo matáis, entonces no habrá ningún enano para que informe a los suyos del poder de nuestra gente —razonó Drizzt, dispuesto a apelar a cualquier excusa—. Tendríamos que enviarlo de regreso, enviarlo para que les avise de la locura que es penetrar en los dominios de los drows.

Dinin miró a la gran sacerdotisa en busca de consejo.

—No está mal razonado —contestó ella.

Dinin no estaba muy seguro de los motivos de su hermano. Sin apartar la mirada de Drizzt, se dirigió al guerrero.

—Entonces córtale las manos al enano —ordenó.

Drizzt ni siquiera pestañeó, consciente de que, si lo hacía, Dinin no vacilaría en asesinar a Belwar.

El guerrero guardó la daga en la funda y desenvainó la espada.

—Espera —dijo Dinin, siempre atento a los movimientos de Drizzt—. Primero retira el hechizo. Quiero oír sus gritos.

Varios drows se acercaron y pusieron las puntas de sus espadas en el cuello de Belwar mientras la gran sacerdotisa deshacía el hechizo. Belwar permaneció inmóvil.

El guerrero encargado de la amputación sujetó la espada con las dos manos, y Belwar, el valiente Belwar, extendió los brazos sin hacer ningún otro gesto.

Drizzt desvió la mirada y esperó, temeroso, el alarido del enano.

Belwar observó la reacción de Drizzt. ¿Era compasión?

El guerrero drow bajó la espada. Belwar no apartó la mirada del rostro de Drizzt mientras la espada cercenaba las muñecas, y el dolor subió por sus brazos como una lengua de fuego.

El enano no gritó. No le dio a Dinin la satisfacción de presenciar su sufrimiento. El líder enano miró a Drizzt por última vez mientras dos guerreros drows lo sacaban de la caverna, y advirtió la terrible angustia y la súplica de perdón ocultas en el aparentemente inexpresivo rostro del joven.

Belwar todavía no había salido cuando los elfos oscuros encargados de perseguir a los enanos regresaron por el otro túnel.

—No hemos podido atraparlos en aquellos túneles tan estrechos —comunicó uno de ellos.

—¡Maldita sea! —exclamó Dinin. Una cosa era enviar de regreso a Blingdenstone a un enano sin manos y otra muy distinta permitir la fuga de enanos sanos y aptos para el combate—. ¡Hay que capturarlos!

—Guenhwyvar puede alcanzarlos —afirmó Masoj, y llamó a la pantera, atento a los gestos de Drizzt.

Al joven le dio un vuelco el corazón al ver cómo el mago palmeaba a su compañera.

—Ven aquí, pequeña —dijo Masoj—. ¡Tienes que salir de caza! —El mago disfrutó con el sufrimiento de Drizzt, consciente de que el joven estaba en contra de utilizar a Guenhwyvar en estas tácticas.

—Pero ¿no se han ido? —objetó Drizzt volviéndose hacia Dinin, con tono rayano en la desesperación.

—En estos momentos corren con todas sus fuerzas de regreso a Blingdenstone —respondió Dinin, más calmado—. Está en nosotros impedirlo.

—¿Crees que volverán?

La agria expresión de Dinin reflejó lo absurda que le parecía la pregunta.

—¿Tú volverías?

—Entonces hemos cumplido nuestra misión —afirmó Drizzt, que buscaba en vano evitar la cacería de Guenhwyvar.

—Hemos ganado la batalla —reconoció Dinin—, aunque las bajas han sido numerosas. Creo que nos merecemos un poco de diversión con la ayuda de la bestia del mago.

—Tenemos que divertirnos —coincidió Masoj, burlándose de Drizzt—. Es hora de comenzar. En marcha, Guenhwyvar. ¡Enséñanos a qué velocidad corren los enanos asustados!

Al cabo de unos pocos minutos, el animal regresó a la cueva, con un enano muerto entre las fauces.

—¡Vuelve! —le ordenó Masoj mientras la pantera dejaba el cadáver a sus pies—. ¡Trae más!

Drizzt sintió una opresión en el pecho al oír el ruido sordo del cadáver contra el suelo. Miró los ojos de Guenhwyvar y descubrió una tristeza tan profunda como la suya. La pantera era una cazadora, tan digna a su manera como lo era Drizzt. Para el malvado Masoj, en cambio, no era más que un juguete, un instrumento para satisfacer sus crueles placeres, para matar sin otra razón que la sed de sangre de su amo.

En manos del mago, Guenhwyvar sólo era una bestia asesina.

La pantera se detuvo en la entrada del pequeño túnel y miró al joven como si quisiera pedir disculpas.

—¡Vete! —gritó Masoj, y propinó un puntapié en la grupa de la bestia, a la vez que miraba a Drizzt con rencor. Había perdido la oportunidad de matar al joven Do'Urden, y tendría que ir con pies de plomo a la hora de explicar el fracaso a su despiadada madre. Masoj decidió que se preocuparía más tarde del tema. Al menos por ahora tenía la ocasión de disfrutar con el sufrimiento de Drizzt.

Dinin y los demás no advirtieron el duelo entre Masoj y Drizzt. Sólo estaban interesados en el regreso de la pantera y entretenían la espera con comentarios referentes al terror de los enanos cuando se encontraran ante la bestia. Los dominaba el humor macabro del momento, el pervertido sentido del humor drow que los impulsaba a reír cuando se imponían las lágrimas.

Quinta parte

Zaknafein

Zaknafein Do'Urden: mentor, maestro, amigo. Yo, en la ciega agonía de mis propias frustraciones, en más de una ocasión llegué a negarle cualquiera de estos méritos. ¿Le pedí más de lo que podía dar? ¿Esperaba la perfección en un alma atormentada? ¿Fijé unas normas que no podía alcanzar, o que eran imposibles a la vista de las circunstancias?

Podría haber sido como él, podría haber vivido envuelto en la red de una cólera inútil, sometido al ataque diario de la perversidad encarnada por Menzoberranzan y la maldad de mi propia familia, sin poder encontrar jamás la manera de evadirme.

Parece lógico decir que aprendemos de los errores de nuestros mayores. Esto, creo, fue mi salvación. Sin el ejemplo de Zaknafein, yo tampoco habría encontrado la forma de escapar, al menos no con vida.

¿Es el camino que he elegido mejor que la vida que conoció Zaknafein? Pienso que sí aunque a veces, sumido en la desesperación, añoro aquel otro camino. Habría sido más fácil. Sin embargo, la verdad no es nada ante el autoengaño, y los principios no tienen valor si el idealista es incapaz de vivir de acuerdo con sus propias normas.

Entonces éste es el mejor camino.

Vivo con muchos pesares, por mi gente, por mí mismo, pero sobre todo por aquel maestro de armas, ahora perdido para siempre, que me enseñó cómo —y para qué— utilizar la espada.

No hay dolor más grande que éste; ni la puñalada de una daga aserrada ni el fuego del aliento de un dragón: nada quema en el corazón como la tristeza de haber perdido algo o a alguien, antes de haber conocido su valor. A menudo alzo mi copa en un brindis inútil, una disculpa destinada a unos oídos que no pueden oír:

A Zak, que inspiró mi coraje.

DRIZZT DO'URDEN

24

Conocer a tus enemigos

—Ocho drows muertos, entre ellos una sacerdotisa —informó Briza a la matrona Malicia en el balcón de la casa Do'Urden. Briza había regresado a la casa con las primeras noticias de la batalla, mientras sus hermanas permanecían en la plaza central de Menzoberranzan entre la muchedumbre, a la espera de más informaciones—. Pero mataron a casi cincuenta enanos: ¡una victoria definitiva!

—¿Qué sabes de tus hermanos? —preguntó Malicia—. ¿Cuál ha sido el comportamiento de la casa Do'Urden en este combate?

—Como en la incursión contra los elfos de la superficie, Dinin mató a cinco —contestó Briza—. Dicen que guió el ataque principal con extraordinaria valentía.

La matrona Malicia se mostró radiante con las nuevas, aunque sospechaba que Briza, que la observaba con una sonrisa relamida, le ocultaba algo mucho más importante.

—¿Y qué hay de Drizzt? —inquirió con brusquedad—. ¿Cuántos svirfneblis cayeron a sus pies?

—Ninguno —contestó Briza, sin renunciar a la sonrisa—. De todos modos, el gran triunfo le corresponde a él —se apresuró a añadir al ver el gesto de furia en el rostro de su madre, que no parecía muy contenta con la noticia.

»Drizzt mató a un elemental terrestre —exclamó Briza—, sin ayuda de nadie, excepto la intervención menor de un mago. ¡La gran sacerdotisa de la patrulla declaró que le correspondía a él adjudicarse la victoria!

La matrona Malicia soltó una exclamación de asombro y se volvió. El hijo menor siempre había sido un enigma para ella. Su habilidad con las armas no tenía parangón, pero carecía de la actitud y el respeto adecuados. Y ahora esto: ¡un elemental terrestre! Malicia había visto una vez a uno de aquellos monstruos enfrentarse a toda una partida de drows, y matar a una docena de guerreros veteranos para después seguir su camino como si tal cosa. No obstante, su hijo, siempre tan desconcertante, ¡había derrotado a uno sin ayuda!

—Lloth nos concederá hoy su favor —comentó Briza, sin entender del todo la reacción de su madre.

Al oír el comentario de su hija, Malicia tuvo una idea.

—Ve a buscar a tus hermanas —ordenó—. Nos reuniremos en la capilla. Si la casa Do'Urden ha conseguido la victoria en los túneles, quizás la reina araña quiera darnos alguna información.

—Vierna y Maya esperan las noticias en la plaza —le explicó Briza, al pensar que su madre se refería a la batalla—. Como mucho pueden tardar una hora en regresar con toda la información.

—¡No me importa en lo más mínimo la batalla contra los enanos! —gritó Malicia, enfadada—. Ya me has dicho todo lo que necesitaba saber; el resto no tiene importancia. Debemos sacar beneficio de los actos heroicos de tus hermanos.

—¡Para descubrir a nuestros enemigos! —exclamó Briza, al comprender el plan de su madre.

—Exactamente —contestó Malicia—. Para saber cuál es la casa que intriga contra la casa Do'Urden. Si la reina araña de verdad nos concede su favor por la victoria de hoy, quizás nos bendiga con el conocimiento que necesitamos para derrotar a nuestros enemigos.

Poco después, las cuatro grandes sacerdotisas de la casa Do'Urden se reunieron alrededor del ídolo araña en la antesala de la capilla. Ante ellas, en un bol del ónice más negro, ardía el incienso sagrado —con su olor dulzón a flores putrefactas— que era el preferido de las yochlol, las doncellas de Lloth.

La llama mostró una sucesión de colores, desde el naranja al rojo brillante pasando por el verde. Después tomó forma y escuchó los ruegos de las cuatro sacerdotisas y la urgencia en la voz de la matrona Malicia. El extremo de la llama dejó de moverse y se redondeó, para asumir la forma de una cabeza calva, y a continuación se estiró hacia arriba, sin dejar de crecer. Por fin, la llama desapareció y fue reemplazada por la imagen de la yochlol, una pila de cera semiderretida dotada de ojos grotescos y una boca alargada.

¿Quién me ha llamado?, preguntó la pequeña figura por medio de la telepatía. Los pensamientos de la yochlol, demasiado poderosos por lo pequeña que era, resonaron en las mentes de las drows.

—He sido yo, doncella —contestó Malicia en voz alta para que sus hijas la oyeran. La matrona inclinó la cabeza—. Soy Malicia, fiel sirviente de la reina araña.

La yochlol desapareció en una nube de humo, y en el bol de ónice sólo quedaron las brasas del incienso. Un segundo después, la doncella reapareció, a tamaño natural, delante de Malicia. Briza, Vierna y Maya contuvieron el aliento cuando la criatura colocó dos tentáculos verdosos sobre los hombros de la madre.

La matrona aceptó el contacto de los tentáculos sin moverse, confiada en sus razones para llamar a la yochlol.

Explícame la razón para que vengas a molestarme, le transmitió la criatura.

Para formular una pregunta muy sencilla, respondió Malicia en silencio, porque no hacían falta palabras para comunicarse con una doncella. *Y tú conoces la respuesta.*

¿Tanto te interesa saber la respuesta?, preguntó a su vez la yochlol. *Corres un gran riesgo.*

Es muy urgente para mí conocer la respuesta, contestó la matrona Malicia. Las tres hijas la miraban con curiosidad; oían los pensamientos de la doncella, pero sólo podían adivinar las frases de la madre.

Si la respuesta es tan importante, y es conocida por las doncellas, y por lo tanto por la reina araña, ¿no crees que Lloth te la habría hecho saber si ésta era su voluntad?

Quizás antes de este día, la reina araña no me juzgó digna de saberla, dijo Malicia. *Las cosas han cambiado.*

La doncella hizo una pausa y volvió los ojos hacia el interior de la cabeza como si estuviese en comunicación con algún plano distante.

—Salud, matrona Malicia Do'Urden —dijo la yochlol en voz alta después de unos instantes de tensión. La voz de la criatura era tranquila y muy suave, y contradecía su grotesco aspecto.

—Mis saludos para ti, y para tu señora, la reina araña —repuso Malicia. Sonrió con severidad a sus hijas sin volverse a mirar a la criatura que tenía a sus espaldas. Al parecer, Malicia había acertado en la suposición de que gozaba del favor de Lloth.

—Daermon N'a'shezbaernon ha complacido a Lloth —añadió la doncella—. Los varones de tu casa han salido victoriosos en la batalla de hoy, incluso por encima de las hembras que los acompañaban. Debo aceptar la llamada de la matrona Malicia Do'Urden. —La yochlol apartó los tentáculos de los hombros de Malicia, y permaneció inmóvil, a la espera de sus órdenes.

—¡Me alegra complacer a la reina araña! —manifestó Malicia, preocupada por la fórmula adecuada para hacer su pregunta—. Como ya he dicho, sólo busco la respuesta a una pregunta sencilla.

—Dila —la animó la doncella. Por el tono de burla, Malicia y sus hijas comprendieron que el monstruo ya sabía cuál sería la pregunta.

—Dicen los rumores que mi casa está amenazada —dijo Malicia.

—¿Rumores? —La yochlol soltó una carcajada que sonó como el chirrido de una sierra.

—Confío en mis fuentes —replicó Malicia, a la defensiva—. No te habría llamado si no creyera en la amenaza.

—Continúa —ordenó la doncella, divertida con las dudas de la matrona—. Son algo más que rumores, matrona Malicia Do'Urden. Otra casa planea la guerra contra ti.

La inesperada exclamación de sorpresa de Maya hizo que la madre y las hermanas la miraran con desprecio.

—Dime el nombre de la casa —rogó Malicia—. Si es verdad que Daermon N'a'shezbaernon ha complacido hoy a la reina araña, entonces ruego a Lloth que nos diga el nombre de nuestros enemigos para que podamos destruirlos.

—¿Y si la otra casa también ha complacido a la reina araña? —murmuró la doncella—. ¿Crees que Lloth debe traicionarlos en tu beneficio?

—Nuestros enemigos tienen todas las ventajas —protestó Malicia—. Conocen la casa Do'Urden. Sin duda nos vigilan continuamente, y pueden elaborar sus planes. Sólo pedimos a Lloth que nos dé el mismo conocimiento que a nuestros enemigos. Dinos su nombre y permite que nos encarguemos de demostrar cuál es la casa que merece la victoria.

—¿Y qué pasará si tus enemigos son más poderosos? —preguntó la doncella—. ¿Llamará la matrona Malicia Do'Urden a Lloth para que intervenga y salve su miserable casa?

—¡No! —gritó Malicia—. Utilizaremos los poderes que Lloth nos ha concedido para luchar contra nuestros enemigos. Incluso si nuestros enemigos son poderosos, Lloth puede estar segura de que sufrirán un terrible castigo por su ataque contra la casa Do'Urden.

Una vez más, la doncella miró hacia su interior, en busca del vínculo con su plano de origen, un lugar mucho más oscuro que Menzoberranzan. Malicia apretó con fuerza la mano de Briza, situada a su derecha, y la de Vierna, a la izquierda. Ellas a su vez hicieron lo mismo con Maya para cerrar el círculo.

—La reina araña está complacida, matrona Malicia Do'Urden —respondió por fin la doncella—. Confía en que quizás ella favorecerá a la casa Do'Urden más que a tus enemigos cuando comience la batalla. —Malicia hizo una mueca ante la ambigüedad de la respuesta, y aceptó disgustada que Lloth jamás hacía promesas, en ningún caso.

—¿Qué hay de mi pregunta? —se atrevió a insistir Malicia—, ¿del motivo de mi súplica?

Un relámpago iluminó de pronto la antesala de la capilla, y las cuatro sacerdotisas perdieron la visión durante unos segundos. Cuando recuperaron la vista, vieron a la yochlol, reducida de tamaño, que las observaba furiosa desde las llamas del bol de ónice.

—¡La reina araña no da respuestas a cosas ya sabidas! —proclamó la doncella, con una voz tan potente que aturdió a las drows. El fuego estalló en otro relámpago, y la yochlol desapareció mientras el bol volaba hecho añicos.

La matrona Malicia cogió uno de los trozos de ónice y lo arrojó contra la pared.

—¿Ya sabidas? —chilló furiosa—. ¿Sabidas por quién? ¿Quién de mi familia me oculta este secreto?

—Quizás la que lo sabe no sabe que lo sabe —opinó Briza, en un intento por calmar a su madre—. O quizás acabe de conseguir la información, y ella no ha tenido tiempo de ponerla en tu conocimiento.

—¿Ella? —gruñó la matrona Malicia—. ¿A qué «ella» te refieres, Briza? Estamos todas aquí. ¿Es que alguna de mis hijas es tan estúpida como para no darse cuenta de una amenaza tan obvia contra nuestra familia?

—¡No, matrona! —gritaron al unísono Vierna y Maya, aterrorizadas ante la ira de Malicia, que amenazaba escaparse de control.

—¡Jamás he visto el menor indicio! —afirmó Vierna.

—¡Ni yo! —añadió Maya—. ¡He permanecido a tu lado durante muchas semanas, y he visto lo mismo que tú, matrona!

—¿Insinúas que he pasado por alto algo? —preguntó Malicia, con los nudillos blancos de apretar los puños.

—¡No, matrona! —gritó Briza, lo bastante fuerte como para hacerse oír sobre el tumulto y desviar la atención de la madre hacia ella.

»Entonces no ella sino él —añadió Briza—. Alguno de tus hijos puede tener la respuesta, o quizás Zaknafein o Rizzen.

—Sí —afirmó Vierna—. No son más que varones, demasiado estúpidos para comprender la importancia de los detalles menores.

—Drizzt y Dinin han estado fuera de la casa —prosiguió Briza—, fuera de la ciudad. En su patrulla hay hijos de todas las casas más poderosas, de todas las que se atreverían a amenazarnos.

La cólera resplandeció en los ojos de Malicia, pero poco a poco se apaciguó al aceptar el razonamiento de las hijas.

—Traedlos aquí cuando regresen a Menzoberranzan —ordenó a Vierna y a Maya—. Tú —le dijo a Briza—, encárgate de buscar a Rizzen y a Zaknafein. Toda la familia debe estar presente para que podamos averiguar lo que necesitamos saber.

—¿Los primos y los soldados también? —preguntó Briza—. Quizás alguno de ellos sabe la respuesta.

—¿Voy a llamarlos? —se ofreció Vierna, entusiasmada con la excitación del momento.

—No —contestó Malicia—, no es necesario que vengan los soldados o los primos. No creo que tengan nada que ver; la doncella nos habría dado la respuesta si ninguno de la familia directa la supiera. Es una vergüenza formular una pregunta cuya respuesta se supone que sé, cuya respuesta conoce alguien de mi círculo familiar. —La matrona apretó los dientes, furiosa.

»¡Detesto que me avergüencen! —exclamó.

Drizzt y Dinin regresaron a la casa un poco más tarde, cansados y satisfechos con el final de la aventura. Apenas si habían cruzado la entrada y dado la vuelta por el amplio pasillo que llevaba a sus habitaciones cuando se encontraron con Zaknafein, que venía en sentido contrario.

—Así que el héroe ha vuelto —comentó Zak, mirando directamente a Drizzt, que no pasó por alto el sarcasmo en la voz de su viejo maestro.

—Hemos cumplido nuestra misión con gran éxito —intervino Dinin, bastante molesto por el hecho de ser excluido del saludo de Zak—. Dirigí el...

—Estoy enterado de todos los detalles —le aseguró Zak—. La ciudad no habla de otra cosa. Ahora vete, hijo mayor. Tengo asuntos pendientes con tu hermano.

—¡Me iré cuando me plazca! —exclamó Dinin.

—Quiero hablar con Drizzt a solas —dijo Zak, muy serio—. ¡Vete!

Dinin echó mano a su espada, en un gesto muy poco prudente. Antes de que pudiese sacarla ni un centímetro de la vaina, Zak lo abofeteó dos veces con una mano mientras que en la otra sostenía un puñal, aparecido como por arte de magia, contra la garganta del hijo mayor.

Drizzt se quedó atónito ante el espectáculo, convencido de que Zak era muy capaz de matar a Dinin.

—Vete —le ordenó Zak—, si quieres salvar la vida.

Dinin levantó las manos bien alto y retrocedió sin dar la espalda a su oponente.

—La matrona Malicia se enterará de lo que has hecho —le advirtió al maestro de armas.

—Yo mismo me encargaré de decírselo —respondió Zak, con una carcajada—. ¿Crees que ella se preocupará por ti, estúpido? En lo que a la matrona Malicia respecta, los varones de la familia determinan su propia jerarquía. Vete, hijo mayor. Regresa cuando tengas el coraje para desafiarme.

—Ven conmigo, hermano —le dijo Dinin a Drizzt.

—Tenemos asuntos pendientes —le recordó Zak a Drizzt.

El joven los miró a los dos, una y otra vez, sorprendido por su evidente deseo de matarse entre ellos—. Me quedaré —anunció—. Es verdad que tengo asuntos por resolver con el maestro de armas.

—Como quieras, héroe —dijo Dinin, despreciativo; se volvió sobre los talones y se alejó, furioso.

—Te has hecho con un enemigo —comentó Drizzt.

—Tengo muchos —afirmó Zak, riéndose—, y tendré muchos más antes de que llegue mi hora. No tiene importancia. En cambio, tú tendrás que ir con mucho cuidado. Has despertado los celos de tu hermano, de tu hermano mayor.

—Dinin no disimula el odio que te tiene —opinó Drizzt.

—Pero no ganaría nada con mi muerte —replicó Zak—. No represento una amenaza para Dinin, en cambio tú... —Dejó la frase en suspenso.

—¿Por qué iba a amenazarlo? —protestó Drizzt—. Dinin no tiene nada que yo desee.

—Tiene el poder —manifestó Zak—. Ahora es el hijo mayor, pero no siempre fue así.

—Asesinó a Nalfein, el hermano que no conocí.

—¿Lo sabías? —exclamó Zak—. Quizás Dinin sospecha que otro segundo hijo siga el mismo camino que él para convertirse en hijo mayor de la casa Do'Urden.

—Ya está bien —gruñó Drizzt, harto de la estupidez del sistema de ascenso. «Qué bien lo conoces, Zaknafein», pensó. «¿A cuántos has asesinado para alcanzar tu posición?»

—Un elemental terrestre —dijo Zak, que acompañó sus palabras con un silbido—. Has derrotado a un enemigo muy poderoso. —Felicitó al joven con una reverencia burlona—. ¿Cuál será la próxima víctima de nuestro héroe? ¿Un demonio, quizás? ¿Un semidiós? Sin duda no habrá nada...

—Jamás te he oído decir tantas sandeces —lo interrumpió Drizzt. Ahora había llegado el momento de mostrarse sarcástico—. ¿Es que acaso mis actos inspiran los celos de alguien más aparte de mi hermano?

—¡Celos! —gritó Zak—. ¡Límpiate primero los mocos, estúpido insolente! ¡He matado a una docena de elementales terrestres! ¡También demonios! No sobreestimes tus hazañas ni tu capacidad. No eres más que un guerrero en una raza de guerreros. Olvidarlo podría ser fatal. —Acabó la frase, con un gesto casi provocativo, y Drizzt se preguntó hasta qué punto sería real el supuesto duelo de «práctica» en el gimnasio.

—Sé muy bien de qué soy capaz —contestó Drizzt— y cuáles son mis limitaciones. He aprendido a sobrevivir.

—Como yo —replicó Zak—, a lo largo de muchos siglos.

—El gimnasio nos aguarda —añadió Drizzt, muy tranquilo.

—Tu madre nos espera —lo corrigió Zak—. Nos ha citado a todos en la capilla. No temas: tendremos tiempo de sobra para nuestro encuentro.

Drizzt pasó junto a Zak sin decir nada más, convencido de que las espadas se encargarían de cerrar la conversación. ¿Qué había sido del Zaknafein de antaño? ¿Era éste el mismo maestro que lo había entrenado en los años anteriores a la Academia? Drizzt estaba confundido. ¿Veía a Zak bajo otro prisma por las cosas que había escuchado sobre sus hazañas, o había otra cosa, un rechazo por parte del maestro de armas desde que él había regresado de la Academia?

El sonido del látigo devolvió a Drizzt a la realidad.

—¡Soy el patrón! —oyó que gritaba Rizzen.

—¡Qué más da! —replicó una voz femenina, la voz de Briza.

Drizzt se acercó hasta la esquina de la siguiente intersección y espió. Rizzen y Briza se encontraban frente a frente; el varón estaba desarmado, mientras que la sacerdotisa empuñaba su látigo con cabezas de serpiente.

—¡Patrón! —se burló Briza—. ¡Un título que no vale nada! No eres más que un varón que presta su simiente a la matrona.

—Soy padre de cuatro —exclamó Rizzen, indignado.

—¡Tres! —lo corrigió Briza, que hizo chasquear el látigo para dar más énfasis a su afirmación—. ¡Vierna es hija de Zaknafein, no tuya! Nalfein está muerto, así que sólo quedan dos. Una es hembra y en consecuencia está por encima de ti. ¡Únicamente Dinin tiene un rango inferior al tuyo!

Drizzt se apoyó contra la pared y miró hacia el corredor desierto que había dejado atrás. Siempre había sospechado que Rizzen no era su verdadero padre. El varón jamás le había hecho caso; nunca lo había reñido, ni alabado, ni ofrecido consejo o ayuda. Sin embargo, oír cómo lo proclamaba Briza... ¡y ver que Rizzen no lo negaba!

Rizzen tardó unos segundos en responder a los hirientes comentarios de Briza.

—¿La matrona Malicia está enterada de tus pretensiones? —le preguntó, con un tono acusador—. ¿Sabe que su hija mayor busca su título?

—Todas las hijas mayores buscan el título de madre matrona —contestó Briza, riéndose—. La matrona Malicia sería una estúpida si creyera otra cosa. Te aseguro que ella no lo es, ni yo tampoco. Conseguiré el título cuando ella sea vieja y débil. Lo sabe y acepta el hecho.

—¿Admites que la asesinarás?

—Si no soy yo, será Vierna. Y, si no es Vierna, entonces Maya. Es el orden de las cosas, estúpido varón. Es la palabra de Lloth.

La cólera brotó en el pecho de Drizzt cuando escuchó las maldades de su hermana, pero permaneció en silencio.

—Tú no esperarás a que pasen los años para arrebatarle el poder a tu madre —se burló Rizzen—, cuando una daga puede acelerar los trámites. ¡Tú sueñas con poseer el trono de la casa!

La voz de Rizzen se transformó en un alarido cuando el látigo mordió sus carnes una y otra vez.

Drizzt habría deseado intervenir, abandonar su escondite y separarlos, pero, desde luego, no podía. Briza actuaba tal como le habían enseñado; seguía las palabras de la reina araña al reafirmar su dominio sobre Rizzen. De todos modos, no lo mataría.

¿Y si Briza se dejaba llevar por la furia? ¿Y si finalmente mataba a Rizzen? En el vacío que comenzaba a crecer en su corazón, Drizzt se preguntó si en realidad podía importarle.

—¡Lo has dejado escapar! —rugió la matrona SiNafay—. ¡Aprenderás que no admito el fracaso!

—¡No, matrona! —protestó Masoj—. Lo alcancé de lleno con un rayo. ¡Ni siquiera sospechó que él era el blanco! ¡No pude acabar el trabajo porque el monstruo me atrapó con la puerta de su propio plano!

SiNafay se mordió el labio inferior, obligada a aceptar la explicación de su hijo. Era consciente de que le había encomendado una misión muy difícil. Drizzt era un enemigo poderoso, y conseguir matarlo sin dejar pistas no sería sencillo.

—Lo atraparé —prometió Masoj, con una expresión decidida—. Tengo el arma preparada; Drizzt morirá antes de que pase el décimo ciclo, como tú ordenaste.

—¿Por qué debo concederte una segunda oportunidad? —preguntó SiNafay—. ¿Por qué debo suponer que no fracasarás en el nuevo intento?

—¡Porque quiero verlo muerto! —gritó Masoj—. Incluso más que tú, matrona. ¡Quiero matar a Drizzt Do'Urden! ¡Y, cuando esté muerto, le arrancaré el corazón y lo exhibiré como un trofeo!

—Concedido —dijo SiNafay, que no podía oponerse a la obsesión de su hijo—. Ve en su busca, Masoj Hun'ett. Por tu vida, descarga el primer golpe contra la casa Do'Urden y mata a su segundo hijo.

Masoj hizo una reverencia, con una expresión muy seria, y salió de la habitación.

—¿Lo has oído todo? —preguntó SiNafay valiéndose del código mudo en cuanto se cerró la puerta. Sabía que Masoj podía estar al otro lado con la oreja en la puerta y no quería que se enterara de esta conversación.

—Sí —contestó Alton por señas al tiempo que salía de detrás de una cortina.

—¿Estás de acuerdo con mi decisión? —inquirieron las manos de SiNafay.

Alton no supo qué responder. No tenía otra opción que plegarse a la decisión de la madre matrona; sin embargo, no consideraba acertado conceder una segunda oportunidad a Masoj. Su silencio se prolongó.

—No estás de acuerdo —afirmó la matrona SiNafay, bruscamente.

—Por favor, madre matrona —se apresuró a decir Alton—. No quisiera...

—Estás perdonado —lo tranquilizó SiNafay—. No estoy muy convencida de haber hecho bien en dejar que Masoj lo intente otra vez. ¡Hay tantas cosas que podrían salir mal!

—Entonces ¿por qué? —se atrevió a preguntar Alton—. A mí me negasteis la segunda oportunidad, a pesar de que deseo la muerte de Drizzt Do'Urden con más fuerza que nadie.

SiNafay le dirigió una mirada de desprecio que disipó el valor de Alton.

—¿Dudas de mi buen juicio? —preguntó.

—¡No! —exclamó Alton en voz alta. Se cubrió la boca con una mano y cayó de rodillas, aterrorizado—. Nunca, matrona

—transmitió por señas—. Es que no comprendo el problema con tanta claridad como vos. Perdonad mi ignorancia.

La risa de SiNafay sonó como el sisear de un centenar de víboras furiosas.

—Nos ocuparemos juntos de resolver este problema —dijo—. No pienso hacer distingos, y tú también tendrás tu segunda oportunidad.

—Pero... —protestó Alton.

—Masoj irá en busca de Drizzt, pero esta vez no estará sólo —explicó SiNafay—. Tú lo seguirás, Alton DeVir. Ocúpate de protegerlo y acaba con la misión. Te va en ello la vida.

Alton mostró su alegría al saber que por fin tendría la oportunidad de vengarse. La advertencia de SiNafay lo traía sin cuidado.

—Podéis darlo por muerto —afirmó.

—¡Piensa! —ordenó Malicia con voz ronca, el rostro cerca, el aliento caliente sobre la cara de Drizzt—. ¡Tú sabes algo!

Drizzt se apartó de la impresionante figura y miró nervioso al resto de la familia. Dinin, que acababa de pasar por la misma experiencia hacía unos momentos, se arrodilló y se sujetó la barbilla con una mano. Intentaba encontrar una respuesta antes de que la matrona Malicia aumentara la presión del interrogatorio. No pasaba por alto la impaciencia de Briza por empuñar el látigo, y la visión contribuía muy poco a mejorar su memoria.

Malicia descargó una bofetada contra el rostro de Drizzt y dio un paso atrás.

—Uno de vosotros conoce la identidad de nuestros enemigos —le dijo furiosa a sus hijos—. En los túneles, mientras estabais con la patrulla, uno de vosotros vio alguna cosa, una pista.

—Quizás la vimos, pero no sabemos qué puede ser —manifestó Drizzt.

—¡Silencio! —chilló Malicia, con el rostro brillante de furia—. ¡Podrás hablar cuando sepas la respuesta a mi pregunta! ¡Solo entonces! —Se volvió hacia Briza—. ¡Ayuda a Dinin para que refresque la memoria!

Dinin puso la cabeza entre los brazos apoyados en el suelo, y arqueó la espalda dispuesto a aceptar la tortura. Hacer lo contrario sólo habría servido para enfurecer todavía más a Malicia.

Drizzt cerró los ojos e hizo memoria de los hechos ocurridos durante las numerosas misiones hechas por la patrulla. Se sacudió involuntariamente cuando oyó el chasquido del látigo y los gemidos de su hermano.

—Masoj —susurró Drizzt, casi sin darse cuenta. Miró a su madre, que levantó una mano para detener la tortura, para gran disgusto de Briza.

»Masoj Hun'ett —repitió Drizzt, un poco más fuerte—. En la lucha contra los enanos, intentó matarme.

Toda la familia, en especial Malicia y Dinin, se inclinaron hacia el joven, atentos a cada una de sus palabras.

—Mientras combatía contra el elemental —explicó Drizzt, que recalcó la última palabra como un insulto destinado a Zaknafein. Dirigió una mirada al maestro y añadió—: Masoj Hun'ett me atacó con un rayo.

—Quizás disparó contra el monstruo —opinó Vierna—. Masoj insistió en que fue él quien mató al elemental, aunque la suma sacerdotisa negó su reclamo.

—Masoj esperó —objetó Drizzt—. No intervino hasta que comencé a tener ventaja sobre el monstruo. Entonces descargó su magia contra mí y el elemental. Pienso que esperaba destruirnos a los dos.

—La casa Hun'ett —susurró Malicia.

—La casa quinta —señaló Briza—, gobernada por la matrona SiNafay.

—Así que ellos son nuestros enemigos —dijo Malicia.

—Quizás no —intervino Dinin, que se arrepintió en el acto de haber abierto la boca. Oponerse a la teoría sólo era provocar nuevos castigos.

A la matrona Malicia no le gustó ver cómo vacilaba sin atreverse a manifestar sus razones.

—¡Explícate! —ordenó.

—Masoj Hun'ett se enfadó mucho cuando lo excluyeron de la incursión a la superficie —dijo Dinin—. Lo dejamos en la ciudad, sólo para que presenciara nuestro regreso triunfal. —El hijo mayor miró directamente a su hermano—. Masoj siempre ha tenido celos de Drizzt y de sus victorias. Hay muchos que tienen celos de Drizzt y desean su muerte.

Drizzt se movió incómodo en su asiento, consciente de que las últimas palabras constituían una amenaza. Espió a Zaknafein y tomó nota de la sonrisa relamida del maestro de armas.

—¿Estás bien seguro de lo que has dicho? —le preguntó Malicia a Drizzt, sacándolo de sus pensamientos.

—También está la cuestión de la pantera —interrumpió Dinin—. Es una bestia mágica de Masoj Hun'ett, aunque prefiere estar cerca de Drizzt y no de su amo.

—Guenhwyvar me acompaña en la vanguardia —protestó Drizzt—, de acuerdo con tus propias órdenes.

—A Masoj no le gusta —replicó Dinin.

«Quizás porque tú decidiste que la pantera me acompañara», pensó el joven, que se cuidó mucho de decir nada. ¿Había comenzado a ver conspiraciones en las coincidencias? ¿O es que en su mundo no había otra cosa que traiciones y luchas por el poder?

—¿Estás seguro de lo que has dicho? —insistió Malicia.

—Masoj Hun'ett intentó matarme —afirmó Drizzt—. Desconozco sus razones, pero es verdad que me atacó.

—Entonces ya está —declaró Briza—. La casa Hun'ett, un rival muy poderoso, desde luego.

—Debemos averiguar todo lo posible sobre ellos —dijo Malicia—. ¡Enviad a los exploradores! Necesito saber de cuántos soldados disponen, el número de magos y, sobre todo, de sacerdotisas.

—Si estamos en un error —apuntó Dinin—. Si la casa Hun'ett no es la que conspira...

—¡No estamos equivocados! —le gritó Malicia.

—La yochlol dijo que uno de nosotros conocía la identidad de nuestros enemigos —terció Vierna—. Lo único que tenemos es el intento de Masoj contra Drizzt.

—A menos que tú nos ocultes algo —le dijo la matrona Malicia a Dinin, con un tono tan frío y malévolo que el hijo mayor palideció.

Dinin sacudió la cabeza vigorosamente y la agachó, sin tener más que añadir a la conversación.

—Prepara la comunión —le ordenó Malicia a Briza—. Debemos averiguar la posición de la matrona SiNafay con la reina araña.

Drizzt observó incrédulo el desarrollo frenético de los preparativos; cada orden de la matrona Malicia correspondía a un plan de defensa perfectamente estudiado. Pero no era la preparación para la guerra de su familia el motivo del asombro, porque no esperaba otra cosa de ellos: era el brillo de entusiasmo en las miradas de todos.

25

Los maestros de armas

—¡Insolente! —gruñó la yochlol. Ardía el fuego en el brasero, y la criatura se erguía una vez más detrás de Malicia, con sus terribles tentáculos colocados sobre los hombros de la madre matrona—. ¿Cómo te atreves a llamarme otra vez?

Malicia y sus hijas mantuvieron las cabezas gachas, a punto de dejarse llevar por el pánico. Sabían que la poderosa criatura no bromeaba; esta vez la doncella estaba enfurecida de verdad.

—La casa Do'Urden ha complacido a la reina araña —respondió la doncella a sus pensamientos no manifestados—, pero aquel acto no ha conseguido disipar el desagrado que tu familia le ha producido a Lloth en el pasado reciente. ¡No creas que todo ha sido perdonado, matrona Malicia Do'Urden!

¡Qué pequeña y vulnerable se sentía ahora la matrona Malicia! Su poder no era nada comparado a la cólera de una de las sirvientas personales de Lloth.

—¿Disgusto? —se atrevió a susurrar—. ¿Qué ha hecho mi familia para disgustar a la reina araña? ¿A qué te refieres?

La risa de la doncella lanzó un torrente de llamas y arañas, pero las grandes sacerdotisas no se movieron. Aceptaron el calor y las picaduras de las arañas como parte de su penitencia.

—Te lo he dicho antes, matrona Malicia Do'Urden —añadió la criatura con un tono de desprecio—, y te lo repetiré por última vez. ¡La reina araña no responde a las preguntas cuyas respuestas ya son conocidas! —Con un estallido de energía que arrojó al suelo a las cuatro mujeres de la casa Do'Urden, la doncella se esfumó.

Briza fue la primera en recuperarse. Corrió hasta el brasero y prudentemente apagó las llamas para cerrar la puerta de acceso al plano donde vivía la yochlol.

—¿Quién? —chilló Malicia, que volvió a ser la misma poderosa matrona de antes—. ¿Quién de mi familia se ha atrevido a provocar la ira de Lloth? —Entonces volvió a encogerse cuando comprendió las implicaciones del aviso de la doncella. La casa Do'Urden estaba a punto de iniciar la guerra contra una familia mucho más fuerte. Sin el favor de Lloth, la casa Do'Urden se enfrentaba a la destrucción.

»Debemos encontrar al pecador —comunicó Malicia a las hijas, segura de que ninguna de ellas tenía nada que ver con este asunto. Todas eran grandes sacerdotisas. Si alguna hubiese cometido una falta contra la reina araña, la doncella la habría castigado en el acto. Tenía poder suficiente para arrasar a la casa Do'Urden.

Briza empuñó el látigo de cabezas de serpiente dispuesta a cumplir la orden de su madre.

—Yo me encargaré de conseguir la información.

—¡No! —dijo la matrona Malicia—. No debemos descubrir nuestras intenciones. El culpable, ya sea un soldado o un miembro de la casa Do'Urden, está preparado para soportar el dolor. No podemos confiar en que la tortura consiga la confesión; no cuando conoce las consecuencias de sus acciones. Primero debemos descubrir la causa del disgusto de Lloth y después castigar al criminal. ¡Necesitamos el respaldo de la reina araña en nuestros combates!

—Entonces ¿cómo vamos a descubrir quién es? —preguntó la hija mayor, mientras volvía a enganchar el látigo a su cinturón.

—Vierna y Maya: marchaos —ordenó Malicia—. No digáis ni hagáis nada que pueda revelar nuestro propósito.

Las dos hermanas hicieron un gesto de asentimiento y se marcharon; no les agradaba el papel secundario que se les asignaba, pero no podían hacer nada para evitarlo.

—Primero miraremos —le contestó Malicia a Briza, una vez solas—. Intentaremos descubrir quién es el culpable desde lejos.

—¡El bol mágico! —exclamó Briza. Salió de la antesala para entrar en la capilla. En el altar central encontró el maravilloso objeto, un gran bol de oro decorado con perlas negras. Con manos temblorosas, Briza cogió el bol y lo colocó en otro altar más bajo y después buscó en el más sagrado de sus muchos cajones, donde guardaban la más importante posesión de la casa Do'Urden: un gran cáliz de ónice.

Malicia se reunió con Briza en la capilla, cogió el cáliz y caminó hasta la entrada, donde había una fuente. La matrona sumergió la copa en el líquido pegajoso, el agua sacrílega de su religión, mientras recitaba una oración: *Spiderae aught icor ven.* Acabada esta parte del rito, Malicia volvió hasta el altar y volcó el agua sacrílega en el bol dorado.

Ella y Briza se sentaron a mirar.

Drizzt entró en el gimnasio de Zaknafein por primera vez en más de una década y tuvo la sensación de que había vuelto al hogar. Había pasado los mejores años de su joven vida en este lugar, prácticamente sin salir. A pesar de las muchas desilusiones que había sufrido desde entonces —y que sin duda tendría también en el futuro— Drizzt jamás olvidaría aquella fugaz chispa de inocencia, aquella alegría, que había conocido cuando era un estudiante en el gimnasio de Zaknafein.

El maestro de armas entró en la sala y se acercó a su antiguo alumno. Drizzt no vio nada amistoso en la expresión de Zak. Un gesto agrio había reemplazado a la sonrisa de antes. ¿Acaso era una muestra de odio hacia todo y todos los que lo rodeaban, y en particular Drizzt?, se preguntó el joven. ¿O Zaknafein siempre había tenido esta expresión? ¿La nostalgia le había hecho imaginar cosas inexistentes en aquellos años de entrenamiento? ¿Era este monstruo frío y cruel que tenía delante el mismo maestro que le había hecho soñar con la amistad?

—¿Qué es lo que ha cambiado, Zaknafein? —preguntó Drizzt, en voz alta—. ¿Tú, mis recuerdos, o mis percepciones?

Zak no pareció darse por enterado de la pregunta de Drizzt.

—Ah, el joven héroe ha vuelto —dijo, el guerrero cuyas hazañas desmienten sus años.

—¿Por qué te burlas? —protestó Drizzt.

—El que mató a los oseogarfios —añadió Zak, con las espadas empuñadas, y Drizzt respondió desenvainando sus cimitarras. Las armas eran sus favoritas, las mismas que había utilizado para matar a tantos enemigos—. El que mató al elemental terrestre —se mofó Zak. Lanzó un ataque de tanteo, un golpe sencillo con una sola espada. Drizzt lo desvió sin siquiera pensar en la parada.

De pronto ardió la cólera en los ojos de Zak, como si el primer contacto de los aceros hubiese deshecho todas las ligaduras emocionales que lo contenían.

—¡El que mató a la niña de los elfos de la superficie! —gritó como una acusación. Entonces llegó el segundo ataque, más poderoso y malintencionado, un arco descendente contra la cabeza de Drizzt—. ¡El que la descuartizó para satisfacer su sed de sangre!

Una cimitarra salió al encuentro de la espada y la desvió sin consecuencias.

—¡Asesino! —lo acusó Zak—. ¿Te complacieron los gritos de la niña moribunda? —Esta vez atacó con un molinete; las espadas subían y bajaban lanzando estocadas desde todos los ángulos.

Drizzt, furioso por la hipocresía de las acusaciones, respondió de la misma manera, y también gritó por tener el placer de oír la cólera reflejada en su voz.

Un espectador habría sido incapaz de apreciar un momento de respiro en los sucesivos ataques. Jamás la Antípoda Oscura había presenciado una lucha como ésta en la que dos maestros de la esgrima se atacaban como poseídos por los demonios.

Saltaban chispas de las hojas de adamantita, y las gotas de sangre salpicaban a los contendientes, aunque ninguno de los dos sentía dolor ni sabía si había herido al otro.

Drizzt cargó con un doble golpe lateral que obligó a Zak a separar las espadas. Zak siguió el movimiento sin perder un instante; dio una vuelta completa, y golpeó las cimitarras de Drizzt con la fuerza suficiente para hacer caer al joven guerrero, quien rodó varias veces sobre sí mismo y después se levantó para rechazar la carga de su rival.

Entonces se le ocurrió una idea.

Levantó las cimitarras muy alto, demasiado, y Zak lo hizo retroceder. Drizzt sabía cuál sería el próximo paso y lo provocó. Zak lo hizo mantener en alto sus cimitarras con una serie de maniobras combinadas. A continuación pasó al movimiento que había derrotado a su alumno en el pasado, el doble golpe bajo, convencido de que en el mejor de los casos Drizzt sólo podría igualar el combate.

Drizzt ejecutó la parada de cruz invertida, como era obligado, y Zak se preparó, atento a que repitiera el mismo error de antaño.

—¡Asesino de niños! —gritó para provocarlo.

No sabía que Drizzt había encontrado la solución.

Con toda la rabia de que era capaz, y con todas las desilusiones de su corta vida puestas en el pie, Drizzt miró a Zak. Contempló la sonrisa presumida y su expresión asesina.

Entre las empuñaduras, entre los ojos, Drizzt descargó el puntapié poniendo hasta su última gota de fuerza en el golpe.

El ruido de los huesos aplastados de la nariz de Zak sonó como una bomba. Se le pusieron los ojos en blanco y la sangre cubrió las enjutas mejillas. El maestro de armas era consciente de que se desplomaba y que aquel demonio se le echaría encima como un rayo, dispuesto a aprovechar una ventaja que no podía superar.

—¿Y qué me dices de ti, Zaknafein Do'Urden? —preguntó Drizzt, y la voz del joven sonó muy lejana en los oídos de Zak—.

¡Estoy enterado de las hazañas del maestro de armas de la casa Do'Urden! ¡De lo mucho que disfruta con el asesinato! —La voz sonó más cercana a medida que Drizzt se disponía a rematar el ataque.

»¡Estoy enterado de la facilidad que tiene Zaknafein para el crimen! —gritó Drizzt—. ¡El asesino de sacerdotisas y drows! ¿Tanto te gusta matar? —El joven acabó la pregunta con los golpes de sus cimitarras, golpes destinados a matar a Zak, a matar a los demonios que ambos llevaban en su interior.

Pero Zaknafein se había recuperado, animado por el odio contra Drizzt y contra sí mismo. En el último momento, levantó las espadas y paró el ataque con un golpe doble que separó las armas del rival. Después descargó un puntapié, no muy fuerte debido a su posición de tumbado pero que dio de lleno en la ingle del joven.

Drizzt contuvo el aliento y se apartó; aprovechó la demora de Zaknafein —que se levantó, tambaleante— para recuperarse.

—¿Tanto te gusta matar? —repitió.

—¿Gustarme? —exclamó el maestro de armas.

—¿Te produce placer?

—¡Satisfacción! —lo corrigió Zak—. Yo mato. Sí, yo mato.

—¡Tú enseñas a los demás a matar!

—¡A matar drows! —rugió Zak, una vez más con las armas preparadas, aunque ahora esperaba que Drizzt hiciera el primer movimiento.

Las palabras de Zak sumieron a Drizzt en la confusión. ¿Quién era este drow que tenía delante?

—¿Crees que tu madre me habría dejado vivir si no obedecía a sus malvados designios? —preguntó Zak.

Drizzt lo miró sin comprender.

—Me odia —añadió Zak, más tranquilo porque comenzaba a entender el desconcierto de Drizzt—, me desprecia por lo que sé. —Drizzt inclinó la cabeza hacia un costado.

»¿Es que no puedes ver la maldad que te rodea? —le gritó Zak—. ¿Es que te ha consumido, igual que a todos los demás, en este frenesí asesino que llamamos vida?

—El frenesí que te domina a ti —replicó Drizzt, sin mucha convicción. Si había entendido bien las palabras de Zak, si su viejo maestro intervenía en el juego impulsado por el odio a la perversión de su raza, entonces Drizzt sólo podía culparlo de ser un cobarde.

—No me domina ningún frenesí —afirmó Zak—. Vivo lo mejor que puedo. Sobrevivo en un mundo que no es el mío, que no existe en mi corazón. —El dolor en sus palabras, la forma de agachar la cabeza al admitir su desamparo, no fue una novedad para Drizzt—. Mato, mato a los drows, para servir a la matrona Malicia, para aplacar la ira, la frustración que anida en el fondo de mi alma. Cuando oigo los gritos de los niños... —La mirada de Zaknafein se clavó en Drizzt, y de pronto el maestro de armas se lanzó al ataque con la fuerza de un vendaval.

Drizzt intentó levantar sus cimitarras, pero Zak le arrancó una con un golpe que la hizo volar al otro lado de la sala y apartó la otra. Acortó la distancia hasta que tuvo a Drizzt sujeto contra la pared. La punta de la espada de Zak hizo brotar una gota de sangre de la garganta del joven.

—¡La niña vive! —jadeó Drizzt—. ¡Lo juro! ¡No maté a la niña elfa!

Zak se relajó un poco sin apartar la espada.

—Dinin dijo...

—Dinin fue víctima de un engaño —se apresuró a añadir el guerrero—. Lo engañé. Tumbé a la niña, con el único propósito de salvarla, y manché sus vestidos con la sangre de la madre asesinada para ocultar mi cobardía.

Zak se apartó de un salto, embargado por la emoción.

—Aquel día no maté a ningún elfo —afirmó Drizzt—. Sólo tenía ganas de matar a mis compañeros.

—Ahora ya lo sabemos —dijo Briza, con la mirada puesta en el bol mágico, mientras espiaba el final del duelo entre Drizzt y Zaknafein, y escuchaba cada una de sus palabras—. Fue Drizzt el que provocó la ira de la reina araña.

—Las dos sospechábamos que había sido él —comentó Malicia—, aunque teníamos la esperanza de encontrar otro responsable.

—¡Tanto como prometía! —se lamentó Briza—. ¡Ojalá hubiese aprendido cuál era el sitio que le correspondía, los valores! Quizás...

—¿Sientes piedad? —exclamó la matrona Malicia—. ¿Acaso pretendes enfadar todavía más a la reina araña?

—No, matrona —respondió Briza—. Sólo pensaba en que Drizzt podría habernos sido útil en el futuro, de la misma manera que tú has utilizado a Zaknafein durante todos estos años. Zaknafein se hace mayor.

—Estamos a punto de librar una guerra, hija mía —le recordó Malicia—. Debemos apaciguar a Lloth. Tu hermano se ha buscado la desgracia; sólo él decidió sus acciones.

—Decidió mal.

Las palabras golpearon a Zaknafein con más fuerza que la bota de Drizzt. El maestro de armas arrojó sus espadas al otro extremo del gimnasio y corrió hacia Drizzt. Lo estrechó entre sus brazos con tal fuerza que al joven drow le costó algunos minutos comprender la situación.

—¡Has sobrevivido! —exclamó Zak, con la voz ahogada por el llanto—. ¡Has sobrevivido a la Academia donde mueren todos!

Drizzt devolvió el abrazo, vacilante, porque no sabía hasta qué punto era sincera la emoción del maestro.

—¡Hijo mío!

Drizzt casi se desmayó, sobrecogido por el reconocimiento de lo que siempre había sospechado, e incluso más por el hecho de no ser el único en la Antípoda Oscura que se oponía a la maldad de los drows. No estaba solo.

—¿Por qué? —preguntó Drizzt, apartando a Zak hasta la distancia de los brazos—. ¿Por qué te has quedado?

—¿Adónde hubiese podido ir? —replicó Zak, asombrado—. Nadie, ni siquiera un maestro de armas drow, podría sobrevivir mucho tiempo fuera de las cavernas de la Antípoda Oscura. Hay demasiados monstruos, demasiadas razas que buscan la sangre de los elfos oscuros.

—Sin duda hay otras opciones.

—¿La superficie? —dijo Zak—. ¿Enfrentarme a aquel doloroso infierno durante el resto de mi vida? No, hijo mío, estoy atrapado, al igual que tú.

Drizzt había temido esta afirmación, había temido no encontrar en el recién hallado padre la respuesta al dilema de su vida. Quizás no había respuestas.

—No te irán tan mal las cosas en Menzoberranzan —lo consoló Zaknafein—. Eres fuerte, y la matrona Malicia encontrará el uso adecuado para tus talentos, aunque no coincida con los deseos en tu corazón.

—¿Tendré que vivir la vida de un asesino, igual que tú? —preguntó Drizzt, que no pudo evitar un tono de desprecio.

—¿Qué otro camino tenemos? —contestó Zak, con la mirada puesta en el suelo.

—No mataré a ningún drow —declaró Drizzt, rotundo.

—Lo harás —le aseguró Zak, que volvió a mirar el rostro del hijo—. En Menzoberranzan, no tienes más opción que matar o morir.

Esta vez le tocó a Drizzt desviar la mirada, pero no pudo cerrar su mente a las palabras de Zak.

—No hay otro camino —añadió el maestro de armas, suavemente—. Así es nuestro mundo. Así es nuestra vida. Has tenido la fortuna de evitarlo hasta ahora. Sin embargo, verás que la suerte no es eterna. —Sujetó la barbilla de Drizzt con una mano y forzó a su hijo a que lo mirara.

»Ojalá pudiese ser de otra manera —dijo Zak, sincero—, pero no es una vida tan mala. Jamás he lamentado matar elfos oscuros. Percibo sus muertes como un medio de salvarlos de esta existencia perversa. —Hizo una pausa y agregó sonriente—: ¡Si tanto aman a su reina araña, entonces que vayan a reunirse con ella!

»Excepto los niños —añadió, otra vez serio—. A menudo he oído los gritos de los niños, aunque nunca, te lo juro, les he causado daño. Siempre he querido saber si ellos también nacen malvados, o si es el peso de nuestro mundo oscuro el que los lleva a aceptar la vileza de nuestras normas.

—Las normas de la maldita Lloth —señaló Drizzt.

Los dos permanecieron en silencio durante un buen rato, cada uno ensimismado en las realidades de sus dilemas personales. Zak fue el primero en hablar, porque hacía muchos años que se había resignado a esta vida.

—Lloth —dijo con una risotada—. Es una reina degenerada. ¡Sacrificaría todo lo que soy a cambio de la oportunidad de ver su fea cara!

—Estoy a punto de creer que eres muy capaz —susurró Drizzt, sonriente.

—Desde luego que sí —exclamó Zak, que se apartó de un salto, mientras se reía de todo corazón—. ¡Y tú también!

Drizzt lanzó su cimitarra al aire y la dejó que diera un par de vueltas sobre sí misma antes de cogerla otra vez por la empuñadura.

—¡Es muy cierto! —grito—. ¡Pero ya no estaría solo!

26

PESCADOR EN LA ANTÍPODA OSCURA

Drizzt se paseó solitario por el laberinto de Menzoberranzan, hasta más allá de los grupos de estalagmitas y por debajo de las grandes lanzas de piedra que colgaban del techo de la caverna. La matrona Malicia había ordenado con toda claridad que toda la familia debía permanecer en la casa como precaución ante un posible intento de asesinato por parte de la casa Hun'ett, pero Drizzt había vivido demasiadas emociones durante el día como para obedecer. Necesitaba pensar y, a la vista de que sus pensamientos podían ser considerados como una blasfemia en una casa llena de sacerdotisas presas de nervios, había optado por dar un paseo.

Éstas eran las horas de calma en la ciudad; la luz de Narbondel sólo era una delgada franja en la base, y la mayoría de los drows dormían tranquilamente en sus casas de piedra. Tan pronto como atravesó la verja de adamantita de la casa Do'Urden, Drizzt comprendió la sensatez de la orden de la matrona Malicia. El silencio de la ciudad le parecía igual al de una bestia al acecho, preparada para lanzarse sobre él desde cualquiera de los muchos rincones que había en su camino.

Decidió que no encontraría aquí la paz necesaria para reflexionar con calma en los sucesos del día, en las manifestaciones de Zaknafein. Por lo tanto, rompió con todas las reglas —un comportamiento habitual en los drows—, y dirigió sus pasos hacia las afueras de la ciudad, en busca de los túneles que conocía tan bien después de tantas semanas de servicios con la patrulla.

Una hora más tarde, todavía continuaba su paso, abstraído en sus pensamientos, y sin sentirse amenazado porque no había sobrepasado los límites de la zona vigilada por las patrullas.

Entró en un corredor elevado, de unos tres metros de ancho, con las paredes en ruinas y atravesado por muchos salientes. Tuvo la impresión de que el corredor había sido mucho más ancho en otros tiempos. No se alcanzaba a ver el techo, pero Drizzt había pasado por aquí una docena de veces y no se preocupó por el lugar.

Pensó en el futuro, en los momentos que compartiría con su padre, ahora que no los separaba un secreto. Juntos serían imbatibles, una pareja de maestros de armas, unidos por el acero y las emociones. ¿La casa Hun'ett tenía idea de con quién iba a enfrentarse? La sonrisa desapareció de su rostro en cuanto pensó en lo que significaba: Zak y él, juntos, enfrentados a los soldados de la casa Hun'ett, matando a su propia gente.

Drizzt se apoyó en la pared aturdido al comprender en carne propia la frustración que había soportado su padre durante muchos siglos. Él no quería ser como Zaknafein, que vivía sólo para matar, protegido por su propia violencia, pero ¿qué otras opciones se le ofrecían? ¿Abandonar la ciudad?

Zak no había podido darle una respuesta cuando le preguntó por qué no se había marchado.

—¿Adónde iría? —susurró Drizzt como un eco a las palabras de Zak. Su padre había dicho que estaban atrapados, y pensó que quizás tenía razón.

»¿Adónde iría —repitió—. ¿Viajaría por la Antípoda Oscura, donde nos odian y en donde un drow solitario sería el blanco de cualquiera que encontrara en mi camino? ¿O a la superficie, donde la bola de fuego en el cielo me quemaría los ojos? Quizás esto sería una bendición. Al menos no vería la llegada de la muerte cuando los elfos de la superficie se lanzaran sobre mí.

La lógica del razonamiento atrapó a Drizzt de la misma manera que había atrapado a Zak. ¿Adónde podía ir un elfo oscuro? En ningún lugar de todos los reinos aceptarían a un elfo de piel oscura.

Entonces ¿la única elección era matar?, ¿matar drows?

Drizzt se frotó contra la pared en un acto inconsciente, pues su mente sólo pensaba en el futuro. Tardó un momento en comprender que su espalda estaba en contacto con algo que no era piedra.

Intentó apartarse, otra vez alerta ante el peligro. Cuando saltó, sus pies se despegaron del suelo, pero al caer volvió a quedar en la posición original. Frenético, sin darse tiempo a considerar la situación, se llevó las manos a la nuca.

Sus dedos se engancharon al cordón transparente que lo sujetaba. En aquel momento descubrió que había actuado como un estúpido y que no había manera de librar las manos del sedal del pescador de la Antípoda Oscura, el pescador cavernícola.

—¡Idiota! —se reprochó a sí mismo al sentir que lo subían. Tendría que haber pensado en esta posibilidad al arriesgarse a solas por las cavernas. Pero no tenía perdón el haber actuado a mano limpia. Miró las cimitarras, inútiles en las vainas.

El pescador cavernícola recogió el sedal y fue subiéndolo, pegado al muro, hacia su hambrienta boca.

Masoj Hun'ett observó complacido la marcha de Drizzt. Se acababa el tiempo, y la matrona SiNafay no le perdonaría si fracasaba otra vez en la misión de matar al segundo hijo de la casa Do'Urden. Ahora la paciencia de Masoj había dado sus frutos. ¡Drizzt había abandonado la ciudad a solas! No había testigos a la vista. Al final resultaría demasiado fácil.

El mago se apresuró a sacar la estatuilla de ónice de su bolsa y la arrojó al suelo.

—¡Guenhwyvar! —llamó sin atreverse a levantar demasiado la voz, al tiempo que miraba en dirección a la casa más próxima para asegurarse de que no lo espiaban.

Apareció el humo oscuro y un momento más tarde se convirtió en la pantera mágica. Masoj se frotó las manos, convencido de que era un genio por haber planeado un final tan retorcido e irónico para acabar con las heroicidades de Drizzt Do'Urden.

—Tengo un trabajo para ti —le dijo al felino—, algo que no te gustará.

Guenhwyvar se estiró en el suelo y bostezó como si las palabras del mago no fuesen una novedad.

—Tu compañero en la vanguardia de la patrulla —le explicó mientras señalaba el túnel— se ha marchado solo. Es muy peligroso.

La pantera se sentó, de pronto muy interesada.

—Drizzt no tendría que haber cometido semejante imprudencia —añadió Masoj—. Podrían matarlo.

El tono malvado de la voz informó a la pantera de sus intenciones antes de que llegara a pronunciar las palabras.

—Ve a buscarlo, Guenhwyvar —susurró Masoj—. Búscalo en la oscuridad y mátalo. —El mago estudió la reacción de la pantera, comprobó el horror que le producía la misión. Guenhwyvar permaneció rígida, tan inmóvil como la estatuilla utilizada para llamarla.

»Ve —ordenó Masoj—. ¡No puedes negarte a cumplir las órdenes de tu amo! ¡Yo soy tu amo, bestia ignorante! ¡Pareces olvidar este hecho con demasiada frecuencia!

Guenhwyvar resistió durante un buen rato, un acto heroico en sí mismo, pero los impulsos mágicos, la fuerza de las órdenes del amo, pudieron más que los sentimientos que la gran pantera pudiera tener. Poco a poco, llevada por los instintos primitivos de cazadora, Guenhwyvar dejó atrás las estatuas mágicas que vigilaban la entrada del túnel y echó a correr en cuanto encontró el rastro de Drizzt.

Alton DeVir volvió a esconderse detrás de una estalagmita, desilusionado con las tácticas de Masoj. El mago dejaría que la pantera hiciera el trabajo por él; ¡Alton no tendría ocasión de presenciar la muerte de Drizzt Do'Urden!

El Sin Rostro jugó con la poderosa varita que le había dado la matrona SiNafay antes de salir a perseguir a Masoj. Al parecer, el objeto no sería utilizado en el asesinato de Drizzt.

De todos modos, se consoló pensando que tendría muchas oportunidades para emplearlo contra los demás miembros de la casa Do'Urden.

Drizzt luchó durante la primera mitad de la subida; lanzó puntapiés y giró sobre sí mismo para enganchar los hombros en los salientes de piedra, en un esfuerzo inútil para evitar que el pescador cavernícola lo izara hasta su posición. Sin embargo, era una resistencia instintiva porque sabía que no podía impedirlo.

A medio camino, con un hombro ensangrentado y el otro lleno de cardenales, y a unos diez metros de altura, Drizzt se resignó a su destino. Si en realidad había una oportunidad para librarse del sedal del cangrejo gigante, la encontraría en el último instante de la subida. Por ahora no podía hacer otra cosa que esperar.

Quizás la muerte no era una alternativa tan mala en comparación con la vida que le esperaba entre los drows, atrapado en la maldad de su raza. Incluso Zaknafein, tan fuerte, poderoso y sabio, no había podido resignarse a su existencia en Menzoberranzan. Entonces ¿cómo podía creer que él tendría otra salida?

Al advertir que cambiaba el ángulo de ascenso y podía ver el borde del último saliente, Drizzt dejó de compadecerse de sí mismo y volvió a dominarlo su espíritu guerrero. El pescador cavernícola podría vencerlo, pero estaba dispuesto a hacerlo sufrir por su comida.

Alcanzaba a oír el golpeteo de las ocho patas del monstruo. Drizzt había tenido ocasión de ver a un pescador cavernícola, aunque la criatura se había escapado antes de que él y el resto de la patrulla pudieran darle caza. Había imaginado entonces, al igual que ahora, la capacidad combativa del monstruo. Dos de sus patas acababan en unas pinzas enormes con las que sujetaba a la presa y la introducía en la boca.

El guerrero giró una vez más para ponerse de cara al acantilado y así poder ver a la criatura tan pronto como tuviese la cabeza por encima del borde. El golpeteo de las patas se confundió con los latidos de su corazón. Un segundo más tarde llegó al borde.

Drizzt se encontró a apenas medio metro de las patas delanteras y de las grandes mandíbulas. Las pinzas se acercaron para sujetarlo antes de que pudiese poner pie en la cornisa; ni siquiera tendría la ocasión de descargar un par de puntapiés contra los ojos de la criatura.

Cerró los ojos, confiado en que la muerte sería preferible a la vida en Menzoberranzan.

Un rugido lo arrancó de sus pensamientos.

Tras una desesperada carrera de saltos de cornisa en cornisa, Guenhwyvar había llegado a la vista del pescador cavernícola y de Drizzt antes de que el monstruo acabara de izar al drow. Éste era un momento de vida o muerte tanto para la pantera como para Drizzt. Guenhwyvar había venido hasta aquí por una orden directa de Masoj, sin pensar en su misión y llevada sólo por sus instintos de acuerdo con la magia que la dominaba. El animal nunca había podido oponerse a las órdenes de su amo, a la premisa que gobernaba su existencia... hasta ahora.

La escena que tenía lugar ante la pantera, con Drizzt a sólo un paso de la muerte, dio a Guenhwyvar una fuerza desconocida y no prevista por el creador de la estatuilla mágica. Aquel instante de terror proporcionó un nuevo sentido a la vida del animal más allá del alcance de la magia.

Cuando Drizzt abrió los ojos, la batalla estaba en su apogeo. Guenhwyvar saltó sobre el pescador cavernícola y a punto estuvo de seguir de largo, porque las seis patas restantes del monstruo permanecían sujetas a la piedra por el mismo líquido pegajoso que formaba el filamento que aprisionaba a Drizzt. Sin desanimarse, el felino arañó y mordió con saña feroz el caparazón del cangrejo para abrir una brecha.

La criatura contraatacó con sus pinzas; las movió hacia atrás con gran velocidad, y una de ellas mordió una de las patas de Guenhwyvar.

Drizzt quedó colgado en el aire; el monstruo tenía asuntos más urgentes que atender.

La pinza cortó la carne de la pantera, pero la sangre del felino no era el único líquido oscuro que manchaba el caparazón del pescador cavernícola. Las poderosas garras de Guenhwyvar habían arrancado un trozo de la cáscara ósea, y sus dientes se hundieron en las entrañas de la criatura. Mientras la sangre del pescador cavernícola se derramaba sobre la piedra, sus patas comenzaron a resbalar.

Al ver que el mucílago debajo de las patas del cangrejo se disolvía con el contacto de la sangre, Drizzt comprendió lo que ocurriría si el líquido alcanzaba el filamento. Tenía que estar preparado para el momento en que surgiese la oportunidad de ayudar a Guenhwyvar.

El pescador cayó de costado al tiempo que se sacudía de encima a la pantera, y Drizzt se vio lanzado de bruces contra la pared.

La sangre alcanzó al fin el filamento, y Drizzt pudo librar una mano casi al instante.

Por su parte, Guenhwyvar estaba otra vez en posición de ataque y buscaba la manera de lanzarse entre las pinzas del monstruo.

Con la mano libre, Drizzt empuñó una de las cimitarras y lanzó una estocada que se hundió en el costado del pescador cavernícola. El monstruo se volvió y, gracias a la sacudida y a la sangre, Drizzt se vio totalmente libre del filamento. Con gran agilidad, el drow consiguió sujetarse a un saliente y detener la caída, aunque perdió la cimitarra.

Pero el ataque de Drizzt había abierto las defensas del monstruo, y Guenhwyvar no vaciló. Se lanzó sobre la criatura, y sus dientes se hundieron en el mismo lugar de antes. Esta vez alcanzó los órganos vitales mientras con las garras mantenía apartadas las pinzas.

Cuando Drizzt llegó al nivel de la cornisa, el pescador cavernícola agonizaba. El joven trepó el último metro y corrió a reunirse con su amiga.

Guenhwyvar retrocedió poco a poco, con las orejas pegadas al cráneo y los dientes descubiertos.

Por un momento, Drizzt pensó que el dolor de la herida cegaba al felino, pero comprendió que no podía ser. Sólo había recibido un corte en una pata y no era muy profundo. La había visto soportar lesiones mucho más graves.

La pantera continuó su retirada sin dejar de gruñir, impulsada por la orden de Masoj, que volvía a imponerse tras el momento de terror. Guenhwyvar intentaba oponerse a los impulsos, quería ver al joven como un amigo y no una presa, pero la orden...

—¿Qué pasa, amiga mía? —preguntó Drizzt suavemente, al tiempo que él también hacía un esfuerzo por no desenvainar la otra cimitarra. Hincó una rodilla en tierra—. ¿No me reconoces? Hemos combatido juntos un sinfín de veces.

Guenhwyvar se agazapó, bien apoyada en sus patas traseras, y Drizzt comprendió que se disponía a saltar. Aun así, no empuñó el arma ni hizo nada por amenazar al felino. Tenía que confiar en Guenhwyvar, creer que la pantera era su amiga. ¿A qué podía atribuir esta extraña reacción? ¿Por qué había aparecido en un momento tan inesperado?

Drizzt encontró las respuestas al recordar las advertencias de la matrona Malicia para que nadie saliera de la casa Do'Urden.

—¡Masoj te ha enviado para que me mates! —afirmó, con gran decisión. Su tono desconcertó al felino, que aflojó un poco los músculos—. En cambio me has salvado, Guenhwyvar. No has cumplido la orden.

El gruñido de la pantera sonó a protesta.

—Podrías haber dejado que el pescador cavernícola me destrozara —continuó Drizzt—, pero no lo hiciste. ¡Me salvaste la vida aun a riesgo de perder la tuya! ¡Lucha contra el impulso, Guenhwyvar! ¡Recuerda que soy tu amigo, mucho mejor compañero que el malvado Masoj Hun'ett!

La pantera retrocedió otro paso, atrapada en un dilema que todavía no tenía resuelto. Drizzt observó cómo el felino levantaba las orejas y supo que estaba a punto de convencerla.

—Masoj proclama ser tu dueño —añadió, seguro de que el felino era capaz de entender el significado de sus palabras—. Yo proclamo ser tu amigo. Soy tu amigo, Guenhwyvar, y no pelearé contra ti. —Se levantó y abrió los brazos para ofrecer el pecho desnudo a las fauces de la bestia—. ¡Aunque me cueste la vida!

Guenhwyvar no atacó. Las emociones la retenían con más fuerza que cualquier hechizo, las mismas emociones que la habían llevado a actuar cuando vio a Drizzt sujeto por las pinzas del pescador cavernícola.

De pronto, la pantera voló por los aires, chocó contra el pecho de Drizzt, y lo hizo caer de espaldas. Después comenzó a lamerle el rostro y empujarlo con las patas como si se tratase de un gatito.

Los dos amigos habían vuelto a ganar; habían derrotado a dos temibles enemigos.

Pero al cabo de unos minutos, Drizzt se tomó un respiro para reflexionar sobre los acontecimientos, y comprendió que una de las victorias sólo era parcial. Guenhwyvar era suya en espíritu, pero todavía era propiedad de alguien indigno de tenerla, alguien que la esclavizaba a una vida que Drizzt no podía tolerar.

La confusión que había guiado los pasos de Drizzt Do'Urden fuera de Menzoberranzan ya no existía. Por primera vez en su vida, veía con toda claridad el camino que debía seguir, la senda hacia la libertad.

Recordó las advertencias de Zaknafein, y las alternativas que había analizado sin llegar a una conclusión.

¿Adónde podía ir un elfo oscuro?

—Es peor vivir atrapado en una mentira —susurró distraído. La pantera ladeó la cabeza al presentir que las palabras de Drizzt eran muy importantes. El joven devolvió la mirada de la pantera con una expresión muy seria.

»Llévame a tu amo —pidió—, a tu falso amo.

27

Sueños tranquilos

Zaknafein se tendió en el lecho y se durmió al instante, para disfrutar de la primera noche de auténtico descanso. Los sueños aparecieron en su mente, pero esta vez no eran pesadillas, sino sueños que gratificaban su descanso. Por fin se había librado del secreto, de la mentira que había dominado toda su vida adulta.

¡Drizzt había sobrevivido! ¡Incluso la tan temida Academia de Menzoberranzan no había podido quebrantar el espíritu indomable del joven y su moral! Zaknafein Do'Urden ya no estaba solo. Las imágenes de sus sueños mostraban las mismas magníficas posibilidades que habían acompañado a Drizzt al salir de la ciudad.

Lucharían codo a codo, imbatibles, los dos contra la perversidad encarnada en Menzoberranzan.

Un dolor agudo en un pie arrancó a Zak de sus sueños. Abrió los ojos y vio a Briza, en el extremo de su cama, con el látigo de cabezas de serpiente en la mano. En un movimiento reflejo, Zak buscó las espadas.

Habían desaparecido. Entonces vio que Vierna, junto a la pared, tenía una. La otra la sostenía Maya, en el lado opuesto.

¿Cómo habían entrado con tanto sigilo?, se preguntó Zak. Sin duda habían empleado el silencio mágico, aunque no dejaba de sorprenderlo que no hubiese advertido la intrusión a tiempo. Nunca lo habían pillado desprevenido, ni siquiera dormido.

Pero tampoco antes había dormido tan profundamente, con tanta paz. Quizás en Menzoberranzan la placidez del sueño era un lujo peligroso.

—La matrona Malicia quiere verte —anunció Briza.

—No estoy correctamente vestido —contestó Zak, despreocupado—. Por favor, mi cinturón y mis armas.

—¡No hay favor que valga! —exclamó Briza, que pareció dirigirse más a sus hermanas que a Zak—. No las necesitarás.

Zak pensó lo contrario.

—Levántate y vámonos —ordenó Briza, y alzó el látigo.

—Yo en tu lugar me aseguraría primero de las intenciones de la matrona Malicia antes de actuar con tanto descaro —le advirtió Zak. Al recordar el poder del varón al que ahora amenazaba, Briza bajó el látigo.

Zak abandonó el lecho, mientras escudriñaba a Maya y a Vierna en busca de alguna pista de los motivos para la imprevista llamada de Malicia.

Cuando él salió de la habitación, lo rodearon, pero manteniéndose a una distancia prudente para no ser sorprendidas por algún truco del maestro de armas.

—Tiene que ser algo muy serio —comentó Zak sin elevar la voz, para que sólo Briza pudiese oírlo. La gran sacerdotisa lo miró por encima del hombro y le dirigió una sonrisa perversa que no despejó sus sospechas.

Tampoco lo hizo la matrona Malicia, que los aguardaba impaciente sentada en su trono.

—Matrona —la saludó Zak con una reverencia al tiempo que tiraba de los faldones de su camisa de dormir para llamar la atención sobre su poco apropiado vestuario. Quería mostrarle a Malicia su irritación por el hecho de que lo hubieran sacado de la cama a una hora tan intempestiva.

La matrona no respondió al saludo. Se echó hacia atrás en el trono y con una mano acarició su afilada barbilla sin apartar la mirada de Zaknafein.

—Drizzt se ha ido —gruñó Malicia.

La noticia fue para Zak como un cubo de agua fría. Se irguió, y la sonrisa de burla desapareció de su rostro.

—Ha dejado la casa desobedeciendo mis órdenes —añadió Malicia. Zak se relajó al oír este comentario. Por un momento había pensado que ella y las hijas lo habían expulsado o matado.

—Un joven fogoso —opinó Zak—. No tardará mucho en regresar.

—Fogoso —repitió Malicia, con un tono de crítica.

—Volverá —dijo el maestro de armas—. No hay razón para alarmarse, ni de adoptar medidas extremas. —Miró a Briza, aunque sabía muy bien que la madre matrona no lo había llamado sólo para ponerlo al corriente de las travesuras de Drizzt.

El segundo hijo ha desobedecido a la madre matrona —afirmó Briza, en una interrupción ensayada.

—Fogoso —repitió Zak, que intentó no reírse—. Una falta menor.

—Al parecer, es muy dado a cometerlas —señaló Malicia—. Como otro varón fogoso de la casa Do'Urden.

Zak hizo una reverencia al interpretar sus palabras como un cumplido. Malicia ya había decidido el castigo, si es que pensaba castigarlo. Por lo tanto, sus comentarios y acciones en este juicio —si en realidad lo era— no tenían mucha importancia.

—¡El muchacho ha disgustado a la reina araña! —gritó Malicia, muy enfadada y harta de los sarcasmos de Zak—. ¡Ni siquiera tú has sido tan tonto!

Una expresión sombría apareció en el rostro de Zak. Las consecuencias de esta reunión podían llegar a ser muy graves. Quizás estaba en juego la vida de Drizzt.

—Pero tú ya lo sabías —continuó Malicia, un poco más tranquila, satisfecha de ver a Zak preocupado y a la defensiva. Por fin había descubierto su punto débil y lo aprovechaba.

—¿Sólo por dejar la casa? —protestó Zak—. Es una falta menor. Lloth no se disgustaría por algo de tan poca importancia.

—No disimules, Zaknafein. ¡Sabes muy bien que la niña elfa vive!

Zak se quedó sin aliento. ¡Malicia lo sabía! ¡Maldita sea, Lloth lo sabía!

—Estamos a punto de ir a la guerra —añadió Malicia—, y no gozamos del favor de Lloth. Es imprescindible recuperar el apoyo de la diosa. —Miró directamente a los ojos de Zak—. Ya conoces nuestra costumbre y sabes que no hay otra manera de conseguirlo.

Zak asintió, atrapado. Cualquier manifestación en contra sólo serviría para empeorar la situación de Drizzt, si es que todavía existía algo peor.

—El segundo hijo debe ser castigado —dijo Briza.

«Otra interrupción preparada», pensó Zak. Se preguntó cuántas veces Malicia y Briza habrían ensayado este encuentro.

—¿Debo ser yo el encargado del castigo? —preguntó Zak—. Me niego a azotar al muchacho; no es mi trabajo.

—Su castigo no es cosa de tu incumbencia —respondió Malicia.

—Entonces ¿por qué me habéis sacado de la cama? —quiso saber Zak, en un intento de distanciarse del problema de Drizzt y ayudarlo en la medida de lo posible.

—Creí que te gustaría saberlo —contestó Malicia—. Drizzt y tú os habéis hecho muy amigos en el gimnasio. Padre e hijo.

«¡Lo ha visto!», pensó Zak. ¡Malicia, y quizás también la bruja de Briza, habían espiado todo el encuentro! Abatido, Zak agachó la cabeza al comprender que involuntariamente había colaborado en la perdición de su hijo.

—La niña elfa vive —declaró Malicia, que pronunció cada palabra con mucha claridad—, y por lo tanto un joven drow debe morir.

—¡No! —La negativa escapó de los labios de Zak, incontenible—. Es muy joven. No podía saber...

—Sabía muy bien lo que hacía —gritó Malicia—. ¡No se arrepiente de sus acciones! ¡Es igual que tú, Zaknafein! ¡Demasiado!

—Entonces puede aprender —alegó Zak—. Yo no he sido una carga para ti, Mali..., matrona Malicia. Te has beneficiado de mi presencia. Drizzt es tan capaz como yo; podría sernos muy útil.

—Querrás decir peligroso —lo corrigió la matrona Malicia—. ¿Tú y él juntos? No es una idea muy tentadora.

—Su muerte ayudará a la casa Hun'ett —opinó Zak, dispuesto a aprovechar cualquier excusa para convencer a la matrona.

—La reina araña reclama su muerte —replicó Malicia, decidida—. Debemos apaciguarla si pretendemos que Daermon N'a'shezbaernon salga airosa en la guerra contra la casa Hun'ett.

—Te lo suplico, no mates al muchacho.

—¿Sientes compasión? —murmuró Malicia—. No es muy propio de un guerrero drow. ¿Has perdido el espíritu de lucha?

—Soy viejo, Malicia.

—¡Matrona Malicia! —protestó Briza, pero Zak le dirigió una mirada tan fría que la sacerdotisa bajó el látigo de cabezas de serpiente sin atreverse a utilizarlo.

—Y me haré aún más viejo si matas a Drizzt.

—No es tal mi deseo —manifestó Malicia, aunque Zak no se dejó engañar por la mentira. A ella no le importaba Drizzt ni ninguna otra cosa excepto recuperar el favor de la reina araña.

»Sin embargo, no veo otra alternativa —añadió la matrona—. Drizzt ha provocado el enfado de Lloth, y debe ser apaciguada antes de que empiece la guerra.

Zak comenzó a vislumbrar las intenciones de Malicia. El tema de la reunión no tenía nada que ver con Drizzt.

—Tómame a mí en lugar del muchacho —ofreció Zak.

La sonrisa cruel de Malicia desmintió su fingida sorpresa. Esto era lo que había deseado desde el principio.

—Eres un guerrero de gran valía —afirmó la matrona—. Tus méritos, como tú mismo has dicho, no pueden desestimarse. Sacrificarte apaciguaría a la reina araña, pero ¿quién podría ocupar el vacío creado por tu desaparición?

—Drizzt podría ocupar mi lugar —aseguró Zak, convencido de que el joven sería capaz de encontrar la manera de huir de todo esto, de eludir las intrigas de la matrona Malicia.

—¿Estás seguro?

—En estos momentos me iguala —manifestó Zak, y mejorará todavía más con el paso de los años. Conseguirá metas con las que yo no me atrevería ni a soñar.

—Entonces ¿estás dispuesto a hacerlo? —insistió Malicia, que babeaba de placer.

—Ya me conoces —contestó Zak.

—El mismo tonto de siempre —dijo Malicia.

—Para tu desconsuelo —continuó Zak, impertérrito—, sabes que el muchacho haría lo mismo por mí.

—Es joven —replicó Malicia, displicente—. Ya le enseñaré.

—¿Tal como me enseñaste a mí? —se burló Zak.

La sonrisa victoriosa de Malicia se convirtió en una mueca de odio mientras daba rienda suelta a su furia.

—Si haces alguna cosa para perturbar la ceremonia del sacrificio a Lloth, si, al final de tu vida, escoges provocarme una vez más, encargaré a Briza que sacrifique a Drizzt —lo amenazó Malicia—. Ella y sus juguetes de tortura se ocuparán de entregar a Drizzt a la reina araña.

—Me he ofrecido voluntariamente, Malicia —dijo Zak—. Diviértete ahora que puedes. Al final, Zaknafein habrá alcanzado la paz mientras que tú, matrona Malicia Do'Urden, vivirás únicamente para la guerra.

Estremecida de furia porque unas pocas palabras le habían arrebatado el momento de triunfo, Malicia permaneció en silencio por un instante.

—¡Sacadlo de aquí! —susurró por fin.

Zak no ofreció resistencia mientras Vierna y Maya lo ataban al altar con forma de araña de la capilla. Concentró su atención en Vierna, atento a la compasión que por instantes aparecía en la mirada de la sacerdotisa. Quizás ella también podría haber sido como él, pero las esperanzas habían sido aplastadas muchos años atrás por la prédica incesante de la reina araña.

—Estás triste —le dijo Zak.

Vierna se irguió y ajustó tanto uno de los nudos que Zak dejó escapar una exclamación de dolor.

—Es una lástima —respondió Vierna, con toda la frialdad de que fue capaz—. Me habría gustado tener la ocasión de veros a los dos en la batalla. Pero la casa Do'Urden tiene que hacer un gran sacrificio para reparar el daño cometido por Drizzt.

—Puedes estar segura de que la casa Hun'ett no habría compartido tu entusiasmo —añadió Zak, con un guiño—. No llores..., hija mía.

—¡Llévate tus mentiras a la tumba! —gritó Vierna, que le cruzó el rostro de una bofetada.

—Niégalo si es lo que deseas, Vierna —repuso Zak.

Vierna y Maya se apartaron del altar. Vierna hizo un esfuerzo por mantener la expresión de odio y Maya reprimió una risita en el momento en que la matrona Malicia y Briza entraron en la capilla. La madre matrona vestía la túnica de ceremonias, negra y tejida como una telaraña, que se ceñía a su cuerpo y flotaba al mismo tiempo, y Briza cargaba con un cofre sagrado.

Atento sólo a sus propios deseos, Zak no les prestó atención mientras las sacerdotisas iniciaban el ritual con una letanía a la reina araña, en la que imploraban su perdón.

—Destrúyelas a todas —susurró el maestro de armas—. Haz alguna cosa más que sobrevivir, hijo mío, como ha sobrevivido tu padre. ¡Vive! ¡Sé fiel a los dictados de tu corazón!

Las llamas rugieron en los braseros, iluminando toda la capilla. Zak notó el calor, y comprendió que habían entrado en comunicación con el plano oscuro.

—Acepta a este... —oyó que rezaba Malicia, pero cerró los oídos a las palabras de la madre matrona y se concentró en las últimas plegarias de su vida.

La daga con forma de araña se cernió sobre su pecho. Malicia empuñaba el arma con sus huesudas manos, y la pátina de sudor que cubría la piel reflejaba la luz naranja del fuego con un brillo misterioso.

Misterioso como la transición de la vida a la muerte.

28

LEGÍTIMO PROPIETARIO

¿Cuánto tiempo había pasado? ¿Una hora? ¿Dos? Masoj se paseaba arriba y abajo por el espacio entre las dos estalagmitas, a unos pocos pasos de la boca del túnel por el que se había marchado primero Drizzt y después la pantera.

—Guenhwyvar ya tendría que estar de regreso —gruñó el mago, a punto de agotar la paciencia.

Al cabo de un momento, una expresión de alivio iluminó su rostro al ver que la gran cabeza negra de la pantera asomaba por detrás de una de las estatuas que vigilaban la entrada. El morro del animal aparecía cubierto de sangre fresca.

—¿Lo has hecho? —preguntó Masoj, que a duras penas pudo contener un grito de alegría—. ¿Drizzt Do'Urden está muerto?

—Lamento desilusionarte —respondió Drizzt, complacido al ver cómo el miedo reemplazaba al entusiasmo en el malvado rostro del mago.

—¿Qué significa esto, Guenhwyvar? —gritó Masoj—. ¡Tienes que obedecer! ¡Mátalo ahora mismo!

Guenhwyvar miró a Masoj como si no entendiera la orden, y se echó a los pies de Drizzt.

—¿Admites que has atentado contra mi vida? —lo interrogó Drizzt.

Masoj calculó la distancia que lo separaba del adversario; unos tres metros. Quizás tuviera tiempo para lanzar un hechizo. Pero Masoj sabía que Drizzt era capaz de moverse con una velocidad sorprendente, y no quería arriesgar un ataque si podía encontrar otro medio para salir bien librado de este apuro. Drizzt todavía no había desenvainado las armas, aunque sus manos descansaban en los pomos de las cimitarras.

—Tengo entendido —añadió Drizzt, muy tranquilo— que la casa Hun'ett y la casa Do'Urden se preparan para la guerra.

—¿Cómo lo sabes? —exclamó Masoj sin pensar en las consecuencias, demasiado sorprendido por la revelación como para suponer que Drizzt intentaba sonsacarle la verdad.

—Sé muchas cosas, pero no me interesan —replicó Drizzt—. La casa Hun'ett desea ir a la guerra contra mi familia, por razones que desconozco.

—Para vengar a la casa DeVir —sonó la respuesta desde otra dirección.

Alton salió de su escondite detrás de una estalagmita y miró al guerrero.

Masoj recuperó la sonrisa. La situación volvía a estar equilibrada.

—A la casa Hun'ett no le interesa en lo más mínimo la casa DeVir —afirmó Drizzt, al parecer sin preocuparse de la presencia de un segundo enemigo—. He aprendido lo suficiente sobre el comportamiento de nuestra raza como para saber que el destino de una casa no es asunto de otra.

—¡Pero a mí sí que me interesa! —gritó Alton, que arrancó el velo de la capucha para mostrar su rostro, desfigurado por el ácido—. Soy Alton DeVir, el único superviviente de la casa DeVir. ¡La casa Do'Urden pagará por el crimen cometido contra mi familia, y el primero serás tú!

—Ni siquiera había nacido cuando ocurrió la batalla —protestó el joven.

—¡Qué más da! —contestó Alton—. Tú eres un Do'Urden, un miembro de esa pandilla de asquerosos asesinos. Es lo único que importa.

Masoj sacó de un bolsillo la estatuilla de ónice y la arrojó al suelo.

—¡Guenhwyvar! —ordenó—. ¡Vete!

La pantera miró a Drizzt, que movió la cabeza para indicarle que aceptara la orden.

—¡Vete! —gritó Masoj una vez más—. ¡Soy tu amo! ¡No puedes desobedecerme!

—No eres el dueño de la pantera —dijo Drizzt, muy tranquilo.

—Entonces, ¿quién es su dueño? —replicó Masoj—. ¿Tú?

—Guenhwyvar —declaró Drizzt—. Sólo Guenhwyvar. Creía que un mago tenía el conocimiento necesario para entender adecuadamente la magia que lo rodea.

Con un gruñido que sonó como una risa burlona, Guenhwyvar se acercó de un salto a la estatuilla y se esfumó en la niebla.

El felino viajó por el túnel mágico hacia su hogar en el plano astral. En todas las ocasiones anteriores, Guenhwyvar había realizado este trayecto con verdaderas ansias por alejarse de la maldad de su amo drow. En cambio, ahora vacilaba a cada paso y miraba por encima del hombro en dirección al punto oscuro que era Menzoberranzan.

—¿Cuál es tu oferta? —preguntó Drizzt.

—No estás en posición de negociar —respondió Alton con una risotada, y empuñó la varita que le había dado la matrona SiNafay.

—Espera —lo interrumpió Masoj—. Quizás Drizzt nos pueda ser útil en nuestra guerra contra la casa Do'Urden. —Se volvió hacia el guerrero—. ¿Estás dispuesto a traicionar a tu familia?

—No —contestó Drizzt—. Ya te lo he dicho. No me importa nada la guerra. ¡Que la casa Hun'ett y la casa Do'Urden se maten entre ellas! Mis preocupaciones son de tipo personal.

—Tienes que ofrecer alguna cosa a cambio de tu beneficio —le explicó Masoj—. Si no es así, ¿cómo puedes negociar?

—Tengo algo que ofrecer a cambio —manifestó Drizzt, imperturbable—: vuestras vidas.

Masoj y Alton intercambiaron una mirada y se rieron, aunque había un fondo de nerviosismo en sus carcajadas.

—Entrégame la estatuilla, Masoj —añadió Drizzt—. Guenhwyvar nunca te perteneció y jamás volverá a servirte.

Masoj dejó de reír.

—A cambio —prosiguió Drizzt antes de que el mago pudiese responder—, abandonaré la casa Do'Urden y no tomaré parte en la batalla.

—Los muertos no pelean —sentenció Alton.

—Me acompañará otro Do'Urden —le informó Drizzt—. Un maestro de armas. Sin duda, la casa Hun'ett obtendrá un gran provecho de la ausencia de Zaknafein además de la mía.

—¡Silencio! —chilló Masoj—. ¡La pantera es mía! ¡No necesito hacer tratos con un miserable Do'Urden! ¡Estás muerto, idiota, y el maestro de armas de la casa Do'Urden te seguirá a la tumba!

—¡Guenhwyvar es libre! —sostuvo Drizzt.

Las cimitarras aparecieron en sus manos. Jamás había luchado de verdad contra un mago, y menos con dos, aunque recordaba el dolor punzante de sus descargas mágicas. Masoj ya preparaba un hechizo, pero más le preocupaba Alton, que fuera de su alcance lo apuntaba con la varita.

Antes de que Drizzt pudiese decidir su próximo paso, la situación cambió de una manera inesperada. Una nube de humo envolvió a Masoj, que cayó de espaldas sin poder concluir el hechizo.

Guenhwyvar había regresado.

Alton estaba fuera del alcance de Drizzt, y el joven no tenía posibilidades de llegar hasta el mago antes de que la vara disparara uno de sus mortíferos rayos. Pero la distancia no era insalvable para la pantera, que se apoyó sobre las patas traseras y de un magnífico salto voló por los aires en busca de la presa.

DeVir desvió la varita para hacer frente a la nueva amenaza y descargó un rayo que dio de lleno en el pecho de la pantera. Sin embargo, hacía falta algo más que esta descarga para detener al soberbio animal. Aturdida, pero en plena capacidad para el combate, Guenhwyvar chocó contra el hechicero Sin Rostro y juntos rodaron detrás de la estalagmita.

El rayo también atontó por unos segundos a Drizzt, que pese a todo persiguió a Masoj mientras rogaba para que Guenhwyvar siguiera viva. Rodeó la base de una estalagmita y se encontró a bocajarro con Masoj ocupado en preparar otro hechizo. Sin detenerse, Drizzt apuntó sus cimitarras y avanzó hacia él.

Primero sus armas y después él mismo pasaron a través de su enemigo..., de la imagen del rival.

Drizzt chocó contra la piedra y se apartó de un salto para esquivar el ataque mágico que se produciría a continuación.

Esta vez, Masoj, a unos diez metros de distancia de la imagen proyectada, quería asegurarse de que no fallaría. Disparó una salva de proyectiles mágicos que volaron directamente hacia el cuerpo del guerrero. Drizzt se sacudió como un muñeco cuando los proyectiles hicieron blanco en él.

Con un tremendo esfuerzo de voluntad, Drizzt se olvidó del dolor y recuperó el equilibrio. Sabía dónde estaba el verdadero Masoj y no pensaba darle la oportunidad de engañarlo por segunda vez.

Masoj, armado con una daga, observó el avance del joven guerrero.

Drizzt no comprendía la situación. ¿Por qué el mago no preparaba otro hechizo? La caída había reabierto la herida del hombro, y los proyectiles mágicos le habían provocado lesiones en un costado y una pierna. Aun así, las heridas no eran graves, y Masoj no podía confiar en derrotarlo en un combate cuerpo a cuerpo.

El mago permaneció inmóvil, despreocupado, con la daga en la mano y una sonrisa malvada en el rostro.

Por su parte, Alton, tendido boca abajo en el suelo de piedra, sentía el calor de su propia sangre que manaba entre los agujeros fundidos que eran sus ojos. La pantera continuaba encaramada sobre la base de la estalagmita, todavía aturdida por la descarga del rayo.

Alton se irguió con gran esfuerzo y levantó la varita para lanzar un segundo rayo, pero el objeto mágico estaba roto en dos.

Frenético, Alton recuperó la otra parte y la sostuvo en alto, incapaz de creer que estuviese rota. Guenhwyvar se disponía a saltar sobre él, pero el drow no le prestó atención.

Los extremos resplandecientes de la varita y el poder que se acumulaba en el objeto lo tenían cautivado.

—No puede ser —susurró Alton.

Guenhwyvar saltó en el mismo momento en que estalló la varita rota.

Una bola de fuego rugió en la noche de Menzoberranzan; trozos de roca volaron por los aires para ir a chocar contra el techo y la pared oriental de la caverna. La onda expansiva derribó a Masoj y a Drizzt.

—Ahora Guenhwyvar no es de nadie —proclamó Masoj con sorna arrojando la estatuilla al suelo.

—Tampoco queda ningún DeVir para reclamar venganza contra la casa Do'Urden —replicó Drizzt, dominado por una cólera que lo ayudaba a mitigar la pena. Masoj se convirtió en el foco de su ira, y la risa burlona del mago impulsó a Drizzt a lanzarse contra él con toda su furia.

En el instante en que Drizzt estaba a punto de alcanzarlo, Masoj chasqueó los dedos y desapareció.

—¡Invisible! —rugió Drizzt, descargando inútilmente sus mandobles en el aire. Sus esfuerzos lo serenaron un poco, y comprendió que ya no tenía delante a Masoj. ¡El mago lo había hecho quedar como un tonto!

Drizzt se agazapó y escuchó atentamente. Había un sonido, algo así como un canto que provenía de las alturas, en la pared de la caverna.

Los instintos del guerrero le indicaron que debía zambullirse hacia un costado, pero ahora que entendía mejor las tácticas del mago comprendió que Masoj esperaba el movimiento. Drizzt amagó lanzarse hacia la izquierda y oyó las palabras finales del hechizo. Cuando el rayo pasó junto a él sin tocarlo, corrió directamente hacia adelante confiado en que recuperaría la visión a tiempo para atacar al mago.

—¡Maldito seas! —gritó Masoj, furioso por el engaño que le había hecho desperdiciar el disparo. La furia se convirtió en terror al ver cómo Drizzt corría con la agilidad de un felino por el suelo de la caverna y eludía las pilas de escombros y las bases de las estalagmitas sin disminuir la velocidad.

Masoj buscó en los bolsillos los componentes de su próximo hechizo. Tenía que actuar deprisa. Se encontraba en una estrecha cornisa a seis metros del suelo, pero Drizzt avanzaba a una velocidad de vértigo.

Drizzt ni se daba cuenta de las dificultades del terreno. En otro momento, la pared de la caverna le habría parecido imposible de escalar, pero ahora le daba igual. Había perdido a Guenhwyvar. La pantera ya no existía.

Aquel malvado hechicero encaramado en la cornisa, aquella encarnación demoníaca, era el responsable. Drizzt dio un salto, vio que tenía una mano libre —en algún momento debía de haber dejado caer una de las cimitarras— y consiguió sujetarse a una grieta. Para cualquier otro drow no habría sido suficiente, pero la mente de Drizzt no hizo caso de la protesta de sus músculos. Sólo le faltaban tres metros para llegar al objetivo.

Otra descarga de proyectiles mágicos asaeteó la cabeza de Drizzt.

—¿Cuántos hechizos te quedan, mago? —gritó desafiante sin prestar atención al dolor.

Masoj se echó hacia atrás cuando Drizzt lo miró, cuando la luz ardiente de aquellos ojos lilas se posó sobre él como un pronunciamiento del destino. Había tenido ocasión de ver a Drizzt en combate en numerosas ocasiones, y la imagen del joven guerrero lo había acosado mientras preparaba el asesinato.

Pero Masoj nunca había visto a Drizzt enfurecido. De haberlo hecho, jamás habría aceptado la misión de matar a Drizzt. Si lo hubiese visto, le hubiese dicho a la matrona SiNafay que buscara a algún otro.

¿Qué hechizo podía emplear? ¿Qué hechizo podía detener al monstruo que era Drizzt Do'Urden?

Una mano, resplandeciente con el calor de la cólera, se sujetó al borde de la cornisa. Masoj la aplastó con el tacón de la bota. Los dedos estaban rotos —el mago sabía que los dedos estaban rotos— y, sin embargo, Drizzt apareció de pronto ante sus ojos para atravesarle el pecho con la cimitarra.

—¡Los dedos están rotos! —protestó el mago con el postrer aliento.

Drizzt miró la mano y por primera vez notó el dolor de los huesos quebrados.

—Quizás —respondió, distraído—, pero sanarán.

Cojeando, Drizzt buscó la otra cimitarra y avanzó con muchas precauciones hacia el montículo de escombros. Dominó el miedo que lo embargaba y se obligó a mirar las consecuencias de la explosión. La parte posterior del montículo resplandecía con el calor residual, convertida en un faro para la ciudad.

Partes del cuerpo de Alton DeVir yacían desperdigadas por el fondo junto a los jirones de tela humeantes.

—¿Has encontrado la paz, Sin Rostro? —susurró Drizzt con el último resto de cólera. Recordó el ataque de que había sido objeto por parte de Alton cuando estaba en la Academia. El maestro Sin Rostro y Masoj lo habían justificado como parte de la preparación de un guerrero.

»¿Cuánto tiempo has alimentado tu odio? —preguntó el joven a los restos abrasados.

Pero Alton DeVir ya no era asunto suyo. Observó con atención entre los escombros, a la busca de alguna pista de la suerte de Guenhwyvar, sin saber muy bien cuáles podían ser las consecuencias para un ser mágico. No había señal de la pantera, ni el más pequeño indicio de que hubiese estado allí en algún momento.

Drizzt se dijo a sí mismo que no podía concebir esperanzas, aunque la ansiedad de los movimientos desmentía la serenidad del semblante. Rodeó a toda prisa el montículo y después buscó entre las otras estalagmitas, donde se encontraban Masoj y él en el momento de la explosión de la varita. Casi de inmediato descubrió la estatuilla de ónice.

La recogió con mucho cuidado. La notó tibia como si también hubiese sufrido los efectos del estallido, y advirtió que la magia había perdido fuerza. Drizzt deseaba llamar a la pantera pero no se atrevió, consciente de que el viaje entre los planos mermaba las fuerzas de Guenhwyvar. Si la pantera había resultado herida, lo mejor era darle algún tiempo para recuperarse.

—Ay, Guenhwyvar —gimió—, amiga mía, mi valiente amiga. —Guardó la estatuilla en el bolsillo.

Solo le quedaba rogar que Guenhwyvar estuviese viva.

29

Solo

Drizzt volvió atrás sobre sus pasos alrededor de la estalagmita, hasta donde se encontraba el cuerpo de Masoj Hun'ett. No había tenido más opción que la de matar a su adversario; el propio Masoj había marcado la pauta del combate.

Este hecho no alivió la culpa de Drizzt cuando se vio delante del cadáver. Había matado a un drow, había arrebatado la vida a un miembro de su raza. ¿Se encontraba atrapado, como lo había estado Zaknafein durante tantos años, en una interminable espiral de violencia?

—Nunca más —juró Drizzt delante del cadáver—. Nunca más volveré a matar a un elfo oscuro.

Se volvió, disgustado, y tan pronto como vio los silenciosos y siniestros edificios de la inmensa ciudad drow comprendió que no podría sobrevivir mucho tiempo en Menzoberranzan si pensaba cumplir la promesa.

Un millar de posibilidades desfilaron por la mente de Drizzt mientras caminaba por las calles de Menzoberranzan. Hizo un esfuerzo y volvió a prestar atención a su entorno. Narbondel resplandecía totalmente iluminado; comenzaba el día drow, y reinaba la actividad en todos los rincones de la ciudad. En el mundo de la superficie, las horas del día resultaban las más seguras, porque la luz alejaba a los asesinos. En la oscuridad eterna de Menzoberranzan, el día de los elfos oscuros era más peligroso que la noche.

Drizzt eligió el camino con mucha precaución y se mantuvo bien lejos del cerco de setas gigantes de las casas nobles, donde se encontraba la casa Hun'ett. Nadie salió a detenerlo, y llegó a la seguridad de la casa Do'Urden al cabo de unos minutos. Cruzó la verja sin pronunciar palabra y pasó entre los soldados, atónitos por su presencia, y apartó de un empujón a los guardias apostados debajo del balcón.

Reinaba un silencio extraño. Drizzt había esperado encontrar a todo el mundo levantado y atareado con los preparativos de la batalla. Se despreocupó de la siniestra quietud, y dirigió sus pasos hacia el gimnasio y las habitaciones de Zaknafein.

Drizzt hizo una pausa delante de la puerta de piedra del gimnasio, con la mano apretada en el picaporte. ¿Qué le diría a su padre? ¿Que se marcharan juntos por los peligrosos caminos de la Antípoda Oscura, luchando cuando fuese necesario y con la única meta de escapar a la culpa de su existencia de acuerdo con las normas de los drows? A Drizzt le había entusiasmado la idea, pero, ahora, cuando se disponía a abrir la puerta, no estaba muy seguro de poder convencer a Zak. El maestro de armas había tenido la oportunidad de marcharse en cualquier momento de su dilatada vida, y, no obstante, cuando él le había preguntado sus razones para quedarse, Zak había palidecido. ¿Acaso no tenían más salida que vivir atrapados en las redes de la matrona Malicia y sus hijas?

Drizzt dejó de lado todas estas dudas; no tenía sentido discutir consigo mismo cuando Zak lo esperaba al otro lado de la puerta.

En el gimnasio reinaba el mismo silencio que en el resto de la casa. Demasiada quietud. No vio a Zak, y en el acto advirtió que faltaba algo más que la presencia física de su padre. Era como si el maestro de armas no hubiese estado jamás en aquella sala.

Drizzt comprendió que sucedía algo muy grave y corrió hacia la puerta que comunicaba con las habitaciones privadas de Zak. Abrió sin molestarse en llamar y no se sorprendió al ver la cama vacía.

—Malicia ha decidido enviarlo en mi busca —susurró Drizzt—. ¡Maldita sea, lo he metido en problemas! —Se volvió dispuesto a abandonar el aposento, pero algo le llamó la atención. Acababa de ver el cinturón de Zak.

En ningún caso el maestro de armas habría dejado su habitación sin llevar sus armas, ni siquiera para ocuparse de algún asunto de la seguridad de la casa Do'Urden. «Tus espadas son las mejores compañeras», le había repetido mil veces. «Nunca te separes de ellas.»

—¿La casa Hun'ett? —murmuró Drizzt, y se preguntó si la casa rival no habría atacado la casa durante la noche mientras él se enfrentaba a Masoj y a Alton. De todos modos, no había señal del supuesto ataque; sin duda, los soldados le habrían informado de cualquier combate.

Drizzt recogió el cinturón y lo inspeccionó. No había manchas de sangre y la hebilla no había sido forzada. Zak se había quitado el cinturón por propia voluntad. Además estaba la bolsa del maestro de armas, también intacta.

—Entonces ¿qué? —exclamó Drizzt en voz alta. Dejó el cinturón junto a la cama, se colgó la bolsa del cuello, y se volvió, sin saber qué hacer a continuación.

Comprendió que era necesario reunirse con el resto de la familia. Quizás entonces podría aclarar el misterio de la desaparición del maestro de armas.

La preocupación fue en aumento a medida que recorría el largo pasillo hasta la antecámara de la capilla. ¿Habría sufrido Zak algún daño a manos de la matrona Malicia o de las hijas? ¿Por qué motivo? La idea le pareció poco sensata, pero no por ello menos inquietante, como si un sexto sentido quisiera prevenirlo del peligro.

No encontró a nadie en el corredor.

Las puertas de la antecámara se abrieron automáticamente sin darle tiempo a llamar. En primer término vio a la madre matrona, sentada muy oronda en su trono al fondo de la sala, con una sonrisa relamida en el rostro.

La inquietud de Drizzt no disminuyó al entrar en la antecámara. No faltaba nadie de la familia: Briza, Vierna y Maya junto a la matrona; Rizzen y Dinin junto a la pared izquierda, sin llamar la atención. Estaban todos... excepto Zak.

La matrona Malicia observó a su hijo con mucha atención y tomó nota de las muchas heridas.

—Te ordené que no salieras de la casa —le dijo severa, pero sin reprocharle la desobediencia—. ¿Adónde has ido?

—¿Dónde está Zaknafein? —replicó Drizzt.

—¡Responde a la pregunta de la madre matrona! —gritó Briza, con una mano en la empuñadura de su látigo.

Drizzt le dirigió una mirada, y la sacerdotisa dio un paso atrás, al ver en los ojos del hermano la misma amenaza que había percibido en Zaknafein unas horas antes.

—Te ordené que no salieras de la casa —repitió Malicia, sin perder la calma—. ¿Por qué has desobedecido?

—Tenía asuntos que atender —contestó Drizzt—, asuntos urgentes. No quería molestarte con mis preocupaciones.

—Está a punto de estallar la guerra, hijo mío —explicó la matrona Malicia—. Es muy peligroso moverse solo por la ciudad. La casa Do'Urden no puede permitirse el lujo de perderte.

—Ningún otro podía atenderlos —dijo Drizzt.

—¿Los has resuelto?

—Sí.

—Entonces confío en que no volverás a desobedecerme. —Malicia no levantó la voz, pero Drizzt comprendió en el acto la severidad de la amenaza detrás de las palabras de su madre.

»Es hora de ocuparnos de otros temas —añadió Malicia.

—¿Dónde está Zaknafein? —preguntó, sin cejar en su empeño de averiguar qué había pasado con el maestro de armas.

Briza murmuró una maldición y empuñó el látigo dispuesta a castigar la insolencia. La matrona Malicia tendió una mano en su dirección para contenerla. La brutalidad no era apropiada en estos momentos. Necesitaban actuar con tacto, tener a Drizzt controlado en esta situación de crisis. Ya tendrían oportunidad de castigar al joven después de derrotar a la casa Hun'ett.

—No te preocupes por el maestro de armas —le recomendó Malicia—. En estos momentos trabaja por el bien de la casa Do'Urden, en una misión confidencial.

Drizzt no creyó ni una sola de las palabras de la matrona. Zak jamás se habría ido sin las armas. La verdad pugnaba por entrar en la conciencia del joven, que se negaba a admitirla.

—Nuestra única preocupación es la casa Hun'ett —manifestó Malicia a todos los presentes—. Los primeros ataques de la guerra pueden producirse hoy mismo.

—Los ataques ya han comenzado —la interrumpió Drizzt.

Todas las miradas convergieron en él y en las heridas. Drizzt deseaba continuar la discusión hasta averiguar qué había pasado con Zak, pero desistió al pensar que sólo serviría para crearle más problemas, no sólo a él, sino también a su padre, si es que aún vivía. Quizás ahora podría conseguir alguna pista.

—¿Has tenido que pelear? —preguntó Malicia.

—¿Conoces al Sin Rostro? —replicó Drizzt.

—Es un maestro de la Academia —intervino Dinin—, en Sorcere. Hemos tenido tratos con él muy a menudo.

—Nos ha sido muy útil en el pasado —afirmó Malicia—. Ahora está con el enemigo. Es un Hun'ett, Gelroos Hun'ett.

—No —dijo Drizzt—. Quizás se llamaba así, pero su nombre es... era Alton DeVir.

—¡La conexión! —exclamó Dinin, al descubrir la excusa de la casa Hun'ett para la guerra—. ¡Gelroos tenía que matar a Alton la noche de la caída de la casa DeVir!

—Es obvio que Alton DeVir resultó ser el más fuerte —murmuró Malicia, que ahora tenía muy clara toda la trama—. La matrona SiNafay lo tomó bajo su protección y lo utilizó para sus propios planes —le explicó a su familia. Miró a Drizzt—. ¿Has peleado con él?

—Está muerto —contestó Drizzt.

La matrona Malicia soltó una carcajada de deleite.

—Un mago menos —comentó Briza, guardando el látigo.

—Dos —la corrigió Drizzt, sin vanagloriarse. No se sentía orgulloso de sus acciones—. Masoj Hun'ett también está muerto.

—¡Hijo mío! —gritó la matrona Malicia—. ¡Nos has dado una gran ventaja en esta guerra! —Miró a los presentes y los contagió con su entusiasmo, excepto a Drizzt—. Quizás la casa Hun'ett decida no atacarnos, conscientes de la desventaja. ¡No dejaremos que se nos escapen! ¡Los destruiremos hoy mismo y nos convertiremos en la casa octava de Menzoberranzan! ¡Muerte a los enemigos de Daermon N'a'shezbaernon!

»Debemos actuar de inmediato —añadió la matrona, que se frotó las manos de entusiasmo—. No podemos esperar a que ataquen; tenemos que asumir la ofensiva. Alton DeVir ya no existe, de modo que la razón que justificaba esta guerra ha desaparecido. Sin duda, el consejo regente está enterado de las intenciones de la casa Hun'ett, y, con los dos magos muertos y perdida la ventaja de la sorpresa, la matrona SiNafay se apresurará a detener la batalla.

En un gesto inconsciente, Drizzt metió la mano en la bolsa de Zak mientras los demás se unían a Malicia en la discusión de los planes de ataque.

—¿Dónde está Zak? —preguntó casi a los gritos para hacerse oír por los demás.

El tumulto cesó con la misma rapidez con que había comenzado y reinó el silencio.

—No es asunto tuyo, hijo mío —contestó Malicia, sin perder la calma ante la insistencia del joven—. Ahora eres el maestro de armas de la casa Do'Urden. Lloth ha perdonado tu insolencia; no pesa ninguna acusación contra ti. Tu carrera puede comenzar otra vez. ¡La gloria está a tu alcance!

Las palabras de Malicia hirieron a Drizzt como el filo de una espada, y decidió que no podía ocultar sus pensamientos ni un segundo más.

—¡Lo has asesinado! —afirmó.

—¡Tú eres su asesino! —replicó Malicia, con una expresión de furia incontenible—. ¡La reina araña reclamó el castigo por tu sacrilegio!

De pronto, Drizzt no supo qué decir.

—Pero estás vivo —añadió Malicia, un poco más tranquila—, igual que la niña elfa.

Dinin no fue el único de los presentes que soltó una exclamación de sorpresa.

—Sí, estamos enterados del engaño —dijo Malicia, despreciativa—. No se puede engañar a la reina araña. Exigió una penitencia.

—¿Has sido capaz de sacrificar a Zaknafein? —susurró Drizzt, casi sin poder hablar de la furia—. ¿Lo mataste para satisfacer a esa maldita diosa?

—Yo en tu lugar me cuidaría mucho de maldecir a la reina Lloth —le advirtió Malicia—. Olvídate de Zaknafein. No es asunto tuyo. Piensa en tu propio futuro, hijo mío. Te espera la gloria, una posición de honor.

En aquel momento, y por última vez, Drizzt hizo caso a Malicia y pensó en sí mismo, en la propuesta que le ofrecía una vida dedicada a la guerra y a la matanza de drows.

—No tienes otra opción —agregó Malicia, advertida de su lucha interior—. Te ofrezco la vida. A cambio, has de obedecer mis órdenes, tal como hizo Zaknafein.

—Vaya manera de cumplir tu palabra —exclamó Drizzt, sarcástico.

—¡Lo hice! —protestó Malicia—. ¡Zaknafein fue al altar por su propia voluntad, para salvarte!

Las palabras de la matrona hirieron a Drizzt sólo por un momento. ¡No aceptaría la culpa por la muerte de Zaknafein! Había seguido el único camino que consideraba correcto: en la superficie, ante los elfos, y aquí, en la ciudad malvada.

—Mi oferta es sincera —manifestó Malicia—. La hago delante de toda la familia. Los dos saldremos beneficiados de este acuerdo..., ¿maestro de armas?

Una sonrisa iluminó el rostro de Drizzt cuando miró a los ojos despiadados de la madre matrona, una sonrisa que Malicia interpretó como un asentimiento.

—¿Maestro de armas? —dijo Drizzt—. No lo creo.

Una vez más la matrona malinterpretó sus palabras.

—Te he visto combatir —declaró Malicia—. ¡Dos magos! Te subestimas.

Drizzt casi soltó la carcajada ante la ironía de aquellas palabras. La matrona creía que cometería el mismo error de Zaknafein, que caería en la trampa como el viejo maestro de armas, para no salir nunca más.

—Eres tú la que me subestimas, Malicia —manifestó Drizzt, con un tono de amenaza.

—¡Matrona! —le recordó Briza, que no añadió nada más al ver que nadie le hacía caso.

—Quieres que sirva a tus siniestros designios —prosiguió Drizzt, consciente, pero no preocupado por el hecho de que todos los presentes preparaban hechizos o tenían las manos en las empuñaduras de las armas, a la espera del momento oportuno para matar al blasfemo. Los dedos de Drizzt apretaron una pequeña esfera, y el contacto añadió fuerza a su coraje, aunque habría actuado igual de no haberlo tenido.

»¡Son una mentira, como nuestra gente..., no, tu gente es una mentira!

—Tu piel es tan oscura como la mía —le recordó Malicia—. ¡Tú eres un drow, aunque nunca has aprendido qué significa!

—Oh, sí sé qué significa.

—¡Entonces actúa como tal y acepta las reglas! — exigió Malicia.

—¿Tus reglas? —replicó Drizzt—. Pero ¡si tus reglas también son una mentira, de una falsedad tan grande como esa asquerosa araña a la que tienes por diosa!

—¡Blasfemo insolente! —chilló Briza, que levantó el látigo dispuesta a acabar con su hermano.

Drizzt atacó primero. Sacó el objeto, una pequeña esfera de cerámica, de la bolsa de Zaknafein.

—¡Un dios auténtico os maldice! —gritó al tiempo que estrellaba la esfera contra el suelo. Cerró los ojos antes de que el duomer productor de luz encerrado en el globo hiciera explosión y dejara ciega por unos minutos al resto de la familia—. ¡Y también maldice a la reina araña!

La matrona Malicia se echó hacia atrás y arrastró al enorme trono en la caída. Gritos de agonía y furia se oyeron desde todos los rincones de la sala cuando la luz horadó los ojos de los drows. Por fin, Briza consiguió lanzar un hechizo para contrarrestar los efectos del duomer, y la oscuridad volvió a reinar en el recinto.

—¡Atrapadlo! —ordenó Malicia, bastante aturdida por el golpe que se había dado en la cabeza contra el suelo de piedra—. ¡Lo quiero muerto!

Los demás todavía no se habían recuperado y, cuando lo hicieron, el joven ya había salido de la casa.

Transportada por los silenciosos vientos del plano astral llegó la llamada. El espíritu que era la pantera se irguió, sin hacer caso de los dolores, y tomó nota de la voz, una voz conocida y reconfortante.

Entonces, el felino echó a correr con todo el corazón y todas las fuerzas para responder a la llamada de su nuevo amo.

Al cabo de unos minutos, Drizzt salió de un pequeño túnel acompañado por Guenhwyvar, y cruzó el patio de la Academia para echar una última mirada a Menzoberranzan.

—¿Qué lugar es éste al que llamo mi hogar? —le preguntó a la pantera—. Ésta es mi gente, por nacimiento y herencia, pero no tengo nada que ver con ellos. Están perdidos para siempre.

»¿Cuántos más habrá como yo? —añadió Drizzt—. Almas condenadas como Zaknafein, pobre Zak. Hago esto por él, Guenhwyvar. Me marcho porque él no pudo. Su vida ha sido mi gran lección: un pergamino oscuro marcado por el duro precio impuesto por las maldades de la matrona Malicia.

»¡Adiós, Zak! —gritó, desafiante—. Padre, confía, como hago yo, en que cuando nos encontremos otra vez, en la otra vida, no será en el infierno destinado a nuestra raza.

Drizzt hizo un gesto a la pantera y volvieron al túnel, la entrada a la Antípoda Oscura. Al observar la gracia de los movimientos del felino, Drizzt agradeció una vez más la fortuna de haber encontrado a una compañera tan leal, a una amiga de verdad. El futuro no sería fácil para ninguno de los dos más allá de las fronteras de Menzoberranzan. Se encontrarían solos y desprotegidos, aunque desde luego mucho mejor, pensó Drizzt, que inmersos en la maldad de los drows.

Drizzt penetró en el túnel detrás de Guenhwyvar dispuesto a afrontar su nuevo destino.

Conversación con R. A. Salvatore sobre *La morada*

***La morada* es la primera novela de Drizzt en la que se establece un orden cronológico, pero en realidad es su cuarta novela de Reinos Olvidados en la que aparece este personaje. ¿Por qué quiso volver atrás en el tiempo? ¿Fue a causa de la trilogía El valle del viento helado?**

En realidad, no tomé esa decisión en un principio. Había planeado terminar *La gema del halfling* justo antes de retomar Mithral Hall. Sin embargo, TSR decidió en ese momento que ya habíamos tenido bastante de esta banda y me pidió que le pusiese punto final (ése es el motivo del epílogo donde se explica la reanudación de la serie).

Poco tiempo después, recibí una llamada de Mary Kirchoff, directora editorial en ese momento, creo recordar, quien me dijo que había mucha gente interesada en conocer los orígenes de Drizzt. No sé si me llegó a través del correo o si surgió en las sesiones internas del grupo de libros, pero los editores decidieron que estaría muy bien que retrocediese en el tiempo y contase la historia de Drizzt y al mismo tiempo que definiese a los elfos oscuros en el mundo de los Reinos Olvidados. Todavía recuerdo esa llamada en la que me pidieron que escribiera tres libros más; hasta ese momento había escrito cada libro pensando en que sería el último. Me invadió un gran alivio por el hecho de que dejaba, o estaba a punto de dejar, mi trabajo diurno para meterme de lleno a escribir a tiempo completo, y esto con tres niños pequeños en casa. Recuerdo que salí de la oficina la última vez pensando: «Estupendo, ahora ya no tengo seguro médico».

Pero tuve fe en el grupo de El valle del viento helado y sobre todo en Drizzt, a pesar de que me desconcertaba que tuviésemos que enlazar la historia de Mithral Hall sin que mediara otro libro.

Esa llamada de teléfono lo puso en marcha. También me puso nervioso, porque consideraba que los drows eran una de las mejores creaciones que nos proporcionó Dragones y Mazmorras. Cuando se trabaja con las creaciones de otro, hay que procurar no decepcionarlo. Eso es lo que pasa al trabajar en los Reinos Olvidados de Ed Greenwood, y lo mismo, con mucha más razón, cuando se trata de los elfos oscuros de Gary Gygax.

En *La morada* realmente creó la sociedad drow de la Antípoda Oscura y la ciudad de Menzoberranzan. ¿En qué se inspiró para diseñar la civilización drow?

En *El padrino* de Mario Puzo. Es cierto. Quería una sociedad dura y fuerte que sobreviviese gracias a la inteligencia personal y a la crueldad. Desde luego, tendríamos que llamarla *La madrina* cuando nos referimos a los drows.

Lo que mueve a la sociedad drow es, sencillamente, la política. Nada es inocente, todo se dice por alguna razón oculta bajo una complicada red de muchas otras razones posibles. Al mostrar una sociedad que evoluciona en un determinado sentido, tenía que retroceder constantemente y examinar los distintos estratos, el pasado del pasado del pasado, y ahondar cada vez más hasta llegar al punto donde no estaba seguro de por qué determinada matrona había dicho o hecho algo. Escribir sobre los drows es algo realmente agotador que lo mantiene a uno pensando en esta espiral descendente de intriga hasta que se está listo para saltar, como si Jarlaxle estuviera al acecho.

¿Qué tipo de investigación especial realizó antes de escribir *La morada* con el fin de darle vida a la Antípoda Oscura? ¿Investigó sobre las grutas, artes marciales, historia?

Todo lo mencionado, que son las mismas disciplinas que incluyo en todas mis obras. Me gustan mucho las grutas y las cavernas; las encuentro fascinantes. Con mis más de cien kilos no estoy realmente en condiciones de reptar por esos estrechos túneles, pero me encanta sentarme en el cine IMAX y ver el trabajo filmado de esos valientes espíritus que se arriesgan en las profundidades.

Por lo que se refiere al aspecto histórico, cuando me cambié a Comunicaciones / Periodismo en la universidad, todas mis optativas fueron cursos de literatura, y los que me interesaron fueron los de la Edad Media, Shakespeare y Chaucer entre otros. Traté de apuntarme a cursos de historia que se correspondieran también con esos períodos en particular (¡pero no para que mis trabajos trimestrales sirvieran para los dos cursos!).

¿Y qué podría decir de las artes marciales? Bueno, yo juego al jockey; tal vez sea por eso por lo que elegí espadas curvas. Practiqué el boxeo en el Instituto, pero como algo complementario y nada formal, y trabajé varios años como portero en clubes nocturnos. También fui un gran aficionado al boxeo, me fascinaban los combates de Ali contra Frazier. Lo que aprendí de todo ello fue que, en los combates, casi es menos importante dónde están las manos que dónde están los pies. El equilibrio lo es todo. Determina el peso de un puñetazo o de una cuchillada. Determina la capacidad del individuo para evitar, aunque sólo sea en parte, los golpes que se le vienen encima.

***La morada* fue la primera novela de El elfo oscuro en la que usted empezó a incluir pasajes del diario de Drizzt. ¿Por qué decidió hacerlo? ¿Se siente cómodo escribiendo como si fuera Drizzt?**

El objetivo adjudicado a la trilogía de El elfo oscuro era contar la historia de Drizzt, por eso pensé inmediatamente en escribir los libros en primera persona. Las asombrosas Crónicas de Ámbar, de Roger Zelazny, me sirvieron de inspiración; creo que podría considerarlo el mejor ejemplo de escritura en primera persona que jamás encontré en este género. Muy pronto empecé a comprobar que me resultaría muy difícil escribir así. Uno de los puntos fuertes de mis relatos, a juzgar por las opiniones que he recibido, son las brutales escenas de batallas. Me habría costado un enorme trabajo narrarlas en primera persona; ¿cómo podría saber Drizzt lo que ocurría en una pelea que se desarrollaba a sus espaldas si estaba metido de lleno en la suya propia?

De modo que abandoné la idea de la primera persona, pero quería ahondar en las emociones de este personaje en mayor medida de lo que me permitiría la narración en tercera persona. Por ese motivo aparecieron las reflexiones. Ya he hablado antes de ello y ahora lo repito: no hay que leer esas citas como si

Drizzt nos estuviese hablando (sermoneando) a nosotros en particular. No se trata de eso. Estas citas son párrafos de su diario, en los que se muestra emocionalmente desnudo, forzándose a abordar los sentimientos difíciles de expresar y también los errores. Seguí con ellos porque surtieron efecto.

¿Qué parte de la historia completa de la trilogía de El elfo oscuro (*La morada, El exilio* y *El refugio*) tenía en mente cuando se sentó a escribir *La morada*?

Muy pequeña. Yo bosquejo los libros de uno en uno, y luego, cuando los estoy escribiendo, suelo alterar completamente ese bosquejo. No me atrevería a decir que escribo a vuelapluma, pero en muchos casos no sé cómo continúa. Y no quiero saberlo. Esto es lo que me divierte; estoy escribiendo el libro de tal modo que pueda sorprenderme. Trato de escribirlo tal como el lector lo lee. No sabía el papel que podría desempeñar Zaknafein, por ejemplo, aunque sabía que sería una especie de mentor/inspiración para el joven Drizzt desde el primer momento. Cuando empecé, no tenía ni la menor idea de la evolución de *El exilio* y *El refugio*, pero sí sabía que Drizzt acabaría en el valle del Viento Helado con Bruenor y Catti-brie al final de la serie.

¿Está Drizzt basado o inspirado en una persona real?

A decir verdad, no. Ninguno de mis personajes está concebido así, con excepción de Cadderly (que estaba inspirado en un brillante joven que conocí en el bachillerato) y de algunos villanos (antiguos jefes) que tuvieron una muerte horrible. En realidad, creo que Drizzt es quien hubiera querido ser yo de haber tenido suficientes arrestos. Sus notas tienen para mí un carácter muy personal, casi como si estuviese manifestando mis pensamientos sobre determinados asuntos en algunos puntos. Sin embargo, tengo que retraerme continuamente, porque son los pensamientos de un personaje que tiene un bagaje emocional con el que yo no podría cargar en ningún caso ¡como es obvio! Y hay muchas ocasiones en las que no puedo estar de acuerdo con Drizzt, pero de todos modos tengo que expresar su punto de vista.

Crear personajes para las novelas es una experiencia asombrosa en todos los casos, porque en algún momento esos personajes levantan el vuelo y se escapan del control del escritor. Con Drizzt, eso sucedió en una etapa muy temprana, cuando atravesaba la tundra y se topó con los yetis. Los personajes se hacen muy reales para el autor. Después de un momento, es casi como si estuviesen sentados al lado de uno en su despacho, diciéndole lo que debe escribir.

¿Empezaron algunos personajes de la leyenda de Drizzt como personajes de los juegos de Dragones y Mazmorras?

Ninguno de ellos procede de Dragones y Mazmorras. Tampoco echo mano de ellos en mis juegos actuales. El único personaje que probé en un juego fue Oliver deBurrows, el salteador de caminos de *La espada de Bedwyr.* Oliver es una combinación del Íñigo Montoya de *La princesa prometida* y el muchachito francés de la muralla que aparece en *Monty Python y el Santo Grial.* Lo metí en un juego porque quería comprobar si lo podía hacer suficientemente irritante. Llevábamos alrededor de seis semanas de azarosa campaña cuando nuestro mago escudriñó el panorama y manifestó que el camino estaba despejado. Como era de esperar, Oliver se ofreció voluntario para encabezar la marcha y subió la escalera grácilmente mientras blandía su estoque, pero acabó aplastado como un insecto por un enorme ogro que estaba oculto tras una columna. Supe que Oliver tenía que pasar al libro, porque cuando murió todo el mundo se puso de pie y lanzó vivas.

¿Trabaja a partir de una «hoja de personaje» para ayudarse en la definición de lo que Drizzt puede y no puede hacer, o en cómo podrían evolucionar sus capacidades a medida que la serie avanza?

No, en absoluto. No sé cuál es su nivel ni hasta dónde llegan sus capacidades, ni me preocupa saberlo. Cuando se escribe una novela no se puede pensar como si se estuviera ante un juego. Pongamos un ejemplo. Supongamos que tenemos un guerrero de nivel diez. Puede que consiga una puntuación de ciento veinte. Una daga le inflige un daño d4, de modo que si el guerrero está apoyado en la jamba de una puerta, distraído con algo, y un joven se le acerca corriendo por atrás y le hunde la daga en la espalda, en el ámbito del juego, se daría la vuelta y trataría de matar al impetuoso joven. Incluso atribuyendo un doble / triple / cuádruple daño al golpe, éste contribuiría poco a dejar fuera de combate al guerrero. En la vida real, el tipo que se apoya sobre la jamba de la puerta se desplomaría como una piedra.

No me interesan los ratios de CR ni nada parecido cuando estoy escribiendo mis libros. Así de sencillo.

¿Cómo consigue esas escenas de lucha tan interesantes después de haber escrito tantas? ¿Qué lo inspira a la hora de escribir las secuencias de acción? ¿Tiene alguna experiencia en artes marciales o en esgrima?

No sé cómo lo consigo. Lo único que puedo decir es que veo el desarrollo de la acción en mi cabeza, a cámara lenta, mientras escribo las batallas. Me pongo frenético; es casi como jugar con un videojuego. Yo escribo entre mil y mil quinientas palabras al día, por término medio, pero he tenido días de escribir escenas de batallas en los que al levantar la vista del ordenador comprobé que habían pasado las horas y había escrito cinco mil palabras. Las escenas resultan interesantes, espero, porque todavía me divierte mucho escribir. Algunas veces tengo que volver atrás en un libro y eliminar algunas porque en realidad me han resultado tan divertidas que me he dejado llevar.

Por lo que se refiere a la experiencia, lo remito a lo dicho antes. Añadiré a esas experiencias el comienzo de mi saga de las Guerras Demoníacas. Yo quería que el héroe tuviera un estilo de lucha característico y algo diferente de las de las volteretas y estocadas propias de Drizzt, de modo que anoté a mis dos hijos en clases de esgrima y mientras ellos se enfrentaban sin piedad (¡es una broma!), yo agobiaba a preguntas a su instructor.

¿Qué hacía antes de convertirse en escritor y a qué se dedicaría ahora de no haber empezado a escribir novelas fantásticas?

He tenido muchos trabajos, desde suplencias en la docencia hasta repartir correo. Cuando finalmente me alejé de todo ese mundo, estaba trabajando como especialista financiero para una empresa de equipos informáticos experimentales. Desempeñaba bien mi trabajo —nunca he huido del trabajo duro— y me lo pasaba bien en el juego financiero. Al final de cada mes, me sentía como Sherlock Holmes mientras me abría camino entre los números, tratando de encontrarles sentido. Supongo que me habría quedado en el campo de las finanzas si la escritura no hubiera ocupado su lugar.

R. A. Salvatore

Noviembre de 2003